BRIGITTE VAREL

LES YEUX DE MANON

PRESSES DE LA CITÉ

ISBN 2-266-08594-8

1

Jean Rivière attendait quelques commentaires rassurants de la part de son vieil ami Frank, mais le médecin restait plongé dans de sombres réflexions. Alors il s'extirpa du vaste fauteuil de cuir fauve et fit quelques pas dans le cabinet douillet.

Frank Simon recevait ses patients dans une atmosphère étudiée. Tout ici, la moquette épaisse, les couleurs douces, une senteur de musc savamment dosée et discrètement diffusée, contribuait à assurer à chaque visiteur un début de relaxation.

Jean Rivière immobilisa sa silhouette un peu trapue devant la grande baie ensoleillée et regarda, sans la voir, la circulation sur le boulevard Foch, trois étages plus bas.

Il avait croisé les mains derrière son dos, ce qui donnait à son torse une largeur confortable. Les muscles puissants et durs saillaient sous le sweat-shirt ajusté, témoins d'un long travail aux haltères. Le visage, carré lui aussi, offrait des traits réguliers qui auraient pu paraître sévères s'ils n'avaient été adoucis par un air triste. Cet air semblait annoncer que son propriétaire vivait sans illusions.

A la veille de ses cinquante ans, il lui arrivait trop souvent de faire un bilan de sa vie, et il devait bien reconnaître qu'il ne se raccrochait à rien d'autre qu'à

Cécile. Cécile, cet étrange petit bout de femme trop sensible, ce qui restait de son amour, de sa vie, de ses espoirs...

Ses pensées les dissociaient rarement l'une de l'autre. Cécile, vivante réincarnation de Caroline qui l'avait abandonné, à bout de désespoir. Caroline, un rêve idéalisé au-delà de l'imaginable, et source d'un remords insurmontable.

Pour Cécile, il avait dû enfouir au plus profond de lui le poids de son amertume et continuer à sourire à l'enfant trop sage et toujours triste.

Seul pour élever sa petite fille, il avait bien senti que s'il ne la comprenait pas toujours, ce n'était pas à cause de leur différence d'âge. Il y avait, tapi au fond des yeux clairs et purs, quelque chose qu'il avait peur de découvrir : une absence, une fragilité. Une faille... Il craignait de retrouver dans l'iris bleu le trouble qui avait habité celui de Caroline.

C'étaient, par-dessus tout, les silences qui les rapprochaient le plus. Au bout d'un moment, il reconnaissait le sourire qui le rassurait. Cécile avait une façon particulière d'étirer ses lèvres qui bouleversait son cœur tant elles ressemblaient à celles de sa mère. Et quand elle se blottissait contre lui en nichant son front dans son cou, il priait pour que l'instant se prolonge. Il n'osait plus respirer alors, soucieux de vivre les minutes magiques où elle avait besoin de lui, où elle osait enfin partager sa soif de tendresse.

Il s'arrangeait toujours pour qu'elle ne voie pas ses larmes.

Presque dix ans avaient passé depuis le drame.

Jean avait fait de son mieux pour assurer à Cécile une affection sans faille et il l'avait vue, peu à peu, se départir de cette défiance qu'elle affichait autrefois constamment. Si elle avait conservé sa timidité et sa fragilité maladives, elle savait donner le change en s'enveloppant d'un voile de mystère que les autres pouvaient prendre pour une douceur naturelle. En classe de 4e, Sophie, une adolescente délurée, avait semblé s'intéresser à elle. Le style de fille à qui il ne fallait surtout pas lancer un défi à la légère ; elle le relevait immédiatement. Jean avait prié le ciel pour que naisse une amitié. Depuis ce temps-là, Sophie avait pris Cécile sous sa protection.

Jean se demanda, une fois de plus, ce qui pouvait attirer, en Cécile, cette grande fille élancée aux manières un peu brusques, qui paraissait toujours impatiente. Sa vitalité s'accordait étrangement à la trop grande réserve de Cécile. Sans doute chacune trouvait-elle chez l'autre un frein à sa propre démesure.

Plus tard, bien plus tard, quand les événements feront de sa vie un deuxième cauchemar, Jean priera Sophie de se souvenir, de se rappeler dans les moindres détails les craintes que sa fille aurait pu lui avouer.

Il se retourna enfin et décida d'interrompre le silence du docteur Simon.

— Ce n'est pas faute d'avoir essayé, mais face à des questions d'ordre plus personnel, elle prend un air tragique de chaton effrayé, et je dois leur donner un tour différent pour revenir à nos discussions habituelles. Je reconnais en elle les mêmes dispositions que sa mère à se laisser aller à la mélancolie et lorsqu'elle se sent prise en défaut, elle plaque sur son visage un doux sourire, mais je sens combien il est forcé. Je la trouve encore étrange.

— Allons, Jean, n'aggrave pas un état qui a eu besoin de temps pour recouvrer quelque sérénité. Ce n'est pas ce qui me tracasse le plus, comme tu le sais.

Tout en feignant de ne pas voir le geste sceptique de Jean, Frank Simon préféra ne pas s'aventurer dans cette voie qu'il savait délicate.

— Bien que trop émotive, reprit-il, ma filleule est devenue une jeune fille charmante, même si elle reste toujours fragilisée par la disparition brutale de sa mère.

Nous savons bien qu'elle n'a pas suffisamment évacué sa peine, ni jamais formulé sa détresse, à la mort de Caroline. Jean, fit-il, plus grave, nous en avons déjà parlé, même si cela ne me regarde pas, mais une présence féminine à domicile lui a manqué et lui manque encore pour épauler sa propre féminité. Une femme de ménage, nounou à temps partiel, ne suffit pas...

Le docteur s'arrêta de parler, laissant sa phrase en suspens.

— Je sais très bien à quoi tu fais allusion, Frank, et nous sommes suffisamment amis pour que je te réponde, dit doucement Jean. Personne ne prendra jamais la place de sa mère. Depuis ce jour-là, j'ai le cœur mort.

Le regard fixé sur la moquette immaculée, Jean Rivière glissa une main dans ses courtes mèches poivre et sel avant de reprendre, d'une voix plus rauque :

— Je ne pourrais offrir à une autre femme qu'une présence désagréable. Caroline a été la seule à me sortir de mes envies de célibat. Et l'unique désir qui me reste, à présent, est de rendre ma petite fille heureuse.

— Tant qu'elle acceptera de venir régulièrement à nos entretiens, je pense pouvoir lui être de quelque utilité, mais... Je voudrais revenir sur des notions importantes... Ne crains-tu pas qu'elle apprenne un jour les circonstances tragiques de la mort de sa mère ? Sera-t-elle en mesure de supporter le choc ?

Jean resta silencieux, la tête baissée sur des pensées terribles. Comment pourrait-il expliquer à son vieil ami la souffrance qui l'habiterait à jamais, ce grand froid qui ne le quitterait que le jour de sa mort ? A qui, d'ailleurs, aurait-il le courage d'avouer son drame ? Toutes les confessions du monde ne pourraient jamais absoudre son crime. Il refoulait même, furieusement, les sursauts de raison qui tentaient d'alléger ses tourments. Emmuré dans sa responsabilité de la mort de Caroline, il lui arrivait encore de se haïr.

Il releva un visage triste vers le médecin dont les drogues ne soulageaient pas la conscience.

— Nous sommes si peu à être au courant. Et nous avons juré le secret.

— J'aurais pourtant souhaité que tu abordes au moins cette question-là. Pour expliquer une contrevérité des plus...

— Je ne lui ai pas vraiment menti, le coupa Jean.

— Disons que tu as déformé une chose, et... menti par omission pour l'autre. Tu as tes raisons, tout à fait louables, et je les respecte, mais, moi, je ne fais que prévoir le pire, soupira Frank Simon.

— Je ne suis pas convaincu qu'elle vive mieux, en sachant... ce que je n'ai aucune envie de lui dire.

— Tu as tort, Jean. Mon devoir est de te l'affirmer, et tu m'empêches d'exercer correctement mon métier avec Cécile. Je suis chaque jour confronté à ces choses tues et aux névroses qui en découlent, je parle en connaissance de cause.

La mauvaise humeur de Jean se manifesta de façon brutale.

— Tu es un bon ami, Frank, un véritable ami. Je déplore simplement le fait que tu sois psy !

— Plus elle avancera en âge et plus elle éprouvera inconsciemment ce besoin obsédant de savoir, insista malgré tout Frank, calmement.

— Franchement, trouves-tu qu'elle aille mal ?

Frank Simon hocha la tête et sourit.

— Elle va bien. Malgré nos craintes, qui n'ont pas les mêmes origines, elle s'équilibre tout doucement. Elle a besoin de prendre de l'assurance, c'est tout. Je surveille l'affirmation de son caractère.

— T'a-t-elle dit qu'elle vient d'accepter de travailler à l'auberge du Conquérant, cet été ?

Le regard vif de Frank Simon s'immobilisa sur Jean.

— ... Près du château ?...

La figure assombrie, Jean Rivière approuva en silence.

A cette seconde précise, la pensée des deux hommes avait fait le même bond dans le passé.

— Eh bien, voilà une preuve de caractère ! dit le psychiatre en ignorant délibérément leur malaise.

— L'insistance de son amie Sophie n'y est pas pour rien.

Lorsque Jean Rivière fut parti, le docteur Frank Simon resta longtemps songeur. Ses jambes donnaient un léger élan au fauteuil de cuir et il pivotait doucement de droite à gauche puis de gauche à droite.

Il avait souvent attiré l'attention de Jean sur l'importance capitale des secrets de famille, ces non-dits qui pouvaient fragiliser des personnalités comme celle de Cécile. Mais les regards de Jean reflétaient, dans ces moments-là, un scepticisme et un désarroi tels qu'il avait pris sur lui de ne pas insister davantage et de revenir plus tard à la charge, priant le ciel pour que rien, jamais, ne vienne casser le précaire édifice de protection de Cécile.

Il arrêta enfin le mouvement cadencé du fauteuil et déverrouilla un tiroir de son bureau, duquel il extirpa un carnet vert à la tranche dorée. Il réfléchit encore avant de l'ouvrir, puis il tourna les pages et relut consciencieusement les deux dernières qu'il avait remplies lui-même d'une écriture anguleuse, avant d'écrire à leur suite ces mots :

« Jean est toujours aussi têtu. Il a tort de ne pas se ranger à mon avis, mais Cécile franchit une étape essentielle en acceptant de servir dans un restaurant, avec son amie Sophie. Je ne bénirai jamais assez cette jeune fille d'être entrée dans sa vie. »

2

Ce 2 juillet, Cécile Rivière allait rencontrer Thierry d'Ersen pour la première fois.

La deuxième rencontre déclencherait un lent processus destructeur, tissé comme une toile d'araignée autour de la jeune fille, jusqu'au dénouement, tragique, qui dépasserait tout ce que Frank Simon craignait pour sa filleule. S'il avait pu imaginer, un seul instant, que Cécile allait vivre une telle tragédie dans les années à venir, le docteur n'aurait pas donné cher de sa santé mentale.

A 18 h 30, les deux jeunes filles sautèrent du bus avec un ensemble parfait. Il leur avait fallu quinze minutes à peine pour atteindre Eybens, la banlieue sud de Grenoble.

Elles ne pouvaient pas passer pour deux sœurs. La plus grande, une brunette aux yeux vifs, semblait impatiente et arborait un air joyeux. Ses cheveux courts lui donnaient une allure de garçon et son visage au menton carré un air affirmé. Sa compagne, plus fluette, contrastait par sa blondeur et son teint pâle malgré l'été bien avancé, et ne dégageait pas la même vivacité que son amie. La douceur de ses traits fins aurait inspiré un peintre romantique.

Elles longèrent sur cinquante mètres les hauts murs qui abritaient la propriété du château d'Ersen et s'avancèrent en direction d'une immense bâtisse du XVIIe siècle restaurée en auberge rustique.

Un soleil aveuglant accaparait un ciel sans nuages. La chaleur estivale de juillet était au rendez-vous. De la piscine municipale toute proche, fusaient les cris, les exclamations, les hurlements des enfants au milieu de plongeons et d'éclaboussures.

La plus grande fit presser le mouvement.

— J'ai hâte de commencer, dit-elle. Je compte beaucoup sur les pourboires, tu sais.

L'autre ne répondit pas. L'inquiétude semblait installée dans le pli de ses sourcils et elle luttait contre l'envie de flâner, de retarder l'instant redouté.

— Alors tu as compris, reprit Sophie. Il faut avant tout sourire, puis sourire et enfin sourire, tu vois ce que je veux dire. Les gens adorent ça.

— Si tu ne leur souris que pour d'éventuels pourboires, je trouve que tu exagères, fit la voix douce de Cécile dont les pupilles étaient plus sombres qu'à l'ordinaire.

Son regard enregistrait le nombre de places prévues dans le parking encore vide de l'auberge, tout autour duquel s'alignaient diverses espèces d'arbustes en une haie colorée et parfumée, changeante au fil des saisons, et elle sentait son désarroi s'accroître.

Depuis quelques mois, Sophie avait déployé des trésors de patience et de persuasion pour convaincre son amie d'accepter le même emploi qu'elle, mais aujourd'hui encore elle appréhendait un refus de dernière seconde. Consciente de l'effroi qui envahissait la jeune fille, d'un début de raideur dans sa démarche, elle douta un instant de son influence mais n'en montra rien et adopta le ton réconfortant d'une grande sœur.

— Avoue qu'il est plus agréable, pour un client, d'être servi avec un joli sourire. Je ne vole personne, ajouta-t-elle en lui prenant gentiment le bras. Allez, je sais bien ce qui te tracasse. Tu te fais une montagne de rien, je t'assure que tout va bien se passer. La clientèle de ce restaurant n'a rien à voir avec celle des petits bistrots ; elle est discrète et recherche la tranquillité. Mais si tu vois un problème surgir à l'horizon... fais-moi signe, conclut-elle, taquine.

Cécile baissa la tête, laissant ses longues mèches blondes venir recouvrir ses joues : un vieux geste enfantin né d'un besoin de tendresse et de celui d'atténuer ses craintes multiples.

Pour rien au monde elle n'aurait sacrifié à des ciseaux barbares la caresse protectrice de ses cheveux.

Comme d'habitude elle envia le caractère de Sophie, tout en ressentant de l'agacement à la voir si sûre d'elle. Un rapide coup d'œil sur sa droite lui fit rencontrer le profil net et affirmé. Et comme d'habitude, elle désira ne pas décevoir son amie.

Lorsque madame Serre, la patronne de l'auberge, entendit tinter la clochette de l'entrée, elle s'avança vivement pour accueillir les jeunes filles. Petite, ronde, énergique, elle était instantanément perçue comme un personnage sympathique.

— Bonjour, mesdemoiselles, vous êtes à l'heure, c'est bien, vous allez avoir le temps de vous familiariser avec les lieux. Je vais vous expliquer le fonctionnement de la cuisine et vous présenter toute l'équipe.

Avant de les précéder, elle les examina de la tête aux pieds, apparemment satisfaite de leur tenue. Elle avait souhaité du classique, elle apprécia les jupes sagement plissées à hauteur des genoux et les chemisiers blancs, mais s'attarda sur Cécile déjà inquiète de déplaire.

— Il faudra attacher tes cheveux, petite. Une queue de cheval fera l'affaire.

Puis elle se détourna et les invita à la suivre, sans remarquer l'émoi qui altérait le fin visage.

Une heure plus tard, les premiers clients arrivaient. L'élégante auberge du Conquérant, avec son magnifique cadre fleuri, n'avait plus à justifier une réputation hors pair. Sa renommée s'étendait de Grenoble à plus de trois cents kilomètres à la ronde, pour sa cuisine, et ses charpentes remarquablement restaurées par un talentueux architecte décorateur.

Malgré la cadence soutenue du service, peu à peu Cécile se détendait. Pour leurs débuts, la patronne n'avait chargé les deux jeunes filles que d'une petite partie de la vaste pièce, laissant les autres tables et celles de l'extérieur à du personnel expérimenté. Cela convenait parfaitement à Cécile qui avait du mal à s'exhiber ainsi, trop sensible à l'appréciation et à l'opinion de tous ces gens. Du coin de l'œil, elle voyait son amie circuler de table en table, consciente d'éveiller l'intérêt des clients à chacune de ses approches, peu avare de sourires et fière de son physique d'adolescente épanouie.

A 21 h 50, un homme seul, vêtu avec élégance, apparut sur le seuil. Madame Serre, qui supervisait le bon déroulement du service depuis son comptoir, se précipita pour l'accueillir. Elle lui dit quelques mots qui lui firent hocher gravement la tête, et le précéda jusqu'à une table située contre la première baie largement ouverte, à proximité d'un chèvrefeuille.

Comme Cécile venait de poser un plat sur la table voisine, elle fut discrètement sollicitée par madame Serre pour venir s'occuper du retardataire. L'homme semblait peu enclin à poursuivre une conversation. Fine, la patronne s'éloigna, non sans avoir fait comprendre à Cécile qu'elle avait affaire à un client de marque. Elle garda, dès lors, un œil vigilant vers le coin.

Thierry d'Ersen lisait la carte des menus, faisait son choix. Cécile écrivait la commande sur un petit calepin, trop appliquée pour apprécier le subtil parfum du chèvrefeuille poussé jusqu'à eux par une brise légère. Aucun des deux ne regardait l'autre.

Ce fut lorsqu'elle apporta l'entrée qu'il la remarqua vraiment, mais elle repartit si vite qu'il crut avoir rêvé. Pourtant, quand elle revint vers lui, il suspendit le geste qui amenait la serviette blanche au bord de ses lèvres.

Le charme et la classe naturelle du client solitaire attiraient les regards, aussi bien des hommes que des femmes installés aux tables voisines.

Certains l'avaient reconnu et avaient chuchoté tout bas le nom de l'enfant prodigue. Les autres hochaient la tête, curieux de découvrir enfin l'héritier du château endeuillé.

Longtemps, le bruit avait couru que le fils unique des d'Ersen menait une vie de débauche à Paris, depuis qu'il avait lâchement abandonné les siens, avec cette ingratitude orgueilleuse et bornée que l'on prête à la jeunesse dorée.

Une autre rumeur, colportée par le personnel du château soucieux de rétablir justice, avait adouci le portrait du rebelle. Le jeune homme avait été sauvé d'une réputation de mauvais fils quand on avait compris qu'il avait fui l'atmosphère de sa ville à cause d'une histoire de cœur, et qu'il assurait un poste à haute responsabilité dans une société financière.

Les années avaient passé, se posant inexorablement sur le château et ses habitants vieillissants, comme un voile de tristesse. Les visites du fils s'étaient faites si espacées que l'on ne parlait même plus de lui dans sa ville natale.

Thierry d'Ersen s'était immobilisé le temps d'une infime seconde, trop maître de lui et prisonnier d'une éducation sans faille pour laisser la surprise envahir ses traits.

Soucieux des regards indiscrets, il ramena le sien sur son assiette pour dissimuler toute curiosité, puis le laissa repartir naturellement vers la jeune fille.

Il pensa qu'elle devait avoir seize ans, ou peut-être dix-sept. Sa façon de se déplacer entre les tables du restaurant était un rien maladroite et cette gaucherie s'accordait parfaitement avec les paupières trop vite abaissées, ou le rose parfois plus vif des joues veloutées.

Il ne put s'empêcher de lever la main pour attirer son attention.

— S'il vous plaît, mademoiselle.

Cécile s'approcha, soucieuse de bien faire.

— Pourriez-vous m'apporter une carafe d'eau ?

Elle hésita, sur le point de dire qu'il y en avait une sur la table, mais se rappela à temps qu'elle devait satisfaire les clients. Elle repartit en cuisine, sentant sur elle le regard de l'homme, et tenta de calmer son agitation.

Lorsqu'elle revint, elle eut du mal à soutenir l'œil inquisiteur.

— Comment vous appelez-vous ?

Le ton était amical et poli, mais elle perçut autre chose. Une insistance peut-être au fond des yeux bruns, qui l'alarma.

— Cécile, répondit-elle tout bas, déjà sur le point de se détourner.

— Cécile comment ?

— ... Cécile, répéta-t-elle, rougissante. C'est tout.

Thierry d'Ersen regretta sa maladresse en voyant s'affoler les paupières aux cils recourbés, mais il ne put s'empêcher de scruter les traits encore enfantins. Alors, il fut envahi d'un trouble indéfinissable. Un trouble presque identique à celui qu'il éprouvait quand il revenait au pays, où trop de choses lui rappelaient qu'il ne connaîtrait jamais, ici, la vie heureuse dont il avait autrefois rêvé.

Il fut déçu de constater que, dès cet instant, Cécile ne l'approcha plus. Elle semblait avoir délégué ses services à l'autre serveuse et il fut agacé de l'insistance de Sophie à le toiser d'un œil hardi.

— Pas très sociable, ton type, tu n'avais pas à t'inquiéter, glissa rapidement la jeune fille à l'oreille de Cécile lorsqu'elles se croisèrent.

Alors il laissa son incompréhensible intérêt pour la blonde adolescente se diluer dans l'évocation de ses soucis en cours.

La mort brutale de ses parents, dans un accident de la circulation, l'avait bouleversé plus qu'il n'aurait pu l'imaginer, mêlant sa peine à des remords tardifs.

La disparition du baron Alexandre d'Ersen et de son épouse donnait à leur fils une raison supplémentaire d'oublier à jamais le berceau de son enfance. Car rien n'y faisait, Thierry ne se plaisait plus dans sa ville.

Les obsèques venaient d'avoir lieu, les condoléances avaient été largement présentées à l'héritier, reflétant la sympathie des citadins pour les châtelains.

Thierry avait été soulagé de voir partir les derniers visiteurs, n'en retenant aucun, pas même Gabrielle Montaux qui avait espéré un accueil plus chaleureux en dépit des circonstances. Et malgré le regard implorant des domestiques, il n'avait pas eu le courage de rester au château pour le dîner.

Il venait de convoquer tout le personnel qui errait dans le domaine, l'âme en peine, les yeux larmoyants. Pour la plupart, ils avaient vieilli avec le baron et la baronne d'Ersen, et avaient apprécié leurs maîtres. Thierry avait abordé l'aspect pratique de la situation, mais tous savaient déjà qu'il ne garderait à son service que les gardiens, le couple Picard, âgés d'une soixantaine d'années, logés dans une annexe située un peu en retrait de l'entrée principale du parc. Les châtelains n'avaient plus besoin de majordome et de cuisinier depuis longtemps déjà, mais ceux-ci avaient continué à servir, faisant partie de la famille depuis que Thierry avait fait ses premiers pas dans la demeure. Ce dernier allait, d'ailleurs, s'assurer de leur trouver un endroit paisible et financer leur retraite. La veille, il avait déjà libéré de ses engagements le chauffeur au service des d'Ersen depuis peu. Thierry s'était demandé quels mobiles avaient pu pousser son père à engager ce jeune homme de vingt-huit ans ; la plupart du temps le baron préférait conduire lui-même. Vincent Blase avait accepté sans broncher le chèque tendu et avait empoché la lettre de recommandation avec un air que Thierry, après coup, qualifiait de narquois.

Pendant qu'il mangeait sans faim son premier repas véritable depuis deux jours, il réalisa soudain qu'il n'avait pas vu le jeune homme aux obsèques. Aussitôt, cette pensée fut chassée par une autre. Le visage lisse et mat de Gabrielle Montaux venait de s'imposer brièvement à lui. Mais elle était, elle aussi, trop attachée à l'histoire de ses vingt ans pour avoir le privilège de faire partie de celle d'aujourd'hui. En constatant qu'elle portait à merveille ses trente-neuf ans, il n'avait pu s'empêcher de penser à un autre visage perdu dans le passé. Et le désir de fuir l'avait à nouveau envahi... comme à chacun de ses retours.

Lorsque son distingué client se prépara à quitter les lieux, Cécile le regarda se diriger vers le comptoir de madame Serre. Il fleurait la quarantaine, était grand, presque maigre, un peu voûté. Durant son service, elle l'avait examiné à la dérobée, en évitant sa table du mieux possible. Plongé dans ses réflexions, il avait mangé très vite et semblait maintenant impatient de s'en aller.

— Il paraît que c'est le propriétaire du château d'à côté, tu te rends compte ? Un baron ! lui souffla Sophie qui passait tout près.

A ce moment, il releva la tête et jeta un rapide coup d'œil circulaire, comme s'il eût cherché quelqu'un. Cécile, devinant qu'il allait arrêter son regard sur elle, avait pourtant anticipé la manœuvre, mais cela se produisit si vite qu'elle rougit et baissa la tête, prise en flagrant délit de curiosité. Lorsqu'elle eut le courage de relever le front, il avait disparu et elle fut étonnée de ressentir comme une contrariété.

Elle se traita tout bas de sotte, se demandant ce qu'elle avait pu craindre d'un tel homme, et s'en voulut de traîner partout avec elle timidité et méfiance.

Pourtant, à une heure du matin, lorsqu'il alla récupérer les deux amies à la fin de leur travail, Jean Rivière put apprécier un changement sur le visage de sa fille. Plus rosé qu'à l'ordinaire, il reflétait une sorte de satisfaction que Jean, très inquiet toute la soirée du résultat de cette première expérience, interpréta comme une victoire.

Dans sa chambre, malgré l'heure et la fatigue, Cécile ne trouva pas le sommeil rapidement. Une excitation nouvelle l'habitait d'avoir osé sortir de sa coquille.

Elle n'était pas aussi malheureuse que le craignait son père. Pas vraiment. Plutôt perpétuellement inquiète.

Elle avait seulement construit, tout autour d'elle, des murs transparents qui la mettaient à l'abri de ses peurs. Leur transparence lui permettait de ne pas échapper à la vigilance de son père dont elle devinait l'inquiétude, tandis que leur solidité lui apportait le courage de grandir presque normalement.

Elle était, en fin de compte, comme n'importe quel enfant trop tôt privé de sa mère, mais qui a senti, en en concevant quelque terreur, le poids du mystère qui entourait une mort trop brutale. Anxieuse de ce qu'elle n'avait pas compris, elle était toujours sur ses gardes. Elle avait, en vain, tenté d'arracher à ses tout premiers souvenirs quelques signes avant-coureurs, quelques mots, qui auraient pu renforcer un sentiment inexpliqué. Quelques scènes, même. Mais elle avait dû convenir, honnêtement, qu'elle ne se souvenait d'aucun éclat entre sa mère et son père. Au contraire, du plus loin qu'elle pouvait remonter dans sa petite enfance, elle restait persuadée que Jean Rivière n'avait eu que des gestes et des mots tendres envers sa femme. Depuis tout ce temps, elle avait espionné chaque visiteur. Assise sur la dernière marche du haut escalier, tant qu'ils étaient restés dans leur maison d'Echirolles, ou bien cachée derrière une porte, elle avait écouté toutes les conversations, tous les commentaires, mais tous l'avaient convaincue de l'amour immense que Jean Rivière portait à sa femme.

Alors pourquoi ressentait-elle autant ce mal de vivre ?

A force de volonté, elle avait enfin arraché à ses souvenirs des silences longs et prostrés de sa mère, des pleurs aussi, des énervements incompréhensibles.

Peu à peu inexplicablement persuadée du bien-fondé de ses doutes, elle avait attribué plus de poids encore au mystère pressenti. Elle s'était barricadée de l'intérieur. Ses interrogations n'avaient jamais dépassé le seuil de ses lèvres, par pudeur mais aussi par peur.

Elle n'avait pu se résoudre à interroger son père, pour qui parler de la mort de sa femme était au-dessus de ses forces. Il n'avait pu, qu'une fois pour toutes, définir la terrible maladie foudroyante qui avait emporté Caroline.

Le processus du silence s'était peu à peu instauré entre Cécile et son père, et chez la fillette, cette période ainsi que les événements qui s'y rattachaient furent frappés d'amnésie partielle.

Simon, quotidiennement confronté par son métier à l'étrange influence de la conscience sur l'être humain, avait veillé à ce que le mensonge pieux de Jean — et l'autre aussi, bien évidemment — n'engendre pas une limitation fonctionnelle du moi de sa filleule. Ses liens avec les Rivière ne lui facilitaient pas la tâche et son rôle devenait délicat. S'il aidait habituellement ses patients à découvrir la vérité sur leur passé, il se faisait, ici, complice du désir de Jean de la taire.

Il ne lui était plus resté alors que la solution de veiller de près à l'évolution psychique de la fillette, espérant de tout cœur que la fragilité qu'il quantifiait ne l'empêcherait pas de passer le cap qu'il redoutait.

Depuis le jour fatidique, Cécile avait craint ses retours de l'école, vivant dans l'angoisse d'entendre dans la bouche d'un voisin les mots terribles qui lui diraient que son père aussi l'avait abandonnée. Son cœur battait avec violence quand elle voyait la forte stature de Jean sortir de la pièce qu'il avait aménagée en bureau — pour travailler ses plans d'architecte à domicile, pour elle — et lui ouvrir les bras dans lesquels elle se précipitait. Et quand il devait s'absenter pour aller chez quelque client, longtemps elle avait appréhendé de quitter la maison, même pour quelques instants, préférant se plonger dans un livre, même sans le lire, et surveiller le retour de son père.

Son extraordinaire sensibilité lui avait tout de suite fait pressentir la terrible souffrance que Jean tentait de lui cacher, aussi avait-elle cru l'aider en escamotant la sienne propre. Et dans un souci de ramener un peu de bonheur sur les traits du veuf, elle avait ravalé ses pleurs et tenté de copier des attitudes, des airs de sa mère, qu'elle retrouvait à travers des souvenirs enfouis ou quelques photos. Elle avait cru remplacer un peu l'absente, tissant des liens étranges avec la morte, à l'affût de réponses à ses questions non formulées, si bien que son père et Frank Simon avaient craint un dédoublement de sa personnalité.

3

Un an plus tard, presque jour pour jour, Cécile s'installait à l'ombre, à quelques pas de l'Abribus, pour attendre son amie Sophie. Il n'était pas loin de 18 heures et toutes deux reprenaient du service à l'auberge du Conquérant, le temps des vacances.

L'été avait vidé les grandes artères d'un trafic soutenu. Pour l'heure, les piétons réapparaissaient dans les rues après avoir privilégié les coins d'ombre et les endroits frais. Ils étaient nombreux à se promener le nez en l'air, et flânaient avec plaisir le long des trottoirs dans l'odeur et la chaleur de ce début juillet. Grenoble affichait 30 degrés depuis deux jours.

Dans moins de quelques heures, Cécile ferait naître l'amour et la haine dans deux cœurs qui lui étaient encore étrangers.

Sans savoir que cette soirée allait, pour plusieurs raisons, changer le cours de sa vie, elle écoutait les cris enthousiastes qui s'échappaient de la piscine et se rappelait sa première journée remplie d'appréhensions à l'auberge.

Depuis le début de leurs relations, l'amitié de Sophie avait contribué à rendre Cécile moins sauvage, à éloigner les ombres qui planaient autour d'elle, à atténuer ses doutes, et lui apportait une sécurité nécessaire à son quotidien. En souhaitant par-dessus tout mériter cette complicité et la conserver, elle avait combattu toutes sortes de craintes injustifiées.

En un an, elle avait surmonté quelques-uns de ses complexes et se sentait un peu plus sûre d'elle, reconnaissant que l'étape du restaurant avait été sa plus grande réussite dans son combat contre la timidité.

Il restait entre les deux amies quelques sujets inabordés, mais Sophie connaissait trop bien les moments où Cécile se rétractait comme les bras d'une étoile de mer, se renfermant alors dans un mutisme à toute épreuve. Pour avoir essayé une fois de la pousser dans ses retranchements, elle s'était bien gardée, depuis, de provoquer une nouvelle dérobade. Il lui avait fallu plusieurs jours pour retrouver la confiance relative de son amie et elle s'était à nouveau demandé ce qui l'attachait toujours à cette fille, elle qui détestait la faiblesse sous toutes ses formes.

Mais était-ce de la faiblesse ou l'enfouissement d'un lourd secret qui parait Cécile de cette aura énigmatique ?

Cécile avait grandi. Sa taille s'était encore affinée, ses traits s'étaient fixés. Seuls n'avaient pas changé la couleur de ses cheveux ainsi que leur longueur, et ses yeux, dont la profondeur mystérieuse lui donnait toujours l'air d'être ailleurs.

Elle fut tirée de ses rêveries par la chute acrobatique, à quelques mètres devant elle, d'un gamin à bicyclette. Le garçonnet se releva indemne, jeta un regard furtif sur les éventuels témoins de sa maladresse et s'enfuit en pédalant très fort, honteux. En le regardant disparaître, Cécile pensa qu'elle aurait pu prévoir sa chute et l'envie lui vint de s'amuser à son petit jeu secret.

Elle respira à pleins poumons et força son attention.

Longtemps recroquevillée sur ses mornes pensées, elle avait échappé à la névrose d'angoisse en projetant sa curiosité enfantine sur les autres, en les observant tout simplement. Inconnus parfaits, les passants avaient représenté, pour la fillette de l'époque, le moyen de faire dériver ses pensées de la morosité en les concentrant sur chacun d'eux.

De la maison, située tout près du cours Jean-Jaurès, à hauteur d'un Géant Casino, elle s'était laissé distraire par les allées et venues des ménagères, des livreurs, des personnes âgées ou des enfants. Elle s'était alors aperçue qu'elle anticipait leurs faits et gestes, débusquant leur volonté propre. En se concentrant davantage, elle avoisina très vite des scores de huit sur dix.

Et puis elle avait quitté le quartier. Brusquement, presque du jour au lendemain. Elle avait entendu son père dire qu'il ne voulait plus vivre dans cette maison qu'il avait en horreur. Ils avaient emménagé au huitième étage de la rue Marceau, dans l'appartement que la mère de Jean libérait pour s'installer à Cannes afin de bénéficier d'un climat plus doux. Ils avaient vécu pendant quelques semaines dans un effroyable chantier. Jean avait fait rénover entièrement l'appartement, comme s'il avait voulu effacer un passé.

De si haut, elle n'avait plus eu la même vision des choses. Alors elle avait poursuivi son jeu ailleurs, testant son intuition à tout moment : à l'école, dans les magasins, devant son poste de télévision, et même vis-à-vis de Sophie, jusqu'à ce que celle-ci s'offusquât de ses airs : *« Mais arrête de me regarder comme ça ! On dirait que tu veux m'hypnotiser ou bien me jeter un sort. »*

A ce stade, cette faculté dépassait largement la simple intuition et Cécile en conçut quelque crainte. Elle se surveilla donc et refréna ses envies de prédire le geste immédiat de tel ou tel individu. Bien qu'elle fût décontenancée par ce don étrange, qu'elle qualifiait de pouvoir, elle était consciente de sa fragilité psychique et s'en alarmait, même si elle cachait aussi cette peur-là. Non seulement elle ne tenta pas de pousser plus loin ses petites expériences, mais elle n'en parla à personne, même pas — surtout pas, pour ne pas l'inquiéter davantage — à Frank Simon.

Tout d'abord elle se persuada que trois bus passeraient avant que le quatrième ne lui amenât Sophie, ensuite elle fixa mentalement le nombre de personnes déversées par chacun des transports en commun. Elle eut raison pour le premier, et sa petite frimousse s'éclaira d'un sourire discret avant de se poser sur deux personnes âgées, les dernières à être descendues de l'autobus. Rien ne laissait supposer ce qu'elle sentait venir. Mais peut-être avait-elle perçu la lueur de panique dans l'œil fatigué de l'homme ? Le couple s'éloignait déjà, rien ne se passait, mais Cécile ne le perdait pas des yeux, à la fois soulagée et déçue de se tromper. Pourtant... ne sentait-elle pas déjà le pas lourd et lent ralentir, se fatiguer ? La vieille dame s'alarma enfin et regarda mieux son compagnon. Cécile la vit prendre le coude de l'homme et le tirer tout doucement vers un banc. Elle savait que les personnes proches allaient proposer leur service, mais elle rompit brutalement le fil qui la reliait au devenir immédiat de cet homme. Elle lutta contre ce sentiment envahissant et pénible de prévoir une suite fâcheuse à l'incident. Elle se résolut à voir dans le fait que le couple maintenant repartait comme une erreur dans ses pronostics.

Sophie était dans le quatrième car. Cécile ne put contenir un sourire mystérieux.

— Désolée pour le retard, lui jeta son amie en l'embrassant, mais j'ai raté deux correspondances à cause de Jérôme et Fabienne. De vraies sangsues, pas moyen de leur filer entre les doigts, comme s'ils avaient eu pour objectif de m'empêcher de venir. Mais on dirait que ça te réjouit, je peux savoir pourquoi ?

— J'avais parié que tu serais dans ce bus-là, c'est tout, répondit tranquillement Cécile.

Les sourcils relevés en guise d'interrogation se rabaissèrent aussitôt. Sophie savait ne plus rien attendre lorsque Cécile disait : *« C'est tout. »*

Elles marchèrent rapidement sur le trottoir qui longeait la propriété du château d'Ersen, jusqu'au portail où, là, d'un commun accord, elles s'arrêtèrent. Grand ouvert, celui-ci les invitait à jeter un œil curieux sur un endroit toujours clos.

— Mazette, regarde un peu cet univers ! dit la pétillante Sophie, les yeux ronds comme des boules de loto. Un vrai paradis.

Exceptionnellement, les mots lui manquaient. Cécile regarda aussi et approuva en hochant la tête. A travers les branches feuillues d'un cèdre majestueux, elles virent au loin dans un décor de fleurs et de verdure le château qui étalait ses deux tours crénelées, semblables à des ailes déployées. Le soleil faisait briller la toiture dauphinoise aux tuiles en écailles et donnait aux massifs débordants de fleurs des couleurs éclatantes. Des arbres de Judée, des rhododendrons, des lilas, des tamaris se disputaient la place d'honneur et, tout contre le portail, des hortensias blancs illuminaient un tapis de bruyère.

— Allez, petites, vous n'allez pas rester là, plantées comme des souches ! Vous repasserez pour le spectacle !

La voix les tira de leur rêverie. Tout à leur émerveillement, elles n'avaient pas remarqué un homme entre deux âges arrivé de côté. Sur une épaule, il portait une courte échelle et, dans l'autre main, un seau empli d'eau. Cécile avait amorcé un retrait, mais Sophie, qui avait perçu de la bonhomie dans les propos, retint son amie.

— Il vous plaît, le parc, pas vrai ? reprit l'homme, amusé, tandis qu'il installait son échelle contre l'un des lourds vantaux.

Du seau, il sortit une brosse, gravit les trois premiers barreaux de l'échelle et entreprit le lessivage d'un écu de bronze.

— Vous êtes le gardien ? On croyait le château fermé.

— C'est vrai qu'il n'y vient plus grand monde, mais je continue à entretenir le parc et ma femme aère toutes les pièces. D'ailleurs, le jeune baron est revenu pour quelques jours.

— Que représente le blason que vous nettoyez ?

— Les armes de la famille d'Ersen : un heaume et deux épées entrecroisées.

L'austère chignon de madame Serre avait fait place à une coiffure plus légère et plus jeune, de lourds rideaux de velours bordeaux remplaçaient les anciens, ravivant les boiseries des fenêtres laquées de blanc. Les nappes assorties aux tentures tranchaient sur les sous-nappes blanches, décorées chacune de fraîches tulipes jaunes.

— Vous connaissez tout le personnel, il n'a pas changé depuis l'an dernier. Il n'y a qu'un nouveau, le plongeur. D'ailleurs, le voici. Mesdemoiselles, je vous présente Anthony Villard.

Les deux jeunes filles découvrirent ensemble la séduction un peu bohème du jeune homme qui s'approchait sans hâte. Il était grand, svelte, portait aisément un large polo blanc ajusté dans un pantalon africain au tissu coloré. Il avait environ vingt-deux, vingt-trois ans. Les yeux noirs en contraste avec l'abondante chevelure claire, le sourire engageant, la poignée de main chaude et ferme leur plurent instantanément. Cécile resta sur sa réserve habituelle, presque indifférente avec son air trop rêveur, tandis que Sophie affichait sa satisfaction par un sourire charmeur.

— Etudiant ?

— Oui.

— En quoi ?
— Publicité.
— Tu es de la région ?
— De Lyon.

Son regard noir suivit longuement Cécile qui s'éloignait avec madame Serre.

— Et vous deux ?

— On est d'ici, on vient de réussir notre baccalauréat, on se fait de l'argent pendant deux mois et on attaque notre fac d'histoire à la rentrée. Je m'appelle Sophie. Elle, c'est Cécile. Elle est du genre timide ; moi, pas du tout.

Anthony Villard sourit devant l'aplomb de Sophie, tandis qu'un grand bonheur l'envahissait. Il savait qu'il venait de faire une rencontre capitale.

Il était revenu. En compagnie d'une femme élégante. Tous deux attendaient que madame Serre les conduise à leur table, lui, faisant d'un regard discret le tour de la vaste salle, elle, la tête haute et droite, consciente de sa propre valeur.

Cécile vit, de dos, le couple se diriger vers la terrasse à la suite de la patronne et elle s'en désintéressa aussitôt car il sortait de son champ d'action.

A la distribution des tâches, Sophie avait déclaré préférer s'occuper des tables extérieures, ainsi qu'Emilie, l'une des trois employées à temps plein, tandis que les deux autres, Claude et Laure, aidaient Cécile à l'intérieur.

— Ton type est revenu ! jeta Sophie tout excitée à son amie dès qu'elles se côtoyèrent en cuisine. Le baron qui souhaitait connaître ton nom ! Allez, ne me dis pas que tu ne t'en souviens plus, insista-t-elle devant l'air indifférent de Cécile. Notre premier jour, l'an dernier ! Il t'avait pourtant assez paniquée, non ?

Souffrant de sentir sur elle la convergence de quelques regards, Cécile manifesta sa contrariété en fronçant les sourcils. Les bruits étaient variés et continus dans la cuisine en effervescence et aucune oreille n'avait pu saisir les propos chuchotés de la jeune fille. Elle vit pourtant le nouveau plongeur, qui avait abandonné sa cuve pour se comprimer les reins avec une grimace, les regarder, elle plus particulièrement. Elle baissa vivement la tête et se concentra sur les gestes précis du maître queux qui disposait avec art et vélocité un foie gras poêlé dans une douzaine d'assiettes.

— Ne t'affole pas, continuait Sophie qui avait mal interprété le mouvement de sourcils. J'ai l'impression qu'il ne s'intéressera plus à toi. Un cerbère l'accompagne.

— Sa femme ?

— Il n'a pas d'alliance.

— Ça ne veut rien dire.

— Mouais. En tout cas, elle est prête à mordre quand je m'attarde auprès d'eux.

— Cache ton sourire et ton charme ravageurs, se moqua gentiment Cécile.

— Tu rigoles ? Au contraire, j'aime mettre en rogne ce genre de femme. Snob, autoritaire, jalouse, sans cœur.

— Mais tu ne la connais pas.

— Je suis sûre que tu partagerais mon avis si tu la voyais. Fais-moi plaisir, apporte-leur ce plat et tu me diras ce que tu penses d'elle. Et puis, elle porte un de ces parfums... se moqua-t-elle en pinçant les narines.

Elle avait joint le geste à la parole, mais Cécile refusa de saisir l'objet et s'empara des assiettes que lui tendait le chef.

— Non.

— Si.

— Non.

— Dégonflée.

— Oui.

Elles sortirent ensemble, rieuses, bousculées par les autres serveuses pressées.

Il était 22 h 30, l'heure où la fatigue s'installait dans les jambes et où le temps paraissait plus long, où la tension se relâchait. Le rythme ralentissait un peu, toutes les tables étaient servies, certains clients partaient, d'autres réclamaient leur note.

Cécile retint un bâillement et décida d'aller se rafraîchir.

Situé au sous-sol, l'espace toilettes était frais. Il n'y avait personne. Les grands carreaux de faïence verts et bleus des murs et du sol renvoyaient à l'infini l'éclat des ampoules dans les quatre miroirs qui se faisaient face.

Cécile se pencha sur le premier lavabo, ouvrit le robinet en grand, laissa couler l'eau dans le creux de ses paumes réunies et les appliqua sur ses joues chaudes. Elle resta ainsi de longues secondes apaisantes, savourant le bien-être, et releva la tête les yeux toujours fermés, en laissant couler les gouttelettes fraîches sur sa peau.

Quand elle releva les paupières, elle sursauta et retint un cri de frayeur.

Dans la glace, un visage de femme la fixait sans vergogne.

L'impudeur de l'inconnue à poursuivre son examen fit naître en elle un tel malaise que ses joues se colorèrent et pâlirent simultanément tandis qu'elle abaissait son regard et s'emparait fébrilement de serviettes en papier. Son cœur battait de façon désordonnée et elle fut incapable de récupérer un minimum d'assurance. Comme un animal pris au piège, ou coupable d'une faute qu'elle n'avait pas commise, elle attendit, inquiète, que la femme modifiât son attitude. Enfin, lorsqu'elle revint timidement interroger le miroir, une espèce de sourire ôtait au visage réfléchi la sévérité de l'immobilité.

Sans commentaire, la jeune femme se retourna et fouilla dans son sac à main, pour en sortir une trousse de maquillage. Tout en peignant ses lèvres d'une couche de rouge vif elle chercha encore le regard de Cécile, par miroirs interposés, mais la jeune fille, qui avait fini de sécher son visage et ses mains, tamponnait hâtivement le lavabo et ses accessoires, comme madame Serre l'avait recommandé, avec les serviettes en papier.

En s'enfuyant des lavabos, Cécile ne mit pas un terme à la curiosité de l'inconnue. Bien au contraire.

Après s'être repoudré le nez, la jeune femme resta pensive, à s'examiner sans indulgence dans la glace, rêveuse, les yeux dilatés comme pour l'aider à mieux réfléchir. Seuls ceux qui la connaissaient bien auraient dit qu'ils reflétaient l'inquiétude.

Elle serra ses lèvres pour fixer le rouge, lissa d'un doigt la courbe harmonieuse de ses sourcils, et dérangea savamment sa coiffure apprêtée en glissant les doigts écartés entre les mèches noires. Enfin elle sortit un vaporisateur de son sac et envoya un nuage de parfum aux senteurs orientales dans le creux de sa gorge et de ses poignets.

Attentive, elle vit avec plaisir ses traits se libérer de leur tension. La désagréable impression laissée par la rencontre fortuite s'estompait. Sa séduction naturelle reprenait le dessus, ainsi que son sens des réalités.

Quand elle réapparut à l'étage, elle ne se dirigea pas tout de suite vers Thierry d'Ersen qui l'attendait en fumant une cigarette, mais obliqua sur sa gauche pour atteindre le comptoir d'où madame Serre officiait. Le claquement de ses talons aiguilles sur le dallage d'époque avait fait lever des têtes, mais habituée aux regards admiratifs elle affichait superbement un maintien de star. Elle n'eut pas un regard pour Sophie qui attendait une note.

— J'ai le sentiment de connaître l'une de vos employées. Une jeune fille blonde, aux yeux bleus.

Madame Serre hésita imperceptiblement, mais fut aussitôt au service de l'amie du baron.

— La petite Rivière ? Vous voulez certainement parler de Cécile Rivière ? Cette jeune fille-là ? fit-elle en désignant Cécile qui débarrassait une table dans le fond du restaurant.

— Oui, effectivement, mais il s'avère que je me suis trompée, je ne connais pas ce nom-là. Veuillez m'excuser.

Ni madame Serre ni Sophie ne virent l'expression du regard de Gabrielle Montaux lorsqu'elle s'éloigna vers la terrasse.

En s'asseyant à sa table, la jeune femme sourit amoureusement à Thierry d'Ersen.

— Je suis un peu lasse. Si nous partions ?

— Très bien. Je termine ma cigarette et nous y allons.

Gabrielle Montaux tendit ses longs doigts aux ongles vernis vers les Rothmans, et Thierry d'Ersen lui présenta courtoisement la flamme de son briquet Cartier.

— Tu viens ici souvent ? demanda-t-elle après avoir soufflé la fumée de sa cigarette avec un art consommé.

— Une fois par an, en général, lorsque je reviens au château.

— Tu connais les hôteliers ?

— Pas vraiment. Mes parents, eux, les connaissaient très bien.

— Mais toi ?

— Non, pas suffisamment pour que nous parlions d'eux.

— Tu es étrange. Rien de ce qui concerne cette ville, ton château, tes proches voisins, ne t'intéresse.

— Tu connais mes résolutions.
— Que je réprouve absolument.
— C'est mon problème, je crois.
— Je dirais plutôt, le nôtre... à moins que tes nouvelles résolutions ne me concernent aussi ?

Elle avait réussi à donner à sa voix la désinvolture nécessaire pour amortir le sérieux de sa question, pour détendre Thierry dont elle sentait la nervosité s'accroître depuis leur retour de la capitale. Elle savait qu'il lui faudrait encore de la constance, de la détermination, de la patience, pour arriver à ses fins. Pour cela, il leur fallait repartir pour Paris. Loin d'ici, elle avait plus d'influence sur ses actes.

— Il ne s'agit pas de toi...

— De nous, le coupa-t-elle gentiment mais fermement. Je préfère que tu dises de « nous », mon chéri. N'allons-nous pas, bientôt, tout partager ?

Thierry d'Ersen sourit intérieurement. Il savait que s'il épousait Gabrielle, il concrétiserait son rêve secret. Mais désirait-il réellement ce mariage ? Elle disait « *bientôt* » alors qu'il n'avait rien décidé.

— Conserve le château, Thierry, conserve-le, même si nous n'y venons plus. Nos enfants ne te pardonneraient jamais de les en avoir privés. Réfléchis encore, rien ne presse, mais... il serait temps que nous les fassions, ces enfants, ne crois-tu pas ?

Il regarda sa compagne et sourit, cette fois-ci naturellement. Elle savait utiliser les mots qui le feraient fléchir.

— Désirez-vous un café ? leur demanda Sophie qui s'était approchée.

— Non, nous partons, répondit Thierry sur l'avis muet de Gabrielle. Faites-nous préparer l'addition, s'il vous plaît. Es-tu sûre, continua-t-il lorsqu'elle se fut éloignée, de vouloir...

Il laissa sa question en suspens, les yeux fixés sur Cécile qui venait d'apparaître sur la terrasse.

— ... rentrer ? poursuivit-il presque machinalement.

Lorsque son regard revint vers Gabrielle, celle-ci arborait un air naturel, comme si elle n'avait pas remarqué le léger temps d'arrêt et le trouble qui s'était ensuivi. Elle examina même ostensiblement la jeune fille, sans manifester de réaction particulière, sentant que cela rassurait inconsciemment Thierry.

Elle accéléra leur départ mais ne put empêcher le baron d'Ersen de poser un regard insistant sur Cécile Rivière qui venait épauler ses collègues.

En traversant à pied l'immense parc du château, Gabrielle dut s'appliquer à conserver un ton badin en sachant pertinemment que Thierry faisait de même. Cette rencontre ne pouvait le laisser indifférent.

La nuit sans lune la servait pour cacher le pli amer de sa bouche. Elle fut insensible au parfum des lis de Saint-Jacques, des magnolias à grandes feuilles et des tilleuls. Elle ne perçut ni le doux bruissement des feuillages balancés par un souffle léger et chaud, ni l'odeur musquée de la mousse des sous-bois.

Accrochée au bras de son amant, elle était à l'affût du sentiment qui déferlait en elle comme un raz de marée : sa haine envers cette gamine insignifiante qui détenait le dangereux pouvoir de lui arracher Thierry.

Cette nuit-là, les rêves de Thierry d'Ersen furent peuplés de fantômes, de ces fantômes surgis du passé, que la plus forte des volontés ne peut vaincre.

A 3 heures du matin, certain que le sommeil l'avait fui, il quitta son lit sans éveiller Gabrielle et enfila un caleçon léger.

Un grand verre d'eau fraîche ne suffit pas à calmer sa nervosité. Il erra un instant dans le vaste salon aux chaudes boiseries avant de s'installer contre la cheminée, dans le fauteuil crapaud qui avait toujours eu la préférence de son père.

La clarté d'un ciel étoilé se déversait sur le carrelage à damier par les immenses fenêtres ouvertes, tandis qu'une brise apportait vie, souffle et sursauts dans les voilages arachnéens.

Il écouta les bruits de la nuit qui renforçaient sa solitude.

L'atmosphère du château vide lui pesait. Au fond de l'âtre les chenets en cuivre luisaient doucement dans la clarté irréelle. Thierry chercha dans ses souvenirs la bonne odeur du hêtre qui se consumait dans la cage de pierre, les flammes hardies et ronflantes, le crépitement doux de l'écorce humide les soirs d'hiver.

Le piétinement des coussinets de Melchior sur le carrelage le réconforta. Le vieux setter irlandais aimait les retours de Thierry dans la propriété. Il vint poser sa truffe humide sur ses mains et leva ses doux yeux comme pour l'inciter à confier ses soucis. Il resta ainsi, immobile sous la main de son maître dont la nostalgie se ravivait de caresser le poil soyeux.

Peu à peu les ombres reculaient autour de lui, mais Thierry, absorbé par les voix du passé, ne s'en rendait pas compte.

A l'aube de la quarantaine, il sentait sa vie vide de sens et il ne put empêcher sa rancœur de refaire surface.

Bien qu'il eût entretenu d'excellentes relations avec tout le monde, l'autorité de son père lui avait toujours paru dénuée de bon sens. Sa mère, elle-même trop soumise aux règles établies de sa petite noblesse, n'avait rien fait pour tempérer les idées arrêtées de son mari.

En dépit de sa volonté d'échapper à l'évocation des scènes pénibles qui les avaient fait s'affronter, Thierry ne pouvait chasser l'image de son père dressé comme un coq, devant son épouse consternée mais complice, dans le duel qui opposait les deux hommes.

Sa fugue en Amérique avait laissé ses parents furieux et malheureux, mais il lui avait semblé, alors, que ces sentiments-là n'avaient aucune commune mesure avec sa propre désespérance.

Il avait une dernière fois vérifié tous les papiers, les billets de train et d'avion, et avait fermé sa valise en proie à une étrange exaltation. L'heure n'était pas aux remords. S'ils devaient apparaître un jour, plus tard, au pire ne seraient-ils que des regrets qu'il saurait neutraliser en gagnant le pardon de ses géniteurs. Il n'était pas, ne serait pas le dernier fils à outrepasser la volonté d'une famille trop imprégnée de principes dépassés.

Vingt ans plus tôt, emmitouflé dans un anorak épais, il avait quitté sans bruit le château endormi au petit matin du 22 décembre, s'en remettant à des lendemains de rêve que seul un amoureux de presque vingt ans sait embellir de la sorte.

Il avait passé la nuit éveillé, à construire un avenir où son mariage à Las Vegas allait concrétiser son amour fou pour Caroline. Rien n'avait pu ralentir sa course au bonheur, ni les sermons de son père, ni les silences réprobateurs de sa mère, ni la crainte de Caroline d'être la cause d'une cassure entre les d'Ersen et leur fils. Il aimait, comme il n'aimerait jamais plus.

Au portail, il avait refoulé Pénélope, la chienne au long poil roux qui avait cru à un jeu tout au long du chemin, et s'était engouffré dans le taxi qui l'attendait.

— La gare, s'il vous plaît !

La longue avenue d'Eybens, celle de Jean-Perrot, et les grands boulevards avaient été vite franchis à cette heure matinale, malgré la neige qui ne cessait de tomber depuis la veille et qui blanchissait inlassablement le macadam. L'excitation de Thierry était à son comble et il lui avait tardé de tenir tout contre lui Caroline, dont les yeux traduisaient si bien la confiance et l'amour qu'elle lui portait, même si elle avait hésité ces dernières semaines, redoutant de s'embarquer dans leur folle entreprise.

Le hall de la gare était empli de voyageurs, encombré de bagages, de skis, d'un va-et-vient constant, de l'inégalable rumeur de ces haut-parleurs scandant les destinations et leurs horaires d'une voix monocorde.

Il avait été le premier au rendez-vous qu'ils s'étaient fixé, pourtant rien encore n'était venu altérer son impatience. La grande horloge murale lui avait confirmé son avance de vingt minutes. Il avait les billets à la main et une foi immense dans le cœur.

A moins huit minutes, une sourde inquiétude l'avait gagné, à moins cinq minutes, son euphorie avait fait place à un début de panique et accentué sa pâleur due à une nuit d'insomnie. Il avait pivoté, à la recherche de la silhouette familière. N'aurait-il pas dû aller la chercher, la prendre au pied de son domicile et non pas lui laisser courir le risque de... Il s'était retourné d'un bloc, immensément soulagé de sentir une main sur son épaule, mais la surprise l'avait immobilisé tout net. Nez à nez avec Gabrielle Montaux.

Au fur et à mesure que la jeune fille parlait, le visage de Thierry était passé de l'ahurissement au scepticisme le plus complet. Il avait jeté un ultime coup d'œil à l'horloge et s'était emparé de sa valise. Il avait fait un pas en direction de la sortie, rejeté le bras de Gabrielle qui tentait de le calmer. Car la colère, d'un seul coup, l'avait embrasé. Alors elle lui avait tendu une lettre, en insistant pour qu'il l'ouvre, là, le temps pressait. Il avait lu, et très vite ses yeux s'étaient embués sur des mots qui dansaient la farandole, qui dansaient sur une histoire devenue, en quelques secondes, les débris de son cœur éclaté. Il n'avait pas entendu la voix impersonnelle annoncer le départ du 629 pour Paris. C'était Gabrielle qui l'avait tout doucement poussé en direction du quai. Hagard, les joues décolorées, il avait fait quelques pas. Elle avait eu pitié et lui avait parlé gentiment. Enfin, il avait détaché ses yeux de la lettre crispée entre ses doigts. Enfin, il l'avait regardée et vu des larmes rouler sur ses joues à elle. Enfin, dans un sursaut d'orgueil, de désespoir et de stupeur, il s'était redressé, avait hésité entre deux solutions, la première avait failli l'emporter, il avait voulu savoir, mais le coup était si rude pour un cœur encore jeune. N'avait-il pas surestimé sa confiance et surévalué l'amour de Caroline ? La pression de Gabrielle l'avait vaincu. Sans un mot, il lui avait tendu — il les aurait jetés si elle ne les avait saisis au vol — le billet et la lettre de Caroline, et il s'était élancé sur le quai, il avait sauté dans le premier wagon.

La mort brutale des parents de Thierry était intervenue longtemps après une réconciliation, néanmoins leur incompréhension et le manque de communication avaient toujours compromis son retour définitif.

Certes, sa vie lui semblait encore vide de sens et d'émotions.

Cependant...

Il savait d'où venait cette incapacité à dormir.

Il devait revoir cette jeune fille.

Les cheveux blonds, les yeux bleus, l'allure tranquille, douce et gracile de Cécile lui offraient un rêve. Qui lui en rappelait un autre.

Il s'étonnait de la nommer par son prénom, qu'il avait retenu toute une année sans le savoir, et il cherchait, à la seconde précise, à comprendre pourquoi il n'avait pas tenté de la revoir. Sa trop grande jeunesse peut-être, ou bien... une inconsciente forme de fidélité à ce qu'elle représentait.

Melchior se raidit et grogna. Le grand setter n'appréciait pas la présence de Gabrielle Montaux dans les murs du château, mais la pression de la main sur sa tête le calma. Il laissa la jeune femme approcher, sans qu'un seul de ses poils ne frémisse.

Thierry avait entendu le bruit caractéristique des pieds nus sur le carrelage ; il ne fut pas surpris de sentir les mains de Gabrielle se poser sur ses épaules et glisser sur sa poitrine nue.

— Insomnie ? chuchota-t-elle dans son dos.

— Oui.

Il devait retourner à l'auberge.

Elle appuya furtivement ses seins libres contre sa nuque, lui transmettant leur moelleux et leur tiédeur à travers le satin blanc de sa nuisette.

— Le vent est chaud, cette nuit.

Gabrielle avait une voix un peu grave dans laquelle elle introduisait habilement quelques notes plus rauques, sensuelles. Elle se mit à pétrir doucement les muscles raidis à la base du cou, pendant que le mouvement libérait l'étrange parfum musqué.

Il fallait qu'il revoie cette jeune fille.

— Mes parents nous convient ce soir chez eux, à Seyssins, pour un dîner avec de vieux amis. Ils comptent sur nous.

Gabrielle attendit, avec toute la finesse d'un psychologue averti, avant de reprendre d'un ton plus léger :

— Ils souhaitent rencontrer leur futur gendre.

— Ne me dis pas que tu leur as annoncé notre mariage ?

Elle avait pressenti la nervosité de la réponse.

— Seulement nos prochaines fiançailles, ce qui ne t'engage pas vraiment. Que veux-tu, ajouta-t-elle très vite, ils sont conformistes et commencent à craindre pour leur descendance.

La contraction demeurait dans les muscles qu'elle massait lentement.

— Je n'avais pas prévu de quitter le château durant notre court séjour, dit-il, tendu. Honnêtement, je n'ai pas envie de les rencontrer. Je ne suis pas prêt.

— Très bien, j'irai seule, cela me permettra d'être plus à l'aise avec mes anciens soupirants.

La tension retombait. Gabrielle maîtrisait l'art de créer ou de modifier les climats. S'il se méfiait parfois de la justesse de ses interprétations et de ses jugements, Thierry l'admirait de s'accommoder de n'importe quelle situation. Un sourire vint, dans l'ombre, adoucir la contrariété de son visage.

— Tu ne seras jamais prêt, pour la bonne raison que tu fuis cette possibilité.

Elle avait arrêté son massage, stoppant net le bien-être qu'elle avait amorcé. Sa voix était plus froide.

— Nous avons quarante ans, un bel avenir devant nous et quelques illusions envolées. De quoi faire un couple solide. Rien ne changera par rapport à ce que nous sommes l'un pour l'autre aujourd'hui, si ce n'est la concrétisation de notre entente. Je t'aime, je t'ai toujours aimé... Non, ne te dérobe pas une fois de plus, ordonna-t-elle tendrement en s'abaissant devant lui. Si tes parents étaient encore de ce monde, ils nous approuveraient.

Elle se tut car Thierry soupira.

— Leurs goûts, en matière de femmes, ne correspondaient pas vraiment aux miens, dit-il tout bas.

— Il y a vingt ans, j'étais dans l'ombre mais déjà éperdument amoureuse de toi. Aujourd'hui mes sentiments n'ont pas changé et tu ne peux pas me reprocher de vivre.

Elle se releva en disant ces derniers mots, consciente de l'effet qu'ils produisaient sur Thierry.

— Fais un sort à tes souvenirs, ouvre les yeux enfin, ne laisse plus rien gâcher ce que nous pouvons réussir.

Tout en parlant elle avait commencé à s'éloigner. Elle ne reprit la parole que lorsqu'elle fut à la porte, loin de lui, et il ne put se défendre d'interpréter ses derniers mots comme une menace.

— Je ne vais pas attendre indéfiniment.

4

— Je vous ai réservé une table dans le fond de la salle, monsieur d'Ersen, comme vous l'avez souhaité.

— Très bien.

Dix minutes après que le bruit du moteur eut décru dans le lointain, Thierry avait appelé l'auberge du Conquérant.

— Quels sont tes projets pour ce soir ? avait demandé Gabrielle.

Très en beauté, le hâle accentué par une touche de poudre dorée, elle avait tiré ses lourds cheveux noirs en une sage queue de cheval. Une chaîne en or, aux maillons savamment entrecroisés, enserrait son cou et donnait une autre allure à la simple robe noire. Elle s'était assise sur le siège en cuir de la Mercedes avec toute la séduction dont elle savait jouer à merveille, s'arrangeant pour que le tissu léger découvrît ses longues cuisses bronzées.

— Sans doute un tête-à-tête avec Melchior. Ecoute, Gabrielle... pour tes parents, je...

Elle lui avait coupé la parole en souriant :

— Je leur présente tes respectueuses salutations, excuse ton absence et leur promets ta visite prochaine. Ils seront ravis. Tu verras, ils sont charmants.

Elle lui avait caressé la joue et elle avait envoyé un baiser du bout des doigts avant de claquer la portière et de mettre le moteur en marche.

Lorsque le véhicule eut disparu au détour de l'allée centrale, il avait entraîné dans la cuisine un Melchior à la queue frétillante.

— Viens, mon vieux copain, tu vas faire bombance, ce soir.

Il lui avait donné un steak, une part de quiche et un bon morceau de fromage.

Maintenant installé à l'auberge, il dépliait sa serviette, et constatait avec plaisir que son champ de vision englobait la salle dans son ensemble ainsi que le passage à la terrasse et l'entrée des cuisines.

La chance le servit. Ce fut Cécile qui vint à lui.

En étudiant la démarche, le cou penché comme pour se préserver du moindre danger, il comprit la raison de son intérêt pour la jeune fille. C'était pourtant plus son allure générale qui retenait son attention que les traits qu'il tentait de scruter sans l'effaroucher.

Cécile ne le reconnut que lorsqu'elle fut devant lui. Immédiatement sur ses gardes, elle rougit imperceptiblement sous le regard sombre mais fut aussitôt soulagée quand il cessa son bref examen pour revenir à la lecture des menus. Tranquillisée au point de sourire de ses craintes.

— Je vous laisse réfléchir, monsieur ?

Le sourire... Même fugitif, il reconnaissait le sourire en coin si caractéristique... derrière lequel devait se cacher la dentition égale au point d'en être extraordinaire de blancheur et de forme. Tandis qu'il s'appliquait à une vaine lecture du menu, il aurait souhaité apercevoir les canines, les devinant pointues, comme celles des jeunes fauves.

— Non, non, je vous en prie, restez. Je ne vais pas être long.

Les battements de son cœur s'accéléraient, tandis qu'il donnait à sa voix une neutralité au-dessus de tout soupçon. Il commanda n'importe quoi, jouant l'indécis, soucieux de la voir s'attarder à ses côtés pour essayer de mieux analyser son trouble.

Mais la conviction s'ancrait en lui de n'avoir nul besoin de lui faire décliner son nom. Par quel autre miracle que celui de la parenté un visage pouvait-il autant ressembler à celui de Caroline ?

Cécile regardait le profil de la tête abaissée et découvrait le nez fin, légèrement busqué, qui accentuait son air de noblesse grave, le pli marqué de la bouche aux lèvres pleines, ainsi que les fines rides au coin de l'œil. La séduction était évidente, renforcée par le gris tendre du cheveu sur la tempe. Sophie avait raison. Le baron d'Ersen était un bel homme.

Mais était-ce de découvrir cette réalité qui la mettait mal à l'aise, comme si sa proximité dérangeait secrètement tout l'ordonnancement de son équilibre interne ? Elle lutta contre la même envie qui l'avait autrefois poussée à se faire remplacer par Sophie. S'il lui demandait à nouveau son nom, elle le ferait.

Elle prit enfin la commande et s'en retourna, rassurée qu'il n'ait manifesté aucun besoin de la retenir.

Elle s'était à peine éloignée en direction des cuisines qu'il se leva et se dirigea d'un pas vif vers le comptoir.

— Un paquet de Rothmans, s'il vous plaît.

— Voilà, monsieur, s'empressa madame Serre.

— Je souhaiterais connaître le nom de la jeune fille qui s'occupe de ma table.

— Cécile Rivière ? Une jeune fille charmante, un peu timide. J'espère qu'elle ne vous a déplu d'aucune manière ?

— Non, absolument pas.

— Vous la connaissez ?

— Non. Je croyais à une ressemblance, tout simplement, dit-il avec un sourire d'excuse.

Après l'avoir suivi du regard jusqu'à ce qu'il ait rejoint sa table, la patronne ne put s'empêcher de surveiller les faits et gestes de Cécile à travers la salle. A qui pouvait ressembler la jeune fille, pour intéresser à ce point les gens d'à côté ?

L'évidence confirmée, Thierry sentait la colère s'abattre sur lui, incontrôlée, trop longtemps entretenue par la haine qui l'avait lié à sa jeunesse. Il avait haï Caroline plus fort, avait-il cru, qu'il ne l'avait aimée. Et si l'annonce de sa mort lui avait fait rendre quelques armes, le mal qu'elle lui avait fait ne s'était jamais estompé.

Pour la première fois il prenait véritablement conscience d'une réalité que ses parents lui avaient assenée en de multiples occasions, comme pour justifier leurs excellentes raisons ; la vie, pour sa fiancée de l'époque — une fiancée dont ils n'avaient pas voulu —, avait continué sans lui. La preuve était là, devant lui, aussi fragile, presque inaccessible, aussi mystérieuse que l'avait été Caroline, des années plus tôt.

Comme elle le lui avait annoncé dans sa lettre d'adieu, Caroline avait épousé Jean Rivière quatre semaines après qu'il eut fui, seul, en Amérique.

Brusquement, il ne trouva plus sur le visage de Cécile ce qu'il s'était acharné à y découvrir. Il commençait même, et il s'en inquiéta tout à coup, à ressentir une étrange aversion pour elle, pour sa candeur naïve qui ne pouvait que refléter la même perversité que sa mère.

Il se méfiait des femmes au visage d'ange.

Ce besoin de trouver une ressemblance ne rimait à rien. Gabrielle elle-même n'avait pas été troublée comme elle aurait dû l'être, en présence de la fille de Caroline. Son incertitude succomba à cette dernière pensée, et il eut envie d'abréger le repas. Tout lui devenait soudain insupportable : la musique, le décor, le ronronnement des conversations feutrées d'où s'échappaient d'absurdes rires étouffés, le cliquetis des couverts sur les assiettes. Tout.

Nerveux, il alla directement réclamer sa note au comptoir.

— Aurons-nous le plaisir de vous revoir bientôt, monsieur d'Ersen ?

— Je ne le pense pas, chère madame. Mes obligations me rappellent à Paris dès demain.

— N'oubliez pas de saluer mademoiselle Montaux.

— Je n'y manquerai pas.

Le ton du baron stoppa l'échange ordinairement amical et mondain que madame Serre entretenait avec la plupart de ses clients. Il la salua et sortit précipitamment.

— Il a l'air contrarié, votre client préféré, chuchota Sophie qui s'approchait. Vous croyez que sa brune l'a plaqué ?

— Ça m'étonnerait. Je la connais, elle ne va pas lâcher un si beau gibier.

— Vraiment ?

Madame Serre hésita. Il n'était pas dans ses habitudes de parler de sa clientèle mais la curiosité et l'entrain de Sophie l'amusaient.

— Une arriviste, souffla-t-elle. Ça fait des années qu'elle attend son heure. Elle a pu lui mettre la main dessus à la mort de ses parents, et à mon avis elle est sur le point de gagner son alliance.

— Vu son air, les idées du baron sont bien loin d'un mariage, rétorqua la jeune fille.

Madame Serre sourit. Elle ne voulait pas dévoiler la vie privée du jeune baron. L'époque était révolue où Alexandre d'Ersen et sa femme la prenaient pour confidente. Leur principale crainte avait été que leur fils unique restât célibataire, et malgré cela, ils n'avaient pu s'empêcher d'éconduire *« cette... Gabrielle Montaux »*, venue plusieurs fois s'enquérir de leur santé au titre d'une longue amitié avec leur fils, pour leur « *extorquer de ses nouvelles, à lui* ». « *Une intrigante ! Elle regarde le château avec gourmandise ! Nous avons dû lui faire comprendre que notre fils avait des... fréquentations qui le retenaient à Paris.* »

— Sais-tu quelle question il m'a posée au sujet de Cécile ? demanda-t-elle à Sophie, en lui tendant des notes établies.

— Je parie qu'il voulait, lui aussi, connaître son nom.

— En effet. Allez, jeune fille, arrêtons de papoter. Au travail !

Il était à peine 21 h 30. Absorbé, Thierry n'eut aucun regard pour les abords de l'auberge.

S'il avait pris le temps d'apprécier la douce tiédeur de la soirée, il aurait humé l'air odorant chargé des senteurs de glycine et de lilas qui abondaient sur ce côté-ci de l'auberge. Il aurait allumé une cigarette et aurait examiné les véhicules garés sur le parking privé. Il aimait les voitures et certaines carrosseries, ce soir, méritaient en effet un regard de connaisseur.

Peut-être aurait-il vu sa Mercedes, à l'extrémité de la file, cachée derrière un véhicule Voyageur. Mais il ne songeait qu'à s'isoler.

Le spleen s'abattit sur lui dès qu'il franchit les grilles de sa propriété.

En quête de paix, de réponses à ses doutes, il s'attarda presque deux heures dans le parc qui s'obscurcissait.

Le passé ne lui appartenait plus. Le temps avait fui, sans lui accorder la grâce de refermer sa blessure. Prisonnier de ses vingt ans, de sa folle passion et d'une promesse bafouée, il n'avait jamais accepté la trahison de Caroline. Mais le temps n'était-il pas venu de tourner la page et de donner raison à Gabrielle ?

Le mariage n'était-il pas la meilleure solution pour tuer les souvenirs ?

Les mains croisées dans le dos, la tête baissée sur une allée de cailloux ou un tapis de verdure, ou bien levée vers un ciel magnifiquement étoilé, il était conscient que sa rencontre avec la petite Cécile Rivière avait le mérite d'exiger de lui une remise en cause.

Il s'arrêta et respira profondément. Il aidait sa rancœur à disparaître enfin.

A quelques mètres de là, dans l'ombre épaisse du sous-bois qui jouxtait l'étang, le bout incandescent d'une cigarette fit une arabesque.

Gabrielle, le dos appuyé contre un chêne gigantesque, souffla nerveusement un dernier filet de fumée avant d'écraser le mégot contre l'écorce rugueuse. Lorsque Thierry reprit son chemin, elle franchit sans bruit l'espace jusqu'à l'arbre suivant, prenant garde de rester sous le couvert du petit bois.

De la voiture, elle avait assisté à l'étrange face-à-face à travers les fenêtres du restaurant et deviné tous les degrés d'émotion par lesquels avait dû passer son amant.

Maintenant elle suivait le cours de ses pensées comme s'il les lui confiait, et elle se félicitait de son plan.

Il n'avait jamais été question de soirée organisée chez ses parents.

En s'éloignant ce soir, elle avait laissé le champ libre à Thierry, dont elle avait mesuré l'urgence. En lui donnant un ultimatum, en le culpabilisant pour un refus qu'elle avait provoqué, elle avait posé une équation dont la principale inconnue dépendait du résultat de l'entrevue qu'il croyait secrète.

Le moment arriva où elle ne put continuer sa surveillance sans dévoiler sa présence. Elle retourna chercher la Mercedes, en proie à un malaise grandissant. Convaincue que les circonstances poussaient, ce soir, Thierry à prendre une décision, elle était quasiment certaine qu'il choisirait celle qu'elle espérait depuis si longtemps.

Mais un dernier doute subsistait, que l'attente rendait insupportable.

A cause de Cécile Rivière, dont elle avait bêtement oublié l'existence aussi radicalement qu'un vulgaire caillou emporté par les flots d'un torrent.

Elle avait bien changé, la petite gamine effacée qui refusait, autrefois, de se laisser approcher.

Un sourire ambigu étira les lèvres fardées. Gabrielle était trop près du but pour supporter un nouvel obstacle. Au pire, si cela devenait inéluctable et primordial, ce qu'elle avait entrepris — et réussi — avec Caroline, elle était prête à le renouveler avec Cécile. Il eût été étonnant que la fille n'eût pas hérité de la disposition d'esprit de sa mère. Déjà, petite, n'affichait-elle pas un comportement étrange, voire bizarre, qui requérait l'assistance du docteur Simon ?

Mais, bien sûr, il y avait aussi des moyens plus expéditifs !

Thierry attendait sur la terrasse, Melchior couché au pied de son transat.

La nuit était odorante, douce et claire, et la magie que la lune conférait au décor contribuait à son apaisement. Un grand duc hululait, tout proche, s'octroyant le privilège de couvrir les bruits discrets de la forêt assoupie. Thierry savait que c'était le même, celui qui partageait ses insomnies d'enfant, celui qu'il écoutait déjà, comme ce soir, de sa fenêtre ouverte sur les nuits d'été, et qu'il avait surnommé *Jérémy*.

Sa décision était prise, même s'il n'était pas très sûr d'en maîtriser tous les aspects. Il lui fallait sortir enfin de cette attente qui le paralysait depuis des années.

Il avait conclu que Gabrielle détenait la solution.

Il entendit le ronronnement du moteur bien avant que la Mercedes ne s'engageât dans la propriété, et le crissement des graviers sous les larges pneus, le claquement mat de la portière et les pas de Gabrielle qui traversait le grand hall jusqu'à la porte-fenêtre débouchant sur le parc.

Il dut calmer les grondements de Melchior d'une tape sur la tête tandis que la jeune femme approchait.

Elle s'assit tout contre lui après qu'il lui eut fait de la place.

— Tes parents étaient heureux de t'avoir auprès d'eux ?

— Absolument.

— Pas trop fâchés après moi ?

— Je t'ai dit qu'ils sont charmants. Qu'as-tu fait de spécial ?

— Tenu compagnie à Melchior et fait mes valises. J'ai aussi beaucoup réfléchi.

Le chien ne bougea pas. La présence de Gabrielle lui ôtait jusqu'à l'envie de remuer la queue à l'écoute de son nom.

Gabrielle sentit les battements de son cœur redoubler mais resta immobile, la tête relevée, poursuivant son examen attentif de la voûte céleste.

— Nous rentrons demain pour Paris... mais avant, nous irons voir maître Rollin.

Le silence accueillit ses paroles, pourtant Thierry savait qu'il ne pouvait faire une plus grande joie à sa compagne.

Une vive chaleur avait embrasé Gabrielle qui ne manifesta son émotion que d'un bref baiser sur le front de Thierry.

— Je vais me changer.

Elle contint sa jubilation jusqu'à leur chambre, où enfin elle put lui donner libre cours, debout devant le miroir, les narines frémissantes comme un mustang vainqueur. Elle apprécia sa beauté sauvage, ce soir renforcée par l'éclat fauve de ses yeux. Elle s'envoya un baiser avant de se jeter à plat ventre sur le lit et d'enfouir son visage dans l'oreiller, à qui elle hurla silencieusement sa joie.

Elle avait enfin gagné.

La décision de Thierry de faire de Gabrielle sa femme accordait à Cécile un sursis considérable, qu'Anthony Villard allait sans le savoir mettre à profit pour l'aider à forger sa personnalité, amoindrir sa fragilité afin de la préparer à mieux supporter l'épreuve.

5

Ce qu'il ressentait face à Cécile poussait Anthony à croire que la jeune fille devait s'en émouvoir. Ses sentiments étaient trop forts et trop inhabituels pour qu'il n'y ait pas réciprocité. Il lui était impossible d'imaginer que son amour ne dépendait pas d'un autre élan, d'un autre battement de cœur, caché sous une apparente indifférence... voire une appréhension. Car Anthony avait discerné des retenues, des sursauts, des réflexes alarmés, qui constituaient une défense. Et la jeune fille l'attirait trop pour qu'il n'éprouvât pas le besoin de tester sa résistance, de franchir ces barrières.

Et il ne se trompait pas.

Cécile, troublée au-delà du simple premier émoi, se retranchait derrière sa façade habituelle, mais n'en devinait pas moins les pensées masculines. Avec une émotion craintive, elle captait des désirs analogues en elle.

Elle ne connaissait de l'amour que ce qu'elle traduisait au travers de films ou de lectures et les flirts de Sophie que cette dernière ne manquait jamais de lui raconter, avec force détails. Elle redoutait, de la passion, les tourments qui mettent les cœurs et les corps à l'épreuve. Elle aspirait à un bonheur simple, fort et protecteur, sentant confusément qu'elle ne pourrait assumer la folie d'une passion compliquée, contrairement à Sophie la passionnée qui voulait en connaître tous les piquants. Leurs conversations, à ce sujet, se finissaient toujours de la même façon.

— Le bonheur tranquille ! Mais ça doit être fade ! Moi, j'ai besoin de sentir mon cœur me faire mal, c'est sûr ! Avec des hauts, des bas, des coups de folie, des combats, des réconciliations.

— Tu vas l'user en peu de temps, ton petit cœur. Moi, je veux que le mien batte à l'unisson d'un autre, aussi longtemps, aussi fort que durera ma vie, mais je veux un bonheur continu, égal.

— L'ennui !

— Pourquoi ?

— La sécurité !

— Mais pourquoi ?

— Pas de l'amour, ça. Trop facile, bougonnait Sophie, à ce stade de leur conversation.

— Et si c'était ça, tout simplement, le bonheur ? Etre bien, avoir confiance, savourer le plaisir d'être ensemble.

Curieusement, Cécile pensait à leurs échanges en regardant aujourd'hui Anthony qui aidait le patron de l'auberge.

Monsieur Serre avait entrepris la tâche ardue de planter un saule pleureur déjà volumineux au bord du parc, du côté de la terrasse. Tandis qu'il s'affairait à combler le trou, Anthony utilisait sa force à maintenir le tronc en bonne position.

Depuis dix minutes, à quelques mètres de là, la jeune fille observait leur manège, et apprivoisait sans tout à fait s'en rendre compte le plaisir nouveau qu'elle éprouvait à effleurer de son regard la haute et jeune silhouette musclée, uniquement vêtue d'un bermuda kaki. Bientôt elle se sentit rougir en s'attardant sur le torse en sueur, et en même temps ne put retenir son cœur d'un doux emballement.

— Quel mâle ! Bien foutu, tu ne trouves pas ? chuchota une voix coquine tout près de son oreille.

Instantanément, Cécile réintégra sa coquille et se verrouilla de l'intérieur.

— Qu'est-ce qu'ils plantent ? demanda-t-elle d'une voix neutre.

— Elle s'intéresse à l'arbre ! Mon amie est anormale ! Alors qu'il y a un superman à l'horizon, elle s'intéresse à un arbre !

Malgré l'étrange sentiment qu'elle éprouvait face à lui, malgré ce qu'elle croyait lire en lui, Cécile ne parvenait pas à concevoir qu'elle était capable de capter l'attention d'Anthony. Convaincue que seule son amie Sophie arrivait à susciter l'intérêt du nouveau plongeur, elle restait sur une réserve qui ne pouvait passer que pour de l'indifférence.

Le jeune homme ne forçait pas cette retraite. Il se contentait d'examiner, sans en avoir l'air, l'attitude distante et néanmoins empreinte de douceur de la jeune fille. Il glana quelques renseignements innocents et anodins du côté de Sophie qui constata très vite combien ses propres chances de lui plaire étaient vaines.

Sans discours inutiles, se fiant à ses impressions, il attendait patiemment son heure.

Sa désinvolture cachait une grande clairvoyance.

Il s'était déjà fait une idée sur Cécile.

Rien, pourtant, ne l'autorisait à se montrer aussi perspicace, si ce n'était l'immensité des yeux clairs et ce qu'il y déchiffrait durant les brefs instants où ils s'attardaient sur lui.

Une grande partie de la force d'Anthony résidait dans sa maturité précoce et son ouverture d'esprit, et surtout dans son exceptionnelle approche des choses et des gens.

Son intuition allait de pair avec une inspiration profonde, et il sentait chez Cécile une sensibilité analogue, bien qu'exacerbée, faussée par un recul instinctif de tout instant. Et s'il était certain de déceler en elle ce côté rêveur et imaginatif qui était loin de lui faire défaut à lui-même, il était ému par le besoin inexprimé de protection qu'il devinait.

Jusqu'à maintenant, son insouciance l'avait emporté sur sa vie. Une insouciance qui s'alliait à une grande confiance en lui et à une énergie à revendre.

Ce qu'il ressentait aux côtés de Cécile, à son contact, était étrange, nouveau, et avait le poids d'une conviction profonde et vitale qu'il ne devait pas laisser s'enfuir.

Il devait ne pas l'affoler, faire de ses silences un avantage certain. Il fallait lui laisser le temps de s'habituer à lui, doucement, sans la brusquer, et cette espèce de nonchalance qui le caractérisait le servait.

Elle affichait un calme constant voire reposant, mais si derrière ce masque Anthony la devinait impressionnable, hypersensible au milieu ambiant, il sentait, même si elle était encore imparfaite ou inachevée, une volonté.

Tout le mois de juillet, il se comporta de façon égale avec tout le monde, apportant, sans jamais l'imposer, une présence amicale, inoffensive et rassurante. Peu à peu, il put demeurer auprès de Cécile plus longtemps sans qu'elle en prenne ombrage. Il ne posait pas de questions, mais il essayait de lui communiquer silencieusement le bien-être qu'il ressentait de sa présence. Il aurait juré qu'elle mesurait l'importance qu'il prenait dans son environnement quotidien.

Enfin il se servit de la complicité de Sophie qui organisa, fin juillet, un pique-nique à la Bastille, merveilleux belvédère de Grenoble.

Chargés de sandwiches et de fruits, Cécile, Sophie, Jérôme et Fabienne, des amis de lycée, et Anthony, tous vêtus de shorts et de tennis, et porteurs de sacs à dos emplis de victuailles, firent l'ascension de la colline historique par les bulles, moyen de locomotion sophistiqué, rapide, silencieux, impressionnant, qui traversait l'Isère en s'élevant en douceur au-dessus du site Saint-Laurent.

Des exclamations enthousiastes et surprises fusèrent dans la bulle de verre, et puis Sophie se lança dans une dissertation :

— Haut lieu du vieux Grenoble, le jardin de la Bastille fut créé avant la Révolution par le Grenoblois Jean-Baptiste Dolle, et englobé dans des fortifications, au XVIe siècle, œuvre de Lesdiguières qui voulait protéger la ville des prétentions du duc de Savoie, récita-t-elle avec la voix ânonnante d'un gosse de CM2.

Jérôme pouffa.

— Ça y est ! Elle va nous faire le coup du professeur. Elle a le chic pour apprendre par cœur les guides touristiques, et nous les ressortir pour nous convaincre de son incroyable culture générale.

— Ignares ! Tous des ignares ! répondit Sophie, tournée vers Anthony, les sourcils relevés en signe d'abdication. Ils ne savent pas ce qu'ils me doivent, ces petits chéris. Je parie, reprit-elle en s'adressant de nouveau à eux, moqueurs, que vous ignorez que la Bastille est le plus chaud des coteaux calcaires bien exposés de la région, ce qui fait de sa végétation une végétation méridionale, et permet la culture de magnifiques plantes exotiques. Elle est l'un des rares endroits où poussent tous les érables de France. Et je peux sans doute aussi parier que vous êtes incapables de reconnaître un érable. Non, non, ne protestez pas ! Je vous connais si bien.

Seule Cécile n'assistait pas à la joute verbale. Le front appuyé contre la vitre, elle paraissait absorbée par le paysage qui défilait en dessous d'elle et serrait ses mains l'une contre l'autre, comme elle le faisait souvent, entre ses cuisses nues.

Aussitôt extraits de la bulle, ils rejoignirent une immense terrasse, au pied du donjon, sous l'arrivée du téléphérique, et s'accoudèrent immédiatement au parapet, subjugués par la vue grandiose de la ville, dont les principales artères semblaient se précipiter contre les montagnes tout alentour.

Pour la première fois Anthony, le Lyonnais, découvrait Grenoble dans toute sa splendeur.

A presque trois cents mètres au-dessus de la ville, le panorama sur la capitale des Alpes et sa couronne de montagnes était tout simplement spectaculaire et inoubliable.

C'était une de ces journées magiques, avec un ciel d'un bleu céruléen, avec juste un peu de flou sur les arêtes rocheuses qui barraient l'horizon, pour qu'il s'en dégage un soupçon d'irréalité.

— Incroyable de voir une ville aussi plate, parmi toutes ces montagnes gigantesques, s'étonna-t-il. Quels sont leurs noms ?

— Il nous faudrait aller sur le Saint-Eynard qui nous offre un panorama à trois cent soixante degrés sur Grenoble, le Grésivaudan, la Chartreuse et Belledonne, lui dit Jérôme. Mais voici le Vercors, sur ta droite, lui indiqua-t-il, le bras tendu. C'est le plus vaste massif alpin, avec cent kilomètres de long et quarante de large, et c'est le haut lieu de la spéléologie en France et en Europe, avec pas moins de mille cinq cents entrées recensées dans son sous-sol. A l'opposé, complètement sur ta gauche, la chaîne de Belledonne. On voit d'ailleurs très bien Chamrousse et son relais. Et puis, tout au fond...

— Ma foi, toi aussi tu as bien appris ta leçon, se moqua Sophie.

L'ambiance était aux vacances, l'air était doux, ponctué du pépiement des moineaux et du trissement des hirondelles qui tournoyaient haut dans l'azur. Une bise timide, qu'enviait Anthony, caressait les cheveux blonds de Cécile accoudée au parapet.

Gais, insouciants, ils s'écartèrent des nombreux visiteurs et déballèrent le contenu de leurs sacs au bord des fortifications, au-dessus de la ville chaude de soleil. Cécile, comme à l'accoutumée, restait un peu en retrait, timide et silencieuse, mais un air heureux posé sur ses traits doux.

Elle ne comprit que trop tard le piège, trop absorbée dans ses pensées pour intercepter les sourires et les regards entendus. Quand les autres, d'un seul mouvement, décidèrent de rentrer, soudain pressés après la dernière bouchée avalée. Quand Sophie l'embrassa sur la joue et lui jeta à l'oreille un : *« Reste cool, ma vieille ! A tout à l'heure ! »* Quand elle se retrouva subitement seule avec Anthony.

— Ils sont tous partis pour me laisser te parler, lui dit-il, sans la regarder, d'un ton calme, presque indifférent. En fait, ils ne pouvaient pas t'annoncer eux-mêmes la nouvelle, ajouta-t-il très vite pour calmer sa nervosité. On va se marier, toi et moi.

Il réussit à la faire presque rire — même si le rire sonnait faux — alors qu'elle ne pensait qu'à se lever. Qu'à fuir. Son émotion la rendait muette, émouvante. Pas loin des larmes. C'était comme si... comme s'il avait lu en elle, jusqu'à la plus informelle de ses pensées.

Il reprit, d'une voix toujours maîtrisée :

— Dans deux ans, dans trois, peu importe. Le tout, c'est que tu y penses sérieusement, car pour moi, il ne fait aucun doute que cela va arriver.

Il la regarda et lui souleva le menton d'un geste tendre.

Sa rougeur accentuait son air égaré, et Anthony l'en aima davantage. Il ôta sa main, à regret.

Il fallut qu'elle se calme pour mieux voir en face d'elle le visage ouvert et franc, le regard sincère qui exprimait l'extraordinaire envie de croire à ce qu'il promettait à demi-mot.

Enfin, comme il se taisait depuis un long moment, elle put se concentrer suffisamment, et convenir que si elle ne savait pas lire loin dans l'avenir, les paroles prononcées donnaient une réalité à ses désirs secrets.

— Tu as des étoiles dans les yeux, lui dit Sophie à 18 heures.

Le soir même elle fut inopérante à l'auberge, au point que madame Serre lui en fit la remarque, étonnée de la voir aussi maladroite et dans la lune.

A le voir conserver son air habituel, Cécile se demanda si Anthony avait bien prononcé les mots qui s'attardaient dans sa tête comme une douce musique. Mais son attitude égale la rassura. Sans encore définir ce qui l'attirait chez ce garçon aux allures tranquilles, elle savait au fond d'elle-même que, pour l'arracher à son monde protecteur, il lui fallait posséder une force, non seulement de la tendresse. Elle sentait confusément qu'Anthony n'était dépourvu ni de l'une ni de l'autre.

Pour la deuxième fois de sa vie, après Sophie, Cécile eut envie de s'attacher à quelqu'un.

A lui.

Sans toutefois réussir à surpasser sa sensibilité extrême, elle se laissa enfin apprivoiser, avec des périodes de doutes, donc de recul, et d'abandon.

Cet apprivoisement ne se fit pas en un seul jour. Il fallut des semaines de patience et de perspicacité à Anthony et la présence sécurisante de Sophie lui fut d'une grande aide. L'amour fit le reste ; Cécile sut lire dans le regard brun tout ce qui allait faire s'effondrer ses barrières, une à une.

Anthony fut patient au-delà des mots, conscient des efforts de la jeune fille pour accepter de s'ouvrir, de se dévoiler, en un mot de faire confiance.

Cécile correspondait à l'attente qu'il avait de la femme, avec cette dose de mystère qu'il avait envie de découvrir pour mieux rassurer et dompter cette timidité presque animale qui provoquait son propre émoi. Comme d'autres ont dans les gènes de s'offrir à une maîtresse femme, ou de mater les furies, Anthony était attiré par Cécile tel l'artiste par une pierre à l'état brut, se sentant capable d'en faire surgir toutes les qualités, de réaliser le plus pur des chefs-d'œuvre. Par amour.

Et peu à peu, d'une attention à une autre, il sut lui insuffler le goût de ressentir, puis de partager de petites émotions, et tout doucement la certitude d'être aimée comme elle le souhaitait.

Elle lui avait caché ses facultés. Pourtant, vint l'instant où elle osa aborder le délicat sujet. Par jeu, plus que par nécessité.

— Tu cherches à traquer mes pensées ? lui avait-il demandé un soir.

— J'essaie.

Elle le regardait, le visage calé entre ses deux mains, les coudes bloqués sur la table.

— Ce que tu y découvres te convient-il ? avait-il questionné en souriant.

— Je n'ai pas envie d'aller au cinéma, ce soir, avait-elle répondu, un peu hésitante.

— ... ?

— J'ai raison ?

— Hasard ?

— C'est ce que je croyais, au début. Mais si je me concentre, je peux prévoir ce que tu vas faire.

— Vrai ?

— Vrai. Pour le cinéma, j'ai raison ?

Il crut lire quelque trouble au fond des lacs bleus tandis qu'il remarquait la fêlure dans la voix.

— Oui, je pensais au dernier Lelouch. Ça t'arrive souvent ?

— Assez. Mais pas forcément quand je le souhaite très fort.

— Tu as toujours raison ?

— Je ne contrôle pas toujours... c'est un peu inquiétant.

— C'est un don, pas une maladie. Il a même pour nom : empathie. Mon arrière-grand-mère avait ce don. Elle se mettait à la place des gens et pouvait percevoir ce qu'ils ressentaient. Elle a attendu la veille de sa mort pour me confier son secret. *« J'ai craint de passer pour folle. On m'aurait internée. Tu comprends, ces choses-là font peur aux gens »*, m'a-t-elle dit. Je n'avais que dix ans mais j'avais une extraordinaire confiance envers cette vieille dame.

Elle lui sourit alors comme elle ne l'avait encore jamais fait, et lui confia tout à trac, malgré sa retenue coutumière, la protection médicale de Simon. Sans entrer dans les détails, elle ne l'en laissa pas moins s'interroger sur la nécessité de cette protection.

— C'est mon parrain. Psychiatre, il s'est occupé de moi à la mort de ma mère. On a l'habitude de se voir une fois par mois, seuls. En général, il m'invite au restaurant.

Enfin, un samedi de décembre, la présentation d'Anthony à Jean Rivière calma un reste de nervosité chez Cécile.

L'inquiétude de Jean à connaître le jeune homme dont sa fille était amoureuse s'estompa dès la première poignée de main. Le courant passa instantanément entre eux et Cécile ressentit avec bonheur cette espèce de soulagement chez l'un et chez l'autre.

La rencontre ressemblait à une entrevue informelle, basée sur le simple vœu de présenter un ami.

Sophie était présente. Les trois jeunes gens avaient décidé d'aller au cinéma, Anthony était venu chercher les deux amies. Ils s'attardèrent, le temps de visiter brièvement les lieux et de boire un verre. Jean eut la satisfaction de voir sa première impression confirmée.

Anthony découvrait l'environnement quotidien de Cécile et n'y était pas insensible.

Tout était blanc, sobre, pur, trop ordonné, sauf le coin du salon où un tapis aux couleurs modernes, un canapé de velours saumon et deux fauteuils assortis apportaient une touche plus gaie et plus intime.

Ses yeux cherchèrent en vain des photos sur les meubles ou accrochées aux murs. Ce fut dans la chambre de Cécile qu'il vit, posé sur la table de nuit, un cadre de bonnes dimensions qui contenait une photo en couleurs. Il se pencha et découvrit une fillette de six ou sept ans, qui ne pouvait être que Cécile, blottie contre les jambes d'une jeune femme blonde dont le visage ressemblait d'une façon frappante à celui de Cécile aujourd'hui. Il allait lui en faire la remarque, mais elle eut un signe de tête qui anticipait toute question et se déroba en amorçant un retour vers les autres.

Après leur départ, Jean n'eut subitement plus envie de rien. Il passa une soirée étrange, à réfléchir et à soupirer devant son poste de télévision allumé dont il avait ôté le son.

Cécile aurait bientôt dix-neuf ans. Il la trouvait mieux qu'elle ne l'avait jamais été, et si la raison de ce changement était Anthony, alors il louait le jeune homme. Mais là n'était pas l'objet de ses soupirs.

Il avait surpris quelques regards de Sophie posés sur Anthony, et leur tristesse voilée, ou ce qu'il avait présumé être de la tristesse.

Il ne put s'empêcher de penser que la vie n'était pas aussi simple que dans les livres.

Les raisons du cœur... Un programme qu'il avait eu tout loisir d'étudier à ses dépens. Allait-il regretter, ce soir justement, d'avoir donné son cœur pour sauver une âme ? Il avait cru que l'amour se modelait, se partageait, s'apprenait... se méritait !

Mais on ne force pas un cœur à aimer. Il en savait quelque chose.

Presque sans s'en apercevoir il avait continué à boire, et au fil des heures le niveau du whisky avait considérablement baissé dans la bouteille.

Le bruit de coups frappés à la porte de l'appartement voisin vint jusqu'à lui, dont les idées étaient parties loin, bien des années plus tôt, en cette veille de Noël, où des coups, frappés avec la même force, l'avaient fait se précipiter.

Il était resté planté là. Elle se tenait devant lui moulée dans une robe mouillée, plaquée sur son corps frêle et menu. Ses grands yeux hagards l'avaient traversé sans le voir et il s'était aperçu tout à coup que l'eau qui ruisselait sur ses joues était des larmes. Il avait alors abaissé son regard et vu la valise, les chaussures trempées, le manteau échappé des mains tremblantes, plus mouillé encore que tout le reste. Alors il avait ouvert les bras dans lesquels elle était tombée plutôt qu'elle ne s'était jetée.

Deux heures après, Caroline pleurait encore, blottie contre la poitrine musculeuse. Elle balbutiait des mots sans suite, se tordait les mains et déclarait enfin qu'elle voulait mourir.

Des larmes roulèrent bientôt sur les joues de Jean, d'avoir perdu sa Caroline et de bientôt perdre Cécile. Il n'aurait pas voulu la donner à un abruti, sa petite perle.

Il continuait à boire, l'esprit ailleurs, esclave d'images dont un passé révolu accentuait l'étrange pouvoir.

A 22 heures, un sursaut de lucidité le fit appeler Frank Simon.

Il butait sur certains mots, se reprenait ou bien se répétait, mais il savait compter sur la patience de son interlocuteur.

— J'avais peur qu'elle ne tombe sur un jeunot sans cervelle, un imbécile inconscient, juste amoureux de ses yeux.

— Impossible. Elle ne pouvait se laisser approcher que par une intelligence, une volonté. Elle sent qu'elle a besoin d'une certaine force.

— Je crois qu'il est tout ça à la fois.

— Pas d'amertume, Jean.

— Je suis un peu jaloux, c'est vrai, mais conscient qu'il peut apporter à Cécile ce qui lui manque.

— Alors, tu devrais parler. Si ce jeune homme ressemble à celui que tu définis, il mérite ta confiance et ce sera bénéfique pour Cécile.

— Quelle importance ? C'est du passé.

— Mon métier me rend prudent. Tu ne peux savoir combien de vieux souvenirs oubliés resurgissent pour mieux faire mal.

— Tu ne vas pas recommencer avec tes salades. Elle ne sait rien de ce passé !

— Justement, ça peut être pire. Ah ! Si tu voulais vraiment me faire confiance !

— Ton optimisme me tue, mon cher. Je cherchais un réconfort, je n'ai pas fait le bon numéro.

6

Dès la deuxième entrevue, Jean fit en sorte de se ménager un tête-à-tête avec Anthony et fut heureux d'apprécier son sérieux. Aux suivants, leurs propos devinrent plus intimes.

Cela faisait plus de huit mois que les jeunes gens sortaient ensemble.

Dans le cadre de leur option Histoire de l'art, Cécile et Sophie avaient émis le projet ambitieux de visiter, durant l'été, au moins une quinzaine de châteaux de la région. A l'évocation du nombre, Anthony avait paru sceptique, jusqu'à ce que les jeunes filles lui aient appris qu'une centaine de châteaux somnolaient dans le Boulevard des Alpes, ce vaste couloir qu'est la vallée du Grésivaudan entre Pontcharra et Grenoble.

La matinée de ce dimanche-là avait été pluvieuse, Anthony était venu chercher Cécile en début d'après-midi et Jean, dont l'envie d'entretenir le jeune homme ne cédait pas, avait proposé une promenade dans le parc de Vizille.

— Vous avez ce château sur votre liste. Même si nous l'avons déjà visité, nous pourrions y amener Anthony. Le soleil remontre le bout de son nez, ajouta-t-il en se retournant vers le jeune homme, elles se documenteront sur ce qui leur tient à cœur tandis que je te ferai les honneurs du parc.

Sophie fut appelée séance tenante.

Sans être de la région, Anthony en savait suffisamment sur l'imposante construction du XVIIe siècle et il fut particulièrement séduit par l'idée de découvrir Vizille, berceau de la Révolution française, située à une vingtaine de kilomètres au sud de Grenoble.

Tous quatre partirent donc, en empruntant la route Napoléon par les collines de Brié et Angonnes.

Curieux de découvrir enfin le célèbre château au destin paradoxal, Anthony écoutait les informations animées de Sophie, tout en souriant à Cécile, partageant ses idées sur le côté exubérant de leur amie.

— Tu sais très certainement que l'Assemblée des Trois Ordres s'est réunie au château, en 1788, pour réclamer la convocation des Etats Généraux ? Ce château, on le doit au connétable de Lesdiguières, l'un des personnages les plus puissants du royaume. Louis XIII y fut reçu avec faste avant que l'histoire s'infléchisse. Le musée date de 1984, il est unique en France. Ses collections ne cessent de s'enrichir pour raconter la grande histoire de la Révolution.

— Je crois que nous n'aurons pas besoin de guide, se moqua gentiment Jean en se garant sur la place du château.

La visite dura plus d'une heure, à se plonger dans un passé, en fin de compte pas si éloigné que cela, pour un voyage en pleine révolution dauphinoise bien vite nationale, et qui aboutit l'été suivant à la chute de la monarchie absolue. Vizille ! Et l'immense retentissement de l'Assemblée du 21 juillet 1788, avec les premiers cris de la liberté dans la célèbre salle du Jeu de paume !

Jean fut le premier à vouloir sortir des murs de pierre. Anthony, qui l'avait jusqu'ici trouvé distrait, le devinait maintenant préoccupé et il fut à peine surpris de se sentir entraîné à l'extérieur.

Ils laissèrent les jeunes filles se renseigner sur des détails relevant de l'architecture, pour s'aventurer dans le parc. Cécile les suivit longuement d'un regard inquiet, tandis qu'ils s'éloignaient dans les allées gravillonnées.

Ils marchèrent tout d'abord silencieusement, Jean perdu dans des pensées personnelles, Anthony encore sous le coup d'une émotion secrète, imprégné de l'atmosphère d'autrefois, de la volonté farouche, combative et désespérée d'un peuple opprimé et courageux.

Il découvrait le parc royal, devenu public, enchanté par les jardins à la française et les parcs à l'anglaise, les arbres centenaires, les recoins boisés et les allées cavalières.

— Le parc s'étend sur plus de cent hectares, le prévint Jean, tu ne verras pas tout aujourd'hui. Mais allons plutôt admirer la foule d'oiseaux d'eau et les superbes truites fario dans le canal.

— Les truites fario ?

— Une belle race de truites. Leurs embryons sont destinés à repeupler les lacs et les rivières de l'est de la France. Il faudra aussi revenir pour visiter le parc animalier. Cerfs, daims et chevreuils vivent dans les sous-bois.

Anthony sentit que Jean ne souhaitait pas s'engager plus avant dans le parc et lui laissa prendre l'initiative de se diriger vers l'un des bancs. L'heure de la fermeture approchant, sans se presser, les nombreux visiteurs s'avançaient vers la sortie, et les bruits confus cessaient peu à peu pour faire place au grand silence de la nature.

Alors Jean parla vite. Juste après avoir jeté un coup d'œil à sa montre et un autre en direction des grands escaliers du château, comme s'il avait craint que le temps leur soit compté, et déjà oublieux de tout ce contexte grandiose et charmeur qui accaparait l'attention d'Anthony.

— Cécile a dû te dire que notre famille se résume à peu de gens. Ma mère est au bord de la mer à cause de sa santé délicate, et nous avons quelques cousins établis en Vendée. Ici, de très proche, nous n'avons qu'un seul véritable ami, le docteur Frank Simon.

La conversation démarrait comme si elle se poursuivait, mais Anthony ne manifesta pas la surprise qu'il ressentit.

— Elle m'en a parlé. Elle a l'air très attachée à lui.

— Simon est une pièce essentielle dans sa vie.

Les explications qui suivirent laissèrent Anthony un peu désappointé. Jean, jusqu'ici, lui avait paru secret, un rien bourru, et tout à trac lui dévoilait des... raisons, oui, des justifications sur la modestie, le naturel timide et réservé de sa fille, comme pour développer chez lui un sentiment protecteur.

Anthony retint le mutisme, les peurs de Cécile, son chagrin, à la mort de sa mère.

— De quoi madame Rivière est-elle décédée ? Cécile n'aborde jamais le sujet, ni avec moi ni avec Sophie.

Il perçut la brève hésitation de Jean, et cette hésitation créa inexplicablement le doute dans son esprit.

— Méningite foudroyante.

Jean ne le regardait pas et gardait la tête baissée sur ses chaussures.

— La famille de votre femme ?

— Elle se résume à un seul mot : personne. Caroline était orpheline, élevée par une tante âgée. Je les connaissais depuis qu'elles avaient emménagé dans notre immeuble. Nous étions voisins, elles habitaient à l'étage en dessous. Ma mère, veuve depuis peu, s'occupait beaucoup d'elles. Caroline avait dix ans, moi vingt et un. Je suis immédiatement tombé sous le charme de cette fillette blonde aux grands yeux merveilleux.

— Cécile sait-elle que sa mère habitait en dessous de chez vous ?

— Quand nous nous sommes mariés, nous avons même vécu quelques mois chez ma mère, dans notre appartement actuel. Oui, répondit-il enfin à la question d'Anthony, oui, Cécile le sait, mais nous ne parlons jamais de sa mère.

— Frank Simon est-il plus un ami qu'un psychiatre, pour Cécile ?

— Son assistance est beaucoup plus amicale que médicale. Des liens très forts se sont tissés entre eux, il est en quelque sorte le grand-père qu'elle n'a pas eu. Mais, à mon avis, dit-il comme à regret, il est tout de même un peu trop... psychiatre, tu vois ce que je veux dire.

Anthony voyait très bien. Lui-même avait quelques a priori sur le métier en question.

Le soir même, le téléphone sonna dans son studio. Le docteur Frank Simon voulait l'entretenir, dans la mesure du possible assez rapidement.

Tout autre individu aurait pu craindre ou s'offusquer, devant cette insistance à le connaître davantage, d'une forme d'abus et d'atteinte à son indépendance. Anthony fut au contraire presque satisfait ; il pressentait un mystère autour de Cécile.

Il ne fut pas déçu de l'entrevue qui eut lieu le lendemain au cabinet de l'analyste.

Il ne s'était jamais senti décortiqué à ce point. A se demander s'il supporterait jamais une analyse quelconque.

Frank Simon faisait partie de ces hommes sur qui les années se posent en douceur, leur conférant une gravité noble. L'auréole blanche de son abondante chevelure illuminait ses traits lisses. Il avait un regard perçant et une manière amusante de plisser les paupières jusqu'à les faire se rejoindre et n'en laisser filtrer qu'une brève lueur. Le moment ne durait pas et très vite il les rouvrait pour mieux regarder son interlocuteur. Il respirait la bonté et la patience. Sa douceur se manifestait dans le moindre de ses gestes, et le costume sombre semblait le seul vêtement adapté à sa personne.

Anthony n'avait aucune envie de parler le premier, aussi laissait-il s'installer un silence que Frank Simon balaya enfin d'une tirade.

— Jeune homme, dit-il, ses doigts soignés à plat devant lui sur son bureau ordonné, si je me suis permis cette intrusion dans votre vie privée, c'est parce que je savais avoir affaire à quelqu'un d'intelligent. Jean et Cécile m'ont parlé de vous en des termes plus qu'élogieux. Pour ceux de Cécile, je veux bien croire qu'ils sont dictés par des sentiments forts, quant à ceux de mon cher ami Jean, ils reflètent sans aucun doute mieux la réalité.

Anthony ne comprenait pas où le docteur Simon voulait en venir et il craignit subitement d'attendre, assis là comme un gosse docile, un jugement fatal.

— Cécile va bien, reprit l'analyste, même si je m'évertue à faire comprendre à son père qu'il existe en elle une fragilité latente.

— La mort de sa mère ?

— Oui... des événements qui ont entouré cette mort mais que je ne peux dévoiler sans l'accord de Jean.

— Des événements qui auraient pu perturber Cécile ?

— Qui pourraient, malheureusement. Qui pourraient.

— Comment cela, qui pourraient ?

— Tout d'abord, il serait bon que vous sachiez que Cécile a hérité du caractère émotif de sa mère. Chez Caroline, avant qu'elle ne soit développée par plusieurs chocs psychologiques, son émotion la désorganisait. Chez elle, l'état d'émotivité revenait avec une fréquence élevée, la sensibilisant encore plus. Si bien qu'elle était généralement d'humeur inconstante, instable, sujette à un surmenage psychique permanent.

Tous ces troubles mentaux tenaient à la fragilité de sa constitution nerveuse.

— Cependant aggravée par des chocs psychologiques, avez-vous dit. Ceci ne concerne pas Cécile.

— J'y viens. J'ai connu Caroline dans des circonstances pénibles. En ma qualité de psychiatre, j'ai dû la faire hospitaliser. Elle était enceinte de Cécile et vivait très mal sa grossesse. Jusqu'à la naissance, elle a fait l'objet d'une surveillance constante.

— Comment monsieur Rivière a-t-il vécu cette période ?

— Jean est un homme courageux qui assume ses responsabilités avec une foi peu commune, même s'il rejette certains de mes arguments. Il ne s'inquiète que du présent de Cécile et il est soulagé de votre entrée dans sa vie. Il la voit bientôt à l'abri de ses tourments, et il a raison si l'on considère qu'elle affirme sa volonté de jour en jour.

— Cécile est-elle au courant des... faiblesses de sa mère ?

— Non. Le fardeau était déjà lourd à sa naissance. Pendant longtemps sa mère ne l'a pas acceptée. Ensuite elle l'a aimée à la folie.

— Folie ?

— En maintes circonstances, la folie n'est rien de plus que l'exagération du caractère habituel. Cela signifie que avons tous un caractère dont les tendances névrotiques s'orienteraient, en cas d'exagération à l'extrême, vers une psychose telle que la psychose maniacodépressive ou la paranoïa. Mais le cas de Caroline dépassait cette simple analyse. Ses fonctions intellectuelles étaient normales, pourtant...

— Schizophrénie ?

Frank Simon écarta ses mains en signe d'ignorance.

— Elle n'a pas vécu suffisamment pour que nous en soyons certains... Toujours est-il qu'elle tenait à sa fille des discours dont l'incohérence nous faisait craindre le pire. Et... nous avons retrouvé chez Cécile des comportements de sa mère, avec, en plus, un attachement absolu pour son père. Au point de vouloir, à sept ans, remplacer sa mère pour lui épargner tout chagrin, ravalant ainsi le sien propre. Elle est restée longtemps triste, malheureuse et craintive, sans débordement. C'en était alarmant.

— Ce qui nous amène à votre souci ?

— Oui. Indépendamment de son attachement pour son père, qui se résoudra en principe sans difficulté, je crains que le passé réapparaisse et profite de sa fragilité héréditaire.

— Par quels moyens le pourrait-il ? fit Anthony sans cacher sa surprise.

— Des chocs psychologiques identiques.

— Comme ?

— ... Comme l'abandon d'un fiancé indélicat, ou bien... une grossesse mal assumée... Déjà là, je prends sur moi de vous révéler une partie de ce qui ne m'appartient pas.

Anthony ne sut qui parlait à cet instant, le praticien ou l'ami de famille avec un accent moralisateur, ou plutôt vaguement intimidant. Un curieux malaise s'insinuait entre eux, dont il voulait sortir vainqueur.

— Je crois que vous sous-estimez la force intérieure de votre filleule.

— Je voudrais vous croire, jeune homme. Oui, je voudrais vous croire.

— Vous me dites à peine l'essentiel, docteur. Si je connaissais l'entière vérité, je pourrais mieux répondre à vos souhaits.

— Je viens de faire une sérieuse entorse au secret médical. En toute objectivité. Mais je ne suis pas maître des secrets de famille que Cécile, sans le savoir, assume déjà. S'ils deviennent un jour de simples révélations, ils peuvent lui faire un mal terrible.

— Qu'attendez-vous de moi ? ajouta Anthony après un silence pesant.

— La certitude qu'elle est en de bonnes mains, si vous me pardonnez l'expression, et la promesse que vous tiendrez compte de mes avertissements. Je me permets ces présomptions en raison de mon âge, n'en soyez pas offensé. Cécile compte plus pour moi que la prunelle de mes yeux. J'irais même jusqu'à dire, ajouta-t-il d'une voix qu'Anthony ne sut définir, que si vos projets d'avenir avec elle ne sont pas sérieux, il vaudrait mieux passer votre chemin.

Anthony aurait pu s'offusquer, à cause des mots, mais le ton et les yeux restaient doux.

— Expliquez-moi davantage l'importance que pourrait avoir sur elle ce passé inconnu.

— Je me suis intéressé plus particulièrement au secret, au non-dit et au syndrome d'anniversaire. Et depuis, je vous assure que je ne crois plus vraiment aux coïncidences. Chaque fois que je m'occupe d'un nouveau malade, je recherche dans son histoire personnelle s'il n'y a pas répétition familiale ou ce que l'on appelle aussi une loyauté familiale invisible et inconsciente.

— Attendez ! Vous voulez dire que... par une sorte d'identification inconsciente à sa mère, Cécile pourrait éprouver les mêmes symptômes qu'elle ? Mais vous parliez de choses dont Cécile n'a pas eu connaissance !

— Françoise Dolto disait que les enfants et les chiens savent tout, toujours, dans une famille, et surtout ce qu'on ne dit pas. Elle avançait intuitivement la possibilité que l'inconscient de la mère et celui de l'enfant sont intimement liés, que l'enfant, dans le ventre de sa mère, sait, devine et sent les choses familiales sur deux ou trois générations.

— Mais qu'est-ce qui peut être agissant sur la mémoire ?

— Rien ne permet de comprendre comment quelque chose peut tracasser des générations de la même famille. Freud disait que celui dont les lèvres se taisent bavarde avec le bout de ses doigts, il se trahit par tous ses pores.

— Tout cela n'est que suppositions, hypothèses.

— Faites-moi confiance. Les recherches cliniques et statistiques ne sont pas à sous-estimer. Je déplore que Jean tienne à taire certains événements, mais je puis vous apprendre que Caroline Rivière est morte à l'âge de vingt-huit ans, que sa mère aussi est décédée à vingt-huit ans.

— Ne me dites pas qu'elles ont, toutes les deux, succombé au virus de la méningite ?

La contrariété se répandit sur les traits du médecin.

— C'est ce que vous a dit Jean ?

— De quoi est réellement morte Caroline Rivière ? insista Anthony devant le mutisme de son vis-à-vis. Les deux femmes auraient-elles contracté la même maladie ?

— Ce n'est pas impossible, répondit enfin Frank Simon, au bout de longues secondes. La mère de Caroline est décédée d'une tumeur au cerveau et Caroline, elle-même, souffrait de violents maux de tête.

— Tumeur également ?

— Les radios n'ont rien décelé.

— Identification inconsciente ?

— Elle est morte trop tôt pour que nous puissions en être convaincus.

— Vous n'êtes pas convaincu de sa folie, s'exclama Anthony, vous n'êtes pas convaincu non plus de sa tumeur. Docteur, excusez-moi de vous paraître sceptique, mais avouez qu'il y a de quoi !

Pour couper court brusquement à leur entretien, Frank Simon s'était levé. Avant qu'Anthony ait pu insister une nouvelle fois, il reprit, debout :

— Elles avaient toutes les deux le même profil psychologique tourmenté, j'ai pu en acquérir aussi la certitude, en ce qui concernait sa mère, et... je crains terriblement que Cécile ne subisse la répétition du contexte. L'inconscient a bonne mémoire, hélas, et je craindrai jusqu'à la période de fragilisation, c'est-à-dire l'âge de la mort de Caroline. Si vous le souhaitez, je peux vous laisser quelques documents qui vous éclaireront sur notre conversation. Ah ! termina-t-il, inutile de dire à Cécile que nous nous connaissons déjà, elle se fait une joie de nous présenter prochainement l'un à l'autre.

Ce soir-là, Frank Simon noircit une page entière de son agenda au cuir vert, commençant par ces mots :

« Jean verrouille à nouveau la vérité ! la fausse, en mentant aussi à Anthony ! Bon Dieu ! Quelles peuvent être ses raisons ? Qu'a-t-il à cacher, lui aussi ?

Heureusement, Cécile ne pouvait tomber sur un homme plus sensible, ouvert et intelligent. Très mûr. J'aime son autorité grave et sereine, son sourire tranquille et facile. Ses gestes sont mesurés, son regard est paisible et ses yeux mobiles. Je voudrais tant me tromper sur mes tristes prédictions, mais la présence d'un tel homme, à la date fatidique, serait un immense atout. S'il ne me croit pas, pour l'instant, capable d'expliquer l'irrationnel, je ne désespère pourtant pas de l'amener à mieux appréhender mon métier. »

Anthony, quant à lui...

Anthony ne se compliquait jamais la vie, du moins essayait-il d'adopter, en toute circonstance, une philosophie sereine.

Sans pour autant douter de leur utilité, il avait tendance à croire jusqu'à aujourd'hui que les psychologues ou psychiatres — il ne faisait pas beaucoup la différence entre les deux — abusaient des problèmes d'autrui au point de perturber leur propre équilibre psychique. Comment pouvait-on, d'après lui, absorber autant de stress, de dépressions, de malheurs humains, voire de perversité, sans en être soi-même atteint, même au travers d'un soi-disant recul professionnel ? L'homme n'était pas fait de marbre et s'imprégnait forcément de son environnement. La théorie d'Anthony était que, quotidiennement confronté à une dose de déprime, le thérapeute ne pouvait rester insensible face à des situations qu'il se devait de décortiquer — aidé du patient — en intensifiant le moindre petit élément, en déterrant du fond des souvenirs enfouis le petit détail révélateur — très intime et très personnel —, qui expliquera le pourquoi du comment. Travail misérable, pour ne pas dire suspect, qui ne pouvait manquer de perturber le psy lui-même.

Pourtant, Frank Simon plaisait à Anthony. Ce dernier sentait que l'homme de science avait su s'élever au-dessus des travers humains en faisant de son métier un sacerdoce. Une lueur de commisération flottait dans son œil, qu'il n'avait vue jusqu'ici que chez certains prêtres. Il modifia ses positions. En quelque sorte, un psy n'était-il pas un confesseur ?

S'il lui accorda une part de sa confiance, c'était parce qu'un autre élément avait son importance. Cécile n'était-elle pas devenue, de par son prestige affectif, le souci majeur de Frank Simon qui dramatisait, avec quelque acharnement, ses prédictions ?

Il passa une partie de sa nuit à lire les livres prêtés, revenant à plusieurs reprises sur le chapitre du syndrome d'anniversaire. « ... *le déclenchement d'une psychose à l'âge adulte peut être lié à une répétition familiale d'un événement traumatisant vécu dans l'enfance par un enfant ; lorsque le contexte se répète, lorsque cet enfant atteint lui-même l'âge de ce parent avec un enfant du même âge — de l'âge qu'il avait lui-même au moment de la perte de sa mère, par exem-*

ple — il y a répétition de façon statistiquement significative. »

Quelle importance devait-il accorder aux convictions de Frank Simon ?

Quels étaient ces secrets si bien gardés, capables de faire du mal à Cécile ? Les assumait-elle véritablement déjà, sans le savoir ?

Jean Rivière était un homme d'aplomb et responsable de ses actes, qui ne pouvait pas nuire à sa fille. Chacun est maître de son passé. Si Jean tenait à oublier certaines choses, qui pouvait le lui reprocher ?

Anthony avait tous les atouts de sa jeunesse ambitieuse et insouciante, et de sa volonté tenace, sans autre complexe que de se sentir assez fort pour assurer les faiblesses de la jeune fille. Et puis, il fallait bien le dire, rien, chez Cécile, ne lui occasionnait le moindre doute, la moindre inquiétude. Il ressentait chaque jour davantage le besoin constant de sa présence auprès de lui, et sa fameuse conviction qui ne désarmait pas.

Durant les quinze mois suivants, les pages du calepin vert continuèrent à se remplir de la haute écriture régulière de Frank Simon, mais les paragraphes se faisaient de plus en plus courts. Et s'ils n'occultaient pas sa crainte tenace, ils reflétaient la satisfaction de leur auteur.

« Ses études se déroulent normalement sur le campus de Saint-Martin-d'Hères, dans un contexte estudiantin dont elle se tient à l'écart. » « Les soirées d'étudiants ne l'intéressent pas et elle refuse d'y accompagner Sophie, pour se consacrer à ses livres de cours et sortir avec Anthony Villard. » « Anthony a ouvert une agence de publicité dans une rue piétonne de la ville, et ne compte pas son temps pour lancer l'affaire, mais il ne néglige pas pour autant Cécile. Je peux même dire qu'il a pris le relais de Sophie. Sophie a épaulé Cécile dans un moment essentiel, laissant à

Anthony le soin de lui faire passer le cap de la maturité féminine. »

Seul le passage qui fit référence au mariage de sa filleule se rallongea un peu, car ce jour-là, en lui annonçant la grande nouvelle, Cécile éprouva le besoin de se confier un peu plus à son vieil ami. Mais rien ne fut annoté qui ne méritât que l'on s'y attarde, sauf peut-être ces mots : *« Ce besoin — qu'elle se retient de vouloir affirmer — de se marier ne me contrarierait pas autant s'il n'était annonciateur d'un désir non encore avoué, celui d'être mère. Je souhaite que ses études l'accaparent assez pour retarder cet éventuel projet. »*

7

Les jeunes gens avaient attendu la fin des examens de Faculté. Le dernier partiel bouclé avait assuré leur Deug d'histoire aux deux amies qui, libérées de ce souci, se mirent en quête des magasins. Robe, dragées, liste de mariage... de quoi les occuper des journées entières.

Cécile éprouvait toujours le besoin d'avoir Sophie à ses côtés. Cette dernière avait l'avantage de se décider rapidement sans se laisser embarrasser par tout ce qui encombrait l'esprit trop timoré de Cécile. Mais cette fois-ci son exubérance céda devant la détermination de la future mariée.

Ce fut Cécile qui choisit sa robe, sans accorder d'importance aux avis de son amie qui tentait de faire passer ses goûts pour des tissus aériens et vaporeux. Mais lorsqu'elle sortit de la cabine d'essayage, Sophie ne put que faire un Oh ! silencieux. Elle resta les yeux rivés sur la silhouette gracile et blanche, dont le buste, moulé jusqu'au cou par un corsage en mousseline de coton, ne cachait rien de sa perfection. La jupe, légèrement évasée à la taille, se resserrait aux chevilles, allongeant encore la silhouette élancée. Lorsqu'une vendeuse empressée lui enfila de longs gants souples en chevreau et les déroula jusqu'au creux des coudes, le tableau attira l'attention de tout le personnel et des visiteurs. Avec ses longs cheveux, Cécile avait la grâce des anges, innocente et bienveillante, avec encore au fond des yeux ce zeste permanent de nostalgie qui en faisait un être mystérieux. Aussitôt, les vendeuses du magasin eurent le chic de faire de cette prochaine mariée la personne la plus importante de l'univers. Sourires, conseils, recommandations, tout y était pour en faire une cliente de choix... même si son mariage se fondait parmi tant d'autres en ce début d'été, dans la grande ville de Grenoble.

Cependant, à Paris, la publication des bans du mariage Rivière-Villard allait déclencher l'intérêt de Gabrielle.

Dans le hall de son hôtel particulier, la jeune femme s'empara du courrier déposé sur une commode Louis XVI et examina rapidement chacun des plis. L'un d'eux retint son attention, dont elle examina la provenance sur le cachet de la poste. Grenoble. Un sourire sibyllin apparut sur les lèvres fardées.

Elle s'avança jusqu'au salon spacieux et remeublé selon ses goûts dans un style plus moderne, se défit de son manteau et le posa négligemment sur le dossier d'un fauteuil avant de s'affaler dans l'immense canapé qui associait la subtilité du sycomore à la sensualité du cuir blanc.

Elle était satisfaite de sa journée. Depuis qu'elle avait épousé le baron d'Ersen, elle goûtait le privilège de posséder une carte de crédit magique. Les jours n'étaient qu'une succession de petits plaisirs qu'elle s'accordait sans aucun complexe.

Si bien que l'absence d'amour dans le couple formé avec Thierry ne la dérangeait pas plus que cela, dans la mesure où cet aspect de leur union n'était jamais réellement entré en ligne de compte.

Elle avait joué un rôle, rien qu'un rôle, qui lui avait permis d'arriver à ses fins.

— Marianne ! Préparez-moi un bain, je vous prie !

D'un coup de talon vif, elle jeta ses hauts escarpins qui atterrirent sur le parquet de chêne verni, et enfouit ses orteils dans l'épaisseur du coûteux tapis de Kerman. Ensuite elle décacheta la lettre de Grenoble.

Amie d'enfance de Gabrielle dont elle connaissait les relations avec Caroline Rivière, Chantal Rosière avait, avec plaisir et sans manifester le moindre soupçon, mené une enquête sur Cécile, la fille de Caroline qu'elle avait aussi bien connue. Gabrielle ne lui avait-elle pas dit qu'elle souhaitait, après quelques années de silence, renouer sans heurt avec la famille de son amie décédée ?

La lecture du feuillet amena de nouveau le même sourire fugitif, qui s'accentua lorsqu'elle apprit le mariage de Cécile... avec un certain Anthony Villard, un bel homme, disait la lettre. *« Je voudrais bien comprendre pourquoi ces hommes-là sont sensibles au charme inexistant de ces femmes-là »*, ne put-elle s'empêcher de penser.

Elle réfléchit.

Quelles que soient les activités de Thierry ce jour-là, elle serait à Grenoble le 12 juillet, poussée par l'envie soudaine de féliciter Jean de cet heureux événement, amusée de profiter d'une telle occasion pour tester de vieux sentiments, faits de haine autant qu'elle s'en souvienne... Sacré Jean !

Un début de rire investit sa gorge tandis qu'elle repensait à Jean Rivière, en lui attribuant ses adjectifs préférés : pris au piège de la vie ; complice involontaire d'une volonté machiavélique ; victime presque consentante car épris de la beauté surannée de Caroline ; assommé par les événements qui s'accumulaient sur lui, les uns après les autres, sans jamais se départir d'une foi inébranlable... jusqu'au jour où Caroline abdiqua vraiment.

Le rire restait dans sa gorge et atteignait ses yeux, irradiant son visage d'une joie puérile.

Comme elle avait sous-estimé les caprices du hasard qui ramenait Cécile — un pion — dans le jeu de sa destinée, malgré son échec et mat d'autrefois, elle allait assurer ses arrières en consolidant le contact avec Chantal Rosière.

Le sourire persistait. Rosière ! Une gourde qu'elle avait exploitée aussi, en son temps !

Décidément, hormis la trop longue attente de son mariage avec Thierry — ce qui la mettait hors d'elle lorsqu'elle y pensait —, elle avait rempli tous ses contrats. Elle n'avait commis qu'une seule erreur ! Avec cet imbécile de chauffeur ! Ce... Vincent Blase !

Mais elle avait la situation en main.

8

Le samedi 12 juillet était une journée magnifique. L'été parfumait l'air de mille senteurs et donnait une réalité vertigineuse au cirque des montagnes environnantes. Chacune de leurs arêtes accidentées était ciselée avec une précision d'artiste sur l'azur uniforme.

Un soleil triomphant dardait ses rayons jusqu'à la chambre de la future madame Villard où s'activaient Cécile, Sophie, et la bonne madame Clément, femme de ménage des Rivière.

— Ne t'affole pas, ma chérie, tout marche comme sur des roulettes. Ne t'agite pas ainsi, nous avons le temps.

— Nous sommes même en avance, surenchérit madame Clément devant la mine contrariée de Cécile.

— Mes cheveux. Vous ne trouvez pas que...

— Pas du tout, c'est parfait.

— Et le voile, le voile, attention, vous marchez dessus !

— Mais non, voilà, on l'enlève.

— Où est mon père ?

— Il se bat avec son nœud papillon.

— Vite, vite, tout le monde va arriver.

— Tu es bien pâle, ma fille. Pince un peu ces joues, les lèvres aussi, pince-les un petit peu.

— Je vais la maquiller, ne vous inquiétez pas, madame Clément.

— Bien, je vais me préparer. A tout à l'heure.

Les deux amies restèrent face à face, troublées.

— Je n'ai jamais vu de mariée aussi belle, tu as l'air d'un ange, murmura Sophie, plus émue qu'elle ne voulait le paraître. Un ange qui va faire un homme heureux, et à qui je souhaite le plus grand des bonheurs.

— Tu es gentille.

— Tu le mérites. Allez, je te donne un coup de blush, un coup de mascara, un coup de rouge et le tour est joué, dit-elle en agissant prestement. Voilà ! Divine ! Je suis contente de moi.

Elles furent interrompues par la sonnette de l'entrée. Energique. Nerveuse. Pressée.

— Non... Il n'est pas déjà là ? s'affola Cécile.

— Je crois bien que le futur marié s'impatiente.

— Mais, je ne suis pas prête ! Dis-lui que... que...

— Que tu arrives, tout simplement, dit Sophie en souriant. Courage, tu vas seulement épouser un mec extra qui a eu la mauvaise idée de s'enticher de toi.

— Et pas de toi, dit doucement Cécile en prenant les mains de son amie.

— Hélas... Vais-je survivre à cet immense chagrin ? O dieux, qui connaissez ma terrible souffrance...

Elle avait libéré ses mains et les joignait, prête à se mettre à genoux. Cécile la poussa vers la porte en riant.

— Dehors !

Sophie sortit, pour revenir aussitôt et chuchoter :

— Ces messieurs t'attendent avec impatience.

Lorsque Cécile s'immobilisa sur le seuil du salon, les deux hommes suspendirent leurs gestes.

Jean pâlissait à vue d'œil. Anthony restait sans voix. La mariée ressemblait à une madone d'albâtre, magnifiquement attendrie sous son voile de dentelle blanche.

Pour cet instant merveilleux, pour cet élan d'amour qu'elle devinait chez Anthony pourtant figé, Sophie rit secrètement de ses anciens espoirs. Elle était plus proche que jamais de ses amis.

La cérémonie eut lieu à la mairie de Grenoble et à l'église Saint-Jean, en compagnie d'une quarantaine d'invités. Ensuite, tout le monde récupéra son véhicule pour l'ultime rendez-vous : celui de madame Serre qui avait insisté pour s'occuper de la réception malgré les réticences du père de la mariée.

— Ils se sont connus chez moi, monsieur Rivière. Ils ne l'ont pas oublié et viennent souvent me voir. Ça portera chance à tout le monde et j'ai envie de participer un peu à leur bonheur. Ils sont si sympathiques ! Laissez-moi m'occuper de tout. Allez !

Jean avait cédé, contrarié au-delà de ce qu'il pouvait exprimer. A cause de la proximité du château. A cause de cette vague crainte qui l'assaillait au plus fort de ses dernières nuits. Le mariage de Cécile ouvrait une brèche sur des souvenirs refoulés pour tenter de se reconstruire un équilibre. Pour Cécile. Pour sa petite fleur qu'il donnait à Anthony, et pour lequel il ne ressentait plus d'amertume mais bien de l'amitié.

Mais aujourd'hui, les hauts murs de la propriété des d'Ersen, vers lesquels il ne pouvait s'empêcher de tourner ses regards, lui rappelaient douloureusement les tourments de Caroline.

Et tandis que les convives emplissaient et entrechoquaient leurs verres dans la bonne humeur de cette fin d'après-midi estivale, sous une tonnelle de glycine mauve, Jean ne pouvait se défendre d'une sourde angoisse.

Si bien que dès qu'il la vit, il sut qu'il n'était pas le jouet d'une hallucination ! Qu'il aurait dû suivre son instinct premier en refusant la proposition de l'hôtelière !

Gabrielle était là, en grande conversation avec madame Serre.

Debout sur le seuil du restaurant, elle posait avec des manières affectées, le corps moulé dans un tailleur de lin clair, les cheveux noirs rejetés en arrière et maintenus par un large bandeau jaune qui dégageait un front lisse dépourvu de la moindre ride. Un maquillage étudié accentuait la perfection de ses traits.

Il eut à peine le temps d'englober l'allure élancée, droite, presque hautaine, avant d'être envahi par la rage.

Il s'avança, le visage crispé par une fureur incontrôlée.

— Ce cher Jean, commença la jeune femme d'une voix enjouée. Et puis elle s'adressa à madame Serre. Figurez-vous que nous ne nous sommes pas revus depuis... mon Dieu, depuis plus de douze ans, n'est-ce pas ? reprit-elle d'une voix modulée en se tournant de nouveau vers lui. Mais tu vieillis très bien, mon cher.

— Qu'est-ce que tu fiches ici ? demanda-t-il durement, sans faire cas de son hôtesse.

— Lorsque j'ai appris l'heureuse nouvelle, je n'ai pu faire autrement que de venir saluer les jeunes mariés.

Le regard meurtrier de Jean, plus que sa pâleur, donna à madame Serre des raisons suffisantes pour s'éclipser avec délicatesse.

— Je te prierai de bien vouloir déguerpir !

— Ta fille a bien changé. Je ne m'attendais pas à ce qu'elle soit aussi jolie... quoiqu'elle ait de qui tenir.

— Laisse ma fille tranquille, s'il te plaît ! gronda Jean qui s'était retourné pour voir où était Cécile.

Il aperçut fugitivement Anthony qui examinait la scène de loin. Sophie aussi, qui paraissait ne rien perdre de l'altercation.

— Elle ressemble beaucoup à sa mère. Est-elle aussi... dérangée qu'elle ? ajouta Gabrielle avec un brin d'ironie.

— Va-t'en !

— Je viens en amie.

— Je ne suis pas ton ami !

— J'étais celle de Caroline.

— Jusqu'à la fin de mes jours, je me demanderai jusqu'à quel point tu l'étais ! dit Jean d'une voix sourde, les poings serrés à lui faire mal.

— Ecoute, j'avais disparu de votre vie, mais tu vois combien le destin est étrange. Aujourd'hui, c'est moi qui refais surface, demain ce peut être mon mari... et... je le crois assez fou pour tomber amoureux de la fille de Caroline, ajouta-t-elle en rejetant sa tête en arrière avant d'éclater d'un rire aigu.

— Tu es arrivée à tes fins en épousant d'Ersen. Garde tes distances avec nous, gronda Jean.

— Sinon ? Oserais-tu me menacer ?

— Absolument.

— Je ne me souvenais pas de toi aussi ferme, le railla-t-elle.

— Une dernière fois, va-t'en, menaça Jean, le poing prêt à frapper.

— Tiens... mais voici ce cher docteur Simon ! s'exclama-t-elle, très enjouée.

Du coin de l'œil, Jean avait vu approcher son ami. Celui-ci se posta à ses côtés, comme en renfort, et il salua la jeune femme sans exprimer la chaleur que pouvaient contenir les mots.

— Gabrielle Montaux, d'Ersen maintenant, les journaux ont largement diffusé la nouvelle. Toutes mes félicitations, ajouta-t-il en se penchant légèrement. Que nous vaut l'honneur de cette réapparition subite ?

— Une bien belle mariée que je souhaiterais saluer.

— Je ne pense pas que cela soit une bonne idée. Cécile n'a pas besoin aujourd'hui d'un rappel du passé. Elle gère assez bien sa journée exceptionnelle malgré l'absence de sa mère, ne venez pas raviver, par votre présence, des souvenirs pénibles.

— Ah, je vois que l'analyste est toujours à pied d'œuvre.

— Cécile ne vous aimait pas beaucoup autrefois, me semblait-il.

Gabrielle ignora la réflexion.

— Savez-vous que j'ai continué à étudier tous vos livres, docteur ? Je ne suis pas allée jusqu'au bout de mes études en psychologie, mais je suis restée fascinée par cette science. Bien, reprit-elle, en haussant le ton en même temps que les sourcils, je vois que ma présence dérange, mais laissez-moi au moins exprimer tous mes vœux à ce jeune homme. Il n'a pas l'air de craindre les fantômes, lui.

Devinant une complication, Anthony s'était approché. Il s'inclina brièvement devant l'inconnue, prenant d'instinct l'attitude des deux hommes.

— Tout va bien, messieurs ?

— Oui. Cette femme partait, dit Jean durement. Elle partait définitivement.

— Il faut avouer que la mariée a de l'allure, dit Gabrielle sans tenir compte des désirs de Jean, en posant un regard indéfinissable sur Cécile qui conversait avec Laurent Arthaud, le témoin de son mari.

Elle revint à Anthony et le regarda droit dans les yeux sans cacher un air satisfait, et puis elle pivota soudainement et s'éloigna, campée sur ses hauts talons, la hanche houleuse et les épaules souples.

Anthony regarda les deux hommes, Jean furieux, Simon inquiet.

— Qui est cette femme ?

— Une perfide, une perverse, dit le premier.

— Un danger, surenchérit le second.

— Si belle et pourtant si laide ?

— Dans la mesure du possible, tenez-la éloignée de votre couple, répondit Frank Simon.

— Vous m'en dites trop ou pas assez.

— Elle fait partie de ce passé dont je vous ai parlé. Jean... ?

— Oui. Il faudra bien que je t'éclaire, petit, répondit Jean d'un ton las à son gendre. Mais ce n'est pas le jour.

D'emblée, Anthony avait capté les diverses tensions et surtout éprouvé une vive et soudaine antipathie pour la femme, que ni la séduction ni l'élégance n'avaient atténuée. Quelque chose, même, l'avait gêné dans la façon qu'elle avait eue de plisser les paupières en regardant Cécile.

Il sut qu'il se trouvait confronté aux propos évoqués l'année précédente par le médecin.

Depuis longtemps déjà il avait rendu ses livres à Frank Simon, sans pouvoir décider s'il croyait ou non aux écrits — pour ne pas dire suppositions — de spécialistes patentés. Il avait essayé d'en savoir plus auprès de Jean, mais s'était heurté à une mauvaise humeur. Jean avait maugréé : *« Ces maudits psy qui croient toujours avoir raison... Ma fille va bien, pas besoin de diplômes pour s'en rendre compte. Quelles foutaises, ces histoires de syndrome d'anniversaire. Il a essayé de t'avoir aussi ? Comment Cécile pourrait-elle revivre une situation qu'elle n'a pas connue ? On ne meurt pas — ça devient presque une obsession chez lui — comme cela, au nom de je ne sais quelle foutue fidélité ! Allons ! Il faut être sérieux ! »*

Les conversations entre Frank Simon et Anthony n'avaient plus jamais connu l'intensité et la particularité de leur première entrevue, mais le jeune homme avait mieux compris le rôle du psychothérapeute, qui était de deviner l'à peine exprimé de son client, manifesté par les comportements les plus divers, afin d'être l'intermédiaire ou le passeur entre celui qui se cherche et sa propre vérité.

Maintenant, chacun restait dans l'expectative, mais le temps leur accordait à l'un le droit d'hésiter, à l'autre celui de tempérer ses craintes. Cécile n'avait que vingt ans et la protection d'Anthony pouvait bien représenter le garde-fou idéal à toute manifestation de répétition probable ou improbable.

Il chercha Cécile. Il la vit, penchée sur une vieille dame, une tante venue de Vendée croyait-il se souvenir.

Une vague de bonheur le submergea. Il se sentait plus fort que jamais. Avant sa rencontre avec Cécile, il vivait dans un présent perpétuel, sans s'interroger sur la durée proprement dite. Cécile l'avait plongé dans le temps et il avait découvert avec elle le besoin d'assumer des responsabilités. Dans tous les domaines.

Il sentit qu'il devait s'éloigner et laissa les deux hommes entre eux pour rejoindre Sophie qui venait à lui.

— Que voulait cette femme ? demanda-t-elle.

— Je n'en sais rien, je ne sais même pas qui elle est.

— La baronne d'Ersen, la propriétaire du château.

Anthony et Sophie auraient peut-être cherché à en savoir plus s'ils n'avaient été interpellés avec impatience par des membres de la fête.

Car ils n'auraient plus, avant longtemps, l'occasion de se remémorer la scène.

Jean et Frank avaient pénétré dans la salle fraîche du restaurant et s'étaient pesamment installés à une table.

Jean se frottait le visage et tentait de remettre de l'ordre dans ses pensées, face à la curiosité de son ami qui l'interrogea enfin.

— Il est vrai que je vois d'un mauvais œil son retour intempestif, surtout un jour tel que celui-ci, mais j'avoue avoir du mal à interpréter ton attitude vindicative vis-à-vis de Gabrielle. Hormis le fait que sa présence pourrait perturber Cécile en la replongeant dans son passé, je ne vois pas ce que tu crains d'elle.

— Un chantage.

— Un chantage ? Je comprends bien tout ce que cela sous-entend... mais enfin, si quelqu'un devait craindre un chantage, ce serait plutôt elle, ne crois-tu pas ?

— C'est vrai. Elle n'aurait rien à y gagner, dit Jean après un énorme soupir, comme s'il se rendait compte qu'il en avait trop dit.

— Alors, attendons. Pour quelles raisons, d'ailleurs, tenterait-elle de faire du mal à Cécile ? insista pourtant son ami.

— Elle détestait sa mère, lâcha Jean presque à regret.

— Je ne comprends pas ! s'exclama Frank Simon.

— Elle détestait Caroline ! affirma Jean, de nouveau en proie à la colère. Je m'en doutais déjà, mais j'en ai eu la preuve le jour du... de la mort de ma femme, termina-t-il, la voix sourde.

— ... Mais ? Tu ne m'as jamais parlé ainsi de leurs relations.

— Si tu avais vu ses yeux devant le corps sans vie de Caroline ! Ils riaient, oui, par Dieu ! ils riaient !

— Enfin, Jean ! Comment peux-tu affirmer une telle monstruosité ? Le choc n'aurait-il pu être la cause d'une réaction nerveuse ?

— Non. Je te garantis que non. Ses yeux étaient emplis de victoire, de soulagement. Ses gestes même étaient calmes, alors qu'elle aurait dû être horrifiée, pétrifiée, ou au bord de la crise de nerfs... Le spectacle n'avait rien de réjouissant, n'est-ce pas ?

— Calme-toi, Jean, dit Frank Simon en posant une main rassurante sur son bras. Alors... sa disparition durant toutes ces années... ? demanda-t-il doucement.

— Je lui avais interdit ma porte... Ne m'interroge plus, je t'en supplie, s'emporta Jean.

Simon accompagna son hochement de tête d'un regard réconfortant.

— Plus tard, continua le père de Cécile, je crois avoir compris la raison de son comportement cynique. Je me suis torturé l'esprit des nuits entières à propos de d'Ersen. Gabrielle m'avait fait de lui un portrait d'homme dur, impitoyable, hautain, imbu de sa personne et fier de descendre d'une lignée d'aristocrates. Incapable de s'intéresser à une roturière, orpheline de surcroît. Ce n'était pas elle qui aurait dû tenir des propos injurieux à son encontre et le haïr, or c'était elle qui le détestait, qui entretenait ce dégoût en Caroline en lui distillant son venin à petites doses dans le cœur. Je l'ai compris trop tard, quand j'ai ressassé, des nuits durant, le moindre des gestes de ma femme, de ses gestes et de ses mots. Je me suis alors souvenu de ses étranges appréhensions à recevoir Gabrielle, de ses nombreuses hésitations, voire ses refus, à l'accompagner où que ce soit, de ses énervements quand enfin elle repartait, de son manque d'envie à me relater leurs conversations... car elles devaient toutes tourner autour de lui.

— En es-tu certain ?

— En rangeant les affaires de Caroline, après... l'accident... Je suis tombé par hasard sur une lettre de Gabrielle, dont les deux tiers faisaient mention de la lâcheté, de l'indignité, des vices de d'Ersen.

— Crois-tu que Caroline tenait un journal ?

— Je n'ai rien trouvé.

— Pourquoi ne m'as-tu rien dit ?

— A quoi cela aurait-il servi ?

— A partager ta souffrance, mon pauvre ami.

— Quand je pense que nous l'encouragions à venir chez nous ! reprit Jean, les yeux brillants de rage. Pour les bienfaits de Caroline ! Non, dit-il plus fort comme s'il s'éveillait et reprenait le fil de ses pensées, Gabrielle détestait trop d'Ersen pour quelqu'un qui n'en subissait aucun préjudice. J'ai alors douté, réfléchi au fait qu'il ne s'était jamais marié.

— Il est pourtant resté trois ans en Amérique, après avoir abandonné Caroline.

— Oui, mais il demeurait célibataire. Alors... malgré les circonstances, était-il resté amoureux de Caroline ? La mort de ma femme ne donnait-elle pas une chance à Gabrielle Montaux de se mettre sur les rangs, évincée depuis tant d'années par une autre ?

— Jean, ta haine me fait peur... As-tu envie de me dire autre chose ? reprit-il devant le silence prolongé de son ami.

— Il y a tant de choses difficiles à dire, Frank, murmura Jean. Je suis maudit depuis ce jour-là.

Enfin, Frank Simon touchait du doigt la faille qu'il pressentait dans la carapace de Jean. Mais il n'en saurait pas plus, en tout cas pas ce soir.

Car Jean était en proie à ses démons. Il était ailleurs et se débattait contre un désespoir tenace. La colère avait fait place à l'abattement et la pâleur restait sur son visage.

Il dut faire un effort considérable pour cacher à tous — à sa fille en particulier qui le couvait d'un regard tendre voilé parfois de tristesse — les remords qui crevaient comme des bulles à la surface de son âme.

Il regarda la mariée, les joues colorées par le champagne et les yeux pétillants de bonheur. Il vit Anthony subjugué par le charme de sa jeune femme. Sophie tout sourire, et déjà un peu amoureuse de Laurent Arthaud, l'ami d'Anthony — il l'aurait parié et il en éprouvait quelque joie. Madame Clément, qui n'arrêtait pas de tamponner de petites larmes réfractaires. Frank Simon, plongé dans de sombres pensées. Madame Serre, encore éberluée de la scène avec un personnage aussi distingué que la baronne — une cliente, en plus — et qui devait se poser d'étranges questions.

Il revint à la mariée sans pouvoir se défendre d'un découragement insurmontable.

Caroline aurait été si fière de sa fille. Indépendamment des soupirs de la famille et des amis, les traits de la jeune mariée, si semblables à ceux de sa défunte mère, en avaient fait chuchoter plus d'un à la sortie de l'église. Incontestablement, le couple attirait les regards, beau, représentatif de l'accord parfait. Il pria pour que cette harmonie soit l'ingrédient de leur complicité.

Et, plus forte que tout, la nostalgie d'un jour identique le submergea. Il n'avait pas connu de plus grand bonheur que le jour où il était ressorti de l'église, vingt ans plus tôt, Caroline à son bras.

La petite fête se déroula gentiment autour d'une table gaie et chantante. Certains convives étaient de joyeux lurons et permirent à Jean de cacher ses mornes états d'âme.

Mais sa volonté d'éclairer Anthony, sur quelques secrets trop bien conservés s'envola aux premières lueurs de l'aube, quand il fut enfin convaincu qu'il tenait Gabrielle.

Frank avait raison. Si Gabrielle le menaçait de révéler certaines vérités cachées, il détenait lui-même le pouvoir de déranger sa vie trop bien organisée.

L'avenir immédiat allait lui donner raison.

Ils n'entendraient plus parler de Gabrielle avant quelques années, mais Frank Simon resterait vigilant. Il connaissait la première qualité du temps, qui a besoin de temps pour peaufiner ses histoires.

Le psychiatre allait poursuivre la rédaction de ses notes personnelles.

9

Il n'y avait pas grand-chose à dire du jeune couple qui se fondait dans le quotidien de Grenoble et sa banlieue. Sa vie était sans histoire, donc heureuse.

Il avait emménagé au quatrième étage d'un immeuble neuf, à Echirolles, tout près de la mairie, le même jour que ses voisins de palier. La sympathie fut immédiate entre les deux hommes, et celle des deux femmes se manifesta par des sourires identiques, un peu timides, réservés mais déjà consentants à un rapprochement.

L'accord avec Raoul et Claudie Bertin se confirma assez vite. Sensiblement du même âge qu'eux, les nouveaux voisins venaient de Dijon et éprouvaient le besoin de se faire des amis. Raoul, un garçon rond et jovial, travaillait à la SEMITAG comme chauffeur de tram et circulait d'Echirolles à Fontaine. Sa femme, petite et au minois enfantin, inspirait confiance.

Cécile découvrit peu à peu une amitié différente de celle qu'elle partageait avec Sophie, et retira un certain plaisir à écouter Claudie se plaindre de souffrir d'une timidité maladive, de manquer de confiance en elle, d'éprouver un trac épouvantable à la simple pensée de chercher du travail. Elle lui adressait alors un sourire plein de gentillesse, qui passait pour encourageant, mais qui contenait des remerciements secrets. Car

Claudie et ses peurs adoucissaient les siennes qui se gommaient tout doucement au contact d'Anthony.

Anthony consacrait beaucoup de temps à son agence, tandis que les deux amies passaient la plupart des vacances ensemble, durant lesquelles Sophie put apprécier Claudie Bertin. La personnalité craintive de cette dernière donnait à la dynamique Sophie une raison supplémentaire de développer son énergie coutumière. Il fallait la voir bousculer la quiétude des deux autres, qu'elle qualifiait de léthargique. Ce jeu obligeait Cécile et Claudie à faire corps contre elle qui souriait en douce de leurs attaques verbales. *« Enfin, mes deux bécassines réagissent. »*

Cécile était toujours un peu secrète et réservée, mais l'on ne s'y fiait plus. Sa timidité ne se manifestait plus par de longs silences et des rougeurs excessives. Une lumière vacillante s'arrimait dans le fond de ses yeux.

Elle semblait s'épanouir comme rose au soleil, prenant chaque jour une dose supplémentaire d'assurance. Sophie n'en revenait pas. Cette nouvelle Cécile n'aurait bientôt plus rien à voir avec l'ancienne. Ce n'était pas que cela lui déplaisait, bien au contraire, mais elle ne retrouverait bientôt plus cette petite mollesse qu'elle aimait secouer.

En assumant son rôle d'épouse, Cécile se découvrit des ressources nouvelles. Cachés jusque-là, des goûts divers s'éveillaient et, avec eux, un sentiment de confiance jamais égalé. Elle s'occupa de la décoration de leur trois-pièces avec art et sensibilité. Lorsque Frank Simon vint chez eux, Anthony surveilla les résultats de sa discrète inspection visuelle. Le docteur semblait apprécier les teintes pastel et le bleu de la chambre.

Et puis, à la fin de l'hiver, Cécile eut envie d'avoir un bébé.

Lorsqu'il apprit la grossesse de Cécile, son parrain, contrarié, ne put s'empêcher d'écrire :

« En décidant d'être mère aussi tôt, elle fait preuve de détermination puisqu'elle avoue mettre volontairement ses études au second plan, après la naissance. Mais en faisant cet enfant maintenant, elle se met dans la situation de sa mère. Il y a répétition de configuration. A vingt-huit ans, elle aura un enfant de sept ans, l'âge qu'elle avait lorsque sa mère s'est donné la mort. L'âge que Caroline elle-même avait quand sa mère est décédée. Si nous pouvions la préparer à supporter la terrible vérité sur les circonstances de la disparition de sa mère, je pourrais arrêter le processus en remettant sa propre situation dans un contexte différent et ainsi lui faire rejeter la répétition. Jean, tête de mule ! qu'est-ce qui peut bien t'empêcher de prendre mes craintes au sérieux ? »

S'il n'avait eu à remercier le ciel du bonheur de Cécile — après avoir craint le pire — Jean Rivière aurait sans doute été navré de la voir, si jeune, se créer déjà des contraintes. Mais seul l'épanouissement de sa chère petite lui importait et il appréciait la fiabilité d'Anthony.

Les premiers mois s'écoulèrent avec langueur et joie pour Cécile.

Anthony acceptait l'idée de sa prochaine paternité avec la confiance qui le caractérisait. Il fallait un enfant à Cécile. Il comprenait que sa jeune femme se fixait des repères et cherchait des responsabilités. Cécile n'était pas une femme enfant, mais une femme en quête d'identité, avec un but, celui de constituer une famille entière et d'y trouver sa place.

Il sentait cette force intérieure qui ne demandait qu'à se manifester.

Ils étaient conscients, tous deux, de construire leur bonheur et ils sentaient cette complicité croître de jour en jour. Il n'y avait aucune ambiguïté entre eux, aucune ombre. Cécile parfois souriait en le regardant.

Il avait constaté qu'à ces moments il pensait très fort à elle, à eux deux. Il s'amusait de l'imaginer lire en lui, bien qu'ils n'aient plus reparlé de cette étrange faculté, lui ne voulant en aucun cas la pousser à se réfugier dans un monde qu'il ne percevait pas, elle parce que plus rien, ni solitude ni émoi particulier, n'était venu la tenter de se cacher derrière cette protection éphémère de traquer la pensée des autres.

Ils n'avaient pas besoin de mots pour se parler d'amour. Leurs regards étaient explicites. Très vite Cécile abaissait le sien, tout en conservant cette ébauche de sourire dans le coin de sa lèvre, si charmeur, si charmant qu'il ressentait une envie irrésistible de la serrer dans ses bras.

Le bonheur était là, emprisonnant peu à peu, jusqu'à l'étouffer, ce malheur latent qui habitait Cécile, tapi dans son inconscient, suffisamment bridé par son intelligence pendant cette période heureuse qui l'accaparait, mais... peut-être encore présent, sournois, comme cette étincelle qui n'attend que le souffle d'air suffisant pour se raviver et propager l'incendie.

En tout cas, la période de répit se prolongeait.

La jeune femme embellissait de jour en jour. Le bonheur s'était installé jusque dans le creux de ses joues où une fossette naissait de ses sourires, tandis que son corps, tout doucement, bâtissait le petit d'Anthony.

Frank Simon la sentait bien lors des tête-à-tête qu'ils avaient continué à se ménager par habitude, mais aussi pour le plaisir de poursuivre une histoire de tendresse. Il réagissait comme un second père, à voir qu'elle conservait sa douceur et que le temps accentuait sa beauté romantique. Parfois, Jean se joignait à eux et Cécile, portée par tout cet amour autour d'elle, se sentait comblée.

Tandis qu'Anthony avait embauché Claudie à l'agence trois jours sur cinq, les deux amies poursuivaient leurs cours à la Faculté sur les bancs de l'amphithéâtre pour préparer leur licence. Cécile et Sophie travaillaient toujours ensemble à la bibliothèque universitaire.

Il ne se passait pas un seul jour sans que Cécile ne rendît une visite à son père qui abandonnait vivement ses plans sur sa table de travail pour lui accorder une attention extrême.

Jean avait eu quelque peine à s'habituer au silence de l'appartement qui lui paraissait bien trop grand maintenant. Oh, ce n'était pas que Cécile y avait fait grand bruit, mais sa présence, même silencieuse, avait égayé sa vie. Elle avait empli ces pièces où Caroline avait circulé, depuis son arrivée dans le quartier jusqu'à leur mariage, d'abord en petite voisine timide, ensuite en amie.

Il la revoyait, encore aujourd'hui, entrer dans son appartement dont elle détenait un jeu de clés, sans savoir qu'elle entrait aussi dans son cœur. En ignorant l'émoi qu'elle provoquait, elle s'avançait jusqu'au salon, légère, un peu trop maigre, et s'installait à même le parquet en remontant ses genoux qu'elle cachait pudiquement sous ses jupes longues. Elle attendait que l'on s'occupât d'elle. Elle ne parlait pas beaucoup, mais ses yeux le faisaient pour elle, et elle avait conservé de son enfance le besoin de se sécuriser. Sa vieille tante ne suffisait pas à combler ce vide et elle semblait se trouver bien chez les Rivière. Les années avaient passé ainsi, entre la tendresse froide, inexprimée d'une pauvre parente refermée sur des souvenirs douloureux, celle de madame Rivière qui la considérait comme sa propre fille et celle de Jean, un grand frère d'une délicatesse exquise, mal comprise.

Plus tard, lorsqu'elle s'était abattue en larmes contre sa poitrine, revenue de son rendez-vous manqué un certain 23 décembre, blessée dans son cœur et dans sa dignité, jamais il n'aurait espéré la conquérir. Il connaissait trop, pour l'avoir écoutée, la joue rose et l'œil brillant, lui relater l'évolution de ses sentiments, son attachement affectif au jeune baron d'Ersen.

Parfois la mélancolie s'emparait de lui, accentuée depuis le mariage de Cécile. Il rompait alors sa morosité en sortant avec Frank Simon ou bien quelques amis.

Malgré ce point, autant dire que tout allait bien à Grenoble.

Loin s'en fallait à Paris.

10

Car loin de lui apporter l'apaisement, le mariage de Thierry d'Ersen n'avait fait qu'accroître son besoin de solitude.

Le changement avait été immédiat. Radical.

Comme si le passage de la bague au doigt avait été le coup d'envoi d'un match inavoué. Synonymes de pouvoir, les diamants qui ornaient son anneau nuptial avaient instantanément donné à Gabrielle un regard différent sur le monde.

Tout d'abord, Thierry n'avait voulu voir dans le comportement de sa femme qu'une fierté légitime.

Le doute s'était davantage insinué dans son esprit au retour de leur voyage de noces passé à Venise. A Monaco, Gabrielle avait insisté de façon immodérée — il aurait dit capricieuse — pour aller à l'Hôtel de Paris, le restaurant habituel des Grimaldi. Le restaurant était complet. Thierry avait déjà tourné les talons pour se retirer des lieux, lorsqu'il avait entendu Gabrielle affirmer de façon péremptoire :

— Nous sommes le baron et la baronne d'Ersen. Il est inadmissible que vous refusiez de nous recevoir.

Un tic était venu taquiner le sourcil du serveur stylé.

— Nous sommes au regret de ne pouvoir vous satisfaire, madame, avait-il répondu en s'inclinant respectueusement. Notre maison fonctionne uniquement sur réservation, et il nous arrive, hélas, de ne pouvoir contenter tous nos clients de marque.

Thierry avait promptement glissé sa main sous le bras de la rebelle et l'avait fait changer de cap avant que, de ses lèvres, ne s'échappassent des mots cinglants.

Ce geste avait eu pour résultat de faire naître le premier conflit.

— Je ne comprends pas et je ne supporte pas que tu te laisses ainsi marcher sur les pieds, lui avait-elle assené.

— Il ne faut pas confondre pouvoir et savoir-vivre, ma chère, lui avait-il répondu froidement.

La rage de Gabrielle s'était manifestée à la table d'un autre restaurant, à quelques pas du premier. Le repas était inqualifiable, mal servi, etc. Elle était même allée jusqu'à gourmander le serveur sur le contenu des assiettes trop ceci et pas assez cela. Son air mortifié et crispé avait suffisamment duré pour que Thierry, silencieux jusque-là car réprobateur, lui dise :

— Je souhaiterais que tu cesses de te faire remarquer.

— Je réagis contre ton manque d'autorité. Tu as un rang à tenir.

— Je crois que ce rang, dont tu parles, te monte à la tête. Il ne te donne aucun droit, surtout pas celui de mépriser les autres. La noblesse est avant tout une marque d'éducation.

Marié un 12 septembre, il avait soufflé à l'oreille de Melchior le 10 octobre suivant, dès leur retour de voyage de noces : *« J'aurais dû te demander ton avis, mon vieux chien. Tu ne l'as jamais appréciée, pas vrai ? »*

Parce qu'il connaissait sa maîtrise exceptionnelle, il avait mis l'étrange comportement de sa femme sur le compte d'un bouleversement passager. Et accepté de satisfaire sa boulimie de sorties. Ils étaient allés dans le

Tout-Paris afin qu'on les vît ensemble et que l'annonce officielle de leur mariage n'échappât à personne — ce qui aurait dû ainsi compenser le fait que la cérémonie avait été par trop discrète.

Le rapport de force que Gabrielle avait sans tardé instauré entre eux leur permit très vite de tester leur couple et de prévoir son évolution. Mais si Gabrielle en tirait une satisfaction relative, Thierry ressentait les premiers regrets.

Gabrielle s'était vite permis de ne plus admettre les façons dont son mari manifestait son goût pour les belles choses. Il appréciait l'art sous toutes ses formes, mais en amateur trop discret pour ses besoins, à elle, de paraître. Evitant les vernissages et les premières malgré une sollicitation constante, il préférait arpenter les musées et les galeries, ou se rendre à des concerts, en spectateur anonyme. Il vivait sa vie parisienne sans véritable mondanité et cela ne convenait plus à la nouvelle baronne.

Le seul point sur lequel ils trouvaient un terrain d'entente était le château, que Thierry prenait plaisir à redécouvrir.

Ils venaient régulièrement à Grenoble, à la grande joie du couple Picard et du chien Melchior, des parents de Gabrielle, des deux chevaux acquis dernièrement, et des amis — en nombre croissant — de madame la baronne qui avait décrété organiser une grande fête annuelle au début de chaque été.

Deux ans plus tard, le bilan de leur union faisait le constat d'un détachement, installé entre eux sans véritables à-coups, qui leur avait accordé à chacun une indépendance tacite.

Peu d'activités communes, en dehors de quelques manifestations culturelles et de repas d'amis ou de relations que Gabrielle se plaisait à organiser.

Quelques tête-à-tête, mais Thierry se rendait bien compte qu'ils ne servaient qu'à sauver les apparences ;

leurs caresses et leurs baisers étaient sans saveur et se faisaient de plus en plus rares, mais il attendait encore le miracle que Gabrielle lui avait fait entrevoir.

Enfin, des loisirs personnels, qui la récompensaient, elle, de sa longue patience, et lui apportaient, à lui, un remède à ses frustrations.

Les semaines n'avaient pas assez de jours, les jours pas assez d'heures pour Gabrielle dont la hantise était de voir un blanc dans son emploi du temps. Bridge, golf, tennis, soins en institut, coiffeur, shopping... conversations alanguies au bord d'une piscine sous les yeux complices de maîtres nageurs bronzés, d'oisifs ou de gigolos empressés. Jusqu'à présent, à l'inverse de la plupart de certaines amies frivoles, elle avait résisté au besoin de prendre un amant parisien. Elle y pensait cependant, ne trouvant plus, n'ayant d'ailleurs jamais véritablement trouvé, en Thierry de quoi alimenter ses fantasmes.

Elle connaissait le pouvoir de son corps et de ses yeux sombres, et lisait les messages codés dans les regards masculins, mais se retenait de pousser le jeu trop loin, n'accordant que le droit de regarder. Elle traîna vite après elle une réputation sulfureuse qui la faisait rire. Ce milieu superficiel, dans lequel elle se sentait comme un poisson dans l'eau, l'amusait. Il n'était pas rare qu'un mari fortuné et accaparé par son travail tolère un ou deux amants à sa femme, dans la mesure où lui-même s'accordait en voyage les bienfaits d'une aventure sans lendemain ou quelques fellations à la sauvette. D'autres tenaient leur épouse par un chantage à l'argent. D'autres encore s'offraient les services d'un détective privé. Le jeu des femmes pouvait consister à duper l'expert, ou même à l'ensorceler. Parfois, le type gagnait sur les deux tableaux. Il extorquait de l'argent à celui qu'il cocufiait.

Thierry avait très vite laissé le travail empiéter sur son temps libre. Directeur financier dans une grande banque, son avenir était tout tracé, sa motivation personnelle satisfaite. Quand il ne venait pas se ressourcer dans sa grande propriété grenobloise, il consacrait le reste de son temps à l'équitation et au tir au pistolet en compagnie de son meilleur ami, Olivier Saint-Yves, et, poussé par ce dernier, avait renoué avec ses relations du Rotary.

Olivier Saint-Yves. Que Gabrielle ne pouvait souffrir.

Lorsque Olivier surprenait le regard perdu dans le vague de son ami, il devinait presque le contenu de ses sombres pensées.

Il ne pouvait s'empêcher de se souvenir que dès leur première rencontre, lui-même, Olivier, le célibataire le plus endurci de Paris depuis ses échecs sentimentaux, avait éprouvé une forte antipathie envers cette grande et belle brune aux allures de reine, mais n'en avait rien dit à son ami, ne lui accordant que deux semaines avant qu'il ne s'en débarrasse.

De son côté, la jeune femme avait ressenti une méfiance instinctive envers cet athlète trop distingué à la moue méprisante, qui se permettait de la jauger comme s'il se trouvait en présence d'une rivale. Il avait pourtant un charme fou qu'il personnalisait avec une moustache à la russe. Un bel homme.

Leurs contacts n'avaient jamais été réellement basés sur une sympathie réciproque. L'ironie était l'arme du premier, la réplique acerbe ou le mépris était celle de la seconde. Sous des airs très mondains.

Il se trouvait qu'Olivier était la seule personne qui avait envie d'éviter à Thierry les déboires qu'il avait lui-même supportés. Il avait surveillé Gabrielle à son insu. Ses grands airs ne l'avaient pas dupé. Parce que Gabrielle ressemblait étrangement à la dernière de ses femmes, Olivier, qui ne se fiait plus à présent à cette gent que d'après la connaissance qu'il croyait en avoir, lui trouvait un côté trouble et vénal. La classe de cette fille était fabriquée de toutes pièces. Elle avait sans doute très vite assimilé les subtilités d'un comportement bourgeois, les détails qui révélaient la supériorité sociale. Il était quasiment certain de trouver de la vulgarité sous un mince vernis. A plusieurs reprises, il avait habilement amené son ami à converser sur elle et, un jour, carrément essayé de le mettre en garde.

Lorsque Thierry lui avait demandé d'être son témoin à son mariage, Olivier n'avait pu cacher sa désillusion. Aujourd'hui, il regrettait de n'avoir pas davantage insisté pour détourner son ami d'un tel projet.

— Cette femme te sera fatale ! lui avait-il pourtant dit. Elle sait ce qu'elle veut, et elle te veut, toi !

La conversation avait eu lieu au bar du club de tennis de Meylan, banlieue chic de Grenoble, où les deux amis venaient de disputer une partie acharnée. Après leur douche, ils s'étaient octroyé un scotch, confortablement installés dans des fauteuils de rotin, saluant de temps à autre des relations du club.

— C'est bien pour cela que je l'épouse, avait répondu Thierry, vaguement amusé.

— Et tes sentiments ?

— Ne formons-nous pas un couple superbe ?

— Sois sérieux.

— Je suis sérieux. Autrement, comment pourrais-je l'épouser ?

— Tu aurais pu épouser des dizaines de femmes. Pourquoi celle-ci, justement ?

Thierry avait failli conseiller à Olivier de dévier la conversation sur un autre sujet, mais l'issue du match l'avait mis de bonne humeur.

— Et pourquoi pas, justement ? Ecoute, je connais tes sentiments à son égard et peux t'assurer qu'elle en est affectée.

— Sans blague. Elle s'est plainte à mon sujet ?

— De ton indifférence, oui, elle ne la comprend pas.

— Je connais les femmes, mon ami, avait soupiré Olivier.

— Oh oui, j'avais oublié, s'était gentiment moqué Thierry.

— Trois divorces amènent un homme aux portes d'un monastère.

— Trois divorces, mais combien de conquêtes, avait insisté Thierry, toujours amusé.

— Jamais plus, tu entends, jamais plus je ne me laisserai remettre une corde autour du cou.

— J'en doute. Mais, précise néanmoins ton idée sur Gabrielle.

— Je la trouve... trop honnête pour être honnête !

— Mais encore ?

— Une femme comme elle aurait pu se marier cent fois, or elle t'a attendu pendant presque vingt ans ?

— Elle a vécu avec un homme, à Grenoble, pendant quelques années. Cela ne me pose aucun problème. Son passé ne m'intéresse pas.

— Je la qualifierais d'intéressée.

Thierry avait levé son verre et fixé le mélange ambré, avant de répondre d'un air sérieux :

— Où est le mal ? Mes parents m'ont laissé une fortune et je gagne, moi-même, très bien ma vie. Je ne pourrai jamais dépenser tout cet argent, même si je vivais deux cents ans.

— A une époque, tu disais te méfier des coureuses d'héritiers.

Un silence pesant s'était installé et Thierry avait regardé d'un drôle d'air son ami en train de lisser sa moustache brune.

— Où veux-tu en venir ?

— Pour moi, c'est une salope comme il y en a peu.

— Tu y vas fort, non ? avait protesté le futur marié, le sourcil froncé.

— Que veux-tu, je ne te sens pas amoureux, avait répliqué Olivier, contrarié, en posant son verre d'un geste sec sur la petite table. J'ai l'impression que tu cèdes par facilité.

— J'ai quarante ans.

— Et alors ?

— J'ai quarante ans, je connais Gabrielle depuis longtemps, elle éprouve certainement plus de sentiments pour moi que je n'en éprouve pour elle. Mais... j'ai envie d'avoir des enfants.

Olivier avait pris un air ahuri et avait failli éclater de rire.

— Je suis peut-être mal placé pour connaître ses sentiments à ton égard, mais je risquerais sans crainte ma tête à couper en t'affirmant qu'elle ne te donnera jamais d'héritiers.

— Mais elle en a souhaité avant moi.

— On en reparlera. Elle ne va pas abîmer un corps qu'elle entretient si bien. Tu rêves, mon vieux. Tu rêves et tu gobes tout. Crois un vieux briscard comme moi. Les meilleurs amis de l'homme, après l'homme, sont bien son cheval ou son chien, et les putains.

— Qui sont néanmoins des femmes.

— De cœur.

— Que dire de tes cuites mémorables à cause de ces femmes ?

— Hélas, j'ai du mal à les oublier, toutes ces femelles.

La discussion s'était terminée sur un ton léger, qui n'en avait pas moins laissé les deux amis sur des pensées très personnelles et soudain inexprimées.

Le mariage avait eu lieu.

Dans la plus stricte intimité selon les souhaits de Thierry, dans la chapelle du château, en compagnie des témoins et de quelques membres des deux familles.

Les parents de Gabrielle étaient de charmantes personnes, discrètes, un peu effarées. Ils n'avaient jamais véritablement espéré que leur fille s'immisce dans la haute société et, malgré la prévenance de leur gendre, ils s'étaient tenus à l'écart avec la peur qu'ont les petites gens de paraître déplacés. Le marié, dans sa jaquette et son gilet gris clair, sa chemise blanche à col cassé et ses gants gris, les avait intimidés par son élégance et son maintien.

Gabrielle avait espéré un grand mariage, l'invitation de tout ce qui existait de l'aristocratie grenobloise. Mais Thierry n'avait pas cédé. Elle portait un tailleur Chanel moiré, avait su faire bonne figure et prendre un air de circonstance des plus dignes. Le visage lisse avait reflété juste ce qu'il avait fallu de plaisir et de gravité et n'avait pas paru prêter attention aux regards pénétrants, quand ils n'étaient pas franchement moqueurs, d'Olivier Saint-Yves.

Le mariage civil avait eu lieu à la mairie de Grenoble où bon nombre de vieux amis de la famille d'Ersen avaient tenu à présenter leurs vœux au jeune baron. Les mariés, chaleureusement félicités par le président du Conseil général, le maire, les présidents de la cour administrative d'appel et du tribunal administratif, avaient aussitôt rejoint le château pour la cérémonie religieuse, dans la discrétion la plus complète.

Si Thierry n'avait plus franchi la porte de la petite chapelle depuis l'enterrement de Viviane et Alexandre d'Ersen, madame Picard avait continué à y faire régner la propreté et à fleurir l'autel.

En écoutant le vantail de chêne clouté à l'ancienne pivoter sur ses gonds, Thierry avait ressenti un étrange mal-être. Si ses parents avaient été moins stricts, il se serait déjà agenouillé sous la voûte en berceau plein cintre, au côté de Caroline, sa petite fiancée d'autrefois. Un doute l'avait alors submergé et Olivier, qui ne cessait de l'épier, comme pour s'assurer qu'il ne regrettait rien, se rappelait encore le regard de son ami, saisi au vol, posé sur lui et empreint d'un désarroi tel qu'il avait craint un changement de programme inopiné. Un regard presque malheureux, aussitôt remplacé par une émotion jugée de circonstance. Alors qu'il n'avait fait que mesurer l'ironie du sort : il se mariait, malgré tout, avec une roturière.

Un copieux buffet, composé de pains briochés et fourrés, de canapés divers, de sandwiches et pièces chaudes, de petits fours sucrés, le tout servi au milieu de pièces décoratives et de paniers garnis de légumes crus et effilés, avait été dressé dans un grand salon au parquet Hache, riche en meubles, tapis et tableaux anciens. Alfred Picard avait troqué sa blouse de jardinier contre un smoking d'époque et avait commencé à emplir les verres d'un champagne aux bulles innombrables et minuscules, tandis que le nouveau marié avait fait les honneurs de sa propriété.

— Les tours rondes qui encadrent la façade datent du XVe siècle mais ont subi plusieurs modifications, tout comme la partie ouest, condamnée actuellement, qui attend une importante rénovation. Il y a une soixantaine de mètres carrés à sortir de leur oubli, que j'avoue n'avoir jamais vus habités. Comme vous le voyez, à droite, ces fenêtres, qui s'ornaient autrefois de meneaux ouvragés...

Melchior avait joyeusement gambadé tout autour de ce monde inattendu. La seule personne qu'il avait soigneusement évitée était Gabrielle, qui s'était laissé distancer et avait cherché le regard d'Olivier. Celui-ci avait, lui aussi, ralenti son pas d'une façon nonchalante.

— Vous êtes craquant avec ce nœud papillon, mon petit Olivier.

— Flagorneuse, avait-il répliqué sans la regarder.

— Vous ne m'aimez pas, n'est-ce pas ? lui avait-elle demandé doucement.

Olivier avait souri, plus à cause de la sensualité qui émanait des mots que pour la question proprement dite.

Il s'était arrêté et l'avait affrontée, en la regardant droit dans les yeux.

— Je crois que les femmes dans votre genre n'intéressent que deux catégories d'hommes. Dès le premier instant, la première vous adore, la deuxième vous déteste. Me trompé-je, chère baronne ? avait-il dit d'un ton ironique en mettant l'accent sur son nouveau titre. Hélas pour vous, je fais partie de la seconde catégorie. Au fait, avait-il repris avant qu'elle n'ait réagi, savez-vous que la particule n'est pas un titre de noblesse ? Elle indique seulement la possession d'une terre.

Ailleurs qu'ici, elle l'aurait giflé. Il en avait été persuadé sur-le-champ en saisissant l'éclat haineux dans l'œil brun.

— Savez-vous ce que disait le prince de Metternich ? avait-elle répliqué du tac au tac. Non ? Il disait : *« Pour moi, l'homme commence au baron ! »*

— Je savais bien que je n'étais pas un homme pour vous.

— Je regrette que vos sentiments pour moi n'aient pas évolué dans le bon sens.

— Une menace, très chère ? avait-il répondu, toujours ironique, tout en lui prenant la main qu'elle ne pouvait lui dérober sans risquer d'alerter un éventuel témoin.

Et en laissant l'étrange parfum musqué emplir ses narines, il y avait apposé un baiser, en mufle accompli.

— Vous le regretterez, avait-elle dit dans un sourire qui n'avait rien enlevé à la lueur sauvage.

— Je compte sur vous pour rendre mon ami heureux.

Sous-entendu : *« Faites le nécessaire, sinon vous aurez affaire à moi. »*

Depuis deux ans, Olivier assistait en silence et impuissant au déclin du couple, et savait que la situation ne ferait qu'empirer. Il avait eu vent de l'attitude plus que provocante affichée par Gabrielle dans divers endroits, et plusieurs fois s'était retenu d'en informer Thierry, en lui dessillant les yeux.

Le seul résultat positif de cette situation précaire était que les deux amis se voyaient davantage.

11

Sept mois plus tard, un soir d'octobre, à 3 heures du matin, Gabrielle introduisait doucement sa clé dans la serrure de son hôtel. La soirée s'était un peu éternisée dans un bar branché.

Les chaussures à la main, elle se préparait à franchir sans bruit l'immense couloir au sol de marbre quand elle fut surprise de voir au fond sur la gauche une clarté qui venait du salon. Il n'était pas dans les habitudes de Thierry de s'éterniser en ces lieux, si tard. D'autant plus qu'il n'affectionnait pas spécialement la pièce, maintenant trop moderne à son goût. Quand il éprouvait le besoin de s'isoler, le baron préférait l'intimité de son bureau qu'il avait tenu à conserver tel qu'il l'avait aménagé, gardien de sa collection d'armes, complice de ses longues années de réflexions solitaires.

Le silence régnait dans l'appartement.

Gabrielle resta un instant indécise, se préparant mentalement à une confrontation. Elle était sortie malgré la contrariété de son mari, argumentant qu'elle rentrerait bien avant minuit. Il l'agaçait, à la fin.

Elle soupira et pénétra dans le salon, prête à défendre son droit de sorties.

Elle sut d'emblée qu'il s'était passé quelque chose.

Elle défit le foulard Hermès qu'elle portait autour du cou, assorti au vert de sa robe courte et moulante, et le tira lentement par un bout, tout en secouant sa tête penchée sur le côté afin d'aérer ses longues mèches brunes.

La mine sombre de Thierry reflétait une intense réflexion et le regard qu'il posa sur elle était à cent lieues des reproches qu'elle avait craints. Il se tenait dans un fauteuil, droit, les jambes croisées, et avait un verre de bourbon à la main. Il avait enfilé sa robe de chambre en cachemire sur un pyjama de soie marine.

Deux ans auparavant elle n'aurait peut-être pas résisté au besoin de se couler contre lui, par nécessité — toujours son rôle — mais aussi par désir véritable. Thierry dégageait un charme indéniable, elle en convenait, même si ses appétits sexuels la portaient ailleurs. A force de le considérer comme un moyen d'arriver à ses fins, elle l'avait trop vite relégué, à l'heure de la victoire, au rang de mari conciliant. L'élégance de cœur et la générosité de son mari ne suffisaient pas à gagner son estime, mais elle reconnaissait qu'il fallait tout de même veiller à conserver son ascendant sur lui. Elle devenait négligente en ce sens, oubliant dangereusement que Thierry n'était pas de ces maris complaisants.

Son expression songeuse et perplexe la poussa à poser la première question.

— Un ennui, chéri ? demanda-t-elle en se laissant tomber sur un pouf.

— Je viens de recevoir un coup de fil anonyme.

— A cette heure ?

— Il y a une demi-heure, environ.

— Grave ?

— C'est selon.

— Tu m'intrigues.

Elle attendit, en se massant les orteils, qu'il précisât l'événement.

— Je suis fatiguée. Ou bien tu me relates les faits, ou je rejoins ma chambre.

Elle avait réussi, peu à peu, à faire admettre à Thierry le besoin pratique d'aménager une seconde chambre, afin de ne pas systématiquement déranger l'autre lorsque l'un des deux était de sortie.

Son mari la regarda gravement, ayant soudain à l'esprit une question qui n'avait rien à voir avec la minute présente : *« Comment en était-il arrivé à accepter de vivre ainsi ? »*

Puis il revint à son verre ballon dont il remuait le contenu d'un léger mouvement tournant. Il en but une gorgée et enfin parla, comme s'il ne croyait pas un mot de ce qu'il disait, de sa voix toujours pondérée. Mais Gabrielle perçut de la contrariété dans le ton.

— Quelqu'un détiendrait des informations au sujet de l'accident de mes parents.

De surprise, Gabrielle avait arrêté son massage et froncé ses sourcils.

— C'est-à-dire ?

— Un homme soutient que l'accident aurait été provoqué.

— Provoqué ? Comment ? Quelle blague ! T'a-t-il donné des précisions sur ce qu'il dénonce ?

— Il a parlé d'un scénario qui a fait croire à un accident. Il connaît le nom du meurtrier.

— Impensable !

— Je ne sais en effet que penser.

— Préviens la police.

— Il me l'a formellement déconseillé.

Gabrielle s'était levée. Elle s'approcha, les pieds nus dans la soie de ses bas passant du tapis au parquet lisse, jusqu'au meuble laqué blanc qui servait de bar et s'empara d'un paquet de Rothmans et d'un briquet.

— C'est une sordide histoire d'argent, dit-elle après avoir allumé une cigarette. Combien t'a-t-il demandé ?

— Trois cent mille francs.

Gabrielle accusa le coup et souffla un rapide jet de fumée par les narines, avant d'aspirer à nouveau une large bouffée.

— Tu ne vas pas jouer le jeu d'un minable ?

— Il m'a donné rendez-vous à Echirolles, dans trois jours, sur le grand parking d'Alpexpo, à 22 heures.

— Il y a un campement de gitans tout près, réfléchit Gabrielle. A mon avis, tu serais fou de tomber dans ce qui me semble être un piège. Tu as tort d'accepter son jeu. C'est un chantage pur et simple.

— Et s'il avait de réelles informations ?

— Que veux-tu qu'il ait en main ? Je suppose qu'une expertise du véhicule a été faite après l'accident ?

— Oui.

— Pourquoi avoir attendu presque trois ans pour se manifester ? Ça sent l'arnaque. La meilleure chose que tu puisses faire est d'alerter la police.

— J'ai l'intention d'aller à Grenoble, ensuite j'aviserai.

— Tu vas donner à ce voyou ce qu'il réclame ?

— Il va falloir que ses explications méritent mon attention.

— Attends. Je crois que la prudence s'impose. Tu ne veux pas prévenir la police, soit. Mais je souhaiterais que tu n'ailles pas seul à ce rendez-vous. Je t'accompagne.

— Il n'en est pas question.

— Mon père m'a appelée aujourd'hui, pour m'annoncer que maman était à nouveau souffrante. Il serait bon que j'aille à son chevet. Partons ensemble tout de suite.

— Je ne peux me libérer avant vendredi. Attends un peu et nous partirons ensemble. Cependant il est hors de question que tu m'accompagnes au rendez-vous, répéta-t-il.

Elle hocha la tête, connaissant le poids de ses décisions.

Ce soir-là, son instinct la poussa à ne pas user de son habitude de faire chambre à part. Tout comme ce même instinct la poussa à annuler sa sortie du lendemain.

Mercredi soir, elle était donc là pour accueillir Thierry qui ne s'était pas rendu à son club de tir. Ils dînèrent en tête à tête sous le regard imperturbable de Marianne qui effectuait comme toujours un service rapide et discret.

Depuis la veille, Thierry éprouvait un malaise grandissant, partagé entre la peur de découvrir une horreur et le désir de croire à une plaisanterie morbide. Toute la journée, il avait écouté et réécouté la bande enregistrée dans son cerveau, se demandant quelle crédibilité lui accorder. Cette forme de chantage le touchait plus qu'il ne l'aurait jamais cru, remettant cruellement à l'ordre du jour une mort trop brutale qui avait privé ses parents et lui-même d'une possible entente.

Face à lui, Gabrielle ne savait comment intervenir pour lui ôter cet air sombre et préférait garder le silence.

Le téléphone sonna. Tous deux se figèrent une infime seconde, durant laquelle Gabrielle put lire une inquiétude douloureuse dans le regard de son mari.

Mais Marianne venait déjà à eux, avec un portable.

— C'est pour madame. Une certaine Nadia.

Thierry réalisa qu'il n'avait pas encore touché à son potage. En plongeant sa cuillère dans le liquide odorant, il ne vit pas la contraction fugitive imprégner les traits de sa femme qui écoutait son correspondant invisible. *« C'est Chantal Rosière. Comme convenu je t'appelle car je viens d'apprendre que la petite Rivière vient d'accoucher. Avant terme. Elle est à l'hôpital Sud. »*

— Très bien, merci.

— Qui était-ce ? demanda machinalement Thierry lorsqu'elle posa le combiné devant elle sur la table marquetée.

— L'infirmière de maman. Il serait souhaitable que je parte pour Grenoble. Tu ne peux vraiment pas avancer ton voyage ?

Thierry secoua la tête en silence.

— Eh bien, donnons-nous rendez-vous au château après-demain soir, conclut-elle gentiment en posant une main qui se voulait réconfortante sur la sienne.

Gabrielle partit pour Grenoble le lendemain, jeudi, par le TGV.

Le train arriva à destination à 19 h 30 précises. Alfred Picard était au rendez-vous, fidèle aux horaires de la SNCF, pour la conduire au château.

Dans le parc, tous les feuillages avaient déjà changé de couleurs. Les ramures centenaires se préparaient tout doucement à leur prochain déshabillage mais allaient faire en sorte d'offrir aux regards un éblouissant spectacle automnal. Mais Gabrielle avait bien autre chose en tête pour apprécier la beauté du paysage qu'offrait l'immense parc.

Sitôt arrivée, elle monta rapidement le vaste escalier central aux marches de pierre et ne s'attarda dans sa chambre que pour y récupérer un sac de toile, perché sur la plus haute pile d'une immense armoire. Elle redescendit aussitôt.

Plus volumineux que lourd, le sac noir fut jeté sur la banquette arrière de la Mercedes que Picard, sur son ordre, avait laissée garée en marche devant le perron. Le moteur ronronnait doucement.

Elle s'installa derrière le volant et jeta au couple qui assistait à son départ :

— Ne m'attendez pas ce soir, je resterai très probablement tard auprès des miens. Bonne soirée.

Sans un regard pour l'auberge du Conquérant, elle prit la direction de Grenoble, et aussitôt la bretelle de l'autoroute de Lyon, sortit tout de suite en direction d'Alpexpo, contourna le rond-point et s'engagea sur la droite, longea des courts de tennis, l'église Sainte-Monique, avant de prendre à gauche, aux premiers feux, la direction de l'hôpital Sud.

Après avoir franchi le poste de garde, elle obliqua vers les urgences et s'engagea dans le parking, roula au ralenti et se gara, légèrement en retrait, ni trop loin ni trop près de l'entrée. Le contact coupé, elle se retourna et s'empara du sac de toile calé contre le siège arrière, et le ramena à ses côtés.

Elle l'ouvrit, en tâta le contenu du bout des doigts, à la recherche de quelques objets précis.

12

A 23 heures, ce même jour, dans un quartier proche des quais Saint-Laurent, le vieux Grenoble...

Vincent Blase renifla le plat de nouilles d'un air dégoûté et accentua sa grimace avant de refermer la porte du réfrigérateur d'un coup de pied rageur.

— Putain de vieille ! Même pas capable de faire à bouffer, jura-t-il entre ses dents en jetant l'assiette et son contenu douteux dans l'évier.

Il fonça dans le couloir et d'un puissant coup d'épaule ouvrit une porte qui vint claquer contre la cloison d'une pièce obscure. En même temps il donna un coup de poing sur l'interrupteur et la lumière inonda le réduit. Une voix se mit à couiner, aiguë, venue d'un lit défoncé. La chambre, puisque le lit attestait sa fonction, était encombrée d'un bric-à-brac innommable et sentait une forte odeur de renfermé.

— M'man ! Je crève la dalle, merde ! Je vais te foutre à l'hospice vite fait, j'te l'jure ! dit Vincent en repartant à la cuisine.

La porte, tout en bas de l'immeuble vétuste, s'ouvrit doucement pour éviter tout grincement. Une ombre se glissa silencieusement dans l'entrebâillement, rabattit le vantail aussitôt derrière elle et resta figée, à l'affût des bruits environnants, prête à déguerpir à la moindre alerte. Le capuchon relevé d'une pèlerine dissimulait tout le visage. Seule filtrait l'étrange lueur du regard qui captait le faible rayonnement d'une ampoule dénudée.

Malgré l'heure tardive, quelques postes de télévision fonctionnaient encore. Des éclats de voix parvinrent jusqu'à l'ombre dont l'immobilité se fondait dans le triste décor d'un hall miteux et malodorant.

La forme bougea enfin et commença à gravir les marches à pas de loup, jusqu'au troisième étage, l'oreille tendue.

Une vieille femme aux longs cheveux blancs désordonnés se leva avec difficulté et franchit péniblement les obstacles répandus çà et là sur un vilain parquet aux lattes disjointes, en resserrant tout contre son corps maigre les pans d'une robe de chambre élimée. Elle rejoignit son fils en traînant les pieds dans des pantoufles éculées.

— Tu me cries dessus, glapit-elle. Je veux pas aller à l'hospice, moi. Je préfère crever ici. Tu sais pas ce qu'on leur fait, aux vieux, à l'hospice. On les torture. On fait des expériences sur eux. On...

— Mais oui, on leur arrache les cheveux et les dents et on en fait de la chair à pâté, qu'on envoie aux petits Biafrais, fit-il en la singeant. T'as pas fini de débloquer ?

— Tu veux que je fasse quoi ? T'amènes plus rien depuis une semaine, pleurnicha-t-elle.

— Ah ! Ferme-la, la mère !

— Je veux pas aller à l'hospice.

— Allez, m'man, arrête, dit-il en la prenant par les épaules. Je plaisantais, reprit-il presque tendrement. Je suis sur un coup. Dans quelques jours on boira du champagne dans cette tôle. Juré.

— Qu'est-ce que t'as encore fait, mon petit ?

— Rien de mal. Je prends juste l'argent là où il est. J'ai un tuyau qui vaut des tas de liasses et je vais pas me gêner. J'ai d'ailleurs eu tort de pas en avoir profité plus tôt.

— Je veux rien savoir de tes affaires, tu me fais bien assez peur comme ça avec tes petits larcins. Ah, si ton pauvre père était encore là.

— Arrête, m'man. Cette fois c'est notre chance. Et sans risque, je te le jure.

Il laissa maladroitement son bras sur ses épaules à elle, petites, fragiles, vieilles. Ils restèrent ainsi longtemps, sans dire un mot, à se donner du courage et un peu de tendresse. Elle dodelinait de la tête, cachant son pessimisme.

L'ombre était arrivée devant la porte des Blase. Elle se pencha tout contre le panneau de bois et écouta un instant avant de se décider à frapper.

Vincent et sa mère sursautèrent. Qui pouvait bien venir chez eux à cette heure ? Le gros Tony sans doute, du rez-de-chaussée. Sans méfiance, le jeune homme alla ouvrir.

A peine la porte fut-elle entrouverte qu'un pied s'intercala dans la brèche et qu'une violente poussée le surprit jusqu'à le faire trébucher en arrière. Il allait réagir par une force instinctive quand il se retrouva nez à nez avec le canon noir d'un revolver prolongé d'un silencieux.

— Que voulez-vous ? souffla-t-il, hébété devant la menace. Qui êtes-vous ?

Un geste du canon le fit se retourner vers la pauvre vieille tétanisée par la peur.

— Va dans ta chambre, m'man. S'il te plaît. Va, va.

Quand elle se fut éloignée, l'ombre releva le capuchon de la pèlerine.

— Vous !

L'ombre acquiesça mais resta muette.

— Que voulez-vous ? Je... je devais vous contacter... Je n'ai pas voulu vous doubler... Non, non... attendez ! Y a moyen de s'entendre...

Le coup partit. Vincent Blase s'affaissa, le cœur transpercé.

Sans précipitation, l'ombre s'accroupit, posa durant quelques secondes un doigt sur une veine jugulaire, avant de quitter les lieux. Elle franchissait la porte de l'immeuble quand des cris aigus explosèrent au troisième étage.

Les pneus de la Mercedes crissèrent sur les cailloux blancs de l'allée, à une heure avancée.

Gabrielle ne dormait pas. Elle attendait Thierry, en faisant les cent pas dans leur chambre. Incapable de se concentrer sur quelque lecture ou de s'intéresser à un quelconque programme télévisé, elle avait éteint le poste niché au fond d'une alcôve, et longuement brossé ses cheveux devant la glace de sa coiffeuse.

Alfred Picard avait déposé la Mercedes à la gare, en fin de soirée, et s'était fait reconduire en taxi au château selon les ordres du baron qui avait décrété, par téléphone, avoir des affaires à régler avant de rentrer.

En entendant la voiture s'immobiliser sous la fenêtre, Gabrielle saisit un déshabillé de soie rose qui gisait sur une bergère et jeta un dernier coup d'œil à la pendule qui marquait minuit un quart. Elle dévala les escaliers à la rencontre de Thierry, tout en nouant la ceinture à sa taille.

— Alors ? lui souffla-t-elle avant qu'il ne parle.

— Il n'y avait personne, dit-il en ôtant son pardessus. J'ai attendu plus de deux heures.

— Tu vois, j'avais raison.

Thierry avait les traits tirés.

— Il a peut-être eu un empêchement. Nous allons rester au château ce week-end. S'il veut me contacter, il le fera. Comment va ta mère ?

— Bien, assez bien, en fin de compte. Ils se sont inquiétés inutilement.

Ils passèrent la nuit côte à côte sans s'effleurer un seul instant, enfermés chacun dans un tourbillon de pensées dont ils n'avaient pas envie de partager la teneur. Unis seulement par la densité de leur silence.

Samedi matin, le gardien vint les trouver dans le salon où ils prenaient leur petit déjeuner. Un feu brûlait dans la cheminée, qui chassait l'humidité de la nuit.

Il se tint un instant maladroitement immobile sur le seuil, hésitant à les déranger, et finalement s'avança sur le carrelage à damier et tendit un journal plié de façon bien précise à Thierry, en lui disant :

— Nous vous avons gardé *Le Dauphiné libéré* d'hier, monsieur. N'est-ce pas, là, le chauffeur de feu vos parents ? ajouta-t-il en se grattant la nuque.

Thierry s'essuya la bouche et s'empara du journal qui affichait la photographie, plutôt floue, d'un individu aux cheveux longs sur le front, sans caractère particulier mais vaguement familier.

« Hier soir, jeudi 13 octobre, un homme de trente et un ans, répondant au nom de Vincent Blase, a été abattu à son domicile, à bout portant, pratiquement sous les yeux de sa mère. Connu des services de police pour ses chantages et ses petits trafics illicites, tout, jusqu'à présent, laisse penser à un règlement de comptes. L'enquête suit son cours, et nous demandons à toute personne susceptible d'avoir aperçu dans les parages un individu grand et fort au dire de la mère, et enveloppé d'une pèlerine, de se présenter au commissariat. »

— En effet, Alfred. C'est lui. On pourra dire qu'il a mal tourné.

— De quoi s'agit-il ? demanda Gabrielle.

Sans lui tendre le journal, Thierry se mit à relire l'article à voix haute, en se laissant lentement pénétrer par une évidence.

Sa lecture achevée, il regarda sa femme. Elle le fixait, l'œil arrondi par la surprise, une question au bord des lèvres. La certitude s'imposa brutalement à son esprit.

Ce fut lui qui l'exposa, après s'être assuré de la sortie de Picard.

— Crois-tu que ce soit mon maître chanteur ?

— Pourquoi pas, répondit-elle sur le même ton, rêveuse. Il a travaillé pour tes parents et a connu leur train de vie. Il imagine sans doute le tien.

— Je vais aller au commissariat.

— Quelle idée !

— Je voudrais savoir.

— Que pourras-tu savoir de plus ? Comme si l'on pouvait répondre à une pareille question. D'autant plus que rien ne laisse supposer que Blase soit ton correspondant anonyme. Vraiment, je ne vois aucun intérêt à faire une telle démarche. Au fait... je change complètement de sujet, ajouta-t-elle en se levant, cherches-tu toujours un palefrenier ? J'ai rencontré par hasard un ancien ami, un certain Hubert Frénet, qui est à la recherche d'un travail. A tout hasard, je lui ai dit de se présenter à toi, ici, ce matin à 11 heures.

— Des références ?

— Ce sera à voir avec lui. Mon avis n'a aucune importance, je ne me suis aucunement engagée pour toi.

A 11 heures précises, Hubert Frénet se présenta à la grille du château. Une sonnerie tinta et une lumière rouge clignota dans un coin discret du salon où Gabrielle attendait. Elle laissa les Picard actionner l'ouverture électrique du portail, et s'élança dans l'allée à la rencontre du visiteur.

Du plus loin qu'elle l'aperçut elle étudia et sembla apprécier la tenue vestimentaire et l'allure de l'homme. Il portait un pantalon de velours marron et des bottes assorties, ainsi qu'un pull-over écru aux torsades serrées, qui épousait des épaules parfaites. La foulée était souple, longue, presque féline, économique même, et laissait présager de la force contenue dans les cuisses musclées. Le visage, encadré de cheveux qui viraient au roux, pouvait passer pour dur, Gabrielle le savait pour l'avoir maintes fois vu en colère contre elle.

Elle le regarda mieux, d'un œil concupiscent, comme pour comprendre ce qui lui plaisait toujours autant en lui. Car sans être beaux, les traits réguliers et hâlés se mariaient au physique bien proportionné que la vie au grand air s'était chargée de sculpter. La satisfaction l'envahit. Elle détenait le pouvoir de modifier ces traits virils ; leur propriétaire était à sa merci.

A quarante-cinq ans, Hubert Frénet respirait la santé, avait touché à tout et gardait des contacts avec tous les milieux, était instable dans n'importe quel emploi, à la limite de la correction et presque marginal, toujours prêt à la bagarre, sensible à l'alcool et aux jolies femmes, mais amoureux fou de Gabrielle. Elle contrôlait sa domination à chacun de ses retours à Grenoble, même si le temps faisait perdre à Hubert sa patience et sa compréhension. Il lui arrivait parfois d'être violent. Jusqu'à ce qu'elle fasse preuve d'autorité ou de tendresse, selon son humeur et ses envies, et quand elle baissait sa garde, il s'illuminait d'un éclat enfantin qui adoucissait son regard habituellement sombre et détendait le pli amer de sa bouche.

Aujourd'hui, de le voir presque hésitant à pénétrer chez les d'Ersen lui donna soudain le désir de goûter à ce corps rustre qu'elle connaissait si bien pour l'enlacer depuis tant d'années. Mais il la devança.

— Enfin, je pénètre dans ce foutu château, dit-il, arrogant, en s'obligeant à ne pas la regarder pour affirmer sa force.

Elle oublia aussitôt son attendrissement passager.

— Modère ton langage et ton comportement, s'il te plaît ! D'Ersen aime les bonnes manières ! Et tâche de faire bonne figure, les Picard doivent nous épier.

— Une belle occasion de m'humilier encore, ta proposition, pas vrai ? Tu aimes ça, m'avoir à ta botte, reprit-il, vexé par le ton sec.

— C'est ça ou rien, à toi de choisir. Ecoute ! insista-t-elle comme il grommelait, que les choses soient bien claires ! Tu te plains que nous ne nous voyions plus suffisamment ? Je crée une occasion formidable et tu oses faire le difficile ?

Elle le tenait sous l'emprise de son regard sévère.

— OK, OK, bougonna-t-il, en avançant sa lèvre inférieure en une mimique boudeuse.

— Il te reste à te faire embaucher. A toi de jouer. N'oublie surtout pas qu'il adore ses chevaux.

13

Manon — une fille ! au grand dam de Frank Simon qui vit là un signe implacable du destin — était née avant terme, le 12 octobre à 2 heures du matin. *« Balance »*, avait commenté Sophie férue d'astrologie, marraine aussitôt attentive et débordante d'amour pour le bébé prématuré qui bougeait à peine dans son petit cube de verre.

Les premières photos, prises par un père émerveillé, montrèrent un bébé menu et chétif et un peu plus tard, dans le regard neuf prisonnier du papier glacé, une expression qui rappelait étrangement celle de sa mère.

Ce samedi-là — Cécile était à la maternité depuis trois jours et se remettait doucement de son accouchement —, la puéricultrice de l'étage pénétra dans la chambre 413, les sourcils interrogateurs.

— Vous avez une parente blonde ? Ou bien une amie ? Frisée, avec des lunettes, grande.

— Euh... non, réfléchit Cécile en regardant Sophie. Pourquoi ?

— Non ? Eh bien, ça fait plusieurs fois que je vois cette personne, une blonde aux cheveux courts, examiner votre bébé à travers la vitre de sa couveuse.

— Il n'y a pas que notre trésor dans le local, comment dire qu'elle s'intéresse à lui plus spécialement ? dit Sophie bienveillante en voyant la jeune mère s'affoler. Comment savez-vous qu'elle examine ce bébé-là, du couloir ? insista-t-elle.

— Elle ne se contente plus de l'examiner depuis la grande vitre du couloir. Non, elle s'est permis à l'instant de pénétrer dans la salle des prémas où je l'ai surprise devant la couveuse de votre petite Manon.

— Mais elle n'a pas le droit d'y entrer ? dit Cécile en rejetant vivement son drap.

— Je ne comprends pas comment elle a pu le faire. Je lui ai demandé de sortir.

Sans attendre son amie, Sophie avait déjà franchi la porte de la chambre et s'était précipitée vers le couloir suivant.

Elle ne vit personne.

Mais il flottait dans l'air une espèce d'odeur, de ces parfums qu'elle n'aimait pas. Musqué, bizarre, à la fragrance fleurie et orientale...

Elle ne s'attarda pas à réfléchir davantage sur cette sensation et descendit en courant les quatre étages qui la séparaient du grand hall, à la recherche d'une blonde. Elle en vit plusieurs, les examina, s'attarda à détailler leur allure et se sentit tout à coup ridicule.

Son impulsivité la fit sourire tandis qu'elle rejoignait son amie devant le cube vitré où dormait sa petite fille. Elle s'approcha à son tour et toutes deux s'attendrirent devant la frimousse rougie sous les UV.

Une fois de plus, la nature avait fait de l'enfant un sosie miniature de sa mère. Comme Caroline et Cécile, Manon offrait les mêmes caractéristiques premières : yeux bleus, cheveux blonds, profil et ovale du visage identiques. Les années allaient confirmer cette étrange ressemblance en donnant aux cheveux une même teinte et une même finesse. Jusqu'au sourire, qui étirerait tout d'abord le même coin des lèvres. Peut-être le regard de Manon serait-il plus sombre, un peu plus magnétique, plus incommodant par sa fixité.

Manon eut bientôt six mois.

Frank Simon fut le premier à découvrir le défaut. Parce qu'il était à l'affût.

Défaut n'était pas le terme exact, il s'agissait plutôt d'étrangeté, ou bien de singularité. Il écarta des mots de psychanalyste, n'ayant encore aucune preuve de ce qu'il pressentait. Le pédiatre de l'enfant la trouvait parfaite à tout point de vue.

Dans un premier temps, Simon se contenta d'examiner la petite de son œil exercé, bien qu'il n'eût jamais eu de patient aussi jeune.

Manon ne riait jamais. Seule, elle gazouillait comme si elle conversait avec quelque fée invisible penchée sur son berceau. Lorsqu'un tiers s'approchait, elle se taisait. Hormis les habitués à qui elle offrait des semblants de sourires, elle jaugeait son monde avec une intensité inouïe.

A quinze mois elle n'éprouva pas le besoin impératif de marcher, préférant tourner inlassablement les pages d'un livre en s'attardant sur chaque image qu'elle détaillait d'un air attentif. Ou bien elle laissait son regard partir loin sur des points imaginaires qui la laissaient rêveuse. Elle continuait à poser un œil sérieux sur les gens, comme si elle soupesait leurs pensées.

A dix-huit mois, elle se mit à marcher d'un seul coup, et sans déséquilibre, un dimanche, comme si elle s'y était préparée en cachette, laissant ses parents sidérés. La veille, ils n'avaient pu se retenir de confier leur inquiétude à Jean.

Elle avait une fâcheuse tendance à se replier sur elle-même plutôt que de partir à la découverte de ce qu'elle semblait connaître déjà, mais Simon réalisa vite qu'elle se laissait peu intimider par les événements et n'était pas émotive. Il en fut heureux.

A trois ans elle ne manifestait toujours pas la joie intempestive des autres enfants devant des jouets nouveaux, des manèges merveilleux ou des gâteries de tout genre. Elle regardait tout, semblait réfléchir, ne s'intéressait guère aux petits de son âge que pour les effleurer d'un rapide coup d'œil, et puis passait son chemin.

Elle parlait peu, pour ainsi dire pas. Ce qui ne l'empêchait pas de câliner sa mère et son père, et d'apprécier leur présence. Elle accrochait ses petites mains dans la leur et laissait un vague sourire détendre ses lèvres douces. Cet intérêt s'étendait à peu de gens. Manon aimait ou n'aimait pas. Rien ne la faisait changer d'avis, ni mots, ni promesses, ni coercition.

Un observateur tel que Frank Simon nota que ses affections s'apparentaient à celles de sa mère. Il put en juger à plusieurs reprises : tendresse passionnée avec Anthony, Jean, et lui-même, conflit, amusement avec Sophie, tendresse tout court, sans démonstration, avec l'entourage habituel proche, indifférence tranquille avec n'importe qui d'autre.

C'était Sophie qui lui plaisait le plus et elle appréciait ses retours à Grenoble les week-ends et les vacances. Car Sophie avait suivi le parcours du professorat, continuant seule sa route après que Cécile et elle eurent obtenu leur licence. Elle enseignait maintenant l'histoire et la géographie dans un collège à Clermont-Ferrand, s'accommodant difficilement des kilomètres qui la séparaient de Bordeaux où travaillait Laurent, devenu son ami.

L'école ennuya suffisamment Manon pour que son attitude alarmât son institutrice. Qui se trompa du tout au tout dans son rapport au directeur. Et que le docteur Simon contredit, soutenu par Cécile et Anthony, jusqu'à ce qu'il ait gain de cause. Des tests confirmèrent que Manon bénéficiait d'une intelligence vive et précoce, qui l'éloignait de son entourage trop enfantin, l'acculant à une solitude dangereuse, si l'on n'y prenait garde.

Tous furent rassurés de ne rien voir de maladif dans le comportement de Manon, mais ils furent bouleversés de découvrir, cachée derrière son petit front, une puissance secrète.

Simon, qui veillait à l'autonomisation psychique et à l'épanouissement intellectuel de la fillette, nota aussi, avec plaisir, qu'elle était volontaire et possédait déjà un don de l'observation extraordinaire. Qui impliquait nécessairement une excellente mémoire visuelle avec, en plus, un sens aigu des moindres changements.

A quatre ans, la réserve de Manon n'évoquait absolument en rien la timidité ou l'émotivité qu'avait craintes Frank Simon, et cachait plutôt quelque chose... qu'elle ne voulait pas partager, ou qu'elle ne savait pas encore exprimer. C'était difficile à définir.

Elle grandissait normalement mais conservait ce besoin de s'isoler pour s'absorber dans des livres d'images ou des jeux de réflexion. Ce repli n'inquiétait pas pour autant sa mère qui la comprenait et qui se retrouvait un peu dans ce comportement d'enfant secrète.

Car Manon avait tout simplement hérité d'un bagage exceptionnel d'intuition et de sensibilité. Elle avait une manière toute particulière de communiquer avec sa mère, d'un seul regard. Et elle était la seule personne qui incitait Cécile à se servir de ses antennes, comme autrefois, car la fillette persistait à peu se livrer malgré son intérêt marqué pour tout ce qui l'entourait.

La relation particulière qu'entretenaient la mère et la fille atteignait un degré élevé de complicité, comme un fil invisible qui passait de l'une à l'autre, et ce contact télépathique suffisait à tranquilliser Cécile, qui sentait sa fille évoluer à l'aise dans son petit monde.

Mais si Cécile savait être la seule qui parvenait à franchir le mur que la fillette dressait autour de son mental, elle devinait que c'était parce que celle-ci le voulait bien et le décidait ainsi. Le don de Manon était supérieur au sien.

Bien qu'elle ne lui cachât rien, jamais, Cécile n'avait pas expliqué ces choses à Anthony. Sans véritablement savoir pourquoi, elle le laissait tout simplement s'amuser de ce qu'il appelait leur petite complicité de femmes, sans lui faire comprendre que c'était plus que de la complicité ; une véritable communion.

Tout allait bien. Anthony aimait profondément sa petite famille, et il avait oublié l'étrange pessimisme du docteur Simon ; il était depuis longtemps rassuré sur le mental de Cécile.

Six ans après son mariage, ses sentiments pour sa femme ne se démentaient pas. Le besoin qu'ils avaient l'un de l'autre, loin de s'émousser au fil du temps, ne faisait que croître. Leur couple se consolidait quotidiennement et les ans leur apportaient cette satisfaction de voir leurs souhaits comblés : une aisance dans leurs relations, qu'ils auraient qualifiée de confort peut-être car proche d'une quiétude réservée aux gens sereins. Il existait entre eux ce facteur magique qui donnait un éclat particulier aux regards qu'ils échangeaient, et qui entretenait dans toutes les parcelles de leurs corps ce désir constant d'effleurer la peau de l'autre.

Les dernières pages du carnet de cuir vert pouvaient se résumer en ces mots :

« L'absence de Sophie du cadre de Cécile a largement été compensée par la présence d'Anthony et surtout par celle de Manon, qui a pris un autre relais auprès de sa mère. Cécile continue à se construire auprès d'elle, et le résultat est là pour me prouver qu'il serait temps d'abandonner mes craintes. Pourtant, si le bilan de ma surveillance sur plusieurs années est plus que positif, je redoute néanmoins l'impondérable. »

« Comme il a su mettre en évidence la vulnérabilité de Cécile, à travers des clichés qui figeaient ses émo-

tions, Anthony a pu saisir le contenu des yeux marine de sa fille, qui prennent toute leur dimension sur les clichés en noir et blanc. Comme si elle portait en elle, en s'en accommodant apparemment fort bien, de nombreux secrets. Cette petite me fascine. Elle possède une personnalité et une force de caractère peu communes. »

14

Manon eut bientôt cinq ans.

En décidant de rendre visite à madame Serre, un samedi après-midi du mois de juin, Cécile ne savait pas qu'elle provoquait sa troisième rencontre avec Thierry d'Ersen.

En descendant du bus, une rafale de vent chaud fit s'envoler le chapeau de paille de Manon. La fillette courut le récupérer avant qu'il ne fût entraîné plus loin et revint aussitôt glisser sa petite main dans celle de sa mère. Elles se regardèrent en souriant, complices, heureuses de leur escapade.

Manon avait changé. Son corps s'allongeait, mince et souple. Un petit air mutin s'installait de temps en temps sur son visage aux traits purs, et les yeux, dont le bleu était devenu myosotis, se libéraient parfois de leur sérieux pour briller d'une lueur amusée ou moqueuse.

Toutes deux étaient vêtues d'une longue robe légère et fleurie, lacée en un corsage aux manches courtes ballonnées, et d'un chapeau semblable, dignes de poser pour David Hamilton.

Elles avancèrent dans l'impasse qui menait à l'auberge, accompagnées par les cris qui venaient de la piscine proche, et longèrent les murs de la propriété du château.

Elles sursautèrent simultanément au grincement brutal du portail qui s'ouvrit à un mètre devant elles. Un cheval encore invisible renâcla tout aussitôt et hennit à cause du couinement aigu qui se termina sur une note plaintive.

— Dieu ! Quel bruit épouvantable ! s'exclama une voix grave, bien timbrée. C'est de pis en pis. Holà, holà, la belle ! Tout doux ! Ton maître va devoir faire huiler ces gonds !

Cécile et Manon s'étaient tout d'abord immobilisées, pour ensuite reculer, s'éloignant par peur et prudence de l'endroit critique.

Olivier Saint-Yves apparut devant elles, élégant dans une tenue de cavalier, suivi immédiatement d'une grosse tête brune de cheval aux naseaux frémissants, qu'il tirait par les rênes. Quand l'œil doux et craintif les repéra, il se mit à tourner en tous sens. La bête piaffa de nouveau, mais Olivier lui flatta l'encolure tout en se retournant vers elles.

— Rassurez-vous, mesdemoiselles, elle a plus peur que vous deux réunies.

Son regard avait seulement effleuré les passantes, mais il ne put s'empêcher de revenir sur Cécile qui le regardait et qu'il trouva charmante. En amateur de femmes, il apprécia instantanément la finesse du corps et du visage, et sourit, amical, mais déjà quelque peu vexé d'échapper trop vite à sa curiosité.

Car la jeune femme ne le regardait plus. Elle semblait étrangement... non, pas surprise... plutôt troublée.

Son regard s'était fixé sur Thierry qui avait surgi derrière son ami, la main sur la bride d'un cheval plus calme que son fougueux confrère. Et lui aussi la regardait, d'une manière identique.

L'instant, pourtant, ne dura pas, mais Olivier put faire plusieurs allers et retours de l'un à l'autre avant qu'ils réagissent à cette espèce de charme qui les avait isolés tous deux, indépendamment de leur volonté.

La scène fut brève, mais malgré tout Thierry put sentir les battements de son cœur s'accélérer en dévisageant l'apparition. Et lorsque son regard descendit sur la fillette blonde, il ne put maîtriser la contrariété qui s'abattait sur lui. Il sut d'emblée que leur présence fortuite allait réveiller ses souvenirs. Déjà, de façon inconsciente, il se prépara à les subir.

Et durant ce court instant, Cécile, inexplicablement, projeta son esprit en avant, à la recherche d'informations... qui ne vinrent pas. Pourtant, elle ressentit fortement un malaise analogue au sien.

En quelques secondes, elle avait enregistré les changements sur le visage aux traits aristocratiques, à peine vieilli depuis leur première rencontre, si ce n'étaient les cheveux plus argentés sur les tempes, le pli autour des lèvres, plus marqué, et les yeux, peut-être un peu plus froids. Il avait conservé toute sa séduction, et portait admirablement des jodhpurs beiges emprisonnés dans de hautes bottes de cuir noir, et un Lacoste marron.

Un sentiment qu'elle ne comprenait pas la laissait perdue, là, à ne savoir que décider ; bouger pour continuer sa route équivaudrait à laisser en souffrance, une nouvelle fois, un étrange malaise.

Comme une question sans réponse.

Olivier se sentit de trop durant ces secondes suspendues, mais il ne bougea pas, curieux, plus que surpris, de découvrir une faille insoupçonnée chez son ami trop secret.

La petite Manon avait regardé sa mère, et à son tour examiné Thierry avec la même expression sérieuse.

Et puis le vent, qui avait jusque-là donné un lent mouvement gracieux à leurs robes légères, eut l'idée de taquiner leurs chapeaux. Elles eurent le même geste prompt, au même instant, de plaquer l'objet de paille sur leur tête blonde.

Soudain, les chevaux recommencèrent à manifester leur impatience, à tirer sur leurs rênes, les moineaux à pépier, les papillons à voleter tout autour d'eux, les parfums à s'immiscer dans l'air... le temps à s'écouler normalement.

Le charme fut rompu, mais le cliché attendrissant d'une mère et de sa fille s'imprima suffisamment dans le cerveau de Thierry pour l'irriter durablement.

Après un salut poli, les deux cavaliers se mirent souplement en selle et s'engagèrent tout au fond de l'impasse dans un sentier de sous-bois qui montait à l'assaut d'une colline verdoyante.

Cécile et Manon reprirent leur marche, attentives au spectacle des deux cavaliers manifestement habitués au sport équestre et assortis à leur monture. L'un d'eux se retourna juste avant de disparaître dans la verdure épaisse, et Cécile éprouva une vague déception qu'il se fût agi de l'autre.

Plus tard, en repassant devant le portail resté ouvert, Cécile et Manon virent de loin les préparatifs pour une fête.

Manon retint sa mère et pointa son doigt sur la plaque de bronze.

— C'est quoi, comme dessin ? dit-elle de sa voix grave.

— C'est l'emblème de la famille. Tu aimes ce château ?

— C'en est pas un, répondit Manon qui ne voyait ni créneaux, ni drapeaux, ni fosse, ni pont-levis.

— Ça n'est pas un château fort, ma chérie, répondit Cécile en souriant, mais c'est un château tout de même. Regarde ces tours.

Cécile demeurait perplexe.

Un instant l'idée l'effleura de parler à Anthony de ce sentiment indicible dont elle n'arrivait pas à se défaire. Mais qu'aurait-elle pu lui dire qui expliquât ce qu'elle-même ne s'expliquait pas. D'autant que son hypersensibilité la prévenait qu'elle risquait de s'engager sur un terrain délicat. Comment parler à un homme de cette subtile attirance pour un autre, sans que cela soit de l'amour, bien évidemment — mais serait-ce vrai ? Elle ne connaissait de ce sentiment que celui ressenti pour un unique homme — qui la laissait presque désemparée, curieuse, en tout cas rêveuse.

Elle s'aperçut que Manon la dévisageait avec ses grands yeux pleins d'une insondable réflexion et lui adressa un sourire, balayant avec fermeté de son esprit ce tracas imprévu.

— On va dire bonjour à papa et Claudie, avant de rentrer ?

La fillette approuva et tourna la tête vers l'extérieur du car, décidant de ne plus troubler sa mère en laissant ses yeux posés sur elle.

On aurait pu croire que Thierry d'Ersen était un faible, à la merci d'un passé trop sentimental.

Malgré sa mort, il n'avait jamais réellement accepté l'abandon de Caroline. Mais Caroline avait été de ces femmes pour qui un homme serait allé chercher la lune. Et plus encore. De ces femmes que l'on admire autant que l'on choie, à qui l'on veut plaire et surtout donner. Qui inspirent une fidélité à toute épreuve durant une vie entière... A ce stade de ses pensées, Thierry se moqua de lui-même. Mais il laissa pourtant son esprit poursuivre sa logique bien masculine... De ces femmes que l'on aime, avec cette peur constante et secrète de la perdre, car sans elle, vous seriez boiteux dans la vie. Depuis leur rendez-vous manqué, Thierry s'était senti bancal, et il avait trop recherché une autre Caroline, toutes ces années, pour la trouver.

Il avait une conception de l'amour trop élevée pour avoir accepté n'importe qui dans son lit. Un siècle plus tôt, son romantisme aurait fait de lui un poète en quête d'absolu.

Il avait longtemps rejeté Gabrielle, refusant tout ce qui pourrait, ou aurait pu, avoir le moindre lien avec son passé. L'idée se précisait qu'il avait finalement accepté le mariage parce que sa femme représentait le seul lien avec ce passé, qu'il ne pouvait — ou ne voulait — enterrer.

Il était conscient que Gabrielle l'avait eu à un moment où l'âge l'avait un peu fragilisé dans ses propres déterminations, où la disparition de ses parents avait accentué des regrets. Mais il vivait la situation avec l'honnêteté intellectuelle qui le caractérisait, sans souffrir de l'indifférence, sournoise ennemie des couples, venue s'incruster dans le sien ; son cœur restait serein, hermétique à la jalousie.

La seule chose qu'il ne regrettait pas était d'avoir renoué des liens avec le château. Si son espérance de bonheur familial avait disparu, ses rendez-vous quasiment hebdomadaires avec le Dauphiné avaient pris une importance majeure dans son existence. Comme s'il avait enfin été conquis par le charme de sa ville natale et son environnement alpin. Olivier était de plus en plus souvent du voyage, Thierry n'accordant plus d'importance aux airs blasés de Gabrielle, laissant même à cette dernière le choix de le suivre ou bien de rester à Paris.

Son irritation l'avait fait cravacher Othello, son pur-sang anglais, surprenant Olivier qui se laissa distancer.

Quel était donc ce phénomène qui le rendait aussi perméable à des événements vieux de plus de vingt ans ? Il se comportait comme un lycéen encore sous le coup d'une rupture. N'avait-il pas suffisamment pris du recul et pris de l'âge, acquis une certaine philosophie de la vie ? Bien ! Les rejetons de Caroline ressemblaient à leur mère et grand-mère ? Et alors ! Qu'est-ce que cela pouvait bien lui faire ? Le hasard mettait la descendance de Caroline sur son chemin ? Et alors ! Les coïncidences font partie de la vie.

En évitant les branches basses qui les cinglaient au passage, les deux hommes étaient allés plus loin que d'ordinaire dans leur promenade, pénétrant plus avant dans la forêt, jusqu'à ce qu'une clairière ombragée s'ouvrît devant eux.

— Hé ! cria Olivier. Une halte dans ce coin magnifique nous comblerait, mon cheval et moi.

Thierry tira sur ses rênes et stoppa sa monture.

— Tu mènes un train d'enfer, reprit Olivier en sautant à terre, essoufflé.

Ils attachèrent leurs bêtes en sueur à quelque branche basse, et se laissèrent tomber sur l'herbe drue.

— Ouf ! Repos bien mérité pour moi. Tu es un sacré cavalier, mon vieux. Quelle mouche t'a piqué de partir aussi vite ? Tu fuyais quoi au juste ?

A question calculée, silence étudié.

— Que se passe-t-il ? insista Olivier, très sérieux. Un rapport avec notre rencontre ?

— De vieux souvenirs qui remontent à la surface, soupira enfin Thierry. J'ai toujours éprouvé quelque nostalgie de ma jeunesse.

— Nous n'en avons jamais parlé.

Thierry laissa le silence se glisser entre eux, semblant être reparti dans le temps, à la recherche de ce passé incompris. Mais il eut envie de partager une constatation.

— Le cœur a des fidélités insoupçonnables. J'en reste confondu.

— Qui était cette jeune fille ? tenta Olivier.

— La fille de mon premier amour, répondit Thierry à la surprise de son ami.

Le ton avait été empreint de dérision.

Les deux hommes se connaissaient depuis une vingtaine d'années, et Olivier se rendait compte aujourd'hui qu'il ne savait de Thierry que ce que celui-ci avait bien voulu dévoiler. Il ne s'était pas attendu à percer la bulle des confidences si longuement, presque jalousement, conservées. Sentir que l'heure était venue d'en apprendre davantage sur le baron d'Ersen lui faisait éprouver une curieuse sensation : mélange d'intérêt, de reconnaissance ou d'importance, qui renforçait ses sentiments d'amitié pour lui.

Il attendit, impatient.

Thierry avait posé sa nuque sur un bras replié et jouait de l'autre main libre avec son stick, caressant doucement les herbes folles. Les insectes tourbillonnaient autour d'eux, curieux au point de les frôler et de suspendre leur vol, soucieux de classer dans la bonne espèce ces deux corps allongés. Il avait envie de s'abandonner à la quiétude d'une nature odorante, respirer les senteurs de l'humus qui sortaient du couvert des bosquets drus et de l'herbe sèche au goût de paille, sous laquelle fourmillait une vie active.

— Premier et unique, je dois le reconnaître, reprit-il comme s'il exprimait ses pensées à voix haute. Cette jeune femme est le sosie de sa mère, la petite est sans aucun doute sa fille.

— Elle te regardait comme si elle te connaissait.

— Ce n'est pourtant pas le cas. Elle servait à l'auberge du Conquérant, durant l'été, on s'est vus deux fois, la dernière rencontre remonte à plus de cinq ans, au moins.

— Et sa mère ?

— Morte au lendemain de ses vingt-huit ans. Cela fait si longtemps que je ne comprends pas cette fascination que j'éprouve à regarder sa fille.

— Tu souhaites en parler ?

— C'est inutile.

— Pas forcément, l'encouragea son ami.

— J'ai l'impression d'avoir vécu cette histoire à une autre époque, dit Thierry après un silence qu'Olivier laissa mûrir. Je ne suis jamais arrivé à me défaire d'une impression bizarre, comme si les choses n'auraient pas dû se produire ainsi. Et pourtant elle m'a bel et bien plaqué pour en épouser un autre, alors que je lui offrais plus que ma vie.

— Que s'est-il passé ?

— Nous avions vingt ans. On avait mis au point notre fugue pour Las Vegas où l'on devait se marier, quitte à attendre l'âge requis. Pour mes parents, le simple fait qu'une jeune fille, sans être de mon rang, osât s'intéresser à moi était rédhibitoire, finit-il avec une ironie désabusée.

Olivier se retint de faire une remarque. Imaginer Thierry, son vieux camarade toujours pondéré, réfléchi et mesuré, en jeune tête brûlée ne manquait pas de l'étonner.

— J'avais tout organisé, mais au dernier moment elle m'a posé un lapin, comme on dit.

Encore une pause qu'Olivier ne brusqua pas.

— Seule Gabrielle était au rendez-vous, avec une lettre de Caroline.

— Gabrielle ? ne put s'empêcher d'intervenir son interlocuteur surpris.

— Elles étaient amies et complices.

— Qu'y avait-il dans cette lettre ?

— L'explication de son absence. C'était une lettre d'adieu, dans laquelle elle me disait qu'elle était amoureuse d'un autre, qu'elle avait eu peur de me le dire en face, et qu'elle l'épouserait sous peu, que je devais comprendre et lui pardonner, qu'elle ne pouvait faire sa vie qu'avec un homme mûr, etc., bref qu'elle avait fait son choix.

— Tu connais cet homme ?

— Jean Rivière, un ami à elle, dont elle m'avait toujours parlé comme d'un frère. Elle ajoutait dans sa lettre que si je l'aimais autant que je le prétendais, il ne fallait rien tenter pour la revoir.

— Peut-être n'était-elle pas aussi amoureuse que tu le croyais ? dit Olivier, pragmatique.

— Peut-être, hésita Thierry. Peut-être as-tu raison, mais... si tu avais connu la ferveur qu'abritait son regard... Elle avait une façon de me regarder qui me faisait croire que j'étais unique et irremplaçable. Jamais aucune autre femme ne m'a regardé de cette manière. Elle me faisait pousser des ailes.

— Je ne veux pas te froisser, mais étais-tu réellement certain de ses sentiments ? Tes parents craignaient que cette fille soit intéressée par ta position sociale.

— Oh ! Ses scrupules témoignaient de son honnêteté : sa crainte de me savoir affronter les miens à notre retour, sa peur de me voir chassé. Mais on en avait longuement parlé et je l'avais convaincue.

— Tu parles d'elle comme l'on parle rarement d'une femme, sauf au tout début d'une idylle. Le temps n'a-t-il pas magnifié tes sentiments d'alors ?

— C'est très probable. Mais, à vingt ans, je ne pensais qu'à deux choses : lui faire l'amour et la garder auprès de moi pour toujours. Je n'ai jamais retrouvé sa douceur et sa tendresse dans les bras d'une autre.

— Qu'as-tu donc fait ?

— J'ai sauté dans le train. J'avais un urgent besoin de réfléchir et de fuir à la fois.

— Tu n'as pas eu envie d'aller la chercher ? D'avoir une explication ? s'exclama Olivier.

— La tension de l'attente, l'excitation, le projet avorté m'ont embrouillé l'esprit. J'ai fui trop vite, je l'ai aussitôt compris, mais... c'était comme si j'avais reçu une masse sur la tête. Avec une envie de pleurer comme un gosse, j'ai fui mon rêve écroulé car toute ma vie était brutalement remise en cause. Elle avait accepté de m'épouser en même temps qu'un autre ! Je ne pensais qu'à ça ! J'étais horrifié d'une telle fourberie ! Je ne voulais pas y croire, et pourtant j'ai sauté dans le train pour cacher mon désespoir, ma honte, ma peur, à Gabrielle. J'étais mortifié et désespéré. J'ai d'ailleurs eu longtemps du mal à analyser ma réaction. J'ai passé les heures les plus infernales de ma vie dans ce train qui m'emportait pour Paris, mais j'ai eu le temps de me calmer et de douter. Sitôt en gare de Lyon, j'ai appelé Caroline, priant de toutes mes forces pour qu'elle me dise que je rêvais, qu'elle m'attendait, que sa lettre n'existait pas. C'est sa tante qui m'a répondu, m'apprenant qu'elle était chez son ami Jean Rivière. A ce seul nom, mon sang à peine tiédi par la réflexion n'a fait qu'un tour et j'ai brutalement raccroché pour sauter dans un taxi et filer à l'aéroport.

De nouveau Thierry se tut, tandis qu'Olivier suivait mentalement le parcours fugueur de son ami, avec au cœur une tendresse nouvelle pour celui qu'il avait souvent qualifié d'insensible.

La chaleur étouffante n'atteignait pas encore ce coin à demi sauvage et le silence, troublé par quelques criquets guillerets ou grillons chanteurs, des trilles d'oiseaux de toutes sortes, se prêtait aux confidences. Les deux hommes ne voyaient au-dessus d'eux qu'une toile de ciel à demi envahie par des cumulo-nimbus porteurs de pluie, dentelée par le sommet des pins tordus aux branches souples que la brise, en train de se lever, faisait doucement onduler. Thierry ôta de sa bouche l'herbe qu'il venait de mâchonner.

— Dans l'avion, j'ai eu tout le temps nécessaire pour chercher désespérément une explication. A l'aéroport de Las Vegas, j'ai téléphoné, pour entendre la même réponse de la part de sa tante que je venais de réveiller. Sans tenir compte du décalage horaire, il devait être près de minuit en France. Que pouvait bien faire encore Caroline chez Rivière, à cette heure ?

— Pourquoi n'es-tu pas aussitôt rentré ?

— Ah ! Je venais de tout plaquer, mes parents, mes études, ma vie facile. Comment aurais-je pu revenir, m'excuser de ce fiasco ? A vingt ans, j'étais trop bête, trop orgueilleux et trop malheureux d'avoir cru être si sûr de moi. Je n'ai réussi à revenir que trois ans plus tard.

— Qu'as-tu fait tout ce temps ?

— Des petits boulots, des sales boulots, pour économiser mon argent. Il m'a fallu trois ans pour assumer cet échec et oser rentrer au bercail avec tout ce que cela impliquait. Expliquer, s'excuser, écouter les reproches, supporter les airs condescendants, reprendre les études. Même craindre de rencontrer Caroline, car je redoutais mes réactions.

— Tu n'as pas cherché à la contacter, durant ces trois années ?

— Au bout de deux mois d'exil, revenu de ma fureur, je l'ai appelée. Sa tante m'a annoncé son mariage. J'ai appelé Gabrielle qui m'a confirmé la nouvelle et déclaré que son amie ne voulait plus jamais me revoir.

Thierry avait fini sur un ton moqueur juste avant de se relever, d'un bond souple, voulant ainsi mettre un terme aux questions. Olivier ne bougea pas et poursuivit son interrogatoire.

— Tu ne l'as jamais revue ?

— Si, une fois. Par hasard, à la sortie d'un magasin, dit Thierry qui s'était immobilisé, le regard perdu au loin.

— Alors ?

— J'avais cru être capable de la frapper, si je la revoyais... En une seconde, j'ai oublié mon humiliation et ma colère pour ce qu'elle avait osé me faire, prêt à la serrer dans mes bras et la couvrir de baisers, mais... avant que je ne fasse le moindre geste, elle m'a jeté toute sa froideur au visage d'un seul regard, soudain très pâle, et a tourné les talons.

— Tu ne l'as pas laissée partir sans explication, tout de même !

— Je l'ai saisie par le coude, soudain énervé, je l'avoue.

— Et ?

— Elle s'est retournée violemment pour me crier de disparaître. Je suis resté planté sur le trottoir, comme un imbécile, à la regarder s'enfuir en courant et à écouter les passants ricaner. Allez, nous rentrons.

Olivier se leva, et ils débarrassèrent leurs vêtements, en les tapotant, des brindilles qui s'y accrochaient.

— Tu n'as pas cherché à la revoir ?

— A quoi cela aurait-il servi ? J'étais encore trop fier, à l'époque, pour lui montrer ma jalousie. Peu à peu je me suis réfugié à Paris.

— Quels sont tes sentiments à son égard aujourd'hui ?

Thierry prit son temps pour répondre et il haussa doucement les épaules.

— On ne hait pas les morts. Il m'a fallu du temps pour déterminer la part de nostalgie de l'adolescent romantique que j'étais et la réalité des soubresauts de la vie, et pour comprendre que mes sentiments pour Caroline m'avaient fait moins de mal que le mystère qui avait entouré son incompréhensible volonté de briser nos rêves. Je reconnais aussi qu'une existence amoureuse comblée aurait contribué à me faire enterrer cet ancien épisode fâcheux, alors que je suis resté disponible et disposé à me souvenir d'elle. Sa disparition a un peu faussé toutes ces choses, et je traîne après moi une espèce de mélancolie, cette nostalgie dont je te parlais.

— De quoi est-elle morte ?

— Officiellement d'une méningite. D'après Gabrielle, elle s'est suicidée.

— Suicidée ?

— Elle subissait apparemment une lourde hérédité mentale. Les années auraient fait empirer son cas.

— Ce qui voudrait dire... que tu as évité le pire ?

La question avait été posée d'une voix incertaine. Thierry prit encore son temps pour répondre.

— Je n'ai jamais remarqué la moindre étrangeté dans son comportement.

Olivier ne voyait pas le visage de Thierry qui était en train de flatter l'encolure de sa bête.

— Et Gabrielle ?

— Comment ça ?

— Tu la voyais souvent ?

— Quand je ne pouvais l'éviter. Elle était amoureuse de moi.

15

A 16 heures, les deux hommes franchissaient le portail de la propriété.

Ils mirent pied à terre et conduisirent les bêtes à l'écurie située à une cinquantaine de mètres du bâtiment principal.

Les préparatifs pour la fête étaient suspendus et ne reprendraient que vers 18 heures, comme à chaque fois, pour l'arrivée des invités, programmée à 19 heures. Trois tentes se dressaient au centre de la pelouse fraîchement tondue, sous lesquelles tables et chaises attendaient d'être disposées, tandis qu'une estrade supportait des instruments de musique.

Les box étaient séparés par une cloison basse. Le premier était vide et servait d'entrepôt à divers outils et matériel, et à un amas de paille odorante.

Les cavaliers bouchonnèrent leur monture à grands gestes circulaires et étrillèrent la peau luisante de sueur avant de brosser les longs crins emmêlés par la course, soucieux comme à l'accoutumée d'accomplir ce rituel, de partager la complicité de l'homme et de son cheval, complicité incompréhensible pour ceux qui ne l'ont jamais goûtée.

Le silence qui accompagnait les gestes à la fois rudes et doux des deux amis surprenait les bêtes frémissantes habituées à leurs entretiens sur tout et rien.

Olivier, généralement le plus enclin à la discussion, retenait ses questions ; le visage fermé de Thierry le dissuadait de poursuivre une conversation apparemment close.

Du coin de l'œil, il aperçut Hubert Frénet venir à eux, en jean et tee-shirt. N'éprouvant pas d'intérêt pour cet homme au regard fuyant, il ne fit aucun cas de son approche et resta concentré sur sa tâche plaisante, les narines ouvertes sur l'odeur inimitable de la sueur chevaline. Mais lorsqu'il regarda subrepticement dans la direction où le nouvel arrivant s'était immobilisé, dos au mur et bras croisés sur la poitrine, il fut surpris de lui voir l'œil fixé sur Thierry. Caché par le corps de Salomé, il put se rendre à l'évidence : le regard de Hubert Frénet n'était plus ni fuyant ni craintif, mais dur, méchant, inquiétant. Même la raideur dans l'attitude ne correspondait pas à cette indolence qu'il affichait habituellement.

Olivier aurait souhaité poursuivre sa surveillance mais Thierry se redressa.

— Ah, vous voilà, Hubert ! Nous allons en terminer avec eux. Notez que la brosse en chiendent est à changer et que mon troussequin se fendille.

— Bien, monsieur.

Frénet avait instantanément repris une allure de serviteur, si bien qu'Olivier aurait pu douter de ses impressions.

— Je vais m'isoler dans mon bureau, reprit Thierry à son intention. J'ai du courrier à traiter et un rapport à terminer, je pense en avoir pour quelques heures.

— Parfait. Je vais aller faire un tour en ville et je serai de retour pour votre fête.

— Pour la fête de ma femme.

— La fête de ta femme, bien sûr.

L'échange n'avait pas été ironique, juste empreint d'insouciance. Mais la vivacité visuelle d'Olivier avait saisi au vol un autre regard de Frénet resté dans l'écurie. De même nature que celui de l'instant précédent, cette fois dirigé sur lui-même, et trop vite voilé derrière une chute des paupières.

— D'où m'as-tu dit qu'il venait, ce Frénet ? demanda-t-il peu après à son ami, lorsqu'ils s'engagèrent dans l'escalier intérieur du château.

— Un ami de Gabrielle.

— Il me paraît étrange.

— C'est un palefrenier sérieux.

— Tes rapports, avec lui ?

— Pratiquement aucun, et ça ne vient pas forcément de moi. Il m'évite le plus souvent.

Les deux hommes se séparèrent au sommet des marches.

Lorsque Olivier revint de Grenoble, la fête battait son plein. Les fêtards ressentaient les effets du champagne, électrisés par les sons entraînants d'une lambada. La nuit était tombée, mais une couronne d'ampoules jaunes, bleues et rouges, s'entrecroisait entre les tentes pour apporter la touche indispensable à une ambiance joyeuse. Des couples dansaient, d'autres conversaient, buvaient ou mangeaient, assis ou debout, dans un gai brouhaha.

Tout en s'approchant du buffet, Olivier chercha la haute stature de son ami parmi la soixantaine d'invités. Il se mit à l'écart, une coupe de champagne à la main, peu déterminé à se lancer dans des discussions stériles.

Il connaissait un peu de monde, mais ne se sentait pas obligé de seconder les maîtres de maison, en l'occurrence Gabrielle, qu'il regardait papillonner d'un groupe à un autre, éblouissante dans une longue robe moulante, dont la teinte chaude renforçait son bronzage uniforme. Il s'amusa de la voir évoluer, appréciant son aisance naturelle et son sourire facile, radieux. Les regards la suivaient, envieux, appréciateurs, amusés. Elle s'approchait de lui, qu'elle venait de remarquer, quand elle fut harponnée par une grande rousse à l'air allumé qui passait sa soirée à manger des yeux l'adolescent qui faisait office de disc-jockey.

— Il se débrouille bien, vraiment bien. Il me faut ses coordonnées.

— Je t'avais dit qu'il maîtrisait déjà très bien l'animation de ce genre de soirée. Mais je crains qu'il ne coure un danger avec toi. Il n'a que seize ans, le pauvre.

Elle s'était à peine arrêtée et ses mots rieurs se perdirent dans les tempos rythmés. Elle poursuivait son approche vers Olivier, le regard brillant planté dans le sien.

— Ma chérie, l'apostropha fortement une femme tout à coup, sur sa droite. Où en est votre projet de piscine ?

L'intervenante, parfumée à rendre jaloux un bouquet de jasmin, devait avoir absorbé, à elle seule, un magnum de champagne.

— Thierry sera bientôt convaincu de son utilité, ma chère Claude. Les travaux pourraient bien débuter cet automne.

— Ah ! Vous me rassurez ! cria la femme qui avait approché son oreille de la bouche de Gabrielle, pour mieux l'entendre malgré la musique assourdissante. Pas moins de quinze mètres de long, bien sûr, comme la nôtre. C'est indispensaaaaable.

— Excusez-moi, très chère, la coupa Gabrielle avec un sourire charmeur. Nous en reparlerons plus tard.

La voie était enfin libre jusqu'à Olivier qui leva son verre sans un mot en guise d'accueil. Ils s'étaient à peine vus de la journée.

— Où aviez-vous disparu ? demanda-t-elle.

— Vous aviez remarqué mon absence ? ironisa-t-il.

— Comment pourrait-il en être autrement ?

— Où est Thierry ? fit-il, coupant court au cabotinage.

— Dans son bureau.

Olivier vida son verre d'un seul trait, prêt à s'éloigner. Elle le devança.

— A votre place, je le laisserais tranquille. Il semble de mauvaise humeur. Il a eu juste la courtoisie nécessaire d'accueillir nos invités, avant de se retirer.

— Cela lui ressemble peu, en effet.

— Je ne vous le fais pas dire, acquiesça-t-elle d'un ton agacé. Mais après tout, peut-être avez-vous raison de compter sur votre influence.

— En clair ? demanda Olivier qui crut saisir quelque sous-entendu.

— En clair, qu'il ne fait plus un pas sans vous. S'il vous sait arrivé, sans doute se décidera-t-il à revenir.

Olivier sourit, amusé. Elle en fit tout autant.

Bien qu'ils aient été obligés d'élever la voix pour se comprendre, leurs propos avaient été légers. Pourtant tous deux croisaient le fer. Comme toujours. En un duel tacite, à l'agressivité latente, dont le désir de vaincre l'autre s'épaississait doucement, au fil des jours, avec Thierry comme enjeu.

Elle le regardait d'un air provocant, le sourcil relevé. Des mots lui vinrent pour l'énerver davantage, mais qu'il retint car il eut soudain envie de retrouver Thierry. Il s'inclina légèrement avant de se détourner, et partit à grandes enjambées vers le château.

Thierry était dans son bureau et lisait *Un homme d'influence* de Jacques Attali, un cigare à la main, dans le halo lumineux d'un candélabre de cuivre. Il poussa une boîte vers son ami qui s'installait dans un fauteuil en face de lui.

— Tiens, goûte un peu ces Cortès.

Puis il se leva et se dirigea vers un bar, encastré artisanalement dans un recoin de la vaste bibliothèque familiale aux vitres biseautées. Il sortit une bouteille de cognac et deux verres.

— Vingt-cinq ans d'âge, dit-il en versant une généreuse rasade du liquide ambré. Un autre petit plaisir.

Située à l'arrière du château, la pièce ne subissait pas les assauts musicaux et conservait son atmosphère réconfortante et studieuse. Elle était meublée comme celle d'un club de gentlemen. Un canapé en cuir de Russie, traité à l'huile de bouleau, trônait dans un angle, face à une table couverte de journaux financiers et politiques. Du haut de leurs portraits encadrés, accrochés au-dessus du bureau, trois ancêtres regardaient leur descendant, l'œil sévère et fier.

L'heure passa sans que ni l'un ni l'autre ne voie le temps s'écouler.

Olivier, enfin, se leva et décréta qu'il allait faire quelques pas dans le parc avant d'aller se coucher.

— Je vais terminer ce chapitre, et sans doute aller rejoindre ces braves noceurs, répondit Thierry. Ce soir, je passe pour un rustre.

— Ne t'inquiète pas, ta chère épouse a dû te trouver une excuse valable.

Olivier passa nonchalamment dans l'ombre, aux côtés du buffet presque dégarni. Des tasses avaient circulé, d'où le café débordant avait taché les nappes blanches des tables occupées par des groupes fatigués. D'autres, pourtant, dansaient sans relâche, amateurs de musique quelle qu'elle soit.

Il éprouva le désir d'aller caresser les chevaux, aussi prit-il le chemin de l'écurie, lentement, les mains dans les poches, sentant brusquement sur ses bras nus une fraîcheur annonciatrice de pluie. Il regarda le ciel, cherchant en vain ses habitantes lumineuses.

Il n'y avait ni lune ni étoiles...

Pour cette nuit qui serait la dernière de sa vie.

Il s'approcha du bâtiment, éclairé à l'extérieur comme à l'intérieur d'une lumière brune, filtrée à travers le verre marron de trois lanternes murales. Comme il allait entrer dans le local attenant aux box, un éclat de voix le fit se rencogner vivement dans l'embrasure de la porte entrebâillée.

Le cœur battant, il écouta... On se disputait là-dedans !

Le poing n'atteignit pas son but, car Hubert Frénet avait saisi le bras levé sur lui et l'avait bloqué.

— Je supporte tes insultes depuis trop longtemps. Je ne vais pas commencer à accepter tes coups, gronda-t-il en lâchant Gabrielle, les yeux étrangement brillants.

— Et moi, j'en ai plus que marre de tes airs de propriétaire quand nous sommes ensemble. Tu n'es que toléré, ici, et sache que je n'ai qu'un mot à dire pour que tu disparaisses !

Gabrielle avait accompagné ses mots d'un claquement de doigts.

— Disparu, envolé, le palefrenier de pacotille ! Tu n'es rien, sans moi, tu n'es rien, ici !

— Et toi, tu n'es qu'une salope ! Moi aussi, je n'ai qu'un mot à dire à ton mari ! jeta Hubert en lui soufflant une haleine avinée au visage.

— Nous y revoilà ! Toujours la même rengaine ! Et pas assez de couilles pour passer à l'acte, railla-t-elle. Tu te prends pour qui, en somme ? L'amant de ta maîtresse, ou le palefrenier raté qui a des vues sur l'héritage ?

Hubert encaissa l'insulte sans broncher, mais son regard s'assombrit sous la colère.

— Je n'aurais jamais imaginé te voir changer de la sorte, fit-il en redressant le torse.

A fleur de peau, ses pectoraux nus, à la musculature parfaite, se gonflèrent d'une profonde inspiration impatiente.

Tout à coup, à travers ce geste trop viril, Gabrielle ressentit un trouble, fidèle reflet de cet élan charnel qu'elle éprouvait depuis plus de vingt-cinq ans pour

Hubert Frénet. De ces pulsions qui font fi de la raison, qui balaient les conventions et étouffent jusqu'au dernier des scrupules, ou des principes. Mais elle ne voulut pas lui faire ce plaisir de céder à une tentation des plus naturelles. Elle avait une leçon à lui donner. Il se rebellait trop souvent ces derniers temps ; il ne suivait pas les règles qu'elle avait fixées.

— Il a toujours été convenu entre nous que tu étais ou avec moi ou contre moi.

Elle avait fièrement balancé ses cheveux en arrière, et s'était arrangée pour qu'une fine bretelle de sa robe légère se dérobât de son épaule, en glissant sensuellement le long de son bras jusqu'à ce que le gonflement de son sein libre apparaisse dans la lumière cuivrée. Sûre de ses appas, elle se moquait déjà intérieurement des émois qu'elle savait déclencher.

— Allez, ne gâche pas une soirée aussi réussie, murmura-t-elle soudain, comme si les éclats appartenaient déjà à une autre discussion.

— Réussie pour toi, oui ! Je te vois danser, de loin. Je te vois toujours, de loin !

— Réussie pour moi, mais aussi un peu pour toi, non ? Que ferions-nous, là, tous les deux, si tu ne tirais pas aussi profit de la situation ?

Elle avait amorcé une reconnaissance de la peau nue en avançant ses deux mains vers lui, encore réticent mais déjà sur le point de céder. Depuis ses dix-huit ans, Hubert ne savait toujours pas s'il était attiré par les attraits de Gabrielle, captivé par ses charmes, ou ensorcelé par un philtre qu'elle lui aurait habilement fait ingurgiter.

Salomé et Othello bougèrent dans leur box, énervés par la présence des humains et par l'orage qui s'annonçait.

La musique d'un slow leur parvenait, assourdie, languissante.

La moiteur lourde des corps chevalins, la paille fraîchement renouvelée et le parfum oriental absorbé par l'échauffement d'un corps sollicité par la danse emplissaient les lieux d'une odeur persistante, presque balsamique.

A son tour, Hubert avança une main, se laissant enfoncer dans le confort de l'alcool, piégé par la vision du sein brun qui luisait d'une fine sueur et par les émanations des corps, sa volonté soumise à celle de Gabrielle, par faiblesse et par habitude. Mais il ne put empêcher une dernière idée subversive de traverser son cerveau embrumé, tandis que ses doigts atteignaient la chair élastique et douce.

— Apparemment, t'as plus l'intention de te débarrasser de lui !

— Ecoute, j'ai tous les avantages imaginables, et nous c'est comme avant. Nous en reparlerons une autre fois, lui souffla-t-elle dans le cou en se lovant contre son torse musclé.

Mais, soudain, un coup fulgurant atteignit Hubert Frénet à la mâchoire et le jeta à terre, tandis que Gabrielle était brutalement expédiée contre un mur.

Les chevaux piaffèrent.

— Je me doutais bien que vous étiez une véritable salope ! Ce que je viens d'entendre et de voir confirme vraiment ce que je pensais de vous !

— Tiens, il ne manquait plus que l'autre aristo au tableau, hoqueta Hubert la bouche en sang. Bordel ! Mais de quoi il se mêle, celui-là ?

Il tenta de se relever mais un violent coup de pied dans les côtes le renvoya à terre.

— Toi, tu ne bouges plus, je n'en ai pas véritablement après toi ! dit Olivier, menaçant. Par contre, vous madame, vous avez deux mots à me dire !

— En quoi mes agissements peuvent-ils vous concerner ? dit Gabrielle qui rajustait le haut de sa robe, hautaine et agressive.

— Ils me concernent car, à cause de vous, je ne suis pas très fier de moi.

— Tiens donc, ricana-t-elle, et on pourrait savoir pourquoi ?

— J'ai trahi une amitié en taisant vos penchants, mais aujourd'hui vous avez dépassé les bornes !

— Expliquez-moi un peu tout ça, le provoqua-t-elle en croisant les bras.

— Je n'ai rien à expliquer à une femme de votre espèce, mais j'ai des devoirs envers mon ami.

Il était sur le point de la saisir par les épaules, mais Hubert, qui avait réussi l'exploit de ne pas se laisser terrasser par l'ivresse et de se relever sans trébucher, lui jeta son poing dans la figure. Fendue, sa lèvre saigna aussitôt. Il tâta sa mâchoire et se mit en garde contre une autre attaque, mais son adversaire éprouva subitement le désir de se justifier.

— Et alors ! dit Hubert, elle m'appartient plus qu'à aucun d'entre vous ! C'est ma femelle. Dis-lui donc, toi, que c'est moi que tu aimes. J'en ai marre de passer au second plan depuis que tu as épousé l'autre ! Ça fait cinq ans que je suis ton esclave, au château ! C'était pas comme ça que ça devait se passer !

— Tais-toi !

— C'était un plan ! reprit Hubert d'une voix forte, en prenant Olivier à témoin. Son plan !

Féline, Gabrielle bondit jusqu'à lui et le gifla de toutes ses forces.

Hubert, alors, se laissa choir sur les genoux, la tête entre ses mains comme un gosse puni et pleurnicheur.

— Elle a toujours des plans, répéta-t-il.

Une autre gifle tenta de le faire taire.

— Tu es ivre. Tais-toi et dégage ! Allez, fiche-moi le camp ! Plus vite que ça, nom de Dieu !

Elle accompagnait ses mots de coups et le poussait vers la porte. Olivier intervint et lui saisit les deux bras, qu'il tordit suffisamment pour qu'elle se tourne vers lui, en furie.

— Pourquoi ne pas le laisser parler ? l'interrogea-t-il en la secouant sans ménagement. Que pourrait-il dire de si désagréable, vous concernant ? Je crois avoir compris beaucoup de choses, trop de choses. Parlez, Hubert ! intima-t-il.

— C'est une garce ! reprit Hubert en reniflant, la voix pâteuse. Elle peut tuer père et mère, et moi j'en suis fou. Elle fait de moi ce qu'elle veut, finit-il en geignant.

Tout en parlant, il s'était rapproché de la sortie. Il disparut tout à coup de leur vue, abandonnant lâchement Gabrielle.

— Qu'entendait-il par « plan » ? Qu'aviez-vous combiné, tous les deux ? demanda Olivier.

Soudain, la colère fit place à la tristesse dans les beaux yeux bruns. Gabrielle se mit à pleurer. Ce fut si subit qu'Olivier en resta coi. Et puis elle s'effondra sur la paille, en balbutiant :

— Je suis si malheureuse, avec Thierry. Vous ne pouvez pas comprendre.

Comme désarçonné, Olivier resta les bras ballants, coupé dans son élan.

— Vous me jugez trop vite, sans me laisser la moindre chance. Ce n'est pas vraiment digne d'un gentleman, se plaignit-elle.

— C'est le moment ou jamais de m'éclairer, dit-il, maladroit.

— Thierry n'est pas l'homme que je croyais, commença-t-elle en reniflant, il ne voit pas en moi la femme que je suis, avec un besoin d'amour si féminin.

Elle avait parlé bas, il dut s'agenouiller auprès d'elle sur la paille pour mieux l'entendre.

Elle se tut quelques secondes, soupesa le silence d'Olivier, et poursuivit d'une voix presque suppliante :

— Vous, Olivier, vous n'êtes pas comme lui, je l'ai compris depuis le début.

Il se releva d'un bond. Elle le suivit à la seconde même, en s'agrippant à lui, soudain libérée de son abattement.

— Ne dites plus rien, madame. Je vois clair dans votre jeu, dit-il aussitôt, irrité.

— Tu ne vois rien du tout, idiot, dit-elle gentiment en l'enlaçant.

La gifle claqua comme un coup de fouet, attisant l'inquiétude nerveuse des chevaux qui renâclèrent.

Gabrielle vacilla sous le coup mais ne broncha pas, la tête haute et le regard vrillé à celui d'Olivier.

S'il avait pu sonder la profondeur de ce regard, il aurait mesuré l'intensité de la haine, et peut-être senti la peur courir sur sa peau.

Mais la colère et le dégoût balayaient une prudence qui aurait pu l'effleurer, s'il avait soupçonné le degré de machiavélisme de la jeune femme.

Comment aurait-il pu imaginer que, déjà, sa vie était en balance, que sa disparition du monde des vivants se programmait dans le cerveau noir de son ennemie ?

En levant la main sur elle, il venait de signer son arrêt de mort.

Il parla d'une voix neutre :

— Vous ne serez pas surprise, je pense, de mon départ pour Paris, à la minute même. Vous m'excuserez auprès de Thierry, je préfère ne pas le revoir ce soir.

Et il tourna brutalement les talons.

Gabrielle n'attendit pas plus de deux minutes avant que réapparaisse Hubert Frénet.

— Toujours à l'affût, n'est-ce pas ? l'agressa-t-elle. Eh bien, tu as bien fait, j'ai besoin de tes services.

Elle le toisait, tandis qu'il comprenait le message à demi-mot... tandis qu'un frisson insidieux glissait le long de son dos : serait-elle capable de l'éliminer, lui, aussi radicalement, aussi commodément que les autres ?

— Je compte sur toi. Tu as juste le temps nécessaire.

Comme il hésitait, elle se fit menaçante.

— Tu es avec moi, ou contre moi !

Ses yeux, maintenant serviles, la questionnèrent.

— Une petite dose d'Imalgene suffira, dit-elle en hochant la tête, les traits sévères.

Lorsque Hubert eut disparu, son visage se détendit sur un fin sourire en biais.

16

Avant d'engager son bras par la portière de la voiture rouge, elle jeta un regard circulaire et prudent par-dessus son épaule, retenue par le souvenir fulgurant de Vincent Blase.

La première fois qu'elle avait fait ce geste — on pourrait aussi dire cette démarche —, elle avait cru être seule dans le hangar qui servait de garage aux deux voitures du baron Alexandre d'Ersen. Elle avait profité d'une visite de courtoisie qu'elle faisait aux parents de Thierry chaque année pour mettre son dessein à exécution.

En lâchant le contenu du sac à l'arrière de la Jaguar, elle avait souri de réentendre le couple dire qu'il se *« chargerait de transmettre, le soir même à leur fils, ses salutations »*... Tu parles si elle les avait crus ! Elle sentait trop leur inimitié à son égard.

Elle avait eu vent de leur départ en voyage et avait enfin pu passer à l'action.

Un ricanement l'avait fait sursauter.

— Je pourrais savoir ce que vous trafiquez ?

Elle s'était retournée d'un bloc, pour se retrouver face à face avec un homme, jeune, bien mis, à la mine un rien vulgaire, qui la dévisageait, tandis qu'elle-même sondait les yeux pour savoir à qui elle avait affaire, attendant qu'il manifestât son sentiment ou son intention.

Cela avait été plus facile qu'elle ne l'avait craint.

— Je vous ai vue revenir en douce, une heure après votre départ. Qu'y avait-il dans ce sac ? lui avait-il demandé tout en mâchant tranquillement un chewing-gum.

D'un geste mesuré elle avait mis le sac de toile, maintenant inutile, dans son sac à main, et avait affermi son regard déjà hardi dans le sien.

— Qui êtes-vous ?

— Hé là ! Faut pas confondre, ma belle ! C'est plutôt à moi de vous poser la question. Moi, je suis le chauffeur de cette bicoque, et je suis chargé de l'entretien des bagnoles. Alors, suivant ce que vous venez de balancer dans celle-ci, je risque de me faire engueuler, et... j'aime pas ça du tout ! finit-il sur un ton presque menaçant, malgré l'allure nonchalante qu'il affichait en gardant ses deux mains dans les poches.

— Combien ? lui avait-elle demandé du tac au tac, après avoir saisi l'éclat des pupilles.

Il avait pigé au quart de tour, mais l'avait laissée mijoter pour la tester, le regard comme embrasé.

— Vingt-cinq maintenant, vingt-cinq plus tard ! Rien de plus ! avait-elle proposé en le regardant bien en face, mesurant mentalement son pouvoir sur un tel individu.

— Cinquante, tout de suite ! Et je ne veux rien savoir. Je n'ouvrirai même pas la portière de cette bagnole, je suis déjà alité avec une crise probable d'appendicite. Vous vous rendez bien compte que je saurai qui vous êtes dans quelques minutes, alors confiance-confiance, avait-il repris, la mine soudain dure.

La métamorphose avait été brutale et éphémère, le temps que Gabrielle ait pu prendre toute la mesure de la situation. Et puis l'ironie avait fugitivement remplacé l'éclat mauvais, avant que l'intérêt eût pris, à son tour, toute sa place dans l'œil vif du garçon. Gabrielle avait apprécié l'aplomb de ce type, tandis que la contrariété et la rage s'étaient intimement mêlées en elle, d'avoir manqué de précaution.

Elle avait failli lui dire qu'en toute logique il n'aurait aucun moyen de pression sur elle, mais cela aurait été anticiper sur les événements. Pour l'heure, elle avait eu besoin de son silence immédiat.

Elle avait accepté un rendez-vous nocturne dans un bar pour lui remettre l'argent.

Quand il avait cherché à la faire chanter après l'accident, elle n'avait eu qu'à lui dire :

— Aucune preuve ! Même pas de quoi alerter les experts de l'assurance. Rien ! Au pire, votre parole contre la mienne, et vous passerez pour un fieffé menteur, un minable petit maître chanteur !

Le scénario fut identique à celui qui coûta la vie au baron Alexandre d'Ersen et à sa femme Viviane, des années auparavant.

La bête sortit de sa léthargie provoquée par l'injection du somnifère.

Elle se déploya longuement, silencieusement, calmement. Elle se coula sous le siège du conducteur après avoir exploré l'arrière du véhicule. La langue fourchue découvrait son environnement immédiat et l'animal s'irritait peu à peu du ronronnement régulier de la Porsche 911 lancée sur l'autoroute A43.

Olivier était furieux. Furieux de céder, par amitié pour Thierry, à une forme de lâcheté, et ainsi de jouer le jeu d'une telle femme. Mais sa décision était prise. Il lui suffisait d'attendre lundi, le retour de Thierry à Paris.

Au péage, après Saint-Egrève, la pluie se mit à tomber d'un seul coup comme si le ciel avait ouvert des vannes invisibles. Mais Olivier y prit à peine garde.

Le serpent tâtonna devant l'obstacle, contourna la pédale d'embrayage, puis celle du frein, faillit s'enrouler autour de l'accélérateur et s'appuyer contre la chaussure de cuir qui relançait la course de l'automobile à plus de 180 km/heure. Après avoir hésité, il releva la tête et décida de poursuivre son incursion en s'aventurant plus haut. S'appuyant sur les deux tiers de son corps, il commença à élever sa tête en oscillant, et se posa tout doucement sur la jambe du conducteur. Qui ne réagit pas sur le coup, obnubilé par des pensées de meurtre. Une telle femme ne méritait pas un homme comme Thierry.

Agacé, il balaya de la main son mollet.

Son sang ne fit qu'un tour lorsqu'il toucha quelque chose de glacé qui eut l'air, à la lueur du tableau de bord, de bondir jusqu'à lui !

Son sursaut fut si violent qu'il provoqua, d'un réflexe incontrôlé, une embardée terrible de la Porsche qui percuta le rail de sécurité avant de s'envoler, de rebondir, repartir pour un nouvel élan, rebondir à nouveau sur la chaussée glissante et encombrée d'une fin de week-end. Deux voitures furent embouties avant d'être projetées sur la partie droite de l'autoroute qui se bloqua instantanément à la circulation dans un bruit de tôle écrasée, froissée, de vitres éclatées et de crissements de freins.

Au milieu de l'affolement général, personne ne vit les cinquante centimètres de caoutchouc froid ramper furtivement jusqu'au bas-côté de la voie et se faufiler entre les herbes mouillées du pré avoisinant, à quelques kilomètres à peine de Bourgoin.

La mort brutale d'Olivier plongea Thierry dans un désarroi total.

« N'avait pu faire autrement que de partir, après avoir reçu un important coup de fil, avait hésité à le

déranger, le croyant endormi. L'appellerait dès le lendemain matin. »

Le commentaire désinvolte de Gabrielle n'avait fait que renforcer son incompréhension quand il avait découvert la fuite de son ami.

Lorsque le téléphone avait sonné, vers 11 heures le lendemain, il était resté pétrifié d'entendre la voix bouleversée de madame Saint-Yves lui annoncer la catastrophe routière.

— Est-ce vous qui l'aviez rappelé de toute urgence ? avait-il tenté de savoir, malgré le désespoir de la mère d'Olivier.

La réponse négative l'avait consterné.

Les funérailles avaient eu lieu à Paris.

Et puis l'accident, qui avait fait deux morts et cinq blessés graves, fut classé par les experts comme un cas typique d'excès de vitesse et de perte de contrôle de véhicule sur route mouillée.

Thierry avait perdu plus qu'un ami, un frère. Et les circonstances du drame lui en rappelaient cruellement un autre. La route lui enlevait les siens.

La présence et l'entrain d'Olivier lui manquèrent énormément.

Ses promenades à cheval n'avaient plus la même saveur, et curieusement le replaçaient la plupart du temps dans le contexte de leur dernière sortie, de leur dernière discussion, de leur dernière rencontre. Il mit du temps à déraciner de ses pensées un amalgame de sombres souvenirs qui le faisaient s'appesantir et méditer à la fois sur la mort de son ami, sur l'abandon de Caroline et sur l'existence de Cécile.

Pour l'aider à surmonter sa dépression, Gabrielle déborda d'attentions, convaincue d'avoir repris un certain ascendant sur sa vie.

Mais Thierry se sentait incapable de prendre un nouveau départ avec elle.

Malgré ce qu'avait cru Olivier, il avait eu vent des rumeurs qui accompagnaient les sorties de sa femme, mais il était trop conscient de ne pas suffisamment remplir sa vie affective et sensuelle pour lui imposer ou interdire quoi que ce fût. D'autant plus que l'indépendance qu'ils s'accordaient lui avait servi.

Sans qu'ils en eussent pris conscience, ou du moins se le cachaient-ils, l'indifférence, déjà installée dans leur couple, s'était teintée d'animosité.

Aussi, de plus en plus éprouvé par cette lassitude qui lui ôtait le goût du bonheur, Thierry ne sut recevoir de Gabrielle la tendresse nouvelle qu'elle lui offrait.

Le temps lui donna très vite raison.

La patience et la douceur de sa femme n'étaient qu'un leurre, qui lui avait permis de vérifier l'absence d'un autre Saint-Yves à l'horizon, et surtout de contrôler que l'indifférence de Thierry à son égard se répercutait sur toutes les femmes en général.

Pour Thierry, la routine s'installa dans un travail acharné et des week-ends solitaires à Grenoble, à chevaucher Othello.

Le fossé entre le couple d'Ersen n'en finissait pas de se creuser, tuant les derniers restes d'une estime ou d'une affection déjà bien fragiles au départ, détruisant jusqu'au simple goût de partager des repas en commun, et des sorties, sauf celles qui mettaient en jeu la reconnaissance d'un milieu aisé, et pour lesquelles Gabrielle avait besoin de Thierry à ses côtés.

Mais celui-ci refusa bientôt de tenir le rôle qu'elle lui destinait, en ignorant systématiquement toute invitation.

Alors ils vécurent côte à côte sans se voir, ne partageant que quelques scènes légères, axées sur les reproches et l'insatisfaction de Gabrielle, jusqu'à ce que Thierry, un soir d'énervement particulier, lui ordonnât de faire taire les rumeurs qui couraient sur son compte à Paris.

— Je ne suis pas dupe et je te demande plus de discrétion. Si tu n'en es pas capable, je suis prêt à divorcer, ajouta-t-il avant de rejoindre sa propre chambre.

Gabrielle resta muette, chose inhabituelle chez elle. Le ton et surtout les mots étaient nouveaux dans la bouche de Thierry, et elle sut retenir quelques répliques bien placées.

Quand elle fut seule, elle se dirigea lentement vers la psyché qui meublait un angle de sa chambre. Là, face au miroir, elle laissa tomber son déshabillé à terre et s'examina sans complaisance.

A quarante-huit ans, son corps superbement entretenu n'avait rien à envier à un corps plus jeune qui n'avait, en comparaison, rien de mieux à offrir que la fraîcheur d'une peau plus fine. Celui de Gabrielle avait atteint une maturité, une texture, une harmonie de courbes douces et voluptueuses. Son ventre plat et ses seins fermes étaient sa fierté. Aurait-elle dû courir le risque de les sacrifier pour satisfaire les désirs de paternité de d'Ersen ? Une moue fleurit sur ses lèvres. *« Imbécile, tu parles de rumeurs parisiennes alors que mon amant vit sous ton toit, au château. Et lui, au moins, il apprécie ce que je lui offre, chaque semaine. Il est d'ailleurs une des seules raisons de mes retours à Grenoble. »* Elle entendit une clé tourner dans la serrure de la porte voisine. D'Ersen se barricadait-il dans sa propre chambre ?

En verrouillant ainsi d'autres portes, le châtelain s'enfonçait tout doucement dans une vie sans passion, tandis que Gabrielle profitait de ses loisirs avec une prudence accrue et une conscience légère, ayant pour seul souci de surveiller les fréquentations de son mari et la vie de Cécile Villard. Car Grenoble avait beau être une grande ville, elle n'excluait pas une autre intervention du hasard dans le déroulement de sa propre vie, qui pouvait remettre la jeune femme sur la route de Thierry.

Selon les rapports de Chantal Rosière — que Gabrielle avait convaincue de ses mauvaises relations, hélas, avec Jean Rivière, mais de son amour protecteur et discret pour la fille de Caroline —, la vie de Cécile Villard paraissait aussi normale que possible.

Que n'aurait pas fait Chantal Rosière pour être dans les bonnes grâces de la baronne !

Apparemment, une surveillance rapprochée de Cécile indiquait que celle-ci ronronnait dans un bonheur tranquille, partageant son temps entre sa fille et son mari, apportant son aide quelques après-midi par semaine à l'agence d'Anthony durant les heures de classe de Manon. Elle s'entendait parfaitement avec Claudie qui travaillait maintenant chaque jour à l'agence.

Mais le temps avait bientôt fini de la préserver.

17

L'époque fatidique redoutée par Frank Simon approchait, accentuant chez lui un malaise qu'il tentait encore de cacher à Jean. Il ne restait que quelques mois avant qu'il puisse vérifier si Cécile entrait dans le schéma classique des patients de cette catégorie, et il savait parfaitement que, s'il devait avoir raison, le comportement de sa filleule aurait déjà dû refléter des troubles plus importants que ceux qu'il recensait.

Il décida de passer outre les éternelles contradictions et oppositions de Jean, en lui imposant, un soir de début octobre, une mise au point de la situation telle qu'il la percevait.

— J'ai vu Cécile la semaine dernière et je ne la trouve pas au mieux de sa forme, commença-t-il de sa voix mesurée.

— C'est ce que j'ai aussi constaté, avoua Jean de mauvaise grâce.

— Es-tu prêt à mieux m'écouter, enfin ?

Jean soupira profondément et fut à deux doigts de protester, comme d'habitude, mais quelque chose dans le regard de son ami le retint. Il approuva de la tête.

— Je ne vais pas revenir sur mes craintes, je te les ai assez exposées. Je ne sais pas si j'ai raison, mais je suis au moins sûr d'une chose, celle de connaître assez de cas semblables pour avoir envie d'éviter le pire à Cécile.

— Si tu es venu me dire de lui parler du suicide de sa mère, je te dis tout net qu'il n'en est pas question ! Bon Dieu ! Comment peut-on avouer une chose aussi horrible à un enfant sans le culpabiliser ?

— Mais tu culpabilises tout autant Cécile, si ce n'est plus, en te taisant ! Bon sang ! Tu ne comprends donc pas que je crains la répétition de la tragédie ! Sans le contrôler, Cécile peut éprouver le même besoin de périr que sa mère ! Je ne parle pas du reste... car nous n'en sommes pas encore là, même si là aussi je te désapprouve... Mais réfléchis, réfléchis bien ! Elle me semble trop angoissée pour que cela ne soit que passager.

— Bêtises !

— Veux-tu bien arrêter de te comporter en fautif ! Qu'as-tu à te reprocher pour réagir de la sorte ? On dirait que tu portes une croix, à toi seul ! Parle-lui, et de cette façon libère-toi aussi ! s'énerva le médecin, réaction inhabituelle chez lui.

Frank Simon prêchait le faux pour entrevoir le vrai. Mais, accroché à son savoir et obnubilé par Cécile, il ne pouvait supposer à quel point il frôlait la vérité. Jean portait véritablement sa croix, s'étant depuis longtemps condamné lui-même. Sans procès ni jury. A la mort de Caroline.

— Mais tu la dis fragile, rétorqua ce dernier, comme pour rompre le vœu pressant du psychiatre. Ne crains-tu pas une réaction délicate ?

— Bien sûr, la vérité assenée sans discernement peut avoir des effets terribles, mais il suffit de la préparer, de saisir l'instant où l'on peut répondre à son attente. Car elle attend, elle attend inconsciemment, de comprendre son mal-être.

— Et ça rimera à quoi, sinon à la déstabiliser, à mobiliser sa colère contre moi, à la détourner de moi ?

— Tu as été victime des événements, Jean. Elle pourra comprendre tout cela, mais l'essentiel est de casser le contexte qu'elle subit, afin de le restituer, le normaliser. Il y a des deuils qui ne finissent jamais, je ne voudrais pas que Manon récolte, sans le savoir, les mêmes peurs et les mêmes doutes que sa mère.

Frank sut, à l'instant précis, qu'il avait touché une autre corde sensible, mais il comprit aussi que l'abdication de Jean venait du changement important décelé chez sa fille. D'ailleurs celui-ci redressa la tête en souriant tristement.

— Les enfants supportent les histoires de leurs parents et grands-parents ? C'est bien ça ? J'ai bien retenu tes leçons ?

Son ami hocha gravement la tête.

— Je vais organiser l'anniversaire de notre petite Manon à la maison, reprit Jean d'un ton las, et nous verrons comment va Cécile. Fais ce que tu crois être le mieux, je vais me préparer à affronter la situation, ajouta-t-il en tendant la main à son ami.

Ni l'un ni l'autre, comme d'ailleurs Anthony et Sophie, ne se laissèrent leurrer par l'entrain de la jeune femme devant les sept bougies que Manon allumait consciencieusement.

Ce dimanche 13 octobre, chez Jean, réunissait Frank, Cécile, Anthony, ses parents, Sophie et Laurent Arthaud dont le mariage était prévu l'été suivant, maintenant que Laurent allait être muté à Clermont-Ferrand, Claudie et Raoul Bertin, ainsi que la bonne madame Clément qui continuait à s'occuper de l'intérieur de Jean.

Frank avait constaté que les liens entre la mère et la fille s'étaient encore renforcés, mais il avait été surpris par l'intensité des regards que la fillette posait sur Cécile. Alors il avait regardé Anthony, et il avait remarqué que le jeune homme manifestait le même intérêt silencieux pour sa femme : une espèce de sollicitude trop marquée.

Il avait douté de lui-même, jusqu'à se traiter d'idiot, puisqu'il oubliait que la vie de couple n'était pas toujours synonyme de bonheur béat. Mais l'attitude de Manon, qu'il sentait inquiète, avait conforté ses impressions premières.

Et tandis que Manon secouait l'allumette maintenant inutile, la mère d'Anthony, une charmante sexagénaire aux cheveux couleur violine, apporta le premier élément concret qui servit à l'examen discret de Frank.

— Tu fêtes bien tes vingt-sept ans en juillet, ma chérie ? demanda-t-elle, tout sourire.

— Vingt-huit, vingt-huit ! corrigea Sophie d'un ton taquin. Il est inutile de la rajeunir encore !

Sur le qui-vive, Frank enregistra au quart de seconde près l'altération subite du fin visage, le froncement de sourcils du mari et la brusque immobilisation du père, qui dévisagea sa fille. Mais la chose qui le surprit le plus fut l'attitude de Manon. La fillette suspendit son geste et fixa son grand-père, le visage grave et sérieux, ensuite sa mère, tandis que les autres discutaient ou s'esclaffaient, leur attention momentanément détournée d'elle.

Le gâteau n'était pas entièrement consommé que Jean partait à la cuisine pour préparer le café, en refusant l'aide de Cécile et Sophie, mais non sans avoir fait comprendre à Frank qu'il désirait l'entretenir.

Quelques secondes après, celui-ci abandonna les convives.

En chemin, dans le couloir qui menait à la cuisine, il aperçut Manon sur sa droite. La fillette avait subrepticement quitté la table et s'était arrêtée dans le couloir qui desservait quatre pièces dans une autre partie de l'appartement. Son attitude l'intrigua et, sans se manifester, il la surveilla. Elle tentait, sans succès, d'ouvrir l'une des pièces closes. Il crut même déceler de l'impatience dans un tapotement du pied sur le plancher, avant de rejoindre Jean.

— Tu fermes tes portes à clé, maintenant ? lui demanda-t-il en baissant la voix.

— Pourquoi ?

— Je viens de surprendre Manon tenter d'en ouvrir une.

— La première sur la gauche ?

— Exact.

— C'est la chambre que nous occupions, Caroline et moi, au début de notre mariage. Manon y pénétrait constamment. J'ai dû la fermer à clé.

— Qu'y faisait-elle ?

— Elle s'asseyait sur le sol et semblait vouloir attendre le début d'un spectacle.

— Concentrée ?

— Non seulement concentrée, mais nous oubliant, nous. La pièce est plutôt un débarras. Je n'ai plus voulu l'utiliser comme chambre lorsque nous sommes revenus vivre ici.

— Il n'y a que cette chambre qui la fascine ?

— Oui, apparemment.

— Cécile se comportait-elle de la même manière ?

— Non. Mais pour en revenir à Cécile, dit Jean en surveillant le couloir, tu as raison, je la trouve amaigrie et bien pâlichonne.

Il se tut, Anthony approchait.

Le jeune homme ne s'enquit pas de savoir s'il dérangeait et ferma aussitôt la porte contre laquelle il s'adossa.

— Je voudrais vous parler de Cécile, à tous les deux, commença-t-il rapidement, en chuchotant presque. Je ne comprends pas, elle n'a jamais été ainsi. Et j'ai repensé à toutes ces choses sur lesquelles vous avez attiré mon attention, Frank, et à celles dont vous deviez m'entretenir, vous, Jean.

Frank et Jean se regardèrent brièvement et tendirent l'oreille sur les commentaires bruyants et rieurs qui leur parvenaient du salon.

— Il semblerait qu'elle traîne au fond d'elle-même une angoisse, dit alors Frank, l'angoisse de la mort, puisqu'elle atteint l'âge de la disparition de sa mère. Vous souvenez-vous de mes propos sur le syndrome d'anniversaire ?

— Bien sûr, je ne pense d'ailleurs qu'à cela depuis plusieurs jours.

Jean jeta, tout à trac :

— Sa mère n'est pas décédée d'une méningite, elle s'est suicidée.

Le silence du jeune homme fut long et lourd avant qu'il ne murmure :

— Je crois que je comprends mieux vos soucis.

— Anthony, intervint Frank, je compte sur votre soutien. Cécile a acquis une grande maturité et sa volonté s'est affirmée. Je dirais même que je ne crois plus véritablement ce que j'ai pu redouter à une certaine époque de sa vie. Grâce à Sophie, d'abord, à vous ensuite, elle a atteint un équilibre réconfortant, mais je souhaite, malgré tout, que nous nous entourions d'un maximum de précautions. Comme je le disais à Jean, et je ne le répéterai jamais assez, j'ai vu trop de cas de dépressions tardives, allant jusqu'à la destruction, et je repense à Caroline. Rien ne laissait supposer qu'elle puisse attenter à ses jours. Je ne veux pas que la même erreur se reproduise avec Cécile.

— Ce n'est sans doute pas le meilleur moment pour lui annoncer une nouvelle pareille, dit Anthony, soucieux.

— Si. Inconsciemment, elle cherche une réponse à cette angoisse. Il faut qu'elle assume cette vérité pour retrouver la liberté de penser, ce que nous appelons dans notre jargon le désamorçage du processus de répétition.

— J'ai du mal à saisir tous les aspects de vos propos, mais je vous fais confiance.

En même temps qu'il répondait, il chercha le regard de Jean, que celui-ci lui refusa obstinément.

— Je pars le 18 octobre pour Paris et j'enchaîne sur un congrès à Francfort, dit Frank. A mon retour, dès le 1er novembre, je me consacre à elle. Jusqu'à mon départ je vais tester le degré de son mal-être. Quant à vous, entourez-la du mieux possible.

A ce moment, la porte s'ouvrit doucement et le museau blond de Manon apparut. Elle s'immobilisa sur le seuil de la porte et posa sur eux son beau regard énigmatique, profond, dérangeant.

— Tu viens chercher le café, ma chérie ? demanda son grand-père, tout à coup jovial. Tiens, tu vas m'aider à porter les tasses.

Anthony retint Frank qui allait suivre Jean et Manon, et referma la porte d'autorité en plantant son regard dans les doux yeux du médecin.

— J'ai la désagréable impression que vous ne m'avez pas tout dit. Y a-t-il autre chose que je devrais savoir, ou du moins que Cécile devrait savoir ?

— C'est exact, oui, mais il faut parer au plus pressé.

— Plus clairement, cela veut dire... ?

— Que l'on ne peut pas, simultanément, lui donner trop d'émotions.

— Une deuxième révélation du même genre ?

— C'est Jean qui doit vous en informer, pas moi.

— Bien, je n'insiste pas, mais comment allez-vous procéder ?

— Je vais lui parler et décider du moment de l'intervention de Jean. Il serait bon que nous soyons tous autour d'elle à ce moment-là.

— Faites vite. Elle lit en moi, à cœur ouvert.

Frank le regarda étrangement, ce qui le poussa à expliquer :

— Elle a ce don d'empathie qu'avait ma grand-mère, même si elle ne l'exploite pas comme elle le pourrait.

— Elle me l'a toujours caché, s'étonna Frank.

— Je vous avais bien dit que vous sous-estimiez son degré de volonté.

— Cette volonté va nous être utile, mon ami, conclut le médecin en posant une main sur son épaule. Venez, je ne voudrais pas accentuer chez elle son sentiment d'abandon.

Frank se désintéressa momentanément de Cécile au profit de Manon qu'il prit à l'écart.

— Dis-moi, mon trésor, as-tu fêté ton anniversaire avec tes petits amis ? lui demanda-t-il en aparté.

— Oui.

— Quand les as-tu invités ?

— Hier après-midi.

— Tu t'es bien amusée ?

— Oui.

— Je suppose qu'ils t'ont gâtée ?

— Oui.

— Je pourrais savoir ce qu'ils t'ont offert ?

Manon sortit de sa poche une barrette à cheveux en plastique rouge et la tendit à Frank.

— Superbe, elle est superbe. Pourquoi ne la mets-tu pas dans tes beaux cheveux ?

— Je la trouve moche.

— Affaire de goût, mon cœur. Mais si tu la trouves... moche, pourquoi la gardes-tu dans ta poche ?

— Parce que c'est un cadeau de Paul.

— Ah, le petit Paul. C'est toujours ton copain ?

— Il est grand, et c'est mon ami.

— Comment s'appellent tes autres amis ?

— J'en ai pas d'autres.

— Mais alors, vous étiez combien à ta fête ?

— Tous les deux. J'ai voulu personne d'autre.

Frank Simon sourit intérieurement, presque fier de la volonté farouche de sa petite protégée.

Il connaissait Paul, joyeux lutin aux yeux verts, à la figure poinçonnée de taches de rousseur et encadrée de mèches rousses et bouclées. Le gamin ne se formalisait pas des airs fermés ou secrets de Manon. Il était conquis par les immenses yeux, lui, petit bonhomme aux allures de clown. Il était le seul qui la faisait rire spontanément, le seul à qui elle offrait sa main pour traverser la cour. Le seul qu'elle attendait avec impatience chaque jour à l'école, qu'elle acceptait à ses côtés dans la classe. Apparemment le seul avec qui elle avait souhaité partager la fête de son anniversaire.

Sans succès, Sophie, dont les appels téléphoniques réguliers durant ces longues années avaient contribué à entretenir leur complicité malgré l'éloignement physique, essaya toute la journée de tenir son rôle d'amie.

Il est de ces liens d'adolescence que la vie, tout doucement, rompt inexorablement, soumis à des quotidiens trop différents. Et puis d'autres, qui se renforcent malgré ces avatars, se consolidant sans autre explication que celle de la volonté du cœur. L'amitié de Cécile et Sophie était de ce calibre-là. Sophie s'était éloignée de son amie, par la force des choses, mais avec le sentiment d'avoir œuvré pour l'installer dans une sorte de cocon, après lui avoir apporté sa protection. Et curieusement, c'était presque moins le fait d'avoir affaire à Anthony qui la rassurait, que celui de découvrir chez Manon une personnalité insoupçonnable, presque trop forte bien que totalement maîtrisée par ce petit bout de chou à qui elle s'attachait davantage à chacun de ses retours.

Sans succès, donc, Sophie tenta d'arracher quelques confidences à Cécile qu'elle avait retrouvée depuis la veille, et dont la santé l'inquiétait. La pâleur de son amie, sa joie forcée, sa manière d'éluder les questions trop précises la convainquirent très vite d'un problème. N'obtenant rien de plus auprès de Claudie, elle décida d'aborder Anthony dès que possible.

Les autres protagonistes de cette tranche de vie auraient aussi mérité un intérêt particulier ; Laurent, grand gaillard jovial et plein d'entrain, et le couple qu'il formait avec Sophie, Frank et sa passion pour les enfants gravement malades, les Bertin installés dans une vie tranquille et solide. Et d'autres encore, dont la propre histoire aurait pu amortir l'enchaînement brutal de tous les événements rapportés !

Mais il est évident que l'histoire de Cécile était trop imprégnée de fatalisme pour que l'on se permette de masquer par des événements secondaires toute la dimension et la puissance de la perversité.

Ce fut le 19 octobre que s'accéléra le processus amorcé quelques années auparavant lors de la deuxième rencontre entre Cécile, alors Cécile Rivière, et Thierry d'Ersen.

La semaine n'avait pas suffi au docteur Frank Simon pour tenter de dialoguer avec sa filleule. Trois fois, Cécile avait prétexté son manque d'entrain pour éviter de le rencontrer. Il avait failli lui dire qu'il savait comment l'aider, mais s'était résigné à attendre le retour de son voyage pour forcer ses défenses, laissant à Jean et Anthony le soin de préparer le terrain. En attendant, il se basait sur les rapports téléphoniques d'Anthony. Celui du 18 au soir avait été nerveux.

— Elle mange peu, elle est triste, perdue dans ses pensées. Elle n'est pas venue à l'agence de toute la semaine. Je ne sais même pas si elle va apprécier la présence de Sophie... Oui... pour les congés de la Toussaint. Elle sera là à votre retour. Elle s'inquiète énormément... Je l'ai entretenue de nos conversations... Oui... il sera bon de profiter de sa présence... Les Bertin ?... Non, je ne me suis pas autant étendu... Plus tard...

18

Prévu ce 19 octobre, un vernissage au Musée de Grenoble accueillait presque deux cents invités, et exceptionnellement le couple d'Ersen, dont beaucoup apprécièrent le retour parmi eux.

La réapparition de Thierry attisa la curiosité et il dut affronter questions et sollicitude avec politesse et courtoisie, tandis que Gabrielle rayonnait, embellie d'un fourreau noir au décolleté avantageux, assorti d'un boléro et agrémenté d'un collier de perles.

Mais après les allocutions et discours de personnalités, une coupe de champagne à la main, Thierry se demandait s'il avait bien fait d'accorder à Paul Gontard, le conservateur du musée, le plaisir d'accepter son invitation.

Il n'était plus réapparu en public grenoblois depuis bientôt deux ans, depuis janvier 1994, date de l'inauguration du musée, et il avait l'impression d'être un étranger au milieu de la foule. Deux années changeaient les êtres, dans tous les sens du terme. Certains avaient vieilli, les hommes en particulier qui arboraient quelques tempes argentées. Quant aux femmes, la règle était parfois inversée, les liftings et colorations s'arrogeant un sursis sur le temps.

Il fut rapidement accaparé par quelques discussions de salon, tandis que Gabrielle était entraînée par une vieille connaissance. Il se permit de contredire un quinquagénaire au ventre rebondi sur ses propos au sujet de la municipalité de Grenoble. La conversation devint plus tendue et l'autre se renfrogna, mais Thierry persista dans ses convictions. Et puis il en eut assez. Il s'excusa et s'écarta de la foule afin d'examiner l'exposition du jour. La peinture moderne ne l'intéressait pas vraiment. Un désir de solitude l'entraînait ailleurs, loin du brouhaha confus de rires et de voix, et de la vision d'une foule compacte agglutinée autour du buffet.

Il traversa l'immense hall central au parquet chaud et aux grands murs blancs pour aller voir les œuvres du musée dans les autres salles. Il regarda tout autour de lui, empli de ce sentiment étrange et possessif qu'il ressentait lorsqu'il côtoyait des toiles et des sculptures savamment exposées dans une clarté et un silence étudiés et respectés ; des rappels d'un autre âge, tous empreints d'émotion, qui étaient loin de le laisser indifférent.

Il s'attarda à l'exposition Agutte et Sembat, apprécia des œuvres contemporaines, examina de plus près un Pissarro et médita devant la petite vendangeuse de marbre de Chartrousse.

— Un bien joli musée, n'est-ce pas ? Le plus beau des musées provinciaux.

Il inclina la tête, un peu agacé d'être dérangé dans ses réflexions.

— C'est aussi la pièce que je préfère, insista l'intruse.

Il se retourna enfin, et découvrit avec étonnement une jeune femme qu'il n'avait pas remarquée jusque-là. La voix lui avait paru appartenir à quelqu'un d'autre : masculine, vive. Or, sa propriétaire ne correspondait pas à l'idée qu'il se faisait d'une telle intonation. Brune, petite, mince, presque fluette, elle l'étonna suffisamment pour que cela s'inscrivît dans ses yeux.

— Agathe Sorrel, dit-elle en lui tendant la main. Je suis professeur d'art à la Faculté de Grenoble. Vous êtes le premier que je vois réellement apprécier cette sculpture.

La poigne accentua l'étonnement de Thierry. Ferme, elle s'apparentait à une poigne d'homme. Le regard brun était franc, direct, le maquillage discret, le sourire large, la tenue un brin originale, les cheveux courts frisés.

— Thierry d'Ersen, répondit-il gravement.

— Grenoblois ?

— On peut le considérer ainsi, en effet.

Elle regardait la statue et ne résista pas au plaisir de l'effleurer tendrement.

— Je ne viens jamais ici sans venir saluer ma petite vendangeuse. Qu'en pensez-vous ?

— Une belle pièce. Je ne la connaissais pas.

La jeune femme continuait à caresser le ventre rebondi de l'enfant.

Sans s'en expliquer la cause, Thierry sentit s'infiltrer en lui un sentiment inhabituel, presque inconnu. Depuis quand n'avait-il pas éprouvé ce simple plaisir d'apprécier la douceur et la légèreté d'un geste féminin ? Il en fut presque dérouté.

Il laissa son regard s'attarder sur la silhouette qu'il aurait qualifiée de gracile si son âge n'avait avoisiné la quarantaine. Le terme de sylphide lui vint à l'esprit.

Il fut presque déçu de la voir soudain répondre au signe amical d'un homme qui venait d'une autre salle.

— Excusez-moi, lui dit-elle en s'éloignant rapidement.

Il s'interdit de la suivre du regard, se refusant d'avoir pu imaginer qu'il pouvait éprouver quelque intérêt, pour ne pas dire sympathie, pour une rencontre.

Il eut envie de s'isoler plus encore et poursuivit lentement sa visite jusqu'à ce qu'il arrivât dans l'espace dauphinois. Admiratif, il s'arrêta devant les toiles de

Jean Achard, Laurent Guétat, Edouard Brun, Charles Bertier, illustres peintres du Dauphiné qui ont su retranscrire, par leurs chefs-d'œuvre, la beauté inégalable de leur magnifique région. Amateur, entre autres, de paysages de montagnes, Thierry admirait le naturalisme que dégageaient les huiles. Les peintures devenaient de véritables clichés photographiques.

Seul à évoluer dans les vastes salles silencieuses et chargées de passé, il poursuivit son examen attentif, et s'arrêta devant une toile du Grenoblois Fantin-Latour, dont il tenta de comprendre toute la sensibilité.

— Nature morte des fiançailles, cadeau pour la future Victoria Fantin-Latour, lui dit soudain la « voix », à ses côtés. Une des merveilles de notre musée. Nous ne sommes pas du tout chauvins, finit-elle, moqueuse.

Il ne bougea pas, ne laissa même pas l'espèce de soulagement qu'il éprouvait — comme s'il avait espéré son retour — venir détendre le coin de sa bouche, ni envahir son regard, ni troubler sa voix lorsqu'il répondit :

— Je suis un amateur de Fantin-Latour, sans toutefois comprendre ses différentes tendances.

— J'aurais aimé avoir le temps d'échanger avec vous mes convictions mais, pour l'instant, prenez ce verre.

Surpris, il se tourna vers elle, qui lui tendait sans façon une flûte de champagne. Son regard interrogateur eut l'air de l'amuser. Elle leva son verre.

— A notre rencontre, je suis ravie d'avoir pu m'entretenir avec un connaisseur, dit-elle.

— Vous me flattez.

Ils échangèrent un sourire et burent ensemble une gorgée du liquide pétillant, tandis qu'un homme s'approchait d'eux.

— Agathe ! Tu t'échappes sans arrêt !

— Je vous présente mon frère Jean-Pierre. Jean-Pierre, voici monsieur d'Ersen, dit la jeune femme.

La poignée de main de Thierry fut spontanée. Instantanément, il appréciait le frère autant qu'il appréciait la sœur. Ils devaient avoir tous deux entre trente-cinq et quarante ans, et se ressemblaient beaucoup.

Thierry, subitement, se sentit bien, là, à échanger des points de vue avec ces deux-là sans manières, loquaces et pleins d'entrain.

— Si nous allions remplir nos verres ? suggéra Jean-Pierre Sorrel en les entraînant vers l'entrée.

En franchissant les trois marches qui délimitaient l'accueil du musée lui-même, Thierry reçut le regard sévère et froid de Gabrielle comme une gifle.

Les trois nouveaux amis s'isolèrent jusqu'à ce que Jean-Pierre les abandonnât pour le sourire ravageur d'une blonde sophistiquée.

Thierry se surprenait à redécouvrir cette envie toute simple de communiquer. Ce n'était pas de la discussion forcée, de bon ton, c'était un échange spontané, un plaisir primaire de partager, sans contrainte.

Il conservait cependant une attitude des plus réservées, tandis qu'un bouleversement intérieur était en train de modifier toutes ses données. C'était comme s'il s'ouvrait enfin, ou découvrait l'envers d'un décor. Il écouta encore mieux la voix dont le timbre résonnait agréablement à ses oreilles, et détailla discrètement le visage, appréciant le nez légèrement retroussé, les joues galbées, le menton énergique, le grand front lisse, la bouche aux lèvres généreuses marquée d'un pli rieur. La tenue aussi, bien que peu ordinaire, lui semblait s'harmoniser au personnage. Elle portait une longue jupe plissée vaporeuse aux couleurs d'automne, qu'une longue veste de velours brillant à la couleur fauve venait recouvrir.

En lui posant la question suivante, il pensait à son prénom et trouvait qu'il lui allait bien.

— Ecumez-vous tous les musées de la région ?

— Je les connais tous.

Il se documenta sur ses cours, alors qu'il imaginait une seconde rencontre.

En retenant des questions trop directes, il masquait son intérêt grandissant pour elle.

En ne faisant aucun cas des regards noirs de Gabrielle qu'il avait interceptés à plusieurs reprises, il laissait s'enfuir son amertume et s'émerveillait de sentir le poids de ses années s'alléger.

Il songea alors que personne ne venait troubler leur tête-à-tête et ne put retenir un fin sourire. La jeune femme crut à une manière de répondre.

— Eh bien, c'est entendu, je laisserai à Paul Gontard ce précieux document sur Fantin-Latour. Je suis sûre que vous l'apprécierez. Il suffira que vous me le rendiez d'ici une dizaine de jours, pour mes cours. Maintenant je dois partir.

— Comment pourrai-je vous le rendre ?

— De la même manière que je vous le prête, vous le remettrez à Paul. A moins que... reprit-elle très vite, mais s'arrêtant aussitôt, soudain attendrissante, presque rougissante.

— Que vous me laissiez vos coordonnées ? osa-t-il.

Ils s'affrontaient du regard, mais sans combattre, tous deux déjà complices, au bord de la crainte de trop en faire ou trop en dire.

— C'est cela. Elles seront sur le document, souffla-t-elle en lui tendant rapidement la main.

Elle disparut tout aussi vite.

Fut-ce parce qu'il éprouvait un élan vers elle qu'il ne put, ce soir-là, admettre toute insinuation mesquine à son sujet ?

Les mots seraient-ils allés aussi loin si Thierry, dès la première allusion vacharde sur *« le nabot qui discutait avec lui »* — et qui n'était en fait qu'une pique pour défouler une mauvaise humeur accumulée —, n'avait adopté, en public, une arrogance des plus surprenantes à l'égard de Gabrielle ?

En se rebiffant, Thierry, en général muet face à ce genre d'attaque verbale, créa l'étincelle qui fait flamber la dispute jusqu'à la cassure.

Jusqu'ici, les scènes n'avaient jamais dépassé le stade de la bienséance. Thierry se comportait comme la plupart des hommes, détestait les conflits matrimoniaux et préférait tourner les talons sans répondre, en s'enfermant dans un mutisme réprobateur. Gabrielle, intuitivement, connaissait les limites tolérées, et avait toujours su éviter le pire.

Or le pire se préparait.

Il couvait comme le feu sous la cendre, palpable dans l'atmosphère chargée d'un ressentiment bientôt proche de la haine.

Gabrielle le mesurait dans les yeux qui, ce soir, refusaient de quitter les siens. La transformation de ce regard habituellement lointain et indifférent ne pouvait que traduire la menace qu'elle n'avait cessé d'écarter toutes ces années.

Son instinct lui disait que, quelle que soit l'issue de l'affrontement latent qu'elle allait rendre inévitable dans les minutes à venir, l'éclat froid du regard noir ne changerait plus jamais à son égard. Elle ressentit un vague regret, vite balayé d'un infime haussement d'épaules et d'un méchant sourire, tout aussi discret. La vexation ressentie tout au long de la soirée évinçait ses éventuels scrupules à devoir modifier un plan élaboré depuis des années.

L'anticipation d'un projet qu'elle n'avait jamais écarté de son esprit imaginatif et prompt, qui devait détourner la situation à son avantage, lui occasionnait presque un plaisir morbide.

Un frisson la parcourut, qui n'était dû en rien à la fraîcheur des lieux. Elle sentait l'excitation la gagner, de mettre au point la parade finale.

Son intelligence, ordinairement froide et calculée, avait lutté pour lui souffler la prudence et lui avait fait contenir son énervement dans la voiture, tout le temps du retour au château. Mais le fait que Thierry, sans la regarder ni lui faire le moindre salut, se fût dirigé directement vers le hall pour amorcer l'ascension du grand escalier n'avait en rien calmé sa hargne. Elle n'avait pu contenir sa langue, alors qu'il atteignait déjà le palier.

— On peut savoir comment s'appelle le nabot rachitique qui t'accaparait ?

Thierry aurait pu ignorer le défi et fermer l'oreille aux propos mordants. Mais il avait pris l'insulte pour lui. Il s'était retourné, et durant trois longues secondes, l'avait examinée avant de répondre, glacial :

— Ce n'est pas ton problème.

C'était un ton inconnu, à la fois trop poli et presque menaçant, malgré la jubilation que Gabrielle y décelait, et dont la provocation était renforcée par une attitude nouvelle et agressive.

Il resta là, immobile, à la fixer elle, dans ce coin pierreux et austère. Elle, qui savourait les instants où le regard de ceux qu'elle dominait se dérobait au sien.

Etait-ce la hauteur des vingt-cinq marches qui les séparaient qui lui donnait cette morgue ? Le pouvoir de domination pouvait-il investir un homme, d'un seul coup, causé par une femelle aussi falote ? Dans l'esprit de Gabrielle, il n'y avait pas d'autre raison à ce brusque changement.

Une bouffée de chaleur l'indisposa. Les battements de son cœur s'accélérèrent, et le sang vint cogner à ses tempes, libérant la colère de se voir tenir tête.

Elle se mit à monter les marches, lentement, en relevant délicatement sa robe trop ajustée jusqu'à mi-cuisses, alors que sa poitrine oppressée tentait de contenir la fureur qui s'y déchaînait.

— C'est donc un problème pour toi ? railla-t-elle d'une voix étonnamment douce.

— Ne joue pas sur les mots. A mon avis, c'est toi qui as un problème, assena-t-il.

Il aurait dû éviter le conflit, or il le provoquait.

La situation la déroutait, mais Gabrielle refusait d'abdiquer, bafouée dans son orgueil, stupéfaite de n'avoir pas imaginé à quel point Thierry s'était éloigné d'elle. Cette soirée lui ouvrait les yeux sur les risques devenus quasiment réels de la rupture, qu'il lui fallait tester.

Elle continua à s'élever et fut bientôt contre lui.

— Ah oui ? Et lequel, je te prie ? demanda-t-elle, tout sourire, les sourcils arrondis en une courbe gracieuse.

Brutalement il se détourna et s'en fut, franchissant l'espace qui le séparait de sa chambre en trois enjambées, lui accordant pour toute réponse le claquement de la porte qui explosa dans la grande demeure. Gabrielle réagit aussitôt. Elle allait outrepasser les limites, mais il ne servait plus à rien de reculer puisque d'Ersen rompait la trêve ; l'écho de sa décision résonnait encore entre les murs de la vieille bâtisse familiale lorsqu'elle bondit derrière lui.

Il lui fallait savoir si elle avait raison.

Elle bondit donc, sans souci de marquer les lattes du beau chêne ciré avec ses talons aiguilles, et se jeta sur la porte violemment rabattue, presque certaine de la trouver close. Surprise que la serrure ne soit pas bloquée, elle fut entraînée par son élan et propulsée en avant dans la pièce aux vastes dimensions qui avait été la chambre de ses beaux-parents.

Thierry se retourna d'un bloc, la cravate qu'il venait de dénouer encore à la main. La lassitude qui avait envahi son visage fut instantanément remplacée par l'air détaché et blasé dont il avait gratifié Gabrielle toute la soirée.

— Il me semble que tu as oublié de me répondre, osa-t-elle d'une voix dure.

Il jeta le ruban de satin sur le couvre-lit damassé et se campa devant elle comme pour lui interdire d'avancer davantage, les bras croisés sur son torse raidi.

Juchée sur huit centimètres de talons, Gabrielle l'affrontait à niveau presque égal.

— Et moi, il me semble que tu perds la tête, répondit-il sur le même ton.

— Rends-moi service, veux-tu ? Quel est mon problème ?

— Ton illogisme. Tu m'interdis ce que tu t'accordes généralement, répondit-il, sévère.

— C'est-à-dire ?

— Des tête-à-tête en agréable compagnie. Alors épargne-moi tes sermons.

— Je te croyais plus difficile en matière de femmes, fit-elle, arrogante.

— Tu es pourtant bien placée pour savoir que rien n'est plus faux, ironisa-t-il.

Elle serra les poings sous l'insulte, retenant une envie de le gifler.

— Je ne désire pas poursuivre cette discussion, dit-il en se détournant d'elle.

Mais elle lui emboîta le pas, s'accrochant à son bras qu'il tenta de dégager d'un coup sec.

— Es-tu devenue folle ? s'exclama-t-il.

— Pas au point de ne pouvoir te dire que tu n'as aucun goût, mon cher, répliqua-t-elle.

— C'est bien ce que je disais, répondit-il froidement en détachant les doigts crispés sur sa chemise.

— Je ne parle pas de moi. Moi, je t'ai choisi ! Je parle des autres !

— Je suppose que tu vises Caroline dans tes propos ? la nargua-t-il. Je te croyais son amie !

— Je détestais Caroline ! dit-elle vivement, avec bravade. Plus que tu ne pourrais jamais l'imaginer, ajouta-t-elle d'un ton subitement mielleux.

— Je l'imagine assez bien, au contraire. J'ai eu tout loisir de découvrir ton narcissisme et ta vanité.

Les mâchoires crispées, Thierry croisa de nouveau les bras et attendit, laissant un silence explicite convaincre Gabrielle d'abandonner la partie.

— Qu'est-ce que tu lui as trouvé, à celle-ci ? insista-t-elle pourtant.

— Cela ne te regarde pas.

— Elle est moche, vulgaire, sans intérêt, s'habille certainement aux Puces, dit-elle en comptant les défauts énoncés sur ses doigts.

— Ce soir, soupira Thierry, tendu, j'ai rencontré une femme qui n'a peut-être pas ta classe, ni ta beauté, mais quelque chose que tu n'as jamais eu, que tu n'auras jamais.

— Rends-moi un autre service, mon chou, minauda-t-elle en récupérant un paquet de cigarettes et un briquet posés sur une console, éduque-moi à ce sujet.

— Tu es incapable de comprendre, rétorqua nerveusement Thierry.

— Essaie toujours, demanda-t-elle en s'asseyant tout contre le montant du lit, apparemment prête à écouter, conciliante.

— Je te prie de sortir de ma chambre.

Elle ne fit aucun cas de sa remarque et alluma sa cigarette, s'appliquant au calme et croisant haut ses jambes bien qu'elle fût convaincue que ses charmes ne faisaient ni chaud ni froid à son mari.

— Immédiatement ! lui ordonna-t-il, en venant la saisir par un bras pour la lever sans ménagement.

— Hé ! Tout doux, mon bonhomme, fit-elle en se dégageant d'un geste brusque et en se rasseyant. Garde tes bonnes manières ! Je ne viens pas en ennemie. Dis-moi au moins ce qu'elle a que je n'ai pas !

Au prix d'un effort, Thierry s'était détourné et s'était approché de la haute fenêtre, au travers de laquelle il devinait le parc fondu dans l'opacité d'une nuit fraîche.

Les questions de Gabrielle, même s'il ne leur accordait pas la plus infime importance, l'amenaient à revoir des images en un éclair : l'étrange douceur qui avait accompagné le geste caressant la statue, la façon dont la tête s'était détournée pour le questionner, la sensation d'avoir été ému par de tout petits riens. Il savait le désir irrésistible, illogique, fragile autant qu'il pouvait être fulgurant. Mais il avait gagné, ce soir, un droit de regard différent sur la vie. Une nouvelle force lui donnait envie de s'aventurer hors de sa solitude. Libéré de sa femme.

Gabrielle retenait le tremblement nerveux de ses doigts crispés sur la cigarette, et aspirait fortement la fumée, les paupières plissées sur le regard dur qu'elle plantait dans le dos de Thierry.

Elle estimait mentalement la hauteur de la fenêtre jusqu'au sol, et situait l'impact d'une chute sur le ciment qui bordait la maison de ce côté-ci. Cinq à six mètres ne suffisaient pas forcément... à moins de tomber sur la tête...

Mais pour l'heure, une autre satisfaction commençait à l'envahir, qui prenait le pas sur la préméditation d'un geste fatal. Un plaisir inavouable amenait un sourire pervers sur ses belles lèvres, accentuant en elle l'excitation qu'elle contenait à merveille, et qui la mettait dans l'état proche du joueur de poker qui tire l'as complétant sa quinte flush, ou de celui du chat qui voit sa proie se jeter sans méfiance entre ses griffes. Un plaisir vicieux, machiavélique, de jouer les trublions dans les pensées de Thierry.

— N'aurait-elle donc aucune qualité, cette pauvre fille ?

Thierry n'était pas très sûr de vouloir poursuivre la conversation, mais n'était-ce pas le moment idéal, pour lui, de mettre au jour ses intentions ?

— Un regard, lâcha-t-il.

— Un regard ! Rien que cela ? se moqua Gabrielle en jouant une surprise forcée.

— Un regard. Ni calculateur ni malveillant. Un vrai regard, précisa Thierry qui venait de se retourner vers elle, l'œil débordant de défi.

— Ah oui ! Bien sûr !

— Ne te monte pas la tête à son sujet, je ne la reverrai sans doute jamais. Elle n'est pour rien dans la décision que je vais prendre.

— Nous y voilà ! Monsieur rencontre un canard boiteux qui lui fait prendre conscience que sa vie est misérable !

— Qu'elle mérite mieux en tout cas !

— Mieux que quoi ? le provoqua-t-elle d'un air candide. Que me reproches-tu ?

Elle s'était levée et s'approchait d'un pas lent vers lui, en soufflant de côté la fumée de sa cigarette, essayant de mesurer sa détermination.

— Je n'ai pas l'intention de mettre à plat nos torts ou nos défauts.

— Ne parlons pas des tiens, ce sont les miens qui m'intéressent, dit-elle avec un étrange sourire en coin.

Thierry ne comprenait pas où elle voulait en venir. Son attitude l'exaspérait. Quelque chose au fond de lui l'alertait sans qu'il sût en mesurer l'importance.

— Je te trouve dure et froide, superficielle, rouée, calculatrice, incapable du moindre sentiment, même à mon égard. Tu ne m'as jamais aimé comme tu le prétendais, seule l'ambition te guidait vers ton but. J'ai l'intention de divorcer.

— Parce que toi tu m'aimais ? répondit-elle, en ignorant délibérément la dernière affirmation.

— Je ne l'ai jamais prétendu et je ne t'ai jamais trompée sur mes sentiments.

— Alors, pourquoi t'aurais-je épousé ?

Thierry éclata d'un rire sec, nerveux, sans joie.

— Epargne-moi ton numéro.

— On aime toujours un homme pour quelque chose, pourquoi pas pour son argent ? dit-elle d'un ton amusé, tout en l'écartant doucement afin de s'approcher de la fenêtre qu'elle ouvrit tranquillement.

Les battants grincèrent légèrement. Aussitôt ils furent enveloppés d'un air pur et froid, porteur de bruits ténus de la nuit qui s'engouffrèrent dans la chambre, allégeant un peu la tension qui y régnait.

Soucieux de raccourcir au mieux un entretien pénible, Thierry ne se rendait pas compte de l'extraordinaire maîtrise de sa femme qui résistait au désir de lui faire payer sur l'heure l'offense et la vexation qu'elle éprouvait, jouissant de cette attente qui ne dépendait que d'elle. Examiner le sol, tout en bas, à la faible clarté lunaire, apportait à Gabrielle un sentiment de puissance inégalable ; elle pouvait décider où..., quand..., comment..., et ressentir une exaltation proche du plaisir.

Non. Décidément, la hauteur ne semblait pas suffisante.

— Pourquoi m'as-tu épousée puisque tu reconnais t'être marié sans amour ? lui demanda-t-elle, toujours penchée sur la nuit, comme si elle se renseignait sur sa couleur préférée.

— Tu avais réussi à me convaincre en parlant de nos futurs enfants, dit Thierry durement. Mais Olivier avait raison.

— Tiens ! Que vient-il faire là-dedans, celui-là ? s'exclama-t-elle en se retournant, surprise.

— Il m'affirmait que tu ne laisserais jamais ton corps subir une grossesse.

D'un geste autoritaire, il lui enjoignit de se taire alors qu'elle s'apprêtait à protester, et poursuivit, toujours froidement :

— Tu prends la pilule depuis notre mariage. Je le sais, ne cherche pas à te justifier par d'autres mensonges. J'ai très vite compris que cet enfant que l'on n'a pas eu n'aurait jamais pu nous rapprocher davantage, mais j'ai commis l'erreur de croire que l'on pouvait vivre à deux, même sans amour. Aujourd'hui, je ne supporte plus de vivre ainsi, comme je ne te supporte plus, et ne désire rien d'autre qu'accélérer notre séparation.

Quand elle fut certaine qu'il en avait terminé, Gabrielle eut un petit sourire désinvolte.

— Tu oublies la formule consacrée : *« Nous n'avons pas réussi notre mariage, nous pouvons au moins réussir un divorce intelligent. »* Je suppose que tu y as réfléchi ?

En réagissant calmement, elle tentait de provoquer un relâchement chez Thierry, qui viendrait décupler l'effet de boomerang qu'elle allait lui assener.

— Je ne tiens pas à traiter cette affaire avec toi. Mon avocat se chargera de tout. Je souhaiterais d'ailleurs que tu prennes rapidement tes dispositions car le domaine se passera désormais de ta présence. Ah ! une dernière remarque ! Je ne suis pas dupe de tes airs faussement compréhensifs.

Il avait repris une posture revêche, mais une lueur de satisfaction brillait au fond de ses prunelles quand il lui indiqua la sortie d'un geste sec.

Sans commentaire, elle quitta l'embrasure sombre de la fenêtre après avoir d'une pichenette jeté à l'extérieur le mégot de sa cigarette, et passa devant lui, raide, sans un mot ni un regard, jusqu'au seuil de la chambre. Au passage, elle saisit le loquet de la porte et ramena celle-ci à elle.

Sur le point de la fermer, elle la rouvrit en grand, pour lui dire doucement, en articulant chaque syllabe et en traînant sur la fin :

— Ah ! J'ai, moi aussi, une dernière remarque à te faire ! Tu aurais dû douter de moi beaucoup plus tôt, mon chou. Tu aurais alors déjà mesuré mon ambition à ton sujet et compris pourquoi je détestais Caroline.

Au point de saboter votre rendez-vous, ce fameux jour à la gare.

Elle referma paisiblement la porte sur le dernier mot, non sans avoir pu apprécier le froncement de sourcils.

Le cœur battant d'avoir lancé l'offensive, elle se précipita dans sa chambre, à l'autre bout du couloir, sur la pointe des pieds pour cacher son empressement. Elle voulait être à son avantage lorsque Thierry surgirait dans sa propre chambre. Car il ne faisait aucun doute que l'insinuation perfide faisait son chemin en semant la confusion dans son esprit. Aucun doute qu'il allait venir exiger des explications.

En avait-elle assez dit ?

Elle savourait déjà la satisfaction de ce qui allait suivre. Nul homme n'était préparé à supporter ce que Thierry allait entendre.

Dieu seul avait, jusqu'ici, droit de regard sur la profondeur de son âme. L'image la séduisit et fit s'étirer les bords de sa bouche et de ses paupières pour offrir à l'arrivant un beau sourire cruel.

Partagé entre le soulagement de la voir enfin disparaître et l'instinctive curiosité de l'entendre réitérer une allégorie dont il redoutait d'interpréter le sens, Thierry était resté figé.

Et puis il fut subitement furieux ! Furieux après elle ! Furieux après lui de se laisser surprendre et manipuler de la sorte ! Qu'était-elle en train d'inventer pour lui nuire ? Elle semblait trop bien accepter le divorce !

Un rire silencieux vint secouer sa poitrine, mais il ne put vaincre la sourde angoisse qui s'y installait, au niveau du plexus solaire, celle dont il avait eu du mal à se défaire autrefois. Il reconnaissait le goût amer de l'incertitude, et par un refus conscient de le subir à nouveau, il redouta le piège, car n'en était-ce pas un ?

Il imagina Gabrielle aux aguets, il la devina attentive à ses pas dans le couloir, à son approche, fière de l'avoir amené jusqu'à sa porte, escomptant sur le pouvoir de son allusion et sur son désir légitime, à lui, de savoir.

La méfiance tempéra sa colère, et il le regretta presque, car il se mit à raisonner, sentant déjà les questions brûlantes se bousculer derrière ses lèvres.

Il résista pour ne pas se fier aux mots, tandis qu'il ne pouvait lutter contre un retour en arrière vertigineux sur sa vie. Il avait tant cherché à comprendre, à l'époque...

Se pourrait-il... ? Une idée prenait forme en lui, qu'il saborda aussitôt d'une volonté rageuse.

Quelle était la part de bluff chez Gabrielle ?

Etait-elle coupable de s'inventer un rôle aussi venimeux, ou bien de l'avoir véritablement joué ?

Pourquoi cette peur soudaine, qui rendait son souffle court ?

Il luttait toujours... pour ne pas comprendre, ne pas admettre...

Les mots, habilement jetés, se glissaient insidieusement sous son crâne, apportant un embryon de réponse à toutes les questions qui l'avaient trop longtemps hanté en Amérique. Il ressentit alors ce sentiment désagréable qui l'avait maintes fois tourmenté : celui de l'étudiant en retard à son cours et qui avait manqué l'explication cruciale : la petite phrase clé qui devait déclencher la compréhension de l'exposé.

« Saboter votre rendez-vous », « saboter ». Les mots prenaient une signification particulière, enflaient au rythme de ses pulsations.

S'il était passé à côté d'une vérité, déjà insoutenable à moitié dévoilée, ce serait par trop horrible !

Et soudain, il ne put contenir plus longtemps cet effroi qu'il empêchait en vain depuis deux minutes de lui tomber sur le cœur.

Il jeta par-dessus bord tout ce qui l'encombrait, convenances, éducation, pour s'élancer hors de sa chambre et s'engouffrer comme un ouragan dans celle de sa femme.

Un délicieux frisson de crainte, mêlé à l'excitation, courut dans le dos de Gabrielle assise à sa coiffeuse, qui saisit dans le miroir la détermination de son mari.

— Qu'as-tu voulu dire exactement ? jeta-t-il en s'immobilisant sur le seuil, menaçant.

— A quel sujet ? répondit-elle en soutenant son regard dans le miroir, forçant sur une innocence d'ange.

— Arrête de me prendre pour un con !

— « Un » ne suffit pas à te qualifier, mon chéri. Je multiplierais largement par dix la puissance de ta... connerie.

Rejetée d'un coup de pied brutal, la porte claqua sèchement, les emprisonnant tous deux dans un affrontement à huis clos.

Le seul témoin de la querelle fut le chiot blond, successeur de Melchior, mort de vieillesse quelques mois auparavant. L'animal, un retriever fauve à poil ras, ne quittait pas Thierry d'une semelle, jappait après tout ce qui bougeait, comblait par sa présence vive les retours de son maître, que le couple Picard se désespérait de voir aussi désabusé.

Pour l'instant, il se retenait de gémir au bas de l'escalier, les deux pattes avant dressées sur la première marche qui constituait le premier obstacle d'une quantité d'autres. Le museau pointé en avant, il écoutait venir à lui les bruits dont il n'identifiait rien de sécurisant, et ne comprenait toujours pas pourquoi son maître l'avait ignoré en rentrant. Les éléments d'une conversation houleuse filtraient à travers le battant d'une porte. Les mots qui transperçaient le plus facilement l'armure du panneau de chêne étaient ceux de Thierry, qu'il reconnaissait avec peine, déformés par le courroux. Puis ceux de Gabrielle s'élevèrent aussi. Une plainte étouffée traversa la porte, aussitôt suivie d'un rire clair, démoniaque, lui-même surpassé d'un éclat de voix terrible, vibrant de colère, et puis de pas précipités, lourds, qui se terminèrent par un bruit mat, et un autre, suivi d'un cri féminin. D'autres coups résonnèrent, des bruits de lutte, surmontés soudain par une explosion de verre brisé. Un coup plus mat, accompagné d'un rugissement d'homme, s'associa à un autre cri aigu et au bruit caractéristique d'une chaise traînée sur le plancher. Un silence enfin, pendant lequel le chiot se surprit à remuer la queue. Mais le répit fut bref. Une autre plainte de Thierry, plutôt une question plaintive. Et un autre éclat de rire, incontrôlé, de Gabrielle, qu'un claquement sec stoppa net.

Et puis la porte s'ouvrit brutalement. Thierry apparut sur le palier.

Le chiot l'examinait à travers la balustrade de marbre ouvragé.

Il ne ressemblait plus au baron d'Ersen, à l'allure toujours imperturbable, distinguée et soignée. Le col de sa chemise pendait tristement, à moitié arraché. Ses cheveux malmenés se dressaient au-dessus de son visage exsangue, et les plis de sa bouche n'avaient jamais atteint ce degré de détresse. Ses yeux étaient emplis de larmes et il pensait qu'il n'en aurait jamais assez pour pleurer sur sa vie détruite.

En franchissant dans ce sens le seuil de la chambre, il savait parfaitement qu'il ne serait plus jamais le même. Il savait aussi qu'il lui fallait s'en éloigner rapidement, pour ne pas devenir un assassin. Une envie de vomir le prenait, de retenir son dégoût et sa fureur. Il parla pourtant, sans se retourner, se forçant pour articuler d'une voix basse et sans timbre :

— Hors de ma vue ! Disparais ! Disparais avant que je ne te tue de mes propres mains !

19

Hébété, Thierry revint dans sa chambre et s'effondra dans un fauteuil près de la fenêtre restée ouverte. Ses jambes lui refusaient tout soutien. Ses yeux hagards, rétrécis dans son visage blême, ne se fixaient sur rien. Rien n'accrochait sa volonté, hormis l'idée folle que son cœur n'allait pas supporter l'épreuve infligée.

Vingt minutes passèrent ainsi, durant lesquelles il s'enfonça dans l'horreur, dans un abattement tel qu'il craignit pour sa raison.

Le plus dur était d'admettre cette certitude que jamais il ne pourrait rattraper un bonheur qu'il avait aidé à détruire par sa stupidité, sa jalousie, son manque de foi.

La douleur de Caroline qu'il découvrait, et qu'il comprenait à présent trop bien, si bien, venait s'ajouter à la sienne.

Les larmes s'échappèrent de ses yeux, des sanglots lui obstruèrent la gorge.

Son premier geste normal fut de s'arracher du fauteuil, de saisir la magnifique statuette en biscuit posée sur la commode, et de l'envoyer de toutes ses forces se fracasser contre un mur. Si cela ne calma pas l'insupportable douleur, le bruit eut le mérite de le sortir d'un état second.

La rage, mêlée au désespoir, le brûlait de l'intérieur aussi sûrement qu'un fleuve de lave en fusion. Une haine implacable, en véritable raz de marée, rejoignit en la décuplant cette envie qu'il retenait de revenir en arrière pour piétiner Gabrielle.

Il vint à la fenêtre et aspira profondément l'air noir du dehors empreint des odeurs familières.

Peu à peu, un calme relatif endigua sa fureur. Il resta longtemps ainsi, immobile et frissonnant de froid, jusqu'à être certain de mieux contrôler ses émotions.

Alors, il put refermer la croisée et sortir de sa chambre.

En voyant son maître descendre les marches, le chiot jappa d'allégresse, remua la queue si fort qu'il en fut déséquilibré et qu'il dégringola de la marche. Seule son ouïe fine enregistra un léger craquement au-dessus, en provenance de la chambre de Gabrielle. Mais son attention resta accaparée par celui qu'il attendait. Il suivit Thierry en frétillant et sautillant jusque dans son bureau et attendit que ce dernier s'occupât enfin de lui.

Mais pour l'heure, Thierry, les mâchoires contractées, s'installait lourdement à son bureau, pour entamer la rédaction d'un courrier. *« Je, soussigné, Thierry d'Ersen, sain de corps et d'esprit... »*

... Tandis qu'à cinq kilomètres de là très exactement, au troisième étage du numéro 5 de la rue Pasteur, à Echirolles, Cécile s'éveillait enfin du long cauchemar dans lequel elle se débattait.

En sueur, elle regarda le corps endormi auprès d'elle, et tenta de surmonter une terrible anxiété.

Un regard au réveil la renseigna : 2 heures du matin.

Son cœur battait trop vite. Elle respirait difficilement. Elle attribua ses symptômes au cauchemar dans lequel elle venait de lutter, incapable de se souvenir des traits de son agresseur.

Elle repoussa les draps et quitta le lit sans éveiller Anthony, croyant aux vertus d'un verre d'eau glacée.

L'effet du carrelage froid de la salle de bains sous ses pieds nus sembla déjà lui faire du bien. Mais la crispation persistait au creux de ses seins jusqu'à se diffuser, douloureuse, dans son dos.

Elle avala d'un trait le contenu du verre et s'examina dans la glace au-dessus du lavabo, désolée de voir s'accentuer de jour en jour les cernes bleus autour de ses yeux.

Elle ne comprenait pas cette fatigue et ce mal-être qui s'accrochaient à elle, ce spleen qui lui envahissait le corps, ces idées noires qui emplissaient sa tête. Elle les avait pourtant décortiquées, ces idées, elle les avait triturées dans tous les sens, cherchant une cause à leur existence, mais elle n'avait pu les analyser, les comprendre ; elles étaient trop floues.

Plusieurs fois elle avait envisagé de s'en ouvrir à Frank, son parrain. Parce que l'une d'entre elles, plus sournoise que les autres, était restée accrochée à son cerveau, et avait semé un doute sur la force de sa santé. Son père était solide comme un roc, mais sa mère avait été bien fragile. La meilleure preuve... Et cette grand-mère, qu'elle n'avait pas connue mais dont on avait dit qu'elle était décédée très jeune ? Depuis quelque temps, elle se surveillait, craignant la moindre apparition de maux de tête.

Une méningite foudroyante, qu'était-ce exactement ?

Tantôt la raison lui faisait admettre que cette peur était somme toute naturelle. Tantôt elle sentait comme un malheur fondre sur elle.

Ses genoux plièrent et elle s'affaissa, les mains agrippées au rebord de la cuvette blanche, son front brûlant contre le froid de l'émail.

... Au même instant, au château d'Ersen, Thierry achevait sa lettre d'une signature énergique.

Il se leva, convaincu de n'avoir pas agi sur un coup de tête stupide et irraisonné.

Il fit les cent pas, de long en large.

Cette lettre n'avait été écrite ni par dépit ni par vengeance. Mais par amour. Un amour insensé, qu'aucun vocabulaire ne pourrait jamais décrire.

C'était tout ce qu'il avait trouvé pour satisfaire au mieux ce besoin, lui aussi intraduisible, d'agir à tout prix. Sur-le-champ !

Pour rattraper le temps perdu ! Une infinitésimale partie de ce temps perdu !

Comme pour se justifier, immédiatement, d'une trahison qui venait brusquement de changer de camp !

Il n'avait besoin d'aucune preuve pour entériner les propos de Gabrielle. Tout son être acceptait leur vérité crue, aussi naturellement qu'un poulain aveugle reconnaissait sa mère au milieu de cent pouliches agglutinées.

Il se rassit pesamment et emprisonna son visage dans ses mains.

Et puis ses doigts se précipitèrent sur le clavier du téléphone posé sur le bureau, pour composer le 12.

A ce moment, le chiot qui s'était lové sur le tapis perçut un frôlement dans le hall, derrière la porte, un imperceptible grincement et un fin courant d'air frais qui filtra sous le seuil. Il retint un aboiement, désireux de ne pas alerter Thierry, de le conserver pour lui seul, même dans cet état d'indifférence. Ses poils ras frissonnèrent. Il se leva malgré tout et vint renifler sous la porte, tandis que Thierry donnait un nom à l'opératrice des renseignements. Il revint s'installer sur le tapis et allongea son museau sur ses pattes avant en soupirant, alors que Thierry frappait fébrilement les touches blanches.

La sonnerie retentit longuement dans un quartier de Grenoble.

Enfin, une voix d'homme répondit, ensommeillée, un peu agacée.

— Allô !... Allô !... Allô !... Enfin, qui est à l'appareil ?

Brutalement, Thierry raccrocha.

A nouveau envahi de sentiments contradictoires et destructeurs, il lutta pour conserver cette lucidité dont il avait besoin. Il savait que, dès qu'il se laisserait aller, il aurait du mal à surmonter le choc.

Il réagit donc, en composant d'autres numéros sur les touches.

Le téléphone de l'abonné suivant devait se trouver sur sa table de nuit car une voix, tout aussi ensommeillée que la précédente, lui répondit rapidement, en chuchotant :

— Allô !

— Thierry d'Ersen à l'appareil. Maître, excusez cette précipitation et mon manque de civilité, mais je souhaiterais que nous nous rencontrions sur-le-champ !

— Sur-le-champ ? Mais... Est-ce aussi grave que cela ? Ne pourrait-on attendre demain ? Il est...

— Oui, je sais, maître ! Mais je ne peux patienter une seconde de plus ! Je vous en prie !

— Je suppose que vous êtes au château ?

— Je suis prêt à me déplacer.

— Je préfère... Oui, je préfère venir. Donnez-moi le temps de faire le trajet.

— Très bien. La grille sera ouverte.

Maître Rollin resta de longues secondes dubitatif avant de se décider à allumer son chevet et à quitter la chaleur douillette de son lit. Il emporta ses vêtements dans la salle de bains où il s'habilla rapidement et revint ensuite déposer un billet sur l'oreiller, au cas où sa femme s'éveillerait avant son retour.

Il n'aimait pas les appels téléphoniques nocturnes.

C'était aussi ce que se disait Jean Rivière qui faisait les cent pas dans son appartement de la rue Marceau, maintenant qu'un abruti l'avait réveillé ! Ses nuits étaient bien trop difficiles actuellement pour qu'il n'appréciât pas le peu de temps où il réussissait à sombrer dans le néant !

Enervé, il resserra la ceinture de sa robe de chambre et se laissa tomber dans un fauteuil. Il alluma la télévision d'un geste machinal. Il l'éteignit aussitôt en regardant sa montre : 2 h 5. Bon Dieu ! Il en avait assez de réfléchir. Réfléchir sans arrêt. Il se sentait aussi mal que sa fille, pour d'autres raisons bien évidemment, mais en plus Frank Simon le perturbait avec ses histoires de répétition ! Alors que...

Mais quand donc aurait-il le courage de se libérer de son fardeau ? Dire à Frank qu'il se trompait du tout au tout ? Et qu'avec ce qu'il savait, lui, des circonstances du suicide, il ne pouvait adhérer aux conclusions médicales de son ami sur la mort de Caroline.

Caroline avait supporté de lourdes épreuves depuis sa plus tendre enfance. De quoi ébranler n'importe quel individu.

Elle avait été poussée au suicide ! Ce qui était bien différent de la théorie simpliste de ces as de l'encéphale !

Il pensa très fort à Cécile, pria pour qu'elle supporte la vérité sans lui tourner le dos. Il ne songeait qu'à cela, s'y préparait, sans être sûr que la démarche soit essentielle au bien-être de sa fille.

Cécile était tout pour lui, plus que sa vie.

Mais s'il avait eu le don d'ubiquité, il aurait senti son désespoir, à la fois si proche du sien et si intérieur. Il l'aurait visualisée, petite forme recroquevillée dans un coin de la salle de bains, fragile fillette pelotonnée dans sa chemise de coton fleuri. En pleurs.

Aujourd'hui, plus qu'hier, Cécile ressentait la nostalgie d'une existence rompue. En approchant de l'âge de sa mère lors de sa disparition, elle s'en voulait de l'avoir installée dans un tiroir à souvenirs, qu'elle avait verrouillé. Et ces souvenirs lui manquaient, surtout maintenant où elle ne comprenait pas vraiment ce qui se passait en elle, sauf peut-être cette appréhension d'aborder l'anniversaire fatidique. Mais il était trop tard pour aller repêcher dans le passé ces choses qui troubleraient son père. Et sa pudeur naturelle la retenait de questionner Frank.

Ce fut ainsi que la trouva Anthony, qui avait très vite ressenti l'absence de sa femme à ses côtés.

Les pleurs de Cécile étaient silencieux, aux larmes difficiles. Seules les épaules tressautaient sous les sanglots nerveux.

Il écarta les mèches collées sur le front humide et reçut de face un regard douloureux qui s'accrocha au sien. Il s'assit tout contre elle, la prit dans ses bras et la berça doucement, tout en murmurant ses questions, longtemps. Jusqu'à ce qu'il la soulève dans ses bras et la ramène dans leur chambre.

Là, elle commença à lui avouer un tourment inexpliqué, qui s'implantait tout doucement en elle. Mais soudain, elle quitta son regard et lui parut distante, elle abaissa les paupières, semblant l'exclure de son tourment.

Anthony avait eu du mal à affronter le regard scrutateur de sa femme, trop gêné de lui mentir, trop soucieux qu'elle pût lire qu'il lui cachait quelque chose.

Il se releva tout doucement et alla éteindre la salle de bains dans le couloir.

Tout à son désarroi, il omit de jeter un coup d'œil dans la chambre de Manon.

S'il l'avait fait, il aurait surpris la fillette assise en tailleur sur son lit, les yeux exorbités dans le noir, rigide dans sa position méditative, les doigts dans la bouche à se mordre les ongles.

Manon subissait la même crise d'angoisse que sa mère et luttait contre les mêmes affres. Sans comprendre.

20

Hubert Frénet non plus ne dormait pas. Allongé sur son lit au couvre-lit douteux, les épaules noueuses mises en valeur par le port d'un tricot de corps à fines bretelles, il feuilletait *Playboy* et tentait de lutter contre le sommeil.

Il jeta un énième coup d'œil à sa montre : 2 h 8. Gabrielle avait du retard. Elle le rejoignait tous les samedis soir et le quittait vers 6 heures du matin l'hiver, 5 heures l'été, avant que les Picard ne se lèvent.

Alfred Picard était un matinal. Sa première satisfaction quotidienne était de faire un tour dans le parc et de respirer à pleins poumons l'air vivifiant, puis de revenir en longeant l'orée du bois, l'œil attentif au château, à ses murs, ses tuiles, ses volets.

Ses fonctions de palefrenier n'occupaient pas Hubert à temps plein, mais il avait trouvé plus commode de rester loger au château. On lui avait aménagé un petit appartement sans prétention sur l'arrière de la demeure, qui donnait sur l'étang à l'opposé de l'entrée principale, au-delà de la partie abandonnée du château, celle dont la rénovation était restée à l'état de projet. Il y accédait en passant par-derrière la maison des gardiens, en suivant un sentier ombragé invisible de la cour.

Son logement se composait d'une cuisine exiguë meublée d'une table, de deux chaises, d'une cuisinière qui ne servait jamais car il mangeait en ville ou d'en-cas, d'un réfrigérateur où s'entassaient des boîtes et des canettes de bière, d'un placard avec sa batterie de cuisine inutilisée. La chambre se contentait d'un lit et d'une armoire. Restait une autre pièce aux volets constamment clos, qui aurait dû faire office de salon, et qu'il avait emplie peu à peu d'objets hétéroclites.

Une désagréable odeur de bière, de renfermé et de poussière, de débris de pizza et de trognons de pomme, flottait en ces lieux. Jamais personne ne pénétrait dans son antre. Les Picard s'étaient refusés à sympathiser avec *« ce mécréant de Frénet »* qui leur rendait bien la pareille. Seule Gabrielle possédait un jeu de clés.

Enfin la porte s'ouvrit. Il abaissa la revue d'un geste impatient, mais il se retint de protester ; Gabrielle arborait un air inhabituel.

— Ça y est ! Monsieur divorce ! annonça-t-elle tout de go, d'un air hautain en se plantant devant lui, les mains calées sur ses hanches. Il me chasse de sa demeure !

— Eh bien, mais... commença Hubert, se retenant de jubiler. C'est la solution qui...

— Qui quoi, pauvre abruti ? ricana-t-elle. S'il divorce, je n'ai rien ! Rien ! Cela ne doit pas se produire ! affirma-t-elle, les yeux luisants.

— Qu'est-ce qui s'est passé ?

— Il m'a annoncé sa volonté de divorcer...

— Alors ?

— J'ai abattu quelques cartes.

— C'est-à-dire ? insista Hubert qui connaissait trop bien le ton de ses phrases suspendues.

— Je lui ai dit quelques vérités, fit-elle en souriant drôlement. La première l'a abasourdi, la seconde l'a achevé.

— Non ! s'alarma Hubert. Tu lui as dit pour ses parents ? Et pour son pote ?

Elle éclata d'un rire fort, qui mit Hubert étrangement mal à son aise.

— Tu es fou ? Si je lui avais aussi raconté ça, il m'aurait tuée pour de bon. Regarde.

Elle leva la tête au plafond, lui présentant son cou marbré de rouge.

Hubert quitta enfin le dossier confortable de ses oreillers et mit ses jambes à terre.

— Qu'est-ce que tu lui as dit ? s'enquit-il en se grattant la nuque.

— La vérité sur son mariage raté avec sa chère Caroline.

— J'imagine assez la tête qu'il a dû faire. Et quoi d'autre encore ?

Gabrielle ôta son boléro et ses escarpins sans répondre, feignant d'être accaparée par son déshabillage. Elle ne lui en dirait pas plus, elle lui en avait toujours dit le moins possible. Elle se méfiait de lui. Certes elle le tenait mais si elle perdait cette influence, jusqu'où serait-il capable d'aller pour la faire chanter ? Elle le savait malfrat de petite envergure, en dehors de leur relation, prêt à exploiter des occasions pour organiser ses petites affaires louches. Elle avait toujours fait en sorte de l'impliquer lorsqu'elle sollicitait son aide.

— S'il divorce, je n'ai rien, mais... s'il disparaît, je deviens une veuve respectable et riche.

Elle connaissait le pouvoir de son ascendant sur lui, mais aussi celui de l'argent.

— Il a des héritiers ?

Elle l'examina avec méfiance. Que voulait-il lui faire dire ?

Elle était mieux renseignée qu'aucun autre sur les tenants et aboutissants des lois en matière de divorce et d'héritage.

— Quels que soient l'importance et le nombre de ses héritiers, j'aurai l'usufruit du quart de sa fortune. En fait il s'agit, par rapport à mon âge, des quatre dixièmes du quart de sa fortune.

Hubert la dévisagea comme s'il pensait : « *Autant dire, rien !* »

— Mais je t'assure qu'au regard de sa fortune, ce n'est pas rien, le rassura-t-elle. Défais-moi, veux-tu ? fit-elle en se tournant.

Il abaissa la longue fermeture Eclair dont le bruit crissa agréablement à ses oreilles. Elle ôta sa robe d'un geste sensuel, et le laissa décrocher ses bas de son porte-jarretelles favori. Il raffolait de la dentelle noire. Elle reconnaissait déjà l'exaltation des doigts sur sa chair.

Pourtant, Hubert ne perdait pas le fil de leur conversation.

— Tu as déjà réfléchi au moyen ?

Sans lui répondre, elle lui offrit un sourire lumineux. L'excitation la gagnait à nouveau de voir se profiler à l'horizon un geste fatal.

La lâcheté d'Hubert le poussait à contrôler si elle allait se servir de lui. Jusqu'à maintenant, elle s'en était bien tirée, mais la chance était versatile. Il ne connaissait des actes de Gabrielle que ce qu'elle avait bien voulu lui dire, et d'un côté, cela l'arrangeait. Elle l'inquiétait plus qu'elle ne l'imaginait. Elle avait trop changé. L'éclat de ses yeux, son rire trop facile et perché, ce soir, ravivaient en lui un vieux malaise maintes fois refoulé. Il les mit sur le compte de la scène violente qu'elle venait de subir et préféra ne pas savoir tout ce qui s'était échangé entre les époux.

Elle remit ses chaussures et le prit par la main. En slip et soutien-gorge, elle l'amena jusqu'à la pièce encombrée.

Un amoncellement incroyable de caisses, de cartons, de pots, de boîtes... Un trésor de bric et de broc, de mille choses qui pouvaient servir à tout et à rien. Elle passa tout en revue et s'attarda plus spécialement sur la troisième étagère, qui comportait une collection de récipients divers. Elle lut une étiquette à voix haute, amusée.

— Mort aux rats ? Qu'est-ce que tu fabriques avec un truc pareil ? Ça doit faire un drôle d'effet de sentir ses boyaux se recroqueviller, non ?

— Tu ne penses quand même pas... ?

— Mais non, au pire, ce serait pour son clebs. Un petit con, ce chien, il m'ignore complètement. Ah ! Le Beretta ! Je croyais que tu t'en étais débarrassé ? Tu n'es guère prudent.

Hubert pensait que l'inspection de la pièce aurait pu attendre. Il louchait sur les longues jambes de la belle, juchée sur ses talons qui lui cambraient la croupe. L'idée déplaisante qu'elle l'associait au meurtre de Vincent Blase, alors qu'il n'avait fait que lui fournir l'arme, ne s'éternisa pas dans sa cervelle échauffée.

— Ah ! Voilà mes petits amis, dit-elle en s'arrêtant devant un aquarium fermé aux vitres crasseuses. Les vedettes innocentes du crime parfait. Je ne savais pas que tu en avais racheté deux. Toujours dans le cadre de les faire se reproduire ? lui demanda-t-elle en se retournant vers lui, les yeux brillants.

Hubert hocha la tête.

— Tu comptes récidiver ? demanda-t-il.

— Pourquoi pas ?

— Et si ça ne marche pas, cette fois ?

— Et pourquoi cela ne marcherait-il pas ? Ça a toujours marché.

— Tes beaux-parents étaient âgés, et l'aristo roulait de nuit, très vite.

— Eh bien, on a eu de la chance. On va tenter le coup une troisième fois, ajouta-t-elle tendrement en se coulant contre lui.

En relevant une jambe, elle l'enlaça d'une cuisse ferme.

— Tu me fais rire en parlant de chance, ne put s'empêcher de murmurer Hubert en la saisissant sous les aisselles pour la soulever.

L'autre jambe vint aussi lui encercler la taille. Il sentait la chaleur des cuisses à travers son fin vêtement, et le désir fut là, brutal.

Ainsi soudés, ils revinrent à la chambre et s'affalèrent sur le lit, vibrant déjà au rythme de leur rendez-vous hebdomadaire. Hubert humait le parfum oriental avec délices, le visage enfoui dans le creux de l'épaule féminine, les mains pétrissant la chair élastique des fesses musclées. Leur histoire était une histoire de peau, d'odeurs, de sens.

— Il faut que ce soit radical, lui dit-elle en lui ôtant son fin tricot. Je t'emprunterai tes deux locataires, ce sera plus sûr, lui murmura-t-elle à l'oreille tout en faisant glisser ses mains expertes le long de son dos, griffant d'un ongle léger les endroits sensibles.

— Moui... souffla-t-il, la tête bien loin de ses reptiles. C'est pour quand ?

— Nous avons le temps. Un divorce ne se prononce pas en vingt-quatre heures. Nous avons le temps, oh oui, nous avons le temps !

L'inflexion de la voix alerta Hubert qui releva la tête pour la regarder.

— Pourquoi le temps ? Je veux vivre au grand jour avec toi, moi !

Gabrielle ferma les paupières pour cacher à ce crétin, *« ce plouc »*, qu'il était hors de question de la voir se promener à son bras. Pour qui se prenait-il pour briguer une place d'honneur ? Il avait déjà celle de son lit !

— Oui, dit-elle d'une voix alanguie, oui... mais...

— Mais quoi ? la poussa-t-il, immobile et tendu. Je ne suis pas assez bien pour toi ? C'est ça ? s'énerva-t-il avant qu'elle ait pu le rassurer d'un faux sourire.

— Quel idiot tu fais, répondit-elle en dardant sur lui un regard froid. Nous avons tenu le coup jusqu'à aujourd'hui, je n'ai pas d'autre amant que toi, nous nous voyons chaque semaine, tout cela ne veut rien dire pour toi ?

Commencée d'un ton doux, la phrase se termina par une question à l'intonation sévère. D'ailleurs, elle se releva et fit mine de récupérer sa robe.

— Tu es trop stupide, à la fin ! Je ne vois pas pourquoi je perdrais mon temps avec un ingrat.

Le changement radical surprit Hubert qui l'avait crue à sa disposition. Décidément, il ne se ferait jamais à ses sautes d'humeur.

— Excuse-moi, plaida-t-il comme un gosse soudain privé de dessert. Mais, nom de Dieu ! Ça fait des années que je vis dans l'ombre. Dans ton ombre !

« Et je t'y trouve très bien ! » pensa Gabrielle en esquissant un sourire satisfait.

— Mais bien sûr, si tu considères que le moment n'est pas encore venu... alors... continua-t-il.

Il la dévorait des yeux.

Elle se tenait devant lui, presque nue, provocatrice et belle à damner son âme.

Son asservissement pour elle tenait du prodige, avec une quasi-impossibilité de se débarrasser de son emprise. Il la désirait encore plus quand elle le dominait de la sorte.

— Si ce n'est pas cette semaine, ce sera la prochaine.

— Mais il t'a chassée !

— Oui, enfin... il peut tout de même me laisser le temps de me retourner ! Je vais juste lui laisser croire à ma docilité, en préparant quelques valises.

— Mais alors ? Pourquoi attendre ?

— Je veux le voir céder devant moi, je veux le voir perdre cette morgue ! Ce dédain ! Je veux le voir rétrécir, prendre toute la mesure de son malheur ! Oui, mon vieux ! J'ai d'autres cartes dans mon jeu, qui vont lui faire perdre sa superbe !

Ses yeux irradiaient, animés d'une joie mauvaise, éclairés d'une folie intérieure.

21

Enfin, Gabrielle entendit quelques bruits dans la chambre d'à côté. Elle regarda à ses pieds la valise qui attendait la poigne d'un porteur au sommet de l'escalier.

Le chiot blond était couché au bas des marches, gardien vigilant de la maison silencieuse, qui attendait Thierry pour manifester sa première joie de la journée.

Gabrielle se préparait pour un nouvel acte dont elle venait de préméditer les quelques scènes. Depuis déjà deux bonnes heures, elle savourait la joie d'assener d'autres coups à Thierry. Elle redressa le buste, comédienne-née, et souleva le menton ; tout d'abord, lui faire croire qu'elle acceptait de quitter les lieux.

Quand Thierry sortit de sa chambre et vint dans sa direction, elle s'amusa de voir ses traits se crisper à sa vue. Il avait enfilé sa robe de chambre et des babouches marocaines, et semblait avoir passé une nuit blanche.

Elle bloqua son avancée jusqu'à l'escalier.

Le chiot s'était levé mais s'était aussitôt immobilisé, frémissant, n'osant donner de la voix, sensible à l'atmosphère électrique de l'air ambiant.

Thierry aussi s'était arrêté net, le visage pâle aux orbites enfoncées, les poings douloureusement crispés au fond de ses poches.

— Nous devons discuter, affirma-t-elle.

— Je croyais t'avoir dit de disparaître ! dit-il d'une voix sourde.

L'éclat de ses yeux aurait pu la transpercer.

— Sois sans crainte, je m'occupe de ma disparition, j'ai cette valise à descendre, pourrais-tu...

Sans répondre, il la déséquilibra pour la dépasser. Elle fit front tout en reculant de deux pas jusqu'à la première marche.

— Tu as passé une bonne nuit ?

L'effort qu'il fit sur lui-même pour retenir ses poings dans leur abri mit Thierry dans un état tel qu'il eut comme un vertige. Il lui fallait vaincre cette difficulté d'agir et de parler normalement.

— Tu ne sais pas tout, le provoqua-t-elle encore, un sourire léger sur les lèvres.

Elle ne s'était pas attendue à le voir ainsi, presque fanfaron. La rage commençait à l'envahir.

Il respira profondément, se redressant pour atteindre une taille maximum, et la toisa. Il prit un ton qu'elle aurait souhaité tremblotant, mais qui ressemblait au sien. La fureur de Gabrielle décupla de l'entendre analyser une situation qu'elle avait cru rendre infernale.

— Ce que je sais me suffit amplement pour donner un nouveau sens à ma vie, répondit-il d'une voix teintée d'ironie. Je tiens d'ailleurs à te remercier de tes aveux... tardifs. Tu me demandes si j'ai passé une bonne nuit ? Plus que tu ne peux le supposer ; tu as recollé les morceaux d'un vieux rêve brisé, tu m'as ouvert les yeux, mis devant mes responsabilités. Grâce à toi, je vais pouvoir tenter de rattraper le temps que tu m'as fait perdre. Tu n'as finalement pas entièrement maîtrisé les événements, ma chère.

— Ah oui ? l'interrompit-elle, se demandant, à ce stade, s'il ne la bernait pas avec des airs qui ne lui ressemblaient pas. Mais alors, il faut que je t'éclaire sur d'autres points, mon chou.

— N'en rajoute plus, la menaça-t-il, les dents serrées. Disparais !

Elle avait saisi la brutale crainte dans le regard noir et s'en réjouit.

— Ah ! très cher, dit-elle, amusée, j'ai encore de grands services à te rendre. Par exemple, t'apprendre que...

Un coup de pied brutal interrompit la phrase, qui balança la valise dans l'escalier. Thierry n'aurait pas supporté d'en apprendre davantage. *« Pas aujourd'hui. Plus tard, peut-être, mais pas aujourd'hui ! »* La chute de l'objet emplit l'air de divers sons mats jusqu'à ce qu'il explosât en bas des marches d'où le chiot eut à peine le temps de s'écarter, répandant son contenu de lainages, de dentelles et de soieries tout autour de lui.

— Espèce de salaud ! cracha-t-elle en se jetant sur lui, toutes griffes dehors.

— Ma chère, dit-il, cinglant, en l'immobilisant vivement, je te prierai de bien vouloir prendre le même chemin que ta valise, récupérer tes fringues et foutre le camp de chez moi ! Du balai !

Il sous-estima la haine qui filtrait dans les yeux, le ton vibrant, les doigts nerveux qui s'enfonçaient dans sa chair.

Il la repoussa comme s'il se fût agi d'un vulgaire meuble, et s'aventura dans l'escalier, non sans résister au plaisir de lui lancer :

— Pour ta gouverne, sache que tout sera fait en sorte que je ne rougisse de rien ! A ton détriment, bien sûr, mais... il est temps d'arrêter la comédie ! dit-il en enfonçant ses deux mains dans les poches de sa robe de chambre et en se mettant à siffloter du Vivaldi.

Cette satisfaction..., cet air, ce ton, cette suffisance... !

Elle ne l'avait jamais entendu s'adresser de la sorte à quiconque.

La furie se déchaîna.

Un seul geste suffit.

D'une bourrade fulgurante elle déséquilibra Thierry qui plongea en hurlant dans la pente aux arêtes de pierre, la tête la première.

Après avoir, d'une poigne redoutable, emprisonné le chien affolé et gémissant dans le bureau, Gabrielle examina le corps inanimé étalé sur le carrelage. Un vague regret l'animait plutôt qu'une satisfaction, de s'être laissé dépasser par les événements, et surtout par la colère.

La tête lui tournait un peu, mais elle aurait été incapable de dire si cela provenait de la peur ou de l'excitation. Une espèce de sueur poisseuse luisait sur les ailes de son nez, et son cœur battait un ton au-dessus de la normale, entravant quelque peu ses facultés d'analyse.

Une insatisfaction encombrait son esprit.

Nerveuse, elle tâta le pouls, ne le sentit pas et se releva, un peu surprise de ne rien éprouver devant le corps sans vie de son mari.

Elle se mit à récupérer ses objets épars qui encombraient les marches et le sol, les jeta dans la valise que la chute n'avait, curieusement, pas trop endommagée. Elle remonta le tout dans sa chambre et réinstalla précipitamment chaque chose à sa place dans l'armoire, puis pensa aux débris de verre. Elle partit en courant à la recherche d'une pelle et d'un balai, et les restes du vase de cristal qu'elle avait renversé lorsque Thierry lui avait enserré le cou atterrirent rapidement dans un sac poubelle. Ensuite elle passa à l'inspection de l'autre chambre, où son œil acéré enregistra les dégâts provoqués par la colère. Le biscuit avait disparu du décor, après avoir, en se brisant, entaillé la tenture fixée sur l'un des murs. Elle s'attela à l'ultime tâche et ratissa jusqu'au dernier éclat.

Elle pouvait enfin quitter les lieux, pour y revenir en veuve éplorée.

Elle ne supportait plus les jappements effrénés du chiot derrière la porte du bureau. Depuis son enfermement, le chien n'avait cessé de répondre au long cri de terreur qui s'était répercuté de mur en mur.

Elle alla lui ouvrir la porte. Il sortit de la pièce comme un boulet et fonça sur le corps étendu au bas des marches. En gémissant, il se mit à renifler, à tournoyer autour de Thierry, à lui lécher son visage aux yeux clos, tandis que Gabrielle s'était immobilisée sur le seuil du bureau, l'œil fixé sur un chapeau noir posé dans le creux d'un fauteuil.

Elle s'avança, s'empara de l'objet, l'apporta jusqu'à ses narines pour le flairer, pour en analyser le parfum, tout en cherchant dans sa mémoire à visualiser un propriétaire potentiel. Depuis quand ce chapeau était-il là ? Hier, elle avait, d'ici, donné un coup de fil à ses parents. Elle aurait remarqué cet attribut dans le fauteuil qui lui faisait face. Elle le reposa près du téléphone, remettant à plus tard le soin d'élucider ce mystère.

Elle revint dans le hall, à l'instant où tintait la sonnerie caractéristique reliée au portail. Le cœur soudain emballé, elle resta quelques secondes à douter : *« 8 heures ! Il était bien tôt pour une visite ! Les gardiens allaient-ils éconduire l'importun ? »* Dans le doute, elle se rua vers le corps, le prit par les jambes et le tira de toutes ses forces, en ahanant, le souffle court, jusqu'à ce qu'il soit à l'abri des regards, dans le vide étroit qu'offraient le mur et un côté de l'escalier.

Une première chance, sa force naturelle, une deuxième chance, le corps ne saignait pas.

Elle empoigna vivement le chiot qui avait tenté de s'opposer à son travail macabre et qui, maintenant, se débattait et grognait furieusement. Elle le jeta dans la cuisine dont elle referma la porte, au moment où un véhicule s'arrêtait devant le perron.

Une portière claqua. Des pas s'avancèrent rapidement jusqu'au perron, franchirent les marches, et des coups précipités résonnèrent contre les carreaux opaques du haut de la porte.

Elle jeta un dernier coup d'œil circulaire, en inspirant avidement par la bouche l'air qui lui manquait, tapota ses mèches pour les remettre en place, essuya les coins de son nez qu'elle sentait humides, et vint ouvrir, gracieuse et joliment étonnée de se trouver en face du notaire de la famille d'Ersen. Petit, chauve, le nouvel arrivant portait des lunettes cerclées d'écaille et tout, en lui, dégageait habituellement une certaine bonhomie. Pourtant, à cet instant précis, il n'avait rien de sympathique, loin s'en fallait.

— Maître Rollin ? Quelle heureuse surprise, dit-elle en lui tendant une main distinguée.

— Mes hommages, madame, dit l'homme en s'inclinant.

Il paraissait étrangement distant. Gabrielle attendit, sans montrer son inquiétude.

— Monsieur est-il là ?

— Il dort encore. Que puis-je pour vous ?

— Eh bien... eh bien, je... Je souhaiterais récupérer mon chapeau, tout simplement.

— Ah ! Votre chapeau, bien sûr. Vous l'aviez oublié dans le bureau, n'est-ce pas ?

Le notaire hocha la tête.

— Vous arrivez au bon moment, j'allais m'absenter pour la matinée.

— Je ne me serais pas permis de venir si tôt, dit-il en regardant sa montre, mais...

— Mais ne vous excusez pas, maître, voyons. Ne bougez pas, je vous rends votre couvre-chef, dit-elle en s'éloignant.

Le notaire resta planté sur le perron.

Gabrielle revint aussitôt et lui tendit son chapeau noir.

— Qu'a donc votre chien ?

— Faim, très probablement. Thierry sera déçu de ne pas vous avoir reçu ce matin. Souhaitez-vous que j'aille le prévenir ? Que dois-je lui dire ? ajouta-t-elle dès qu'il lui eut signifié son refus.

— Rien. Rien, nous nous téléphonerons. Au revoir, dit-il en rejoignant sa voiture, sans se retourner.

— Maître ! l'appela-t-elle, quand donc êtes-vous venu ?

Maître Rollin se contenta de lever la main sans répondre et sans la regarder, comme s'il fuyait d'autres questions.

Gabrielle ne perdit pas de temps. Non sans difficulté, elle sortit le corps de sa cache, pour le remettre dans une position similaire à la première.

Elle alla récupérer son manteau, l'enfila, prit ses clés de voiture, marqua un temps d'arrêt devant la porte, revint jusqu'au bureau, arracha une page d'un calepin sur laquelle elle griffonna ces mots : *« Je suis chez mes parents »*, vint la poser sur la table du petit salon, décida de libérer le chien qui n'avait cessé de gémir et d'aboyer derrière la porte.

— Va donc lui tenir compagnie, dit-elle en lui décochant un coup de pied au passage.

Elle s'empara du sac plastique empli de débris de verre afin de le déposer dans une poubelle quelque part, et elle sortit, en tirant la porte derrière elle.

Avant le portail, Picard la salua en frottant ses mains l'une contre l'autre. Elle abaissa la vitre et l'interrogea.

— Dites-moi, Alfred, Maître Rollin est-il venu ces derniers jours ?

— Pas à ma connaissance, madame. Ce matin seulement, à l'instant, répondit le gardien en soufflant une petite buée blanche dans l'air frais.

Elle avança jusqu'au portail, attendit la fin de l'ouverture automatique, puis elle s'élança en direction de Seyssins, passant à quelques kilomètres d'Echirolles, de Cécile dont la crise nocturne s'était aggravée au petit matin.

L'angoisse de Cécile se manifestait par un tremblement nerveux et une douleur installée au creux de ses omoplates.

Le cauchemar de la nuit avait semblé disparaître, elle s'était assoupie tout contre Anthony inquiet. Quelques heures après, entre songe et réalité, le rêve était réapparu, la lutte avait recommencé. Elle avait combattu le sommeil qui l'emmenait aux confins de la ligne imaginaire, puis elle avait sombré dans une sorte de délire comateux. Le malaise s'était amplifié jusqu'à ce qu'elle se réveille en poussant un cri de terreur, le front de nouveau en sueur, l'œil grand ouvert sur une image déjà floue, déjà perdue, mais qui lui interdisait de trouver refuge sous les draps. Elle s'était relevée d'un bond, tentant à tout prix de se libérer de cette impression terrible d'avoir été poussée dans le vide.

Anthony venait de lui faire avaler deux tranquillisants. Il l'avait installée sur le canapé du salon contre deux coussins empilés et l'avait enveloppée d'un plaid.

Il la couvait maintenant d'un œil attendri et attentif, mais ne pouvait empêcher un malaise de s'interposer entre elle et lui. Conscient de ce que celui-ci représentait, il se maudissait de tourner parfois le regard ailleurs alors qu'il la sentait s'accrocher désespérément au sien.

Elle se laissa aller. Enfin. Amplifiant chez Anthony un curieux mélange d'émotion et de culpabilité. Elle ne lui avait jamais parlé comme elle le fit, jamais dévoilé des tracas intimes, elle n'avait jamais partagé avec lui des impressions relevant de son enfance.

— Petite, il m'arrivait de vivre des périodes difficiles, mais celle d'aujourd'hui n'est pas comparable. Je ne sais pas ce qui m'arrive, reprit-elle de sa voix douce. J'ai l'impression de n'être plus moi-même. J'ai des idées noires plein la tête. En une heure, je passe d'un état à un autre, sans rien contrôler.

— Une déprime passagère, ma chérie. Une fatigue, qu'il suffit d'un rien pour enrayer.

— Je ne crois pas. Je me bats contre elle depuis des semaines.

— Que ressens-tu exactement ?

— C'est... comme si je craignais un malheur.

— Un malheur ?

— C'est comme si je me sentais peu à peu étouffée dans une bulle qui se refermerait sur moi et... je lutte pour en sortir.

— En as-tu parlé à Frank ?

Elle secoua la tête.

— A ton père ?

Elle refit le même geste.

— Pourquoi ? demanda-t-il doucement. Tu n'as jamais partagé ces périodes que tu définis comme difficiles avec ton père ? Ne crois-tu pas qu'il aurait pu te comprendre mieux que quiconque ?

— On n'a jamais parlé de ces choses, tous les deux.

Elle avait hésité longtemps avant de répondre. Anthony la sentait déjà se dérober. Il se laissa surprendre par un regard qui scrutait le sien, plongé au fond de ses propres pensées. Elle le regardait étrangement. Et puis elle secoua la tête sans lui parler, comme si elle l'avait pris en défaut et le lui reprochait, causant chez lui une autre vague de culpabilité. Il n'osa plus rien dire et se contenta de la bercer doucement.

— Manon ne va pas bien, non plus, dit-elle enfin.

— Allons, tu plaisantes ? Elle se porte comme un charme.

— Non, affirma-t-elle.

— Mais enfin, Cécile, Manon va bien. Viens, allons vérifier qu'elle dort comme un loir. Allez, viens.

Il l'obligea à se lever. Elle n'osa pas dire qu'il était inutile d'aller contrôler le sommeil de Manon. Elle savait qu'elle ne dormait pas non plus.

La crise de Cécile avait provoqué le même phénomène chez leur fille, mais ils ne purent s'en rendre compte.

La pièce baignait dans une fragile pénombre. Manon souhaitait toujours garder ses volets ouverts. Pour voir les nuages se promener dans le ciel, disait-elle, ou les étoiles scintiller lors des nuits claires. Les bruits de la circulation ne la dérangeaient pas, et cette ouverture sur le dehors aidait son imaginaire. Elle tournait le dos à la porte, et ses yeux grands ouverts fixaient le mur d'en face, sans voir les motifs cocasses de sa tapisserie, ni les posters du roi Lion et de Winnie l'ourson. Lorsqu'elle entendit la porte s'ouvrir elle ferma les paupières et ralentit son souffle pour imiter le sommeil parfait, alors que son jeune cœur battait au rythme de celui de sa mère, sans rien comprendre de cette chose qui se resserrait autour d'elle jusqu'à l'écraser.

22

Gabrielle passa deux heures en compagnie de ses parents.

Sa mère, qui souffrait d'une angine de poitrine, sortait affaiblie de chaque hiver et réussissait, grâce à des soins constants, à récupérer suffisamment de forces durant l'été pour affronter l'hiver suivant. Retraité de la fonction publique, son père s'en occupait tendrement. Leurs jours s'écoulaient lentement, calmement, dans un petit lotissement en bordure de Seyssins, à deux pas de la Ligue de tennis. Ils s'étaient faits à l'idée de ne pas avoir de descendance, et la position sociale de leur fille les rendait heureux et fiers. Ils ne s'étaient jamais doutés un seul instant que le couple ne vivait qu'un ersatz d'entente.

Gabrielle leur rendait régulièrement visite, mais elle avait, aujourd'hui, du mal à supporter leurs propos. Elle les écoutait à peine, plongée dans des réflexions difficiles.

Le temps semblait s'éterniser. Pour l'accélérer, elle alla dans la salle de bains familiale se refaire une beauté, et resta de longues minutes à examiner son visage sous toutes les coutures à la lumière crue des néons. Elle ouvrit la petite armoire qui faisait aussi bien office de toilette que de pharmacie, intéressée comme lorsqu'elle était adolescente par les échantillons de cosmétiques que sa mère recevait de sa voisine esthéticienne. Après avoir étudié les divers pots et flacons de crème, senti les parfums, elle avisa la rangée de médicaments et se mit à les examiner.

Enfin les deux heures qu'elle s'était fixées s'étaient écoulées.

Après avoir quitté ses parents, elle s'arrêta dans le centre de Grenoble, pénétra dans un bar de la place Grenette, s'installa à l'écart des autres consommateurs nombreux et bruyants, commanda un thé et tenta de réfléchir de manière rationnelle.

Qu'était donc venu faire le notaire cette nuit au château, si ce n'était modifier un testament ? Il n'y avait pas trente-six réponses à la question, l'évidence en écartait trente-cinq. Vivant, Thierry divorçait, la dépouillait elle, sa femme, en faveur de Cécile Villard qui représentait le regret de sa vie gâchée. Ses moyens de vérification, à ce sujet, étaient quasiment nuls, mais rien n'était plus simple à parier. Thierry était un homme d'honneur et il avait dû se désespérer de n'avoir aucun autre moyen pour se racheter.

Mais elle ne l'aurait jamais cru capable d'une telle précipitation.

« *A ton détriment...* », avait-il dit ? Oui, si le divorce était prononcé. Mais maintenant, dans tous les cas de figure, elle ne pouvait être spoliée de ce qui lui revenait de droit. Les chiffres encombraient sa tête, s'additionnaient, se multipliaient. Elle connaissait à peu près ce dont elle disposerait sous peu, et qui représentait un avenir confortable, mais elle ne parvenait pas à s'en satisfaire. L'horizon de ses ambitions venait de s'obstruer.

Le fait était que la vitesse supérieure était passée. Son geste la rendait veuve ; un veuvage certes prématuré mais préférable à un abandon soldé de tout compte pour des lendemains de déchéance. Mais outre la contrariété d'en avoir trop vite fini avec son époux, celle de découvrir que ce dernier l'avait prise de vitesse alimentait le feu de sa colère. Une colère qu'elle était prête à retourner contre elle-même, pour avoir sous-estimé la volonté opiniâtre de Thierry.

Elle avait cru le briser, or elle avait déchaîné en lui un désir supérieur à tous ceux qu'elle aurait pu imaginer. Un désir trop violent, si violent qu'il n'avait pu remettre à plus tard son besoin d'agir.

Au fur et à mesure que les secondes s'écoulaient, son esprit échauffé contenait mal sa colère, alors que la conviction d'avoir été bernée érodait ses nerfs, par à-coups successifs.

Si la mort de Thierry la laissait à l'abri du besoin et lui conservait un statut honorable, le remaniement de son testament en faveur de « l'autre » la mettait en rage. De plus en plus convaincue que Thierry avait eu l'impudence de faire de Cécile son héritière testamentaire, elle refusait d'admettre le don exorbitant dont cette dernière allait bénéficier, qui représenterait plus de huit fois ce qui lui reviendrait.

Elle reconnut le sentiment refoulé qu'elle avait toujours éprouvé pour Caroline. Ressuscitée de ses cendres, la jalousie enfla jusqu'à raviver une fureur qui lui fit avaler sans précaution le liquide brûlant. Des larmes montèrent à ses yeux, de douleur et de dépit.

Après avoir œuvré, dans l'ombre, des années durant afin de ravir à Caroline son droit au bonheur, il lui était impossible de tolérer que Cécile puisse récolter ce qu'elle-même avait réussi à voler à sa mère ! Elle haïssait cette gamine !

Paradoxalement, sa haine vint calmer son emportement, lui redonnant à nouveau comme du cœur à l'ouvrage ! Vint alors se réinstaller en elle le sang-froid parfait qui lui faisait défaut depuis la veille, et dont l'absence avait provoqué les événements fâcheux sans qu'elle les eût véritablement souhaités, en tout cas pas aussi rapidement. Il était certain que les choses, tôt ou tard, eussent dégénéré de la sorte, mais commanditées par son esprit ordinairement méthodique, après qu'elle eut amélioré ses arrières financiers.

Elle avala la dernière goutte de son thé et regarda sa montre : 11 heures. A cette heure, tout devait être dit.

Pour être fixée sur les événements, il lui suffisait de rentrer au château.

Elle paya sa consommation, snobant les regards curieux fixés sur elle, grande femme élégante dans son manteau de prix, chaussée d'escarpins coûteux. Elle était déjà concentrée sur la scène à venir et son rôle de composition.

En chemin, elle eut envie de s'aventurer plus avant sur le cours Jean-Jaurès, de continuer sur celui de la Libération afin de prendre la rocade sud, et d'en sortir presque aussitôt pour pénétrer dans la ville d'Echirolles, à hauteur de la poste. En continuant droit devant elle sur un kilomètre, elle s'approcha de la rue Pasteur, bifurqua sur sa gauche, passa devant la mairie, pénétra à droite dans le parking des immeubles bas, roula lentement et se gara après avoir repéré le numéro 5. Les rapports de Chantal Rosière étaient enregistrés dans sa tête et la description des lieux était parfaite. Elle avisa l'école, de l'autre côté de la rue, et se surprit à éprouver l'envie de voir si la petite Manon ressemblait autant à ses mère et grand-mère que l'affirmait Chantal Rosière.

Elle se donna dix minutes avant de repartir, s'amusa à deviner derrière quelle fenêtre du troisième étage vivait le couple Villard. Dix minutes pour espérer les apercevoir à leur fenêtre ou dans la rue. Elle scruta les visages de ceux qui passaient devant elle, une baguette de pain, des gâteaux ou des journaux à la main. Dix minutes de vaine attente, pendant lesquelles le ciel se couvrit de lourds nuages gris.

Elle arriva au château à midi précis. Les grilles ouvertes la surprirent à peine, il avait dû y avoir du mouvement dans la matinée.

Elle vit s'avancer vers elle madame Picard, les traits bouleversés, qui semblait n'avoir fait qu'attendre son retour. Elle lui fit signe d'arrêter son véhicule. Gabrielle freina et la vitre électrique s'abaissa.

— Eh bien, que se passe-t-il ?

— Madame ! Oh, Madame ! Quel malheur ! Monsieur est à l'hôpital, dit la femme du gardien, les yeux larmoyants. On a appelé chez vos parents pour vous prévenir, mais vous veniez de partir.

— Que dites-vous ? dit Gabrielle en pâlissant instantanément.

— Monsieur a chuté dans l'escalier. On vient de le faire hospitaliser. Le docteur est parti avec lui dans l'ambulance.

La blancheur du visage de Gabrielle rivalisait avec celle de la neige qui avait coiffé le sommet des montagnes.

— Est-ce grave ? réussit-elle à demander.

— Plutôt, oui ! Il était sans connaissance !

— Ah !

Ce fut un souffle de soulagement pour madame Picard, qui voulut bien croire, à cet instant, que l'apparente indifférence manifestée par le couple recelait de la tendresse.

— Hélas, oui, ça paraît très grave.

La brave femme se tordait les mains et recommençait à pleurer.

— Comment est-ce arrivé ?

— Ces maudites chaussures qui n'en sont pas, et qui tiennent si mal aux pieds, renifla la femme.

— Qui l'a trouvé ?

— Alfred !

— Où est-il ?

— Il prépare un feu dans le salon.

Sans écouter les plaintes qui recommençaient, Gabrielle relança la Mercedes jusqu'au perron du château où elle reconnut la voiture du docteur Blanc.

Elle pénétra rapidement dans le hall qui avait retrouvé une apparence normale, regarda plus particulièrement vers le bas des marches qui ne dévoilèrent rien de leur secret, et se dirigea vers le petit salon d'où lui parvenait le froissement caractéristique du papier journal.

Penché sur l'âtre de la cheminée, Picard disposait des boules de papier au milieu de pommes de pin sèches qu'il s'apprêtait à faire flamber. Il sentit une présence dans son dos et se retourna, pour aussitôt se relever en s'exclamant :

— Ah, Madame ! Monsieur le baron a fait une chute grave dans l'escalier ! Il est à l'hôpital Sud avec le docteur Blanc qui vient d'appeler, pour dire que les chirurgiens refusent de se prononcer.

Une immense inquiétude mettait dans ses yeux la même lueur que dans ceux de sa femme. C'était leur petit qui luttait contre la mort, là-bas.

— C'est vous qui l'avez trouvé ? A quelle heure ? A-t-il parlé ? l'agressa presque Gabrielle dont la pâleur inhabituelle ne pouvait traduire mieux une terrible angoisse.

— J'ai entendu le chien. Il aboyait à n'en plus finir, ça m'a alerté, bien sûr. Le SAMU est rapidement arrivé et l'a transporté à l'hôpital.

— Mais vous a-t-il parlé ? s'énerva Gabrielle.

— Non, il était inconscient.

— A quelle heure l'avez-vous découvert ? Longtemps après mon départ ?

A ce moment, le chiot émergea de sous un fauteuil en rampant, et vint se frotter contre la salopette bleue d'Alfred qui ne put s'empêcher de répondre d'un ton attendri :

— On pourra dire que si Monsieur s'en sort, ce sera grâce à lui, vous savez. Il n'était pas prévu que je vienne avant midi, Monsieur m'avait dit qu'il s'occuperait d'allumer le feu lui-même, mais le chiot faisait un tel raffut que j'ai voulu me rendre compte. Brave bête, va, dit-il en tapotant le flanc de l'animal, bon chien.

La tête baissée, il ne voyait pas l'éclat venimeux des yeux de Gabrielle qui auraient voulu désagréger ce chien de malheur.

Elle tremblait. De fureur. De dépit. Quelle gourde ! Elle était à deux doigts d'être accusée d'homicide sur la personne de son mari ! La peur du scandale et celle de l'échec se mêlaient à une impuissance subite, un affolement perceptible dans son incapacité de faire le bon geste, de dire le bon mot. Mais ceci jouait en sa faveur auprès du gardien.

— Il n'y a pas grand-chose à faire, lui dit gentiment Picard qui avait pris le chiot dans ses bras, que d'attendre le retour du docteur Blanc.

— Non, je le rejoins à l'hôpital, répondit-elle, résolue.

— Bien. Donnez-nous vite des nouvelles, dit l'homme en retournant à sa tâche.

Elle avait gardé son manteau, elle n'eut qu'à faire demi-tour, non sans jeter un dernier coup d'œil vers l'endroit critique, en se gourmandant une nouvelle fois de sa stupidité.

Du perron, elle aperçut Hubert qui revenait de l'écurie, deux seaux en fer-blanc au bout de chaque bras, qu'il avait nus malgré la fraîcheur de l'air. Il s'approcha d'elle, elle l'attendit.

— Si je l'avais trouvé en premier, je n'aurais pas alerté les secours, crois-moi, dit-il dès qu'il fut près d'elle. Qu'est-ce que tu comptes faire ?

— Aller m'assurer des dégâts, pour commencer, répondit-elle, nerveuse.

— Et s'il a parlé ?

— Un risque à courir, que je ne peux éviter.

— Mais, s'il...

— Lâche-moi, tu veux bien ? Pour l'instant tu gardes un profil bas, et tu m'évites, un point c'est tout !

— Comme d'habitude, grommela-t-il.

Elle ne prit pas la peine de lui répondre et s'installa dans la voiture sans plus s'occuper de lui.

Le court trajet jusqu'à l'hôpital ne calma pas ses craintes. Inconsciemment, dès qu'elle eut garé son véhicule, elle chercha des voitures de police. Puis elle étudia les allées et venues dans chacun des couloirs qu'elle traversait, jusqu'à l'étage indiqué par l'accueil.

Elle arriva en face du bloc opératoire et vit le docteur Blanc, médecin de famille des d'Ersen, en conversation avec deux hommes en tenue de bloc. Les gestes du plus grand semblaient évoquer une incertitude. L'autre paraissait plus mesuré, approuvait, calmait les propos de son collègue et répondait à leur confrère.

Gabrielle ne pouvait vivre cette incertitude plus longtemps. Une détermination farouche s'insinua en elle. Dominique Blanc fut le premier à l'apercevoir et, s'interrompant au milieu d'une phrase, il déclina vivement son nom aux deux autres qui prirent une mine de circonstance.

La bouche de Gabrielle n'articula aucun mot, n'émit aucun son.

Les médecins dévisagèrent le beau visage, pathétique dans son appréhension muette, puis se regardèrent comme pour décider qui serait, d'eux trois, celui qui allait faire tomber la sentence.

Le docteur Blanc se décida.

— Mauvaises nouvelles, madame, dit-il gravement. L'état de votre mari nous tracasse beaucoup.

— A-t-il parlé ? demanda-t-elle d'une voix bouleversée, les yeux embués.

— Hélas, non, il est dans le coma.

Il se retourna vers un des deux chirurgiens qui prit la suite des explications.

— Il a aussi deux mauvaises fractures à la jambe gauche. Mais cela n'est pas le problème primordial. C'est la commotion cérébrale qui nous inquiète : nous ne pouvons encore présumer de l'importance des dégâts.

Une joie démente donnait à Gabrielle une brusque envie de rire, rire de sa peur, rire de sa chance insolente. Pour cacher son immense soulagement, elle se mit à déboutonner le haut de son manteau et s'émerveilla de percevoir, autour d'elle, les mille bruits qu'elle avait sans s'en rendre compte occultés de son champ auditif. En tirant un pan de son foulard, elle apprécia la caresse du satin contre son cou, et respira, jouissive, le chaud parfum qui s'en dégageait, escamotant les odeurs d'hôpital. Les paupières, baissées sur d'invisibles pensées, laissèrent croire aux autres qu'elle se préparait à l'épreuve.

— Puis-je le voir ?

— Un instant seulement. Enfilez cette blouse et suivez-nous, je vous prie.

— Il aurait pu se briser la nuque, lui souffla le docteur Blanc tandis qu'ils pénétraient dans une salle de réanimation, je connais bien vos escaliers.

Sa présence agaçait Gabrielle, mais elle était nécessaire pour colporter sa fausse image de femme attristée.

Ils pénétrèrent dans la salle de réanimation, dérangeant les infirmières affairées.

La silhouette longue et mince de Thierry gisait sous un drap rehaussé par un arceau, au niveau des jambes. Le visage aux yeux clos se confondait avec la blancheur de l'oreiller.

— Quand pensez-vous pouvoir vous prononcer ? demanda Gabrielle à voix basse.

— Nous attendons son réveil.

La vulnérabilité du corps privé de vie, dépendant de machines pour garder le contact avec le monde, réconforta Gabrielle. Momentanément, certes, mais le délai lui permettait de mettre de l'ordre dans ses pensées.

— Je souhaiterais pouvoir rester à son chevet.

Elle écoutait son corps et son cœur réagir silencieusement devant le corps endolori et perdu dans un monde inconnu, curieuse de définir ce qu'elle ressentait. Mais elle éprouvait seulement la désagréable impression d'avoir une épée suspendue au-dessus de sa tête. Elle était en sursis. Comme lui. Lui, de sa vie. Elle, de sa condamnation. La seconde dépendait de la première.

Elle avait les dés en main. Après un mauvais lancer à la première manche, allait-elle remporter la seconde, sans avoir à intervenir elle-même ?

— Pouvez-vous faire aménager sa chambre afin que je reste auprès de lui ? Il me faut être proche.

— Tant qu'il est en salle de réanimation, il est sous soins constants. Ensuite, si tout se passe bien, il sera emmené aux soins intensifs où vos visites seront les bienvenues dans des horaires élargis. Pour l'instant, rentrez chez vous et tranquillisez-vous, nous faisons le maximum.

Pelotonnée dans le fauteuil crapaud de Thierry, face à la cheminée ronflante, Gabrielle passa de longues heures à échafauder toutes sortes de plans.

Sa folie intérieure, son goût immodéré pour le risque et le jeu maintinrent un sourire énigmatique sur son visage. Les flammes avivaient l'éclat de ses yeux trop fixes, et semblaient l'inspirer, accentuer son plaisir d'attendre une issue qui pouvait, bien sûr, lui être fatale. Elle allait attendre le réveil de Thierry en supputant sur ses chances de survie, son basculement dans l'aliénation, ou son amnésie.

La situation du blessé évolua lentement, mais dans le bon sens, laissant Gabrielle dans le même état d'excitation les jours suivants.

Enfin, le score de Glasgow annonça un coma moins profond.

Le lit fut transféré dans une salle de soins intensifs où Gabrielle put passer les après-midi entiers avec son mari, à épier les signes annonciateurs d'une bonne évolution.

Tout le monde attendait l'instant miraculeux.

Gabrielle obtint la faveur de s'installer dans une salle attenante et put ainsi veiller de longues heures, entrecoupées des allées et venues de médecins, d'infirmières pour les soins, ou la relève : un personnel convaincu de son dévouement.

La nuit du troisième jour, elle fut réveillée en sursaut par une poigne énergique.

— Venez vite, madame d'Ersen, votre mari reprend conscience !

Le cœur cognant à lui faire mal, Gabrielle se jeta sur sa robe de chambre, s'en enveloppa sans l'enfiler et se précipita derrière la grosse infirmière noire qui repartait déjà, animée d'amour comme à chaque fois par les retours à la vie de ses moribonds.

Thierry avait les yeux grands ouverts pointés sur le plafond de la chambre et la scène avait quelque chose d'irréel. Un interne finissait de l'examiner, mais ni ses gestes ni son regard ne manifestèrent la moindre satisfaction, plutôt même une inquiétude marquée.

— Alors ? ne put que dire Gabrielle.

— Il ne réagit à rien, mais gardez confiance, se rattrapa-t-il vite, son état ne peut évoluer aussi rapidement qu'on le souhaiterait. Il est déjà revenu parmi nous, le reste est une question de temps et de foi. Nous en saurons plus demain.

Trop excitée, Gabrielle ne put dormir, son esprit concentré sur celui de Thierry qu'elle revoyait accroché au plafond de la salle, fixé sur un point si lointain que rien ni personne n'aurait pu l'atteindre. Elle mesurait dans cet ailleurs, d'où Thierry était en train de revenir, les prochains lendemains dont elle dépendait. Un sourire ne la quittait pas. Jusqu'à présent, Thierry avait été à sa merci. L'inversion des rôles lui procurait un sentiment étrange dont elle se serait crue incapable. Y aurait-il en elle une part de masochisme insoupçonnée ? Foutaises ! Elle balaya ces sornettes et se focalisa davantage sur la situation prochaine. Et si Thierry avait réellement perdu plus que sa vie dans cette histoire ? Sa tête ! Ses facultés ! Elle n'en tirerait alors que des avantages. Une continuité dans sa vie, sans le poids des convenances à respecter.

Ni veuve ni divorcée, mais libre !

Elle n'aurait pu mieux diriger sa barque, ni choisir meilleur récif. Le naufrage de Thierry, sans l'avoir fait couler à pic, lui avait ôté l'essentiel : son pouvoir sur sa femme.

Assise sur son lit de fortune, elle résista longtemps au besoin de revenir auprès de son mari, en écoutant les bruits d'une vie nocturne d'hôpital. Enfin elle n'y tint plus et vint entrebâiller sa porte. N'apercevant dans le couloir que la grosse infirmière noire qui s'aventurait dans l'autre sens, elle se précipita en silence dans la salle des soins intensifs sous l'œil surpris et tout à coup sévère de la surveillante. Un doigt sur la bouche, Gabrielle se dirigea vers elle.

— S'il vous plaît, un instant, juste un instant, j'ai besoin de le voir.

La surveillante, au courant des faveurs accordées à madame d'Ersen de rester auprès de son époux, toléra la visite impromptue. Elle acquiesça, la laissa pénétrer dans le local et réintégra sa place derrière un bureau tout en gardant un œil sur elle.

Une veilleuse plongeait le lit et son occupant dans une clarté magique. Le visage amaigri de Thierry semblait de cire. Seuls les yeux, qu'il gardait ouverts, étaient un signe de vie.

Elle se pencha sur lui, tout contre son oreille.

— Dans la vie il y a des gagnants et des perdants, susurra-t-elle, je crains que tu ne fasses partie des seconds, mon cher.

Les paupières immobiles ne frémirent pas. L'œil resta figé sur ce point lointain qui l'isolait dans une petite mort protectrice. Cet œil rappela à Gabrielle celui d'Abel qui poursuivait son frère Caïn jusqu'au plus profond des ténèbres. Elle s'en amusa. Quel pouvait bien être le mobile de Dieu, si tant est qu'il existât, en laissant d'Ersen revenir tout doucement à elle ?

Elle exerça une pression sur la main inerte, puis la pinça légèrement. Rien ne modifia la passivité de Thierry, si ce n'est un filet de bave qui réussit à se faufiler dans la commissure de ses lèvres, et glisser en hésitant doucement le long de sa joue, avant de disparaître dans son cou.

Elle l'abandonna en se relevant, fit mine d'écraser une larme en repassant devant l'infirmière de garde qui lui fit un signe compatissant de la tête et revint dans sa chambre s'allonger, les bras sous la nuque.

Somme toute, les choses s'enchaînaient bien.

23

Avant le retour de Frank, Cécile allait passer par des sautes d'humeur imprévisibles.

Jusqu'à mardi. Jusqu'à la visite de la dame blonde.

Donnant l'illusion d'être indépendants les uns des autres, les événements s'étaient jusqu'ici produits pour resserrer les liens invisibles qui reliaient, peu ou prou, tous les protagonistes de l'histoire.

Seule la petite Manon aurait pu, avec des mots d'adulte, mettre à l'abri ceux qu'elle aimait avant que les choses n'empirent.

Mais la fillette subissait une influence qui la dépassait, la terrorisait parfois lorsque ses rêves semblaient trop réels. Elle sentait un danger confus planer sur sa mère. Son seul recours avait été de l'en informer, avec les moyens qu'elles utilisaient entre elles. Mais ce qu'elle lisait dans les pensées de Cécile la retenait de les noircir davantage. Petit oiseau enfermé dans une cage trop étroite, Manon cherchait désespérément à faire passer ses messages angoissés à travers des dessins étranges, qu'elle griffonnait dans sa chambre. Mais les jours passaient, accentuant le malaise général dans l'appartement, malaise que ses sens, à fleur de peau, exacerbaient. Même son père, elle le sentait bien, n'était plus le même avec elle, portant son attention et son intérêt vers sa femme, la croyant, elle, invulnérable dans son monde enfantin et secret.

Manon, désespérée, assistait impuissante aux phénomènes bizarres qui déstabilisaient la bonne ambiance d'hier, et ne se sentait plus en mesure d'apporter à sa mère le soutien affectif dont elle devinait l'importance. Sa maturité exceptionnelle lui faisait entrevoir les méandres de la personnalité de Cécile et elle devinait tous les non-dits. Elle supportait difficilement cette situation pesante.

Si bien qu'elle apprécia, ce dimanche, l'invitation de Paul et de ses parents à aller au cinéma voir *Pocahontas* de Walt Disney. Si Cécile avait dû se retrouver seule, Manon n'aurait accepté pour rien au monde de la quitter, mais les dimanches la libéraient de sa surveillance.

Sur le pas de la porte, le garçonnet attendait la réponse affirmative de son amie en se dandinant d'un pied sur l'autre, plein d'espoir. Quand il l'eut reçue, un large sourire auquel manquaient quelques quenottes vint éclairer ses taches de rousseur.

— Ma mère a préparé un gâteau pour le retour. On te ramènera vers 6 heures.

Cécile, qui avait été passablement déprimée tout le début de la semaine, avait retrouvé un peu d'entrain depuis vendredi. Elle reçut avec bonheur le baiser appuyé de sa fille qu'elle enlaça tendrement.

— A tout à l'heure, ma chérie, tu me raconteras ?

La fillette savait bien que les soucis de sa mère la portaient ailleurs, mais elle opina pour les autres regards fixés sur elles deux.

Par la fenêtre, Anthony et Cécile regardèrent les deux enfants sortir de l'allée numéro 5, pour pénétrer dans celle d'à côté où habitait la famille de Paul. Anthony avait enlacé Cécile en glissant ses mains dans les poches de son pantalon, et il appuyait ses lèvres contre les longues mèches blondes.

— Zut, il commence à pleuvoir, où est le beau temps que la météo annonçait ?

La première sonnerie fit sursauter Cécile.

— Hé, du calme, ce n'est que le téléphone, se moqua affectueusement Anthony en allant répondre.

Lorsqu'il raccrocha, Cécile n'avait pas bougé. Elle avait le front toujours contre la vitre, et regardait sans le voir le ciel tout gris en harmonie avec son spleen.

— J'ai proposé à ton père de se joindre à nous.

— Ah ! dit-elle, sans conviction.

— Raoul et Claudie ne vont pas tarder à nous rejoindre, ajouta-t-il en revenant vers elle. Quelle plaie, cette pluie ! Je crains que notre promenade ne soit compromise au profit d'une partie de poker.

— Je n'ai pas envie de sortir, répondit Cécile en l'évitant. (Elle s'approcha du canapé dans lequel elle s'affala.) Je n'ai pas non plus envie de voir tout le monde, ni de jouer aux cartes, dit-elle en rapprochant ses genoux sous son menton.

Une nervosité difficilement contenue couvait sous les mots. Anthony n'était pas certain que cette humeur soit dirigée contre lui, et pourtant, il ne pouvait se défaire d'une mauvaise impression.

Il s'assit à ses côtés et osa aborder le sujet tabou.

— Ne crois-tu pas que tes soucis actuels sont liés à la mort de ta mère ?

Il ne tint pas compte de la contrariété qui plissa le front et ternit l'iris. Cécile refusa de répondre et prit un coussin qu'elle posa sur ses genoux relevés avant d'y plonger son front. Anthony poursuivit :

— Il arrive que certaines personnes soient plus sensibles que d'autres, à l'approche d'une date anniversaire.

— Qui t'a dit de me raconter ça ? Frank ? demanda vivement Cécile en relevant la tête.

— C'est vrai qu'on a un peu parlé. C'est normal, Frank et ton père se sont rendu compte que tu étais déprimée. C'est exact, non ? dit-il en souriant pour cacher son trouble.

Contrariée, Cécile ne le quittait pas des yeux et ne l'aidait pas à rester naturel.

— J'ai pensé à la même chose, moi aussi, dit-elle enfin en regardant droit devant elle. Ma mère est morte peu après mes sept ans, deux jours après avoir fêté son vingt-huitième anniversaire.

— Il me semble logique d'être perplexe, voire inquiète. D'autres que toi le seraient à moins.

— Pourtant je me suis sermonnée, j'ai réfléchi et accepté la situation, rien ne peut me faire craindre quoi que ce soit, mais...

— Mais ?

— Mais... Manon me pousse dans une voie contraire, fit-elle, mal à son aise.

— Manon ! Que vient-elle faire dans tout ça ?

— Eh bien... Je la sens comme moi, tendue, inquiète, parce que je suis dans cet état moi-même.

— C'est plus ou moins normal, non ? Tous les éléments d'une même famille sont soumis à ce genre de situation, où la joie ou la peine des uns provoquent celles des autres.

— Non... non... ce qui se passe entre Manon et moi est beaucoup plus subtil que tu ne veux le croire.

Anthony ne put qu'ouvrir de grands yeux et attendre la suite.

— ... Elle et moi... on n'a pas besoin de beaucoup se parler, voilà. Tu comprends ce que je veux dire, je le sais.

— Elle aurait cette faculté que tu avais ? Que tu as toujours plus ou moins, enfin... que tu caches ?

Cécile hocha la tête.

— Plus que ça, dit-elle.

— Comment peux-tu l'affirmer ?

— Tu ne me crois pas.

— Si, mais si, se récria-t-il, navré de rompre ce lien si fragile tendu entre eux.

— Elle ressent cette angoisse que j'éprouve et...

— Et ? demanda-t-il, le souffle court.

— Et elle me la retourne, décuplée.

— Tu expliques cela ?

— Son angoisse s'ajoute à la mienne. Ce phénomène me fait peur. Parce que... notre fille a un pouvoir que je ne voulais pas prendre au sérieux.

— ... Tu aurais pu me le dire plus tôt !

— Je sais, j'aurais dû t'en informer. Mais... c'était un petit secret entre nous, un jeu, j'espérais qu'il n'évoluerait pas plus que le mien, qu'il disparaîtrait même. Moi, je suis capable de peu de choses, juste de deviner un peu ce que les gens ressentent. D'ailleurs...

— D'ailleurs... ? demanda Anthony en baissant les yeux.

— Tu me caches quelque chose. Tu n'es pas à ton aise, je le sens bien.

Il la prit dans ses bras, ému par le désarroi qu'il percevait.

— As-tu parlé à Frank de ce qui ne va pas ? Et de toi ? Et de Manon ?

Elle secoua la tête et se libéra de lui pour recoller son nez dans le coussin.

— Je voudrais que tu le fasses, reprit-il.

— Ça changerait quoi ?

— Il a forcément des cas de ce genre parmi ses...

— Parmi ses malades ? C'est bien ce que tu veux dire ? s'emporta-t-elle, la tête vivement relevée.

— Non, bien sûr que non, voyons !

Le tintement de la sonnette sauva Anthony d'une situation délicate.

Cécile eut le temps de sécher les larmes qui perlaient de ses paupières avant que son père n'apparaisse dans le salon.

Jean avait conservé son goût des haltères, entretenant sa forme à coups d'exercices musculaires étudiés. Son corps ne cédait rien au temps et conservait force et souplesse. Cécile avait toujours aimé s'appuyer contre la poitrine généreuse, fière des pectoraux de son père, allant jusqu'à taquiner Anthony de sous-estimer sa condition physique. Même si Cécile ne posait plus sur lui les yeux d'autrefois, Jean ne se laissait pas aller pour autant, et portait beau ses soixante et un ans.

Une déception, pourtant, vint l'attrister, car sa fille ne manifesta rien devant sa nouvelle coupe de cheveux et son pull écossais neuf. Il avait cru nécessaire de cacher, en la modifiant quelque peu, la mauvaise mine que lui renvoyait sa glace tous les matins ; depuis qu'il passait à nouveau des nuits difficiles, où des cauchemars plus terrifiants les uns que les autres se confondaient pour lui empoisonner ses journées, durant lesquelles il n'arrêtait pas de maugréer : *« Frank ! Ce que tu me demandes est au-dessus de mes forces et ravive mes tourments ! »*

Le rêve atroce revenait hanter ses nuits, un rêve qui avait été réalité et que, pour sa sauvegarde, le temps avait peu à peu atténué. Morte, Caroline avait longtemps continué à le fixer de ses yeux accusateurs.

Devant Cécile, il eut une hésitation qu'il camoufla d'un large sourire. L'œil qu'elle venait de poser sur lui, alors qu'il s'installait en face d'elle, n'avait-il pas eu le même reflet que celui de ses cauchemars ? Avait-il rêvé ?

Anthony les laissa tous les deux en tête à tête, le temps de préparer du café.

Maladroitement, Jean s'inquiéta de la mine chiffonnée de sa fille, et tenta une boutade pour la faire sourire quand elle renversa le sucrier sur la table basse.

— Tu es un peu nerveuse, comme toutes les femmes.

— Maman aussi était nerveuse ? dit-elle brusquement, d'un ton qu'il ne lui connaissait pas.

Jean fut désarçonné par l'agression manifeste.

— Quoi ! Tu ne parles jamais d'elle, l'affronta-t-elle.

Les larmes de nouveau à fleur de paupières, Cécile constatait avec horreur qu'elle ne se contrôlait plus, mais persistait à braver son père.

Anthony était revenu. Il posa les tasses de café sur la table du salon et s'écarta discrètement.

— Je ne voulais pas nous faire de mal, dit Jean maladroitement. J'ai sans doute eu tort, je le reconnais, mais...

— Mais quoi ! le pressa-t-elle, alors qu'il cherchait ses mots, malheureux, certain de ne jamais pouvoir supporter d'elle plus que la colère qu'il devinait. Je ne voulais pas que tu l'oublies si vite ! reprit-elle, agressive.

Ses mots dépassaient sa pensée. Jamais elle n'avait eu ce sentiment. A aucun moment de sa vie. Et jamais, au grand jamais, elle n'avait usé de ce ton envers son père. Pourquoi donc lui faisait-elle ce reproche ? Parler de Caroline en l'affrontant était-il plus facile que de le faire en douceur ?

— Mon Dieu, ma chérie, comment aurais-je pu oublier ta mère ? Comment pourrais-je l'oublier ? Elle représentait tout pour moi, comme toi aujourd'hui.

— Tu n'en parles jamais, reprit-elle pourtant, têtue.

— Mais toi non plus, répondit-il le plus doucement possible.

— Moi non plus, car je n'ose pas !

— Alors... faisons-le maintenant ? interrogea-t-il tout aussi doucement. Je t'en prie, ne sois pas...

— Tu me pries de quoi ? Et d'abord, pourquoi voudrais-tu me parler d'elle ? Quelle serait la raison de ce comportement nouveau de ta part ? Qu'as-tu envie de me dire aujourd'hui, que tu m'aurais caché si longtemps ?

Sa voix avait fini dans l'aigu. Consciente de sa méchanceté, Cécile souffrait, d'autant qu'il lui était impossible d'arrêter ce flot de rancœur qui l'aidait à vaincre, à surpasser la peur qui réapparaissait, la peur qui revenait l'étouffer.

Elle avala son café d'un trait, puis d'un geste imprévisible jeta sa tasse sur le plateau tandis qu'elle éclatait en sanglots.

Ni Jean ni Anthony n'auraient pu imaginer la jeune femme dans un tel état d'énervement. Ils restèrent aussi gauches l'un que l'autre, sans bouger, la laissant expulser sa violence.

— Mais pourquoi est-ce que je ressens cette espèce de colère vis-à-vis de toi ? Même vis-à-vis de toi, ajouta-t-elle, véhémente, les joues ruisselant de larmes, en se tournant vers son mari. Comme si... comme si je vous soupçonnais de me tenir à l'écart... Que me cachez-vous ? Que se passe-t-il ? Je vous sens tous contre moi !

Ses sanglots hachaient ses mots.

— Cécile, arrête ! intervint Jean. Rien, nous ne te cachons rien.

— Alors, pourquoi éprouves-tu ce sentiment de culpabilité ? lui rétorqua-t-elle brutalement.

— Mais... mais, tu divagues ? balbutia Jean, qui venait encore de voir d'autres yeux, immensément bleus et pétrifiés, se superposer à ceux de Cécile.

Il chercha le regard d'Anthony, qui s'était rapproché et avait posé ses mains apaisantes sur les épaules de sa femme. Celui-ci lui fit un signe de tête affirmatif et rassurant, qui l'incitait à poursuivre dans cette voie.

— Quand on perd la femme qu'on aime, on se sent forcément coupable, essaya-t-il d'expliquer. Je croyais que tu ne voulais rien savoir... et puis, tu n'étais qu'une toute petite fille, et moi... un vieux balourd... un vieil idiot malheureux...

Cécile s'effondra, privée de ressort, redonnant curieusement aux deux hommes oppressés un regain d'allant. En se sentant mieux, ils échangèrent le même regard.

— Pardon, pardon, disait-elle d'une toute petite voix à peine audible.

— Mais non, mais non, la calmaient-ils, l'un en la berçant, l'autre en lui caressant maladroitement les cheveux. Tu dois nous faire confiance, parler à Frank... Tu es fatiguée.

— Oui, je parlerai à Frank, je lui parlerai, oui, murmurait-elle.

Elle espéra que la prise d'un comprimé lui permettrait de surpasser la crise. Mais elle ne put se défendre, tout l'après-midi, d'un sentiment grandissant : épiée ! Elle se sentait épiée, dans ses gestes, ses silences, ses mots. Même Claudie et Raoul lui parurent complices de Jean et Anthony, à se comporter comme si tout allait bien, alors que rien n'allait. Tout le monde se forçait, tout le monde jouait à paraître naturel, ignorant délibérément sa mauvaise humeur, son envie de solitude.

Par moments la conversation lui échappait.

— Il suffirait que tu laisses ta cafetière branchée et à chaque passage, tu pourrais profiter de l'arrêt de ton tram pour faire un saut chez toi, plaisantait Anthony.

La nullité des propos la frappa. Les rires qui suivirent lui parurent imbéciles.

— Je sature en ce moment, reprenait Raoul. J'envie les vacances des enseignants.

— Quelle veinarde, cette Sophie, intervint Claudie à l'adresse de Cécile. Elle m'a dit qu'elle passait tous ses congés à Grenoble, avec toi.

Cécile ne put même pas se forcer à sourire. *« Une de plus à me surveiller »*, pensa-t-elle.

Elle ressentait un désir grandissant de se retrouver seule. A leur départ, elle fut incapable de retenir son soulagement. Lorsque la porte claqua sur le dernier d'entre eux, elle se demanda comment elle avait pu les supporter.

Tout comme son père ne cessa, le soir même, de se demander comment les attitudes de sa fille pouvaient à ce point lui rappeler celles de Caroline... jusqu'au regard atone.

La soirée de Jean se passa comme les précédentes — depuis que les mauvais souvenirs se réveillaient —, à rendre sa solitude difficilement supportable. Il ne trouvait plus le véritable sommeil et passait, chaque soir, des heures dans un fauteuil à tenter de s'abrutir de lecture ou de télévision. Car dès qu'il fermait les yeux, il revivait cette même heure, ce même jour, sur les lieux mêmes où sa vie avait basculé.

Après avoir étendu le corps sur son lit, il avait clos les yeux de Caroline, se coupant d'elle à jamais, déjà conscient que le repos le fuirait toutes ces prochaines années, jusqu'à ce que le temps lui accordât la clémence d'oublier les traits torturés.

Ce jour-là, il avait signé un pacte éternel avec le remords.

A minuit, la sonnerie du téléphone rompit ses mornes pensées. Il crut à un appel d'Anthony et se jeta sur le combiné.

C'était Frank, qui téléphonait de son hôtel de Francfort.

— J'arrive à l'instant de Paris. Comment va-t-elle ?

— Nous avons passé une journée difficile. Elle était énervée. Elle m'a fait des reproches, nous a accusés Anthony et moi de lui faire des cachotteries. Nous ne l'avions jamais vue aussi emportée. Nous ne la connaissions que douce et tranquille.

— Je trouve cela plutôt encourageant, je regrette que vous n'ayez pas profité de la situation pour répondre à ses questions et lui donner raison sur ses doutes.

— Ce n'est pas vraiment mon avis. Je suis encore consterné de ses accusations.

— Anthony a ce qu'il faut sous la main, si ses nerfs la lâchent.

— Les choses m'échappent, Frank. Est-ce de t'avoir écouté qui me rend aussi pessimiste ?

— Je vais abréger mon séjour.

A des centaines de kilomètres de là, Frank s'accouda sur le bureau de sa chambre d'hôtel et posa son menton sur ses poings.

Il n'avait pas grand-chose à annoter sur le calepin vert, qu'il avait mis à tout hasard dans sa valise, mais la conclusion de ses réflexions avait son importance. *« C'est bon signe. Elle commence à hurler sa peine, sa souffrance d'enfant, je dirais : la souffrance de Caroline. »*

24

— En peu de temps, votre mari a fait de nets progrès. Il suit des yeux les objets, ses réactions aux stimuli augmentent.

— Maintenez-vous votre verdict ?

— Pas de lésions qui auraient pu laisser de lourdes séquelles, mais un traumatisme suffisamment important pour avoir engendré une perte de mémoire et la perte de la parole. Mais nous sommes confiants.

— Confiants ? Il nous regarde comme s'il était privé de raison.

— Son amnésie n'est peut-être que partielle, que momentanée, il est trop tôt pour le dire. Rassurez-vous. Nous avons eu des cas semblables, et des renaissances complètes.

— Au bout de combien de temps ?

— Trois jours... six mois, un an, parfois plus. Tout peut revenir en bloc, ou progressivement. Le temps devient un ami dans ces cas-là, madame, un ami inestimable.

Une affirmation que Gabrielle n'aurait su démentir.

« Bien. Bien. Bien. » Ce seul mot se répercutait à l'infini dans son cœur enfin apaisé.

Les premiers regards, vides et privés d'âme, qu'elle avait interceptés l'avaient traversée sans frémir. L'œil hagard de Thierry se posait sur ses visiteurs sans les reconnaître. Ni sa femme, ni les Picard, ni personne. Ni Maître Rollin accouru à son chevet dès qu'il avait eu droit de visite. Le notaire avait encaissé les nouvelles données par une Gabrielle au-dessus de tout soupçon sans broncher, incrédule sur les faits, navré d'un tel concours de circonstances, et dépositaire à jamais des confidences de Thierry depuis la nuit du 19 au 20 octobre.

— Pour l'instant il n'est qu'un grand enfant qui vit dans le brouillard et qui peut faire des progrès phénoménaux... ou...

— Du réalisme, docteur, je vous en prie, dit Gabrielle en le quittant. Je n'ai pas pour habitude de me voiler la face. Je m'adapterai au quotidien, quel qu'il soit.

Le docteur suivit d'un œil admiratif cette femme à belle allure, courageuse et si profondément touchée par le drame de son mari.

Il soupira, conscient de sa propre frustration : le médecin n'était pas toujours un marchand de bonheur.

Le dimanche soir, Gabrielle réintégra donc le château, remettant un peu de rose aux joues et de baume sur le cœur des Picard, qui n'avaient pas encore bien compris la gravité de la situation au sujet de l'état mental de leur « petit », et elle s'était bien gardée de les informer davantage. Après avoir craint le pire, ils avaient maintenant confiance en la guérison de ses fractures, et priaient pour que la patience ne lui fasse pas défaut.

Le lendemain, elle s'éveilla avec le besoin urgent de prendre la mesure du caractère de Cécile.

Cela lui trottait dans la tête depuis le dimanche fatidique. Les jours de Thierry n'étaient plus en danger, mais elle désirait plus que tout régler le sort de sa rivale.

L'éliminer, certes, faisait encore partie de ses plans, mais... dans des conditions analogues à celles de sa mère.

Par amusement ; en trouvant la faiblesse, au besoin en la créant, afin de s'immiscer dans la faille pour manipuler la raison amoindrie.

Elle ne disposait pas du temps qu'elle s'était octroyé pour la mère, mais cette difficulté n'était pas pour la rebuter, bien au contraire, car elle lui procurait le plaisir du défi. Gabrielle ne savait pas si Cécile était touchée par toutes ces choses qui pouvaient fragiliser des esprits faibles. Elle supposait seulement, et espérait, que Cécile avait hérité des déficiences psychologiques de sa mère ; héréditairement, Cécile était le cobaye idéal pour l'expérience qu'elle allait tenter. D'ailleurs, au souvenir de la réaction de Jean à son apparition inattendue et dérangeante le jour du mariage de sa fille, Gabrielle supposa que cette dernière ne devait rien savoir de ce qu'elle allait habilement lui distiller.

A ce plaisir s'ajoutait celui de contrôler sa science, acquise par la lecture des livres autrefois conseillés par Frank Simon, lorsqu'elle suivait les cours de psychologie à l'Université, et dont elle avait tiré l'essentiel de son savoir sur les fragilités humaines.

Elle avait l'œil fixé sur un calendrier de poche et la jubilation étirait sa bouche en une ligne horizontale. Elle réfléchissait aux circonstances qui se prêtaient merveilleusement à la situation. Le 22 novembre approchait à grands pas. Un rire silencieux la secoua : *« Merci, docteur Simon, pour tout ce que vous m'avez appris. »*

Sa réflexion lui fit attendre midi, heure à laquelle elle passa un coup de fil.

— Chantal ? Gabrielle, à l'appareil. Avant que tu ne t'installes en solitaire devant ta salade mixte, que dirais-tu d'accepter mon invitation chez Maître Kanter ? On se retrouve là-bas ?

Elle n'écouta pas la réponse, raccrochant déjà, souriant à l'idée qu'il ne serait même pas venu à l'idée de Chantal Rosière de refuser son invitation.

Il lui fallut à peine quinze minutes pour arriver sur le lieu du rendez-vous.

Elle se gara au parking Hoche, tout près, et revint à pied en longeant la Chambre de commerce, pour rejoindre Chantal qui l'attendait devant l'entrée du grand restaurant. Un sourire fugitif se dessina sur ses lèvres pendant qu'elle examinait l'attitude et la tenue vestimentaire de son ancienne camarade d'école. Vêtue d'un imperméable beige et de bottines assorties, elle serait passée inaperçue malgré sa haute taille, si la blondeur de ses boucles courtes n'avait agrémenté le tout d'une touche bon chic bon genre. Les lunettes rondes lui donnaient un faux air d'intellectuelle et elle s'obstinait à teinter ses lèvres d'un rose de mauvais goût, mais l'ensemble passait bien. Le sourire de Gabrielle s'accentua lorsqu'elles s'embrassèrent : Chantal Rosière poussait le vice jusqu'à porter un parfum similaire au sien.

Les deux amies ne s'étaient pas revues depuis deux ans, entretenant leur relation par téléphone. Chantal Rosière était ravie de l'invitation et ne cessait de vouloir satisfaire la baronne, et lui plaire, cherchant même à reconnaître certains visages parmi les amateurs de choucroute, et ainsi afficher sa relation. En attendant leur apéritif, elle sortit un paquet de Rothmans et le présenta fièrement à Gabrielle :

— Je connais tes goûts. Et tu as raison, je ne peux plus en fumer d'autres.

« Heureusement que j'ai trouvé tes cheveux superbes ainsi, sinon tu trimballerais une longue crinière brune et lisse », songea comiquement Gabrielle en arrangeant la sienne de ses doigts manucurés.

25

Mardi 29 octobre.

La femme descendit du tram, traversa la route et longea sans empressement la rue Pasteur jusqu'à la place de la Mairie d'Echirolles. Elle s'installa sur un banc, allongea nonchalamment ses bras sur le dossier de bois vermoulu, respira le feuillage jaune et clairsemé des platanes, en étendant ses longues jambes bottées devant elle.

Le soleil, boudeur depuis plusieurs jours, se rattrapait et tiédissait l'air automnal, accordant à la terre un sursaut de bien-être.

La femme attendit patiemment l'heure où des mères, accompagnées d'enfants, commencèrent à s'avancer vers l'école Langevin.

Alors elle quitta sa retraite pour aussitôt traverser la rue Pasteur et pénétrer dans le hall clair du numéro 5. Pour justifier sa présence dans les lieux, aux habitants de l'immeuble qui lui jetaient des regards curieux en passant, elle se mit à étudier les noms des boîtes aux lettres.

Enfin, les portes de l'ascenseur s'ouvrirent sur Cécile et Manon.

Son coup d'œil, aussi rapide que précis, photographia instantanément la scène : Cécile, dont les hanches fines étaient moulées dans un jean délavé et le haut du corps perdu dans un vaste chandail gris-bleu, Manon, vêtue d'un pantalon beige et d'un pull-over orange, à col roulé.

La fillette fut la première à apercevoir la femme blonde qui s'était immobilisée et les regardait, elle et sa mère. Le regard de Cécile effleura l'étrangère sans la voir, perdue qu'elle était dans ses pensées, entraînée par Manon qui lui tenait la main. Mais la femme les retint d'un geste d'excuse.

— Ne seriez-vous pas Cécile Villard ? Si, je pense que si, ajouta-t-elle aussitôt avec un doux sourire attendri. Vous ressemblez tellement à Caroline.

D'emblée, Cécile et Manon avaient eu un recul instinctif. Chez Manon, ce recul se manifesta par un désir de fuite immédiate. Elle commença à tirer sa mère à elle, quand celle-ci bloqua net son avancée.

— Je m'appelle Chantal Rosière, se présenta l'inconnue.

Quelque chose, dans cette femme, déplaisait fortement à Cécile, lui faisant instantanément douter de la gentillesse du ton, du sourire sur les lèvres fardées de rose. Par pur instinct ! Par un réflexe extraordinaire d'animal craintif ! Elle avait été très rarement, autant dire presque jamais, confrontée à une antipathie instantanée. Avec ce sentiment aussi brutal qu'étrange, revenait un malaise général, cette sensation de panique qu'elle éprouvait ces derniers jours. La vague de méfiance l'envahissait tout entière, accentuée par celle que Manon ressentait à ses côtés, mais...

Il y avait eu ce mot prononcé, ce nom...

Pour la première fois, elle hésita à se fier à ses signaux internes, trop bouleversée d'attraper enfin — et presque par miracle — un fil qui allait la relier à son passé.

— J'étais une amie de Caroline, reprit la blonde.

Le mur invisible que Cécile avait commencé à dresser pour sa protection vola en éclats. Le mot trouvait un écho dans son âme tourmentée et balayait tous les remparts, même ceux de l'irrationnel. L'élan de prudence inexpliqué se fondit dans un autre élan : celui de son cœur avide. Elle refoula sa répulsion première et se retrouva soudain devant l'étrangère comme l'enfant à qui l'on rapporte son jouet favori, égaré depuis des semaines.

Quant à Manon, ce qu'elle ressentait n'était tempéré d'aucune façon. Elle réagit avec cette aisance innée qu'elle avait de ne se laisser entraver par rien. Se moquant des remontrances qu'elle allait immanquablement subir, elle secoua la main de sa mère sans ménagement.

— Tu es bien jolie, ma petite, lui dit alors la femme en souriant. Comment t'appelles-tu ? lui demanda-t-elle en avançant la main.

Comme si elle avait été piquée par un scorpion, Manon fit un bond en arrière pour esquiver la caresse et lui jeta un regard incendiaire tout en lâchant sa mère.

— Manon ! lui dit sévèrement celle-ci. Veux-tu bien...

Son regard changea alors de cible et se jeta sur celui de sa mère, stoppant net la réprimande qui allait suivre. Puis elle tourna les talons et sortit de l'immeuble, le cœur battant à tout rompre, espérant libérer Cécile des griffes de la « sorcière ».

Le terme lui était venu en visualisant tout autour de l'étrangère une sorte de nimbe noirâtre.

— Ecoutez, ma petite Cécile, je ne voudrais surtout pas abuser de votre temps, mais je suis de passage à Grenoble et cela m'aurait fait plaisir de voir ma filleule, après tant d'années. Alors si vous le voulez bien, ajouta Chantal Rosière sans tenir compte de la surprise muette de Cécile, accompagnez votre fillette à l'école, je vous attends en fumant une cigarette.

Cécile engloba une dernière fois la silhouette élancée aux boucles blondes qui tranchaient avec le brun des yeux, tuant cette voix en elle qui lui criait la prudence. Elle heurta le montant de la porte en sortant, mais ne s'en rendit même pas compte.

Une mimique de satisfaction élargit la face de Chantal Rosière tandis qu'elle sortait un paquet de Rothmans de sa poche.

En rejoignant Manon qui l'attendait à quelques mètres, boudeuse et renfrognée, Cécile ne lui fit aucun commentaire sur sa conduite. Elle-même ne ressentait-elle pas une antipathie extrême pour cette femme ? Une aversion que sa condition d'adulte l'aidait à surmonter ? Sa condition d'adulte, ou bien... un intérêt, que l'obsession des derniers jours avait fait renaître, et que la rencontre fortuite — vraiment fortuite ? — d'aujourd'hui décuplait ?

Elle prit Manon par la main et la tira vers le passage pour piétons sur lequel le policier de service faisait traverser les écoliers retardataires.

— C'est qui ? fit Manon en traînant des pieds.

— Je ne sais pas.

— Je l'aime pas.

— Moi non plus.

— Elle sent pas bon.

— Tu exagères.

— Non.

— Elle a un parfum spécial, je te l'accorde, mais tu ne vas pas faire comme Sophie qui les critique tous ?

— Qu'est-ce qu'elle voulait ?

— Je ne sais pas.

— Si ! Tu sais !

— Manon ! Je t'assure que je ne sais pas qui elle est, comment veux-tu que je sache ce qu'elle veut ? Allez, viens, tu vas être en retard.

Elles ne s'étaient jamais parlé de cette façon : questions et réponses, sans répit, sans se regarder, désunies pour la première fois dans un affrontement verbal.

A la minute présente, mentir à Manon ne posait pas plus de problème à Cécile que d'ignorer son antipathie pour Chantal Rosière. Elle entraîna sa fille qui se rebiffa en retirant sa petite main d'un geste brusque de la sienne. Cécile fut surprise. Elle connaissait le caractère têtu de Manon, mais il était toujours en phase avec le sien. Elle ne la regarda plus, haussa les épaules, trop pressée de revenir chez elle, fébrile, trop inquiète de ne plus y trouver sa visiteuse.

— Très bien, marche seule.

— Je veux rester avec toi, dit Manon en s'arrêtant pile au milieu de la route.

— Manon ! Quelle mouche te pique ? s'énerva Cécile en revenant sur ses pas.

— J'ai mal au ventre.

— Je ne te crois pas. Allez, viens, ma chérie, se radoucit Cécile.

— J'ai mal au ventre.

— Manon ! Je vais me fâcher, s'impatienta Cécile en lui saisissant la main, d'autorité. Je ne t'aurais jamais crue capable de te comporter en bébé. Tout le monde te regarde.

Le policier leur fit un clin d'œil tout en les priant de se dépêcher.

Cécile sentait une sueur s'échapper de tout son corps. Pour la première fois de sa vie, elle eut envie de gifler sa fille, de la secouer, de s'en débarrasser.

Manon savait que sa mère ne céderait pas, et commençait à avoir mal au ventre pour de bon.

Paul sauva la situation.

En apercevant son amie, le garçonnet quitta sa mère et vint en courant la rejoindre. Son cartable tressautait comiquement sur ses maigres épaules. Manon perdit instantanément son air revêche et retrouva son envie d'aller en classe quand Paul s'empara fermement de sa main. Mais elle n'eut aucun sourire, aucun regard pour sa mère qu'elle planta là, se laissant entraîner par Paul.

Cécile ne s'attarda pas sur ce qui se passait entre elle et sa fille, focalisée sur l'amie de sa mère. Elle ne résista pas à une envie de courir et eut un élan, qu'elle réussit malgré tout à contenir pour essayer de réfléchir. Trop émue et affolée, plus rien d'autre ne comptait qu'une immense envie de questionner sa... marraine... Avait-elle bien compris ? Des tas de choses lui échappaient. Que lui avait-on donné comme vérité ? Où était la vérité ? Ses griefs envers son père, soudain, se réveillèrent comme par enchantement, ainsi qu'une étrange volonté. Elle accéléra le pas, le souffle court et le cœur battant.

En voyant l'inconnue achever de fumer sa cigarette devant l'entrée de l'immeuble, elle éprouva un soulagement immense.

Ce n'était pas le sourire engageant qui la poussait en avant, mais la promesse de découvrir un mystère pressenti. Elle rejeta les derniers murmures et sursauts de raison pour se jeter à cœur perdu dans le passé qu'elle entrevoyait.

La première question qu'elle posa, lorsqu'elles pénétrèrent dans l'ascenseur, découlait d'une incompréhension.

— Vous avez dit être ma marraine ?

— C'est exact. Vous... enfin, permets-moi de te tutoyer. Oui, tu es bien ma filleule, ajouta la femme blonde en souriant gentiment devant son signe d'assentiment. Tu ne te souviens absolument pas de moi ? Je venais souvent chez vous.

L'émotion noua la gorge de Cécile jusqu'à ce qu'elle ait refermé la porte de son appartement.

— Installez-vous, je vais préparer du café.

— Ma chère enfant, la retint la visiteuse, je dois tout d'abord t'avouer que je ne m'attendais pas à une telle ressemblance... J'éprouve à la fois un immense bonheur de te revoir enfin, et un terrible chagrin à la pensée de ma pauvre Caroline.

Tout en parlant elle avait ôté son manteau, sans la quitter des yeux.

— Mais je comprends ta surprise. Je n'ai pas vraiment bien rempli mon rôle, jusque-là.

— On m'avait dit que ma marraine était morte, dit Cécile, gênée, les yeux à terre.

— Morte ? Mon Dieu, s'exclama Chantal Rosière en portant la main à sa gorge, heureusement qu'il n'en est rien, mais... Jean aurait au moins pu avoir la franchise de ses actes... enfin, la délicatesse et la franchise sont des qualités qu'il gère assez mal, autant que je le connaisse. Mais, ma chérie, je ne suis pas venue pour parler de lui. C'est toi que je suis venue voir, trop tourmentée ces dernières années d'avoir été évincée de ta famille. C'est très joli chez toi, je reconnais le bon goût de ta maman.

Cécile restait debout, au milieu du salon, à regarder Chantal Rosière s'installer dans le canapé d'angle. Débarrassée de sa gabardine, elle lui paraissait différente, élégante. Le tailleur-pantalon chic, gris chiné, cintré près du corps, soulignait une silhouette impeccable. Son assurance et son aisance lui plaisaient et atténuaient le malaise ressenti au début de leur rencontre.

— Ma mère s'habillait-elle comme vous ?

— Elle avait encore plus de goût que moi.

— Pourquoi avez-vous été évincée de ma famille ?

— ... Parce que je sais trop de choses sur elle, fut la réponse hésitante. Ça ne faisait pas l'affaire de ton père. Mais ça ne faisait d'ailleurs plus mon affaire non plus, ajouta-t-elle sur un ton contraint.

— Vous connaissiez beaucoup ma mère ?

— Beaucoup ? Plus que cela, ma chérie. Nous étions inséparables, jusqu'à sa mort.

— Vous étiez son amie ?

— Sa sœur. Son double.

— Qu'est-ce qui pouvait gêner mon père ?

Chantal Rosière se releva en souplesse et vint prendre les mains que Cécile pressait l'une contre l'autre.

— Ma chérie, il y a toujours des histoires dans les familles, bien ou mal vécues. Je ne suis pas venue pour faire revivre un passé qui mérite l'oubli par certains côtés, je suis venue pour toi, rien que pour toi.

Le contact physique réveilla Cécile qui eut un léger sursaut et proposa une nouvelle fois du café.

Chantal Rosière la laissa aller, heureuse de sa pâleur, du tic qui agressait un coin de sa bouche, de son allure incertaine. Elle se mit à examiner la pièce, ravie, le sourire aux lèvres. L'appartement était situé plein est. Les rayons du soleil transperçaient les fins voilages des fenêtres pour se prélasser sur les murs, et donner vie et bonheur au décor.

Au retour de Cécile, qui portait un plateau et deux tasses emplies d'un liquide noir et odorant, elle reprit d'une voix agréable :

— Que deviens-tu ? J'ai vu que tu avais une enfant superbe. Il n'y a pas de photographies par ici, mais je suppose que tu as aussi un mari formidable.

Ignorant le mutisme et la raideur imperceptible de la jeune femme, elle fouilla dans les poches de son imperméable et en sortit quelques clichés qu'elle brandit en vainqueur.

— Te voici dans toute ta splendeur de bébé et d'enfant, dans mes bras et dans ceux de ta mère, commenta-t-elle, toi encore sur ton premier vélo, toi toujours, un jour de caprice, toi, sur un manège. J'étais brune à l'époque, s'excusa-t-elle d'un petit haussement d'épaules. Et nous voici, ta maman et moi, finit-elle sur une note émue que Cécile enregistra, elle-même bouleversée de se pencher sur un bout de ce passé caché, sans avoir l'impression de commettre une faute.

Assise en face, dans un fauteuil, elle prenait et dévorait les photos déjà vieillies. Elle se détendait, tout en sentant les larmes lui monter aux yeux. Elle les rendit enfin et eut envie de poser mille questions.

— Comment était ma mère ?

— Jolie, très jolie. J'étais jalouse d'elle, d'ailleurs, mais je t'assure que tu n'as rien à lui envier. C'était une fille formidable, malgré son état dépressif. Mais quand tu es née, tu lui as momentanément redonné du courage, de la force, elle a lutté encore plus pour s'en sortir. Hélas, sa maladie l'a déstabilisée.

— Mais... je croyais qu'elle était décédée brutalement de sa maladie, s'étonna Cécile qui avait froncé les sourcils.

— Eh bien... oui... en quelque sorte. Elle s'est suicidée quand elle a su qu'elle ne pouvait échapper à sa lourde hérédité.

Elle n'avait pas terminé sa phrase que la tasse de Cécile rebondissait sur le tapis blanc, maculant les longs poils de laine. Hébétée, celle-ci répétait le mot du bout des lèvres, incrédule et horrifiée, tandis que Chantal Rosière s'était levée d'un bond pour échapper aux éclaboussures.

— Ne me dis pas que tu n'étais pas au courant ? s'alarma-t-elle. Bon sang ! Mais je comprends mieux pourquoi Jean m'a écartée de toi ! Mon Dieu, t'aurait-il caché ce que tu dois immanquablement savoir pour te consolider, toi !

— Mais... balbutia Cécile qui ne comprenait rien, qui n'écoutait plus, même, les incohérences énoncées par sa visiteuse... pourquoi ne m'a-t-on rien dit ? Que s'est-il passé ?

Chantal Rosière, qui s'était précipitée dans la cuisine à la recherche d'une serviette, revenait déjà pour éponger le tapis imbibé de café.

— Es-tu sûre de vouloir connaître la vérité ? Je me sens terriblement mal à l'aise. Je ne te savais pas aussi protégée par Jean. Je... Je crois que je vais m'en aller, ajouta-t-elle en se levant, tendant sa main vers sa gabardine.

— Non, hurla presque Cécile qui ne sentait pas les larmes rouler sur ses joues. Je veux savoir ! S'il vous plaît !

La sonnerie du téléphone les fit sursauter, accentuant la tension qui s'élevait dans la pièce.

Elles restèrent muettes, le temps à l'appareil blanc de sonner dix fois sans qu'aucune ne fasse un mouvement, et Chantal vint la prendre dans ses bras. Tendrement, caressante, attentive à la raideur du corps qui n'allait pas tarder à se laisser aller à la confiance.

— Ma chérie, murmura-t-elle, j'ai bien peur d'avoir été la mauvaise surprise du jour. Je ne me sens pas le courage de t'avouer tout ce que l'on a cru bon de te taire.

— Je vous en prie, restez ! réagit Cécile en s'écartant des bras protecteurs et en se rasseyant. Restez ! Je me doutais bien que l'on me cachait des choses. Restez, insista-t-elle encore en voyant l'amie de sa mère hésiter. Pourquoi s'est-elle suicidée ? Pourquoi me l'a-t-on caché ?

Cette fois, elle n'ôta pas sa main que Chantal prit et caressa.

— Alors, ne m'interromps pas, sauf si tu ne comprends pas. Bien. Ta maman était une jeune fille charmante, mais fragile. Oui, fragile, mais pas au sens médical classique. Elle était... déséquilibrée, si tu préfères. Allons, calme-toi. Je crois que tu vas me détester, mais te dire tout cela est peut-être le plus grand bien que j'aurai pu te faire, finalement. Donc, Caroline, lorsqu'elle a épousé ton père, commençait à ressentir les mêmes troubles mentaux que sa mère, et sa grand-mère bien avant elle, avaient déjà ressentis.

— Quels troubles ? s'inquiéta Cécile.

— Des peurs, des angoisses, des sautes d'humeur terribles... dit Chantal Rosière avec un geste vague qui abrégeait une longue liste, et des maux de tête sur la fin, qui s'étaient manifestés pour annoncer la formation d'une tumeur au cerveau. Une tumeur inopérable.

— Papa m'a dit qu'elle était morte d'une méningite foudroyante.

— Ce qui était une toute petite partie de la vérité, en fin de compte.

— C'est pour cela que vous l'avez traité de menteur, tout à l'heure ?

— Non, pas seulement pour ça, mais revenons à ta maman. Si elle n'avait pas été folle, et malheureuse, elle ne se serait pas suicidée, mais la tumeur l'aurait emportée dans d'atroces souffrances. Ta grand-mère et ton arrière-grand-mère ont aussi mis fin à leurs jours, on a pu le contrôler. Comme on a su qu'elles avaient aussi la tête... un peu dérangée.

— Pourquoi ma mère aurait-elle été malheureuse ? Comment s'est-elle tuée ?

Chantal Rosière choisit de répondre à la deuxième question.

— J'aurais souhaité ne pas être la première à t'apprendre une chose aussi affreuse. Elle s'est pendue... Je suis navrée, s'attendrit Chantal Rosière, prête à ouvrir ses bras charitables.

— ... Où ? émit Cécile d'une voix plaintive, les yeux fermés sur une horrible vision.

— Dans votre maison, sur le cours Jean-Jaurès.

— Oh, mon Dieu ! Et papa, dans tout ça ?

— Il aurait pu éviter la chose.

— Mais comment ?

— S'il l'avait fait soigner.

— Mais il y avait Frank, notre ami ! Il est psychiatre.

— Je le connais. C'est un petit psychiatre, si tu veux mon avis. Il a toujours considéré que Caroline faisait des manières. Il n'aimait pas ta mère. Et je suis sûre qu'ils te surveillent tous de près. Ils ne veulent pas refaire la même erreur.

— Vous parliez d'hérédité, dit Cécile d'une voix perdue.

Le téléphone se remit à sonner, les forçant au silence une deuxième fois. Les longues sonneries leur parurent interminables, lancinantes, agressives. Leur soulagement fut perceptible quand elles cessèrent.

— Oui, je connais bien la question car je suis moi-même psychiatre. Et si je te disais la véritable raison de mon retour ? demanda-t-elle après un silence en se penchant davantage vers Cécile. Malgré les pires malédictions que Jean et Frank ont formulées contre moi pour que je me tienne éloignée de toi, je suis venue m'assurer que tu allais bien. Car tu arrives à la date fatidique où les événements devraient se déclencher, comme cela s'est passé pour ton ascendance. Non, ne t'affole pas. Fais-moi confiance. Eprouves-tu les troubles dont j'ai parlé ? Oui ? s'alarma-t-elle. Mon Dieu ! Importants ? Ne serait-ce pas plutôt une déprime passagère ? Il vaudrait mieux que ce soit cela. Ça doit être cela. Prends-tu de petits tranquillisants anodins ? Oui ? Parfait. Continue. Des maux de tête ? Non ? Alors tout va bien. Tu me rassures. Ceux de ta mère avaient commencé quelques semaines avant sa mort.

— Je comprends l'insistance de Frank à me voir, dit Cécile tout bas, les yeux perdus dans le vague.

— Ah ! Ça confirme ce que je pensais. Je parie qu'il veille sur toi depuis toujours, même sans que tu en aies conscience, ma chérie. Quand je dis qu'il veille sur toi, je veux dire qu'il te surveille, à l'affût des premiers symptômes de folie ou de tumeur, finit-elle sur un ton bas, presque sentencieux, le doigt pointé en avant, accusateur.

— Mais... si ma mère était vraiment folle, pourquoi ne l'a-t-on pas internée ?

— Parce qu'aucun n'a voulu y croire. N'oublie pas que Jean et Frank Simon sont complices. En fait, elle avait un comportement presque normal, juste un peu dépressif, nerveux, mais moi, qui la connaissais bien, je l'ai vue plusieurs fois dans des états alarmants. Jean et moi nous disputions d'ailleurs à son sujet. Je la sentais devenir étrangère à tout, même à toi, ma pauvre enfant. Ah, combien de fois l'as-tu plongée dans un terrible tourment.

— Mais pourquoi ? s'exclama Cécile. Que lui avais-je donc fait ? Vous disiez tout à l'heure que ma naissance lui avait fait grand bien.

— Mais tu existais ! Tu existais, voilà tout le problème ! Et tu lui rappelais qu'elle ne méritait pas la vie qu'elle menait auprès de Jean !

— Pourquoi dites-vous ça ? Elle et mon père s'aimaient !

— Caroline était mon amie, ma chérie. Je connaissais tous ses secrets, donc tous ceux de ta famille, mais... je m'aperçois que Jean t'a caché trop de choses.

— Il pensait sans doute bien faire ? murmura désespérément Cécile.

Elle se sentait perdre pied, ne sachant plus réellement si elle souhaitait poursuivre une conversation aussi ahurissante, mais elle pressentait qu'il y avait autre chose, peut-être aussi terrible, à venir.

— Il a dû souffrir affreusement, reprit-elle en souhaitant ardemment un assentiment.

— Ne pense pas à lui, mais plutôt à toi. Ton père aurait dû te faire confiance.

— Vous ne semblez pas l'aimer beaucoup.

— C'est exact. Pardonne-moi, mais je lui en veux.

— A cause du suicide de ma mère ?

— Pour cela et parce qu'il l'a rendue malheureuse.

— Mais non ! Enfin... je ne crois pas, hésita Cécile qui ravalait ses larmes.

— Il ne méritait pas la fidélité de Caroline.

— Pourquoi ? demanda Cécile en se mouchant.

— J'ai des raisons de détester ton père, excuse-moi. Il a volé son droit au bonheur à ta mère.

— C'est-à-dire ?

— Elle aimait un autre homme, mais Jean a tout fait pour les séparer...

— Maman aimait un autre homme ?

Sans remarquer les yeux agrandis de surprise, Chantal Rosière regarda sa montre et se leva d'un bond.

— Je ne pensais pas qu'il était aussi tard ! Mon Dieu, je vais rater mon rendez-vous !

Cécile, hagarde, apeurée soudain de la voir partir, s'accrocha à son bras pour la retenir.

— Je reste à Grenoble jusqu'à jeudi soir, la rassura la blonde. Fixons-nous un autre rendez-vous, mais en ville, cette fois. Si ton père apprenait ma présence en ces lieux, il serait capable du pire, j'ai assisté à des scènes de jalousie autrefois entre lui et ta mère, et je t'assure que la santé mentale de la pauvre Caroline ne s'est pas améliorée grâce à lui.

— ... Mais je croyais qu'il l'aimait ! dit Cécile atterrée.

— Ce sont ses remords d'aujourd'hui qui te le font croire ?

— On n'en parle jamais.

— Et pour cause, il est trop mal placé pour le faire.

— Maman aimait vraiment un autre homme ? Pourtant... vous disiez qu'elle était folle.

— C'était avant.

— Je ne comprends plus très bien.

— Ma chérie, demain je te dirai tout le reste, mais pour l'amour du ciel, prudence, ne parle à personne de tout cela. Prends un autre café, je vais d'ailleurs te le faire, allonge-toi un instant et ensuite refais-toi un joli visage.

— Mais demain, je ne peux pas ! s'exclama Cécile, j'ai Manon avec moi, elle n'a pas classe.

— Amène-la avec toi. Elle jouera dans un coin.

— Non ! Impossible, elle...

— Elle, quoi ? la scrutèrent les yeux foncés.

— Je préfère venir sans elle, se reprit-elle.

Elle avait été à deux doigts de lui révéler l'aversion de sa fille à son sujet.

— Alors jeudi ? ou vendredi ? la rassura Chantal Rosière qui venait d'enfiler son vêtement.

— Non, le problème sera le même, puisqu'elle est en vacances ce soir. Mais je vais m'arranger, elle ira chez Paul. Oui, c'est cela, je m'arrangerai.

— Très bien. A 14 heures, au Marathon, un bar de l'avenue Marcellin-Berthelot. Tu connais ?

Anéantie, Cécile ne put qu'acquiescer d'un battement de paupières et resta prostrée, les yeux égarés sur un environnement qu'elle ne reconnaissait pas. C'était comme si son univers s'effritait autour d'elle.

Elle ne mesura pas le temps qui s'écoulait, pendant que l'amie de sa mère s'affairait dans sa cuisine, mais elle releva la tête lorsque celle-ci réapparut.

— Voilà qui te fera du bien. Non, ne bouge pas, il me reste quelques minutes, indique-moi seulement où est la salle de bains.

Dans la salle de bains, Chantal Rosière s'amusa de constater que la plupart des gens rangeaient leur pharmacie personnelle dans un coin de leur meuble de toilette. Elle trouva vite la boîte de tranquillisants, avisa les gélules, les renversa dans sa main, en compta douze, en déposa six sur le lavabo et remit les autres dans leur flacon. Une par une, elle ouvrit rapidement celles qu'elle venait d'isoler, afin d'y introduire habilement une poudre qu'elle faisait glisser d'un tube fin et transparent en le tapotant doucement. La manœuvre exécutée, elle secoua le flacon dans lequel les médicaments complétés avaient repris leur place, et le reposa dans l'armoire. Puis elle s'accorda une seconde de répit pour soupirer profondément et sourire à son double dans la glace, avant de revenir au salon.

— Mes retrouvailles avec toi n'auraient pas dû se passer de la sorte et je déplore que l'on t'ait laissée dans l'ignorance de tant de choses, dit-elle doucement à Cécile qui n'avait pas touché à sa tasse. Tu es adulte et en âge de comprendre, n'est-ce pas ? Je reste chagrine de voir que tu ne connais rien de ta pauvre mère. Les silences laissent toujours supposer le pire, et ici, en l'occurrence, ils ont servi à cacher la mauvaise conscience de certains.

Cécile gardait la tête baissée sur son désespoir. Elle ne comprenait pas ce frein qui la retenait de s'abattre dans les bras de l'amie de sa mère. Car elle avait envie de s'effondrer sur une épaule amicale.

— Vous-même n'avez rien pu faire pour lui éviter cette fin aussi horrible ?

— Ton père faisait tout pour me tenir éloignée d'elle. Il avait rompu avec tous leurs amis, sous prétexte de protéger Caroline. En fait, il avait honte et souhaitait leur cacher la folie de sa femme. Quand elle perdait un peu la tête, il l'enfermait à double tour dans sa chambre où elle pleurait jusqu'à s'endormir, terrassée par les comprimés que Frank lui conseillait.

— Comment le savez-vous ?

Le ton de la question avertit Chantal Rosière que Cécile commençait à se révolter.

— Je réussissais à voir ta maman de temps en temps, quand elle allait mieux et qu'on la laissait sortir. Il me reste de l'amertume de ces fois-là, car je pense que si j'avais réagi alors, j'aurais peut-être pu lui éviter le pire.

Un silence pesant s'installa.

— Je dois te laisser, petite, dit Chantal Rosière, en prenant la tasse. Tiens, avale ton café pendant qu'il est encore chaud. Je serai au Marathon demain à 14 heures.

Elle regarda Cécile porter la tasse à ses lèvres, s'assura qu'elle en buvait tout le contenu, puis se dirigea vers la sortie sans plus attendre.

— Vous connaissiez cet homme ? entendit-elle comme elle allait refermer la porte.

Elle n'eut pas besoin de précision pour savoir qui était concerné par la question.

— Bien sûr.

Cécile l'avait rejointe. Elle était adossée contre le mur et pressait ses mains l'une contre l'autre. Ses yeux l'interrogeaient plus qu'aucun mot.

— Je t'en parlerai demain si tu le souhaites, répondit doucement Chantal Rosière en disparaissant sur un petit signe amical.

Anthony rata la visiteuse de sa femme, à dix minutes près.

Dix minutes que Chantal Rosière mit à profit pour quitter les lieux, sauter dans le tram qui passait à cet instant, en sortir à l'arrêt suivant et récupérer sa voiture garée sur le parking de la Rampe, la salle culturelle d'Echirolles.

Anthony portait Manon à califourchon sur la hanche et grimpait les étages en courant, trop impatient pour attendre l'ascenseur. La fillette était pâle et suçait ses doigts.

Il la posa à terre avant de refermer la porte derrière eux, certain de trouver l'appartement vide, mais Manon fila directement dans le salon et s'arrêta devant sa mère allongée sur le canapé.

Cécile examina sa montre, perplexe, et les regarda sans très bien comprendre.

— Je te croyais sortie, commença Anthony encore plus surpris qu'elle. L'école t'a appelée deux fois avant d'appeler l'agence. Manon a été malade, elle a vomi dans la classe puis à l'infirmerie et a... insisté pour rentrer à la maison.

Il avait hésité en regardant sa fille. Il revint à Cécile, inquiet, remarqua les taches brunes sur le tapis mais ne s'y attarda pas.

— Que se passe-t-il ?

— Oh, rien, dit-elle en se touchant le front.

— Tu as mal à la tête ?

Pour Cécile, hypertendue, le ton effrayé d'Anthony déclencha une méfiance immédiate. Un signal se glissa au milieu des élancements qui lui vrillaient le crâne.

— Non, non.

— Nous te réveillons ?

— Je dormais. Je n'ai pas entendu le téléphone.

— Menteuse ! l'accusa Manon en colère.

La fillette avait bondi.

Elle n'avait pas refermé la bouche qu'une gifle retentissante lui coupa le souffle.

Si Cécile ne l'avait frappée, son père l'aurait fait à sa place, mais sans aucun doute de façon plus modérée.

Tous deux restèrent interdits face à leur fille. Anthony doublement. La violence de Cécile le fâcha plus encore que l'insolence inacceptable de Manon, même s'il n'en montra rien.

Sans attendre d'en être priée, Manon se dirigea vers sa chambre, la tête haute pour cacher son désarroi. L'indifférence de sa mère, son verrouillage mental, son mensonge la révoltaient, et elle s'interdisait de fléchir devant elle.

— Elle la méritait, mais tu n'aurais pas dû, dit Anthony, partagé entre deux priorités. Manon est malade, j'appelle le médecin.

— Ne sois pas ridicule, dit Cécile, laconique. Elle n'avait pas envie d'aller à l'école, c'est tout.

— Elle ne nous a jamais fait ce genre de comédie. Que fais-tu de ses vomissements ?

— Elle voulait rester avec moi, mais je n'ai pas cédé.

— Tu n'envisages même pas qu'elle soit réellement malade ?

— Elle a pu effectivement être contrariée, dit Cécile qui sentait ses nerfs la lâcher.

— Au point de piquer une crise de nerfs à l'école ? Quand elle a su que l'on n'arrivait pas à te joindre, elle a cassé la vitrine à pharmacie de l'infirmerie et balayé tout ce qui se trouvait sur les étagères. Elle ne s'est calmée que lorsque j'ai répondu présent au bout du fil.

Il n'ajouta pas qu'il avait abrégé un entretien important, ni annulé un rendez-vous urgent, laissant à Claudie le soin de parer au plus pressé.

Le ton de son mari n'avait rien de soupçonneux, mais Cécile l'interpréta comme tel et ne put lutter contre la désagréable impression d'être mal jugée.

— Tu as pleuré ? reprit la voix, plus tendre. Que s'est-il passé entre vous deux ? Elle reste muette comme une carpe, mais vous semblez être dans le même état.

— Tant de questions pour une affaire aussi banale. Je ne vois pas où tu veux en venir, soupira Cécile.

Anthony alla s'assurer de l'état de santé de Manon. La fillette semblait aller bien. Elle avait pris un livre de classe et lisait, le visage sérieux et fermé. Il lui envoya un dernier baiser et revint auprès de Cécile qui avait renversé sa tête en arrière et se protégeait derrière ses paupières fermées.

— As-tu pris tes calmants ?

La question irrita Cécile dont le désir essentiel était de se recroqueviller sur les mots de Chantal Rosière. Anéantie par les causes probables de son brutal mal de tête, elle ne pouvait s'empêcher de redouter l'autre partie des révélations à venir.

Anthony lui présenta un verre d'eau.

— Je n'aime pas te voir dans cet état, insista-t-il en lui donnant deux gélules blanc et rose.

Cécile acquiesça en esquissant un pauvre sourire et Anthony fut ému par le geste qu'elle venait de faire — celui d'autrefois — pour se cacher derrière les mèches de ses cheveux. Il fut ému, mais aussi troublé, empli d'une sourde appréhension.

Anthony avait été malchanceux : les médicaments qu'il remit à Cécile faisaient partie des six trafiqués. Elle les avala, confiante.

Dévisagée par Anthony, culpabilisée par Manon, déstabilisée par ce qui émergeait peu à peu de ses réflexions, elle prétexta le besoin d'aller dormir.

Il la tira à lui en douceur et l'enveloppa de ses bras.

— Viens voir Manon, avant, lui murmura-t-il à l'oreille.

Enlacés, ils s'avancèrent jusqu'à la chambre.

Où la stupeur les cloua sur place.

Armée d'un feutre noir, Manon était en train de tartiner la tapisserie de soleils lugubres. Avant qu'ils aient le temps d'exprimer leur colère, elle se tourna vers eux, vers Cécile précisément, et la fixa avec une provocation extrême.

— Tu es folle ? s'écria Anthony en s'élançant pour lui arracher son feutre.

Mais Cécile le devança. En le bousculant, elle s'avança vers sa fille, s'agenouilla et caressa la joue veloutée.

— Je te demande pardon, ma puce, j'étais énervée et tu as été impolie. Pardon.

Manon se blottit contre sa mère, sous les yeux incrédules d'Anthony.

— De toute façon, il fallait changer la tapisserie, dit Cécile d'un ton léger. Amuse-toi si le cœur t'en dit.

— Elle a sans doute eu une indigestion, expliqua Anthony à Claudie qui vint prendre des nouvelles de Manon.

— Où est Cécile ?

— Elle ne va pas très fort. Elle vient de se coucher.

— Dans le même état que dimanche ?

— Nous attendons Frank, dit Anthony en approuvant de la tête. Il sera là en fin de semaine.

— Si tu as le moindre problème, frappe à ma porte.

Les maux de tête de Cécile s'intensifièrent quelques minutes après, et la peur, avec eux. Une peur terrible que ses gémissements amplifièrent quand elle les entendit, incontrôlables, qui franchissaient en mourant le seuil de ses lèvres sans qu'elle pût les retenir. Elle se mit à claquer des dents, et le temps fila sans qu'elle en eût conscience, engloutie dans un état indéfinissable. Elle aurait voulu mourir, se fondre dans sa douleur, sans savoir laquelle, de la souffrance morale ou de la souffrance physique, lui faisait le plus mal. Il lui sembla rêver de rejoindre sa mère, fantôme blanc et souriant, libéré de ses chaînes, libéré de ses maux.

Une caresse froide la fit émerger du songe chaotique et atténua les élancements, tandis qu'un murmure lui parvenait, inquiet et tendre à la fois. Elle ouvrit les yeux et vit Anthony penché au-dessus d'elle.

— Tu as encore mal à la tête ? demanda-t-il.

D'un léger signe des paupières, pour ne pas affoler les monstres qui avaient investi sa tête, elle approuva.

— Avale ceci. C'est de l'aspirine, dit Anthony en approchant un verre de ses lèvres tout en lui soulevant la tête.

Ils restèrent sans rien dire de longues minutes, durant lesquelles Anthony s'occupa de mouiller la compresse pour lui rafraîchir le front. Son inquiétude s'échappait de chacun de ses gestes et ne rassurait en rien Cécile que les chocs nerveux successifs avaient finalement épuisée.

Anthony remonta le drap sur l'épaule découverte et caressa légèrement la tête blonde.

Ce geste doux et furtif ne fit aucun bien à Cécile.

Tout s'emmêlait dans sa tête.

Elle n'arrivait pas à trouver un fil conducteur cohérent. Seuls des mots clés percutaient son esprit auxquels elle associait des sentiments dévastateurs, sans pouvoir délimiter les frontières de la peur et de la haine. Au bout d'un moment, ils firent corps, pour ne représenter qu'un amalgame douloureux, insupportable, que des larmes ne suffirent pas à soulager.

En peu de mots, l'amie de sa mère avait défini une situation qu'il lui semblait mieux comprendre. Aussi soudain que nouveau, ce premier mal de tête lui avait fait traverser le miroir et s'aligner instinctivement aux côtés des Suzanne, Rachel et Caroline, les femmes de sa famille, les femmes au destin similaire, que Chantal Rosière avait fugitivement animées, le temps de faire d'elle l'héritière de leurs maux.

Ses étranges prémonitions avaient finalement un sens. Mais si les mots de Chantal Rosière la libéraient d'une incompréhension jusque-là ingérable, ils avivaient sa peur, qu'elle sentait se diffuser dans chaque parcelle de son corps, à l'image d'une bête malfaisante, gluante et glacée, qui étendrait ses tentacules comme des ramifications de cancer : comme le mal qui devait s'ancrer dans son cerveau.

La gifle était la preuve d'un dysfonctionnement grandissant. Il y a une semaine à peine, elle en aurait pleuré elle-même de confusion, si tant est qu'elle eût éprouvé l'envie de la donner.

Elle s'endormit lourdement quand les élancements se calmèrent. Jusqu'à ce que la sonnerie du téléphone la tire de ce havre de paix.

Il était 22 heures. Anthony était au salon, plongé dans de pénibles réflexions. Il décrocha à la première sonnerie.

— Bonjour, Anthony. Frank à l'appareil.

Le jeune homme eut un soupir de soulagement. Il chuchota à son interlocuteur de patienter et alla s'assurer que le silence régnait dans les deux chambres fermées. Il revint prendre le combiné.

— J'espérais votre appel.

— J'ai eu Jean, dimanche soir. Il m'a raconté l'énervement de Cécile.

— Son comportement a changé du tout au tout et son agressivité me surprend. Je vous avoue m'inquiéter fortement. Ses réactions incohérentes me dépassent et je reste confondu de découvrir une relation des plus étranges entre elle et Manon.

— De quelle sorte ?

— Elle m'a avoué une forte complicité. Manon ressentirait ses émotions et vice-versa, mais son don serait supérieur au sien. Elle m'a dit aussi une chose étonnante : que Manon lui retournait cette angoisse qu'elle éprouve elle-même.

— Elle a pu définir cette angoisse ? demanda Frank au bout d'un moment.

— Ce serait comme si elle se sentait peu à peu étouffée dans une bulle qui se refermerait sur elle. Ce sont ses termes. Un autre phénomène important s'est produit : des maux de tête. Vous savez bien qu'elle n'y est pas sujette.

Un lourd silence s'était installé à l'autre bout du fil, avant que Frank reprenne :

— L'aspirine les a-t-il calmés ?

— Difficilement.

— Et comment va Manon ?

— Elle passe la plupart de son temps dans sa chambre. Elle a été un peu secouée ce soir...

Anthony raconta tout à Frank attentif.

Quand il raccrocha, il n'entendit pas les petits pas de Manon trottiner sur la moquette jusqu'à son lit, ni ceux de Cécile se précipiter vers le sien.

La mère et la fille avaient collé la même oreille indiscrète contre la porte de leur chambre.

Le soir, Frank termina une page du cahier vert par ces lignes :

« Les propos d'Anthony confirment mes impressions au sujet de Manon, mais je ne m'inquiète pas pour elle. Pourrait-elle d'ailleurs me servir, pour me faire mieux comprendre sa mère ? Cécile est-elle en train de reproduire les mêmes symptômes que Caroline ?

Je rentre demain. »

26

Mercredi 30 octobre.

Face à Chantal Rosière, Cécile ressentit les mêmes impressions mauvaises que lors de sa première rencontre. Mais rien n'aurait pu l'empêcher de se trouver ici, dans ce bar-restaurant joliment décoré de bois et de cuir rouge, qui venait de se vider des clients de midi.

Elle avait laissé Manon chez Paul, s'attendant à un caprice. Mais la fillette n'avait fait aucun commentaire, conservant le même mutisme, la même indifférence que la veille à son endroit. A croire qu'elle avait abandonné sa surveillance.

Assise devant une tasse de thé, Cécile n'osait pas aborder le sujet. Quelque chose la retenait. Une pudeur, très certainement.

Elle attendait que son vis-à-vis cessât de l'examiner, refoulant les sentiments de méfiance qui tentaient de juguler cette espèce de fascination qu'elle éprouvait à vouloir percer les secrets de Caroline. Mais en elle, se disputaient l'envie de savoir et celle de ne pas savoir, qui annihilaient jusqu'au dernier degré de sa lucidité.

Chantal Rosière sirotait lentement son café en s'attardant sur le fin visage fatigué, essayant d'évaluer les dégâts occasionnés dans la tête qu'elle escomptait fragile. *« Les migraines s'étaient-elles déclenchées* ? » Elle avait troqué son tailleur contre une robe marine. Cécile portait les mêmes vêtements que la veille. Ses cheveux détachés et ses grands yeux cernés la faisaient ressembler à une petite fille égarée.

Elle se décida, pleine de courage, tentant de cacher son tremblement intérieur.

— En fin de compte, pourquoi ma mère s'est-elle tuée ? demanda-t-elle, hésitante, retenant à grand-peine une envie de pleurer. Parce qu'elle était malheureuse ? Folle ? Ou parce qu'elle avait une tumeur incurable ?

— Pour toutes ces raisons, répondit Chantal Rosière. Mais je dirais aussi qu'elle se sentait destinée à mourir. Caroline s'est tuée, parce que sa mère, avant elle, l'avait fait, ainsi que sa grand-mère. Cela fait partie de l'atavisme.

— Mais alors ? Je...

— Toi, ma chérie, je suis venue te secourir, la rassura Chantal Rosière en recouvrant sa main de la sienne. Je ne fais aucune confiance à Frank en ce domaine. Je l'ai vu trop mal agir pour ma pauvre Caroline. Mais toi, tu évolues dans un contexte un peu différent, ajouta-t-elle en souriant.

— C'est-à-dire ?

Chantal Rosière hésita, eut l'air de chercher ses mots, et enfin se décida.

— Si je te parle comme je le fais, c'est parce que je sais avoir affaire à quelqu'un de sain, tu comprends ? Que tu aies de la peine est tout à fait concevable, le contraire serait étonnant. Mais tu as de qui tenir, je te sens inébranlable, finit-elle en souriant, confiante.

Cécile baissa la tête. Pour lui cacher que rien n'était plus faux. Qu'elle n'était là que pour comprendre, mais que tout ce qu'elle découvrait depuis hier lui donnait la nausée. Qu'elle se sentait mourir de l'intérieur, vulnérable comme jamais elle ne l'avait été.

— Inébranlable, comme mon père ? dit-elle avec un petit sourire dérisoire.

— Tu as remarqué qu'il n'y avait que des femmes dans ton histoire ? dit Chantal Rosière d'un ton mystérieux, en guise de réponse.

Prise au dépourvu, Cécile ne put que la fixer, incertaine.

— Je suis sûre que tu n'as jamais rien su des hommes de ta famille, pour la bonne raison qu'ils étaient inscrits aux abonnés absents. Le rôle des salauds de service, en quelque sorte, affirma Chantal Rosière en allumant une cigarette. La fumée ne te gêne pas, au moins ?

Cécile ne répondit pas. Les battements de son cœur s'étaient accélérés, comme pour la prévenir que ce qu'elle avait craint survenait. Elle savait que Chantal Rosière allait lui assener un nouveau coup. Inconsciemment elle chercha un secours auprès du barman, un jeune homme aux traits fins et réguliers, mais son coup d'œil glissa, sans l'alerter, sur l'homme occupé à laver ses verres.

— Tu voulais tout savoir ? Bien. Je vais t'éclairer sur les répétitions familiales. Ta mère a été élevée par la sienne jusqu'à ce que celle-ci se jette sous un train, laissant Caroline aux soins d'une vieille tante. Une vieille tante, parce que sa propre mère, la grand-mère de Caroline, avait elle aussi mis fin à ses jours en se tailladant les veines des poignets. Ta mère s'est pendue... Il serait intéressant de remonter plus loin dans la généalogie de leur famille, mais ce qui est certain, c'est que ces trois jeunes femmes sont toutes décédées à l'âge de vingt-huit ans, avaient une fillette de sept ans, et souffraient de maux de tête. Et le plus incroyable, c'est que ces trois morts sont le reflet d'un même scénario : les pères de leur enfant les avaient abandonnées.

— Mais... pas le mien, dit Cécile qui avait l'impression absurde d'avoir tort.

— Si ! Le tien aussi. Jean n'est pas ton père.

Le silence tomba entre elles comme un couperet.

Pétrifiée, livide, Cécile offrait l'immobilité absolue d'une statue.

Chantal Rosière laissa le silence s'éterniser pour donner plus de poids à sa révélation, et reprit plus bas :

— Tu comprends mieux à présent les souffrances de ta mère ? Abandonnée par l'homme qu'elle aimait, épousée par un homme qu'elle n'aimait pas et qui avait fini par lui faire payer cette situation, mère d'un enfant qui lui rappelait chaque seconde de sa vie cet autre qu'elle haïssait, trahie par son pauvre cerveau malade et, pour finir, victime d'une saloperie de tumeur, que pouvait-elle rechercher, en se suicidant, sinon la paix ?

Cécile se concentrait désespérément sur les phrases que l'amie de sa mère débitait, et qui reprenait, insistante :

— Quel autre meilleur remède ? La paix, et la fin de ses tourments.

— Vous... lui donnez raison ? articula difficilement Cécile.

— N'oublie pas que sa tumeur se développait et faisait se rapprocher la même échéance. Elle aura au moins évité de terribles souffrances. Mais j'insiste surtout sur le phénomène de l'hérédité. Caroline portait cette hérédité en elle comme une fatalité. Le propre de l'hérédité c'est qu'elle vit à notre insu, sous la forme de répétitions des histoires de nos familles.

La bouche de Cécile ne se refermait pas, ouverte sur une incrédulité totale.

— Il faut dire que ton véritable père était impossible à oublier, ma chérie. Salaud par faiblesse, mais séduisant en diable.

— Vous le connaissez ? Vous le voyez souvent ?

— Non. Je n'aime pas les hommes qui ne se soucient pas de leur progéniture. De plus je le méprise de s'être laissé acheter.

— ... Acheter ?

— Jean lui a versé une certaine somme d'argent pour qu'il abandonne Caroline.

— Non ! Je ne vous crois pas, protesta Cécile, mais sa voix n'avait aucune consistance.

— Je t'ai dit qu'il avait tout fait pour les séparer. Sordide histoire, n'est-ce pas ? termina Chantal Rosière en soufflant sa fumée par les narines.

— Ma mère le savait-elle ?

— Bien sûr. Jean n'a pu résister au plaisir de lui ôter ses illusions sur l'intégrité et l'innocence de ton père.

C'en était trop. Cécile ne put retenir un flot de larmes.

— Pleure, ma chérie. C'est nécessaire. Tu comprends maintenant pourquoi je ne fréquente plus ta famille ?

Les pleurs durèrent. Chantal Rosière se contentait de caresser la nuque, que la tête posée sur les bras repliés offrait à son bourreau.

— Je vais devoir te laisser, ma chère enfant. Mais je suis là, dans ce bar, chaque jour à la même heure jusqu'à vendredi. Si tu as besoin de me voir, sache que ce sera avec un immense plaisir que je répondrai à d'autres questions. Je dois bien ça à Caroline. J'habite à Marseille et ne viens que très rarement à Grenoble. Demain je te donnerai mes coordonnées.

Cécile entendait les mots gentils que l'amie de sa mère chuchotait près de son oreille, mais les enregistrait à peine. Quand elle sentit un objet dur s'introduire dans une de ses mains crispées, elle sortit de sa dangereuse torpeur.

— Si par malheur tu devais ressentir toi aussi des maux de tête, disait Chantal Rosière, prends tout de suite un de ces cachets et appelle-moi. Je saurai te conseiller sans attendre et te prendre en charge. Et si tu veux un dernier conseil, n'en parle ni à Jean, ni à

Frank, ni même à ton mari que j'imagine assez bien être complice involontaire. Ils seraient capables de te les subtiliser pour t'en donner d'autres, moins efficaces.

Elle avait enfilé son imperméable et attendait que Cécile relève la tête, se concentrant suffisamment longtemps sur un point fixe pour que sa vue se brouille en créant l'illusion de larmes dans ses yeux bruns.

— Je prie le ciel pour que tu échappes à la fatalité, ma chérie, dit-elle en l'embrassant, le regard mouillé.

Cécile était incapable d'assimiler les révélations. Moralement et physiquement.

A un tout autre moment, jusqu'à deux mois auparavant, ne se serait-elle pas retournée vers Anthony, puis vers Jean, vers Frank, les piliers de son environnement, afin de mieux affronter la situation, s'accordant le droit de contester la sévérité des révélations d'une étrangère ?

Gabrielle l'avait piégée au moment idéal, quand, déjà fragilisée par un état dépressif galopant et d'énormes doutes sur ses compagnons, elle se sentait trahie.

Elle resta sans force, prostrée, à la table du bar qui s'emplissait peu à peu d'une jeunesse insouciante, mais elle n'entendait rien, ne voyait rien. Jusqu'à ce que le patron s'inquiète enfin et vienne s'enquérir d'elle.

Elle le regarda d'un air halluciné, se crut soudain la mire des clients et l'objet de rires sous cape, la cible de commentaires vaseux.

Elle réussit à se lever pour fuir l'endroit, et ne sut pas comment elle se retrouva dans la rue, à attendre le tram, la tête baissée pour échapper aux sourires et aux regards qu'elle croyait braqués sur elle.

Elle n'éprouvait qu'une envie, celle de se noyer dans ses propres repères. Elle oublia de passer prendre

Manon chez Paul, n'ayant qu'un seul désir, celui de rentrer chez elle et s'y calfeutrer.

Instinctivement, elle fut sur le point de faire demi-tour quand, la porte de l'appartement à peine refermée, une voix trop connue vola jusqu'à elle.

— Notre fugueuse est de retour ! Hello, nous sommes là !

Sophie apparut dans le hall, Manon accrochée à son cou, Paul à leurs côtés.

— Tu tombes à pic, ma vieille, on vient de se faire un goûter d'enfer. Viens vite nous rejoindre.

Une vague de contrariété et de colère submergea Cécile qui ne put retenir sa mauvaise humeur.

— Comment es-tu entrée ? dit-elle sans chaleur et sans rendre son baiser à Sophie.

— Je t'ai téléphoné sans succès, j'ai appelé Anthony qui a appelé lui-même chez les parents de Paul. Je me suis permis d'aller chercher les clés de votre domicile à l'agence, de venir prendre ma petite poupée, et nous avons préparé des crêpes en t'attendant. Magique, le téléphone, non ? Je me languissais des amis, reprit-elle en ignorant l'air revêche de son amie, allez, viens.

— Je n'ai pas faim, dit Cécile en regardant Manon.

La fillette était restée accrochée au cou de Sophie, sans manifester le besoin habituel de rejoindre sa mère. Son visage était fermé, sa bouche serrée, pincée comme pour exprimer un dépit.

— Je te mets au défi de ne pas en manger une seule. On attaque, les enfants ? A table ! chahuta Sophie en poussant devant elle Paul et Manon qu'elle venait de reposer à terre.

Maintenant que les enfants avaient rejoint la cuisine, Sophie se penchait vers Cécile et la prenait par les épaules, en la secouant doucement, tout en l'emmenant vers le salon.

— Que se passe-t-il ? Tu as une mine effroyable. Tu as pleuré.

Cécile n'était pas du genre à se confier sur des sujets trop intimes. Fut-elle tentée, même un dixième de seconde ? Mais... comment dire, comment oser dire, trouver les mots... sans trahir sa mère qu'elle venait de découvrir, de retrouver, et de laquelle elle se sentait inexplicablement si proche ?

— Je t'en prie, Cécile, confie-toi. Tu n'as pas de meilleure amie que moi, insista doucement Sophie en lui entourant les épaules d'un geste affectueux.

Et brutalement Cécile fut convaincue que Sophie n'était pas là par hasard. La surveillance continuait. Le regard suspicieux ne la trompait pas.

— Je suis fatiguée, tout simplement. Je vais aller me reposer.

Sophie n'insista pas et Cécile alla s'enfouir comme la veille sous ses draps, croyant se mettre à l'abri de sa souffrance.

Sophie entrebâilla la porte

— J'ai oublié de te dire que Frank rentre ce soir. Ton père doit aller le chercher à la gare et nous avons tous pensé qu'il serait sympa de se retrouver autour d'une table. Que dirais-tu d'un restau chinois ?

Un grand froid avait envahi Cécile, aux noms de Frank et de Jean. Des noms qui, maintenant, la terrifiaient. Sous les draps, ses mains vinrent se coller contre ses oreilles.

— Repose-toi, reprit Sophie, les enfants vont manger leurs crêpes, ensuite je les emmène faire un tour. Tout à l'heure, tu seras en pleine forme.

Son impuissance à se libérer d'une toile gluante oppressait Cécile. Les confidences de Chantal Rosière ne lui laissaient aucun répit et elle eut bientôt l'impression de sombrer dans un gouffre noir. Elle se releva avec peine pour avaler deux tranquillisants, avide d'en ressentir les bienfaits. Un hasard heureux lui fit ingurgiter deux capsules presque innocentes, vides du dérivé nitré réservé aux cardiaques et qui pouvait occasionner de terribles migraines.

A l'affût du mal, elle tentait d'alléger sa respiration, elle se recroquevillait en fœtus sous les draps et comptait les secondes, emplie d'un faible espoir.

Néanmoins sa peur augmentait, tandis que sa méfiance envers les siens se renforçait.

Brutalement, elle rejeta les draps et se leva.

Vingt minutes après, Manon restait figée au milieu de sa chambre, les doigts enfoncés dans sa bouche, les yeux emplis d'un profond désarroi.

Elle écoutait Sophie s'étonner tout haut, refaire en sens inverse les chemins du couloir à la chambre, de la chambre au salon, réouvrir pour la troisième fois la porte de la salle de bains.

— Ta maman a dû aller faire quelque course. Nous allons l'attendre en jouant, viens, lui dit Sophie en venant la chercher. Oh, je vois que l'on a eu de l'inspiration, dans cette chambre. Ou peut-être manquait-on de couleurs pour repeindre les murs ?

Manon n'avait pas bougé. Sophie fut étonnée et faillit la prendre dans ses bras, mais un regard l'arrêta net. Elle ressentit comme une barrière inexplicablement dressée entre elles deux, et se traita aussitôt d'idiote, sans toutefois passer outre l'ordre muet. Manon avait l'air de réfléchir intensément. C'était cela : elle réfléchissait.

Elle allait conserver cet air toutes les heures suivantes. Comme si, intérieurement, elle visualisait un film, dira Frank plus tard.

Ce fut ainsi que Frank, Jean et son père la trouvèrent. Elle leur montra peu d'intérêt, enfermée dans un mutisme et une concentration singuliers.

Lorsqu'il devint évident que Cécile avait abandonné les lieux, elle s'éclipsa dans sa chambre, les laissant tous à leur tourment.

— Impensable. Je ne vois pas pourquoi elle aurait pris une telle décision ! disait Sophie pour la troisième fois en allant d'un mur à un autre.

— Ne s'alarme-t-on pas un peu vite ? s'interposa Jean, qui cachait sa peur.

Il était le seul à s'être assis. Du fauteuil, situé dans un angle de la pièce, il leur faisait face à tous.

— Il manque une valise ! répliqua vivement Anthony. Une valise, bon Dieu ! Ça veut bien dire quelque chose, non ? s'énerva-t-il en retenant sa voix, à cause de Manon que tous préféraient tenir à l'écart de la dure vérité.

— Es-tu en mesure de dire quels vêtements elle a emportés ? demandèrent Sophie et Frank en même temps.

— L'armoire est en désordre, comme si elle avait pioché au hasard. Elle a dû se précipiter pendant votre absence.

— Quand je l'ai laissée, croyant qu'elle se reposait, elle semblait mal, très mal. Elle avait pleuré.

— Comme hier ! éclata Anthony, cela fait deux après-midi qu'elle est dans le même état ! Avons-nous eu raison d'attendre ? fit-il à l'adresse du médecin. Puisque vous saviez que les choses allaient évoluer dans ce sens, pourquoi n'avez-vous pas agi avant votre départ ?

— Une dépression nerveuse se déclare-t-elle toujours aussi vite ? insista Sophie en regardant le spécialiste qui restait silencieux.

— Celle de Cécile est particulière, hésita Frank. De plus, je la soupçonne de nous en avoir caché les prémices.

Anthony ne put s'empêcher de lui lancer un regard lourd de sous-entendus.

— Je suis néanmoins étonné que la situation se soit détériorée à ce point, poursuivit Frank, songeur, en s'éloignant du canapé.

— Je préférerais que tu n'emploies pas ce terme, intervint Jean à son tour, aussi nerveux que son gendre. Les seuls qui peuvent se prétendre étonnés, ici, sont devant toi. Toi, tu disais maîtriser la situation !

Sophie les regardait tour à tour, sentant monter la tension qui couvait depuis leur arrivée. Frank hochait doucement la tête, se gardant de reprocher à Jean sa mauvaise foi. Mais Anthony fut moins tendre à l'égard de son beau-père.

— Si je me rappelle bien vos propos, Frank se faisait du souci inutilement au sujet de sa filleule ! réagit-il. Il aurait été judicieux de lui faire confiance, depuis le temps qu'il vous met en garde ! Pourquoi n'avez-vous rien dit lorsque dimanche Cécile vous accusait de lui taire une vérité ? C'était le moment idéal, mais vous avez préféré esquiver la discussion ! Nous nous sommes tous défilés. Comme des lâches !

— Je crois toujours qu'il n'est pas nécessaire de lui apprendre une aussi terrible chose, au sujet de sa mère, lui répondit Jean en l'affrontant du regard. Je ne l'ai jamais sentie assez forte pour supporter le choc.

La position butée de Jean irrita Anthony.

— C'est le suicide de votre femme ou ses raisons qui vous obsèdent au point de vouloir les taire à tout prix ?

Jean pâlit et serra les poings, tandis que Sophie et Frank ébauchaient le geste d'arrêter la diatribe d'Anthony.

— Petit ! Ne me juge pas, dit Jean d'une voix blanche en se relevant.

— Mais enfin... Si Frank avait raison ? Si une force inconnue poussait Cécile au suicide ?

— Calmez-vous, intervint Frank de sa voix douce en dénouant le nœud de sa cravate.

Il vint poser une main apaisante sur l'épaule de son vieux camarade.

— Mes amis, restons lucides et prêts à tout.

— Facile à dire, dit Anthony qui s'était remis à faire les cent pas. Jamais je ne l'aurais imaginée capable d'une telle initiative.

— Je craignais une fugue désorganisée, dit Frank, effectuée sur un coup de tête, un coup de folie. Or, elle a pris son sac, donc ses papiers, de l'argent ou un chéquier j'imagine, tout ceci dans un but précis.

— Pour s'écarter ? S'éloigner momentanément ?

— Je dirais plutôt fuir. Mais fuir quoi ? Fuir qui ?

— Se pourrait-il que ce soit moi ? Elle a eu l'air si contrariée en me voyant. Aurais-je pu influencer sa décision ? demanda Sophie, navrée.

Les autres en doutèrent. Soudain Anthony se précipita dans la salle de bains. Il en revint aussitôt.

— Elle a emporté ses tranquillisants.

— En restait-il beaucoup ? s'enquit Frank.

— A ma connaissance, même pas une dizaine.

Un silence s'installa, qui leur permit d'entendre des bruits venant du palier, et chacun s'immobilisa en retenant son souffle : des tintements de clés, le claquement d'une porte refermée. Plus rien. L'abattement revint parmi eux.

— Les Bertin viennent de rentrer, je vais les voir, jeta Anthony en s'élançant dans le couloir.

Jean alla dans la salle de bains pour se rafraîchir. Il appliqua un long moment ses mains mouillées contre ses paupières closes, puis il se regarda dans le miroir. Il s'interrogeait plus que jamais sur la qualité des liens qui le rattachaient à Cécile. Depuis dimanche, depuis la scène, il doutait d'avoir su leur donner l'essentiel, ce ciment indispensable qui les renforce au fil du temps, qui les rend indestructibles. Il s'était cru proche de sa fille, croyant avoir réussi à créer un peu de bonheur autour d'elle et une grande complicité. Ce doute remettait en cause des années d'un bonheur éphémère, et s'il avait du mal à adhérer aux conclusions médicales de Frank, il ne pouvait se défaire de l'idée que

Cécile l'avait abandonné, lui, plus que tous les autres. Au souvenir de son expression, il savait qu'il ne pouvait en être autrement. La peur le tenaillait en secret. N'était-ce pas un début de haine qui avait assombri le bleu des grands yeux ? Née d'où ? Comment ? Il n'avait plus osé affronter sa fille depuis dimanche. Son cœur saignait. *« Je suis coupable de tant de choses... »* disait-il tout bas, espérant inutilement que son image, son double, sa conscience, lui dise le contraire.

Il revoyait Cécile, petit corps rouge et minuscule, aux pleurs aigus, aussitôt délaissé par sa mère. Caroline avait stoïquement supporté les douleurs de l'accouchement, s'interdisant la moindre plainte. Elle n'avait pas voulu voir l'enfant et avait délibérément tourné la tête contre le mur quand l'infirmière lui avait présenté le paquet de langes. Jean l'avait alors pris, délicatement, tendrement, dans ses bras d'homme vigoureux. *« Je t'aimerai pour deux, mon ange, avait-il soufflé dans l'oreille du bébé. Je t'aimerai pour deux le temps qu'il faudra, le temps qu'il lui faudra, à elle, pour t'aimer.* » Il avait déclaré la naissance de la fillette sans que la mère ait voulu lui donner un nom. Il avait choisi celui du jour de la naissance. Il avait cru que la venue de Cécile exorciserait tout le reste, mais, à partir de ce jour, comme elle avait fermé l'accès de son cœur à son enfant, elle lui avait fermé à lui celui de sa chambre. Jean avait patienté au-delà de toute logique, sans soupçonner que son attitude servait Gabrielle Montaux pour convaincre son amie qu'elle ne devait rien attendre d'un individu aussi compréhensif.

Malgré une profonde inquiétude dictée par l'immense affection quasi paternelle qu'il ressentait pour Cécile, Frank essayait de raisonner juste et analysait la situation telle que ses années de pratique la lui faisaient ressentir.

Sophie s'était plantée devant la fenêtre et regardait scintiller les lumières de la ville, en essayant d'imaginer son amie dans les rues sombres, dans une chambre d'hôtel, ou même dans un train, et se sentait coupable de n'être pas restée auprès d'elle.

— Sophie, Cécile t'a-t-elle jamais parlé de sa mère ? lui demanda Jean qui reprenait lourdement sa place dans le fauteuil de velours.

Elle se retourna et fut frappée par la détresse qui habitait les yeux sombres. Frank releva la tête, curieux de leur conversation.

— Jamais, monsieur. Lorsque je l'interrogeais à ce sujet, elle serrait les lèvres et ne répondait jamais.

— Alors, sur autre chose, notre vie à tous les deux, nos fréquentations, nos habitudes, je ne sais pas, des choses qui auraient pu la contrarier ou lui plaire ?

— Cécile ne disait que ce qu'elle voulait dire. Je me suis vite rendu compte qu'il ne servait à rien de l'interroger.

— S'est-elle jamais plainte d'être malheureuse ?

— Jamais, répondit Sophie en venant s'agenouiller devant Jean. Elle ne paraissait pas spécialement heureuse ni malheureuse. Mais je peux vous assurer qu'elle ne vivait que pour vous. Jusqu'à ce qu'elle rencontre Anthony, bien sûr.

— Bien sûr, dit Jean laconiquement.

— Je suis sidérée de la découvrir aussi cachottière. Elle ne m'a jamais parlé non plus de cette faculté de percevoir les choses ou les gens. Et Manon ? Jamais elle ne m'a avoué l'extrême sensibilité de ma filleule.

— Mon Dieu, j'ai du mal à croire que cela puisse être un don, soupira Jean, sceptique.

— Ça l'est pourtant, intervint Frank. Je ne sais pas encore quelles sont les possibilités de Manon, mais je les soupçonne importantes.

Le silence revenait.

— Réfléchis bien, Sophie, reprit Jean, repense à toutes ces années passées avec elle. Il y a forcément des attitudes, ou des mots, qui la définissaient ?

Frank mit à profit ce calme trompeur pour aller voir Manon. La petite fille se donnait une apparence en feuilletant un livre, mais Frank la sentit tendue comme un arc. Elle ne posa aucune des questions auxquelles chacun s'attendait, comme si l'événement n'offrait rien d'inhabituel ou d'exceptionnel. Elle rejeta toutes les tentatives de Frank de nouer une conversation. Il ne fit aucun commentaire au sujet des soleils noirs étalés sur les murs et elle le troubla lorsqu'elle prit l'initiative de refermer le livre et de se glisser dans son lit. Elle coupait court à sa visite. En se penchant au-dessus de sa joue pour l'embrasser, il fut ému par la détresse qui se dégageait d'elle, mais retint à temps ses questions. L'instant n'était pas propice.

Pourtant, avant qu'il atteigne la porte, la voix lente et grave de la fillette le rattrapa.

— Tonton Frank ? Qui est Caroline ?

Frank se retint d'effectuer un brusque demi-tour et regarda la fillette tendrement.

— Ta mamy, ma chérie. Elle est morte depuis très longtemps.

— Elle est morte comment ?

— Elle était malade. Pourquoi ? C'est ta maman qui t'a parlé d'elle ?

Manon ne répondit pas et se tourna de l'autre côté.

Pendant ce temps, les Bertin avaient rejoint le groupe. Lorsque Frank revint au salon, ils finissaient d'apprendre, de l'histoire, tout ce que les autres en avaient compris et n'en croyaient pas leurs oreilles.

— Manon t'attend, dit-il à Anthony qui partit auprès de sa fille.

— Comment peut-elle s'endormir sans que Cécile soit venue l'embrasser ? dit Jean tristement. Jusqu'à présent elle ne pouvait se passer d'elle.

Frank réaffirma que la fugue de Cécile, s'il s'agissait bien d'une fugue, ne correspondait pas tout à fait à une fuite éperdue, et qu'il tirait son espoir de là.

— Nous ne pouvons qu'attendre et prier le ciel pour qu'elle change d'avis.

— Partir dans ces conditions peut aussi signifier qu'elle s'est éloignée pour de bon, lança Sophie. Qu'elle a réfléchi et pris sa décision.

— Ce qui ne l'empêche pas de pouvoir changer d'avis, insista Frank. Je préfère la savoir avec un projet en tête, même s'il s'agit de nous fuir.

— Vous avez prévenu la police ? s'enquit Raoul.

— On a téléphoné au commissariat du quartier, expliqua Jean. Cela ne sert à rien, une fugue n'est pas un délit. Cécile est majeure, elle est partie avec un bagage, il n'y a aucune trace de lutte ou d'enlèvement... chaque individu mène sa vie à sa guise.

— Mais si elle ne rentre pas ? s'exclama Claudie. Enfin... se reprit-elle en voyant les regards se durcir, quels sont les moyens mis en œuvre, au cas où... ?

— Une recherche dans l'intérêt des familles. C'est long. On en reparlera plus tard si vous voulez bien. J'ai un ami commissaire que je contacterai demain.

Tous les six étaient effondrés. Frank alla s'assurer que la porte du couloir qui menait aux chambres était fermée.

— Que sait réellement Manon au sujet de Caroline ? demanda-t-il, sans s'adresser à quelqu'un en particulier.

— Qu'elle est décédée jeune, c'est tout, dit Anthony après avoir consulté son beau-père du regard. Pourquoi cette question ?

— Après avoir contrôlé que Caroline était sa grand-mère, elle m'a demandé de quoi elle était morte. Une question qui paraît bizarre, à cette minute même.

— C'est Cécile, sans aucun doute, qui lui en aura parlé.

— Peut-être. Ou peut-être pas.

— Que voulez-vous insinuer ?

— Juste le fait que « quelqu'un d'autre », aussi, aurait pu lui en parler.

— Qu'a répliqué Manon ? demanda Claudie.

— Rien. Manon protège sa mère, ou bien lui en veut de l'avoir abandonnée. Elle ne dira rien, en tout cas tant qu'elle ne l'aura pas décidé elle-même.

Tous étaient attentifs, tendus, à l'écoute de Frank qui conservait un air dubitatif.

— Depuis tout à l'heure, je me demande ce qui a pu accélérer le mal-être de Cécile. Vous m'avez parlé de sa crise de dimanche. C'était apparemment la première. Or, les choses se sont précipitées hier avec des pleurs, des maux de tête, une attitude inhabituelle envers Manon. Aujourd'hui, elle revient de promenade, prétend être fatiguée pour échapper à Sophie qui constate qu'elle avait pleuré.

— A votre avis, elle aurait rencontré quelqu'un ? demanda Sophie.

— J'ai du mal à imaginer son effondrement subit. Pour avoir suivi des cas similaires, je connais très bien ce qu'elle devrait ressentir et les étapes de son moral. Sa dépression s'est aggravée trop rapidement.

— Justifiez votre pensée, s'il vous plaît ! le pressa nerveusement Anthony.

— Dans son cas précis, je ne peux me défaire de la désagréable impression d'une intervention extérieure !

Depuis le début de ses explications, Jean fixait Frank, les yeux écarquillés.

— Mais hier, elle n'est pas sortie ! intervint Anthony. Elle était à la maison et n'a pas répondu aux appels de l'école !

— En êtes-vous certain ?

— Pas à cent pour cent, bien sûr, hésita le jeune homme, il faudrait interroger les voisins. J'y vais !

s'exclama-t-il en se levant. Je voulais attendre jusqu'à demain, mais je ne peux supporter cette attente.

— Je vais avec toi, jeta Sophie en se précipitant derrière lui.

— Je ne vois qu'une seule personne capable de faire du mal à Cécile, dit Jean à voix basse à l'attention de Frank.

Frank ne répondit pas. Il réfléchissait.

En moins d'une heure, Anthony et Sophie furent édifiés. Chaque commentaire supplémentaire venait accréditer les précédents.

Vers 13 h 20, Cécile et Manon avaient rencontré une femme blonde, frisée, avec des lunettes rondes, un imperméable beige assorti à ses bottes.

Une femme blonde, qui recherchait un nom sur les boîtes aux lettres dans le hall du numéro 5.

Une blonde, qui fumait une cigarette devant l'entrée, comme si elle attendait quelqu'un.

Une blonde, que Cécile aurait rejointe après que Manon eut été entraînée à l'école par Paul. Cette remarque avait été faite par la maman de Paul. *« Je voulais lui parler, mais elle semblait préoccupée, surtout pressée de rentrer chez elle. Elle n'a même pas accompagné Manon jusqu'à l'école. Ce n'est pas son genre. D'ailleurs, ce jour-là, Manon lui désobéissait. Si Paul n'était pas intervenu, je crois bien que la petite aurait reçu une claque. Je voulais donc lui demander ce qui n'allait pas, mais elle s'est précipitée devant son allée. De loin j'ai vu une femme, une blonde, qui semblait l'attendre. Elles sont rentrées toutes les deux dans l'immeuble. »*

Une blonde, qu'un locataire du premier aurait croisée dans l'escalier et qu'un autre aurait vue monter dans le tram, quelques minutes avant l'arrivée d'Anthony qui était allé chercher sa fille à l'école.

Quand ils rejoignirent les autres, ils ne pouvaient contenir leur fureur et se défendre d'une sourde angoisse. Quelque chose revenait tout doucement du fond des souvenirs de Sophie, mais encore trop imprécis pour qu'elle s'y attarde.

— Il semble que vous ayez raison, Frank, dit Anthony encore stupéfait de sa découverte. Une visite à Cécile semble être la cause de sa fugue. La situation me paraît grave, reprit-il à l'adresse de Jean, car non seulement elle ne m'en a pas parlé, mais en plus elle a préféré se libérer de Manon.

Frank était à moitié satisfait. L'énervement de Jean s'accentuait.

— D'ailleurs je vais l'interroger, poursuivit Anthony en traversant le salon. Elle ne pourra nier l'évidence, tout de même !

— Non, Anthony ! le retint Frank. Laissez-moi me charger de Manon. Une simple maladresse et nous perdrons du temps. N'oubliez pas que vous avez une enfant particulière, qu'il ne faut pas brusquer. Nous en saurons plus en la ménageant. Elle devrait se livrer sous peu, ajouta-t-il pour le détendre.

Tous, ici présents, savaient maintenant ce qu'il voulait dire en parlant ainsi de Manon.

— Qui peut être cette blonde ? demanda Sophie en les regardant tous, à la ronde.

— Je me souviens d'une passagère blonde, hier, dit Raoul. Je l'ai remarquée parce qu'elle a couru pour monter dans le tram et qu'il n'y avait personne à cette heure-ci. Si ça se trouve ce n'est pas la première fois qu'elle vient dans les parages, reprit-il, elle m'a fait un effet de déjà-vu.

— Quelle heure était-ce ?

— Environ 15 heures.

— Elle est blonde comment ? demanda Claudie.

— Cheveux courts, frisés, plutôt bouclés.

— Les témoins la définissent comme grande, élancée.

— C'est drôle, dit la jeune femme, j'ai aussi l'impression de l'avoir vue. A l'agence. Je ne saurais dire quand exactement, mais il y a quelques mois. Il vient peu de gens indécis, ou du moins sans projet, et elle, elle était de ce genre-là, à n'avoir besoin de rien. Je l'ai d'ailleurs soupçonnée d'appartenir à la concurrence.

Seul Jean ne participait pas à la discussion et restait dans son coin, morose.

Le temps passa sans que Cécile réapparût, les coups de téléphone aux parents d'Anthony et à quelques connaissances ne donnèrent rien. L'espoir de chacun tomba.

Régulièrement on allait s'assurer que Manon dormait. Contrairement à ce que tous pensaient, elle refusait le sommeil, et avec lui des cauchemars probables.

Sophie insista pour rester auprès de Manon et Anthony et réquisitionna leur chambre d'amis. Ni Jean ni Frank ne songeaient à partir. Les Bertin rentrèrent dans leur appartement voisin, prêts à les rejoindre en cas de nécessité.

Le silence n'eut pas le temps de se réinstaller après leur départ.

— Je connais l'identité de la seule personne au monde qui voudrait du mal à Cécile, dit soudain Jean d'un ton convaincu. Elle n'est pas blonde.

Les regards de Sophie et Anthony se braquèrent sur lui, qui les affrontait d'un air bourru, les mains enfoncées dans les poches de son pantalon.

— Vous connaissez quelqu'un capable de vouloir du mal à votre fille ? s'exclama Anthony dont l'agressivité refaisait surface. Mais par quels moyens ?

— Des révélations.

— Des révélations désastreuses si elles sont faites de façon brutale, compléta Frank, accentuant la surprise des deux jeunes gens, surtout dans l'état dépressif que traverse Cécile.

— La personne dont je parle n'userait d'aucun égard envers Cécile, affirma Jean comme s'il avouait une faute.

— Mais à la fin, expliquez-vous ! lança Anthony qui regardait tour à tour les deux hommes.

— Je ne suis pas aussi convaincu que Jean, reprit Frank à la place de son ami. La personne à qui il fait allusion pourrait effectivement dévoiler à Cécile des secrets sur sa propre vie, mais... je ne vois pas dans quel but, et jusqu'à preuve du contraire, Cécile a rencontré quelqu'un d'autre.

Anthony ignora son intervention et ne lâcha pas son beau-père.

— Le nom de cette femme que vous suspectez ?

— Gabrielle d'Ersen.

— Du château d'Ersen ? s'exclama Sophie, incrédule.

— Qui est-ce ? demanda Anthony, étonné par sa réaction.

— Tu la connais aussi, lui répliqua-t-elle. Elle s'était présentée à l'auberge du Conquérant, le jour de ton mariage.

— Celle dont vous m'aviez donné une définition des plus explicites ? Un danger, si je me souviens bien ?

Les deux hommes approuvèrent en silence.

— Attendez ! dit Sophie, agitée. Je suis d'accord pour dire que Cécile intéressait cette femme ! Déjà à l'époque où nous servions à l'auberge, Cécile avait été remarquée par le baron et par sa fiancée. A tel point que chacun, indépendamment de l'autre, avait interrogé madame Serre sur son identité.

Le regard que Jean et Frank échangèrent n'échappa pas aux deux jeunes gens.

— Ça ne vous étonne pas plus que cela ? fit-elle, surprise.

— La ressemblance, dit Jean à Frank, sur le ton de l'évidence. Je craignais... t'en souviens-tu ? Je craignais que Cécile ne vienne dans ces parages, et j'avais bien raison. Le hasard est toujours servi, quoi qu'on en dise, finit-il presque pour lui-même.

— Ne croyez-vous pas qu'il serait temps de tout mettre à plat ? s'énerva Anthony. Je vous somme de nous dire tout ce que vous savez.

— Je ne suis pas le père de Cécile, lâcha Jean en s'asseyant lourdement.

— Quoi ? fit Anthony, ahuri, en s'asseyant à son tour.

Sophie regarda Frank comme pour s'assurer que Jean avait toute sa tête. Mais Frank ne paraissait pas étonné le moins du monde. Seule la contrariété troublait ses traits.

— Le père de Cécile est Thierry d'Ersen, le mari de celle que j'accuse !

— Le baron d'Ersen ? s'exclama Sophie, l'œil rond.

— Il a abandonné Caroline pour l'Amérique, sans savoir qu'elle était enceinte.

— Comment est-ce possible ? souffla Sophie.

— J'ai épousé la mère de Cécile en connaissance de cause.

Le regard sévère qu'Anthony posait sur Jean se métamorphosait, de l'écouter trancher à vif dans un passé trop personnel, douloureux sans aucun doute. Il suffisait encore d'un infime rien pour comprendre les jours d'une Caroline meurtrie, d'un couple fragilisé...

— Mais... à son retour d'Amérique ? demanda encore Sophie.

— Rien. Caroline m'avait épousé. Ils ne se sont jamais revus. Personne, à part Frank, Gabrielle, et moi-même, ne connaît la vérité sur la naissance de Cécile et sur le suicide de sa mère. Nous avons tous juré de garder le secret.

— Comment cette femme, cette... Gabrielle, savait-elle tout cela ? interrogea Anthony.

— C'était... l'amie, du moins le croyais-je, de Caroline. L'amie intime qui connaissait tous ses secrets. Nous avons même découvert le corps ensemble, dit Jean en se relevant pour faire quelques pas et leur cacher son visage.

— Qui vous dit qu'elle n'a pas mis son mari au courant ?

— Elle n'aurait rien à gagner à ce que son mari découvre la vérité. Rien du tout, bien au contraire, affirma-t-il en leur faisant face à nouveau.

— Alors, en admettant que vous ayez raison..., quel serait donc son intérêt de venir agacer Cécile ? poursuivit Anthony.

— Je n'en ai pas la moindre idée, répondit Jean un peu trop vite.

— Aurait-elle pu dépêcher quelqu'un d'autre pour faire ce sale boulot à sa place ?

— Non. Elle n'est pas du style à déléguer ce qui lui procure du plaisir.

— Serait-elle diabolique à ce point ? s'enquit Sophie.

La moue de Jean les renseigna.

— Mais qu'est-ce qui vous fait croire à une telle méchanceté ? persista Sophie.

Pour Jean, les mots étaient dits. Ils savaient l'essentiel.

Mais cela ne faisait rien avancer, pour l'instant.

Depuis quelques minutes, Frank restait étrangement à l'écart.

— Nous sommes peut-être en train de délirer. Cécile a pu éprouver le besoin de s'isoler, tout simplement, pour faire le point, dit lentement Anthony, même s'il n'y croyait pas.

— Non ! Les crises de nerfs, les larmes et les maux de tête sont liés à cette visite ! s'impatienta Jean.

— Ça y est ! La blonde ! Je me souviens ! s'exclama Sophie qui s'était relevée d'un bond. C'était à l'hôpital Sud, lorsque Cécile a accouché. La sage-femme s'était inquiétée de voir une femme tourner autour de Manon. Elle nous l'avait décrite, et cette personne me semble tout à fait correspondre à la visiteuse d'aujourd'hui.

— Comment ça, tourner autour ?

— Elle regardait Manon au travers des vitres, expliqua Sophie de sa voix énergique. Elle était entrée dans la salle des prématurés et examinait Manon derrière sa cage de verre. Lorsque la sage-femme nous a alertées, je suis allée faire un tour dans les couloirs pour voir si je la connaissais, mais elle avait disparu.

— Ce n'est donc pas d'aujourd'hui que Cécile serait surveillée par cette femme, s'inquiéta Jean.

— Mais qui peut-elle bien être ? A quoi rime ce manège ? s'interrogeait tout haut Sophie.

— Cela me soulage un peu, malgré tout, dit Anthony, car si elle avait voulu faire du mal à Cécile, pourquoi ne s'y serait-elle pas prise plus tôt ? Pourquoi avoir attendu pendant des années ?

Toujours à l'écart, Frank le fixa sans répondre. Il avait peur d'avoir une réponse à ces questions-là... si Jean avait raison.

— Ecoutez, je crois qu'il serait plus sage de nous reposer. Nous allons recommencer à nous poser les mêmes questions.

Frank surgit enfin de ses pensées pour approuver la remarque de Sophie.

Il se basait sur la précipitation du départ de Cécile et voulait espérer que la jeune femme n'avait pas été la victime d'un être sans scrupules.

« Je prie Dieu, écrivit-il dans son calepin, à 3 heures du matin, lorsqu'il fut rentré chez lui, *pour que Jean ait tort et que mes doutes, issus de ses affirmations, ne*

soient pas fondés... car “elle” saurait créer la situation où, dans des cas extrêmes, des sujets peuvent présenter les mêmes symptômes que le malade et parfois même décéder dans les mêmes circonstances.

Nous devons à tout prix la retrouver avant son anniversaire, avant le 22 novembre. N’oublions pas que sa mère est décédée deux jours après le sien. »

27

Jeudi 31 octobre.

La neige blanchissait le sommet des montagnes. La journée s'était annoncée claire et froide mais déjà, poussés par le vent du nord, de gros nuages gris envahissaient le ciel avec la ferme intention d'y séjourner.

10 h 45.

Agathe Sorrel attendait que Paul Gontard en termine avec un couple de personnes âgées. Un coup d'œil à sa montre ne la rassura guère : elle serait en retard chez son dentiste.

Des petits groupes isolés partaient çà et là dans le vaste hall blanc et disparaissaient, pour une visite guidée ou chronologique.

Elle avait éprouvé une légère déception de ne pas avoir été contactée par Thierry d'Ersen, et puis elle avait haussé les épaules : qu'attendait-elle d'une telle rencontre ? Les hommes, autant que les femmes, aiment s'amuser à plaire. Pourtant, elle avait cru sentir cette délicieuse petite chose invisible se transmettre de l'un à l'autre. Elle avait souri : on se fait des idées à tout âge...

Paul Gontard s'approcha d'elle d'un pas vif et lui tendit une main charmeuse. Il portait sa soixantaine grisonnante avec panache et ne cachait pas son faible pour Agathe Sorrel qu'il trouvait particulièrement charmante, ce matin, dans sa veste de tweed marron.

— Ma chère Agathe, comment allez-vous ?

— Bien, très bien, merci Paul. Pardonnez-moi, je suis extrêmement pressée. Monsieur d'Ersen vous a-t-il rapporté le livre que je vous avais laissé pour lui ?

— Eh bien... le livre est toujours là, malheureusement, dit-il en écartant les mains. Thierry a eu un accident. Très grave. Il est resté plusieurs jours dans le coma.

— Comment est-ce arrivé ? demanda Agathe dont le cœur s'était brusquement serré.

— Une chute dans son escalier. Les Picard se font un souci terrible, Thierry n'aurait plus toute sa tête.

— Mon Dieu, souffla la jeune femme, au souvenir de sa rencontre.

— Je l'ai su hier seulement, lorsque j'ai téléphoné au sujet de votre livre. Je croyais qu'il l'avait oublié. Il sort de l'hôpital aujourd'hui, sa femme le ramène dans leur château d'Eybens.

« Sa femme. Bien sûr. Qu'avait-elle imaginé ? S'il avait paru ne pas se soucier d'elle, lors de la soirée, il n'en était pas moins arrivé avec cette superbe créature. »

— Je suis bouleversé, répétait l'ami de Thierry, de ne pas l'avoir su aussitôt. Ma chère, reprenez votre ouvrage.

Elle le prit, et quitta le musée, envahie d'un incompréhensible chagrin pour d'Ersen qui, si elle avait échangé quelques mots avec lui et éprouvé une sympathie immédiate, n'en demeurait pas moins un inconnu.

Une pulsion la fit se précipiter vers une cabine téléphonique d'où elle appela son cabinet dentaire afin d'annuler le rendez-vous de 11 heures. Ensuite elle monta dans sa Twingo et s'orienta pour prendre la direction d'Echirolles.

Lorsqu'elle traversa le vaste couloir aseptisé de l'hôpital Sud, un doute la fit ralentir. Thierry d'Ersen comprendrait-il sa venue ? Qu'avait-elle à lui dire, finalement ? Une conversation culturelle et le prêt de son livre étaient-ils une raison suffisante pour qu'elle se permette de venir ici, jusqu'à lui ? Elle atteignit la porte qui l'isolait du blessé et ne put faire le geste de s'annoncer. *« Il n'avait plus toute sa tête »*, avait dit Paul Gontard.

Elle fit demi-tour et s'éloigna, puis ralentit à nouveau. C'était idiot. Elle ne le reverrait très certainement plus jamais. La même pulsion lui donna l'audace nécessaire. Elle pivota et revint sur ses pas, ignorant les regards curieux des gens, malades ou visiteurs, qui se promenaient dans le couloir.

Arrivée à quelques mètres de la porte, elle vit celle-ci s'ouvrir et s'arrêta net. Un homme de haute stature en blouse blanche sortait de la chambre en parlant à quelqu'un derrière lui, à voix basse et gentiment, comme s'il s'adressait à un enfant. Le bout d'un plâtre apparut, qui emprisonnait une jambe jusqu'à l'aine, posée à l'horizontale sur un support métallique qui venait en prolongement d'un fauteuil roulant.

Agathe examinait de tous ses yeux le corps affaissé sur son siège de fer, reconnaissant difficilement le beau visage encadré de cheveux souples, et se sentit désarmée devant cette absence de vie et de force. Les larmes lui vinrent aux yeux quand ceux de Thierry l'effleurèrent sans la reconnaître, emplis d'un inexprimable vide.

Elle restait là, les bras ballants, le livre sur Fantin-Latour miraculeusement accroché au bout de ses doigts relâchés, à regarder passer devant elle le fauteuil aux larges roues, et son fardeau.

Elle n'avait pas entendu résonner le bruit des hauts talons, et se trouva sur le passage de Gabrielle qui venait de surgir d'un couloir proche. La femme de Thierry d'Ersen avait une foulée vive et son manteau aux épaulettes avantageuses s'écartait de ses flancs à chacun de ses pas souples. La force saine après la déchéance physique. Agathe éprouva une aversion instinctive pour cette femme qui avait trop d'allure et dont l'œil ne brillait pas d'avoir trop pleuré.

— Ne me dites pas que ce livre était destiné à mon époux ? l'agressa la belle qui l'avait aussi reconnue. Il ne sait même plus ce qu'est un journal, alors ne perdez pas votre temps à vous rappeler à lui, ajouta-t-elle sans ralentir en la toisant de biais avec un sourire éclatant.

Elle rattrapa très vite son mari et l'infirmier, ignorant Agathe qui resta figée dans sa position.

Gabrielle eut droit aux recommandations des médecins, prit connaissance des soins à apporter elle-même, des médicaments, se fit réexpliquer le maniement du fauteuil, et enfin laissa Thierry entre les mains de l'infirmier qui allait, tout à l'heure, effectuer son transport de l'hôpital au château, en ambulance.

— Il aurait pu rester quelques jours de plus ici, je pense, dit le médecin. Mais vous avez raison, retrouver son environnement ne peut que lui être profitable. Nous insistons cependant sur le fait qu'il ne doit éprouver aucun désarroi, qu'il doit se sentir en confiance. Son esprit est en sommeil. Chère madame, nous nous reverrons très bientôt.

11 h 45.

Au même instant, Anthony, Sophie, Jean et Frank regardaient Manon avec le même œil rond.

La petite se tenait debout sur le seuil du salon. Tous l'avaient crue occupée dans sa chambre, or elle venait de parler, de citer un nom que personne ne connaissait, stoppant instantanément leur conversation animée.

Elle se tenait là, immobile, raide, dans un jean un peu trop court et une chemise de coton bleu, assortie à ses yeux. Son visage reflétait la même incertitude que le matin lorsqu'elle avait constaté que sa mère n'était pas rentrée. Elle avait refusé tout net de partir chez Paul et avait erré, l'œil sombre sous le sourcil froncé, le front buté, les lèvres serrées, entre Sophie et Anthony que Jean et Frank avaient rejoints, très tôt. Son père lui avait tout doucement fait comprendre que Cécile allait revenir, on ne savait pas quand, mais elle allait revenir, c'était sûr. Elle l'avait longuement fouillé du regard et il avait cru qu'elle allait parler, lui dire les mots qu'il attendait, mais elle s'était blottie contre son cou et il avait ressenti une sorte de soulagement à ne plus être disséqué de la sorte.

— Peux-tu répéter ce nom, ma chérie ? lui demanda-t-il lentement en s'approchant d'elle.

— Chantal Rosière, répéta Manon en le fixant.

Tous retenaient leur souffle. Après avoir en vain, la matinée entière, attendu le retour de Cécile, ils venaient de reprendre chaque élément de la veille pour en tirer d'autres conclusions, mais butaient constamment sur l'identité de la visiteuse.

Les regards convergèrent sur Jean qui plissait le front, à l'écoute de ce que ce nom pourrait éveiller en lui. Il secoua la tête, impuissant.

Anthony s'était agenouillé devant Manon et l'avait enlacée, tentant de franchir la barrière de ce front obstiné.

— Ma puce, dis-nous tout ce que tu sais. Que voulait cette femme ? Que vous a-t-elle dit ? Essaie de te souvenir. Est-ce que nous la connaissons ? Tu la connais, toi ?

— Je l'aime pas, dit Manon en hésitant et en secouant la tête de droite à gauche.

— Si elle a fait du mal à maman, nous ne l'aimons pas non plus. Crois-tu qu'elle aura fait du mal à maman ?

Manon hocha gravement la tête, sans répondre, puis se faufila entre les bras de son père afin de lui échapper. Anthony ébaucha le geste de la retenir, mais Frank intervint silencieusement et lui fit signe de la laisser aller.

— Ne la brusquons pas. Je crois qu'elle nous a donné le renseignement le plus précieux qui soit, non ?

— Comment peut-elle connaître cette femme ?

— Elle a pu l'entendre se présenter à Cécile.

— Sommes-nous plus avancés pour autant ?

— As-tu un Minitel ?

— A l'agence. Je téléphone à Claudie.

— Elle sent mauvais.

Tous relevèrent la tête, à nouveau surpris par Manon qui était revenue sur ses pas.

— Tu veux parler de son parfum ? hasarda son père.

La fillette eut un signe d'assentiment et fit demi-tour devant la mine ahurie de chacun.

Un quart d'heure après, Claudie rappelait. Anthony nota les informations puis raccrocha.

— Sans compter les listes rouges, il y a cinq Rosière sur Grenoble et l'agglomération, leur dit-il. Un avec un z, quatre avec un s, mais il y a une seule Chantal Rosière. Les autres prénoms sont masculins.

— Ça peut être elle.

— Les autres aussi. On ne sait pas si celle qui nous intéresse est mariée ou célibataire.

— Il y en a deux à Grenoble, reprit Anthony, les autres sont à Saint-Martin-d'Hères, Meylan et Saint-Ismier. La fameuse Chantal habite à Grenoble.

— On devrait commencer par elle, dit Jean.

— On pourrait aussi se séparer et gagner du temps, dit Sophie prête à partir. Vous, Jean, vous restez ici, pour Manon, et au cas où Cécile reviendrait. Vous nous servez de P.C. On appelle ici, toutes les deux heures.

— Non, il vaudrait mieux que Frank reste là. Je serai plus utile sur le terrain si par hasard je connaissais cette femme.

Frank resta donc sur place, décidé à mettre à profit ces quelques heures pour mieux cerner Manon.

13 h 30.

Des chrysanthèmes, des cinéraires et des pensées s'épanouissaient en touches colorées dans des pots et des vases précieux, que les gardiens avaient disposés çà et là, avec amour, pour le retour.

Thierry trônait dans le salon, sur son siège à roulettes, face à la cheminée crépitante. Les Picard ne pouvaient retenir leurs larmes devant le visage pâle et amaigri. Le désespoir de retrouver leur petit dans un tel état l'emportait sur la joie de le revoir parmi eux. Madame Picard tamponnait ses joues à grand renfort de Kleenex et retenait ses sanglots. Alfred, d'une voix bourrue, rassurait Monsieur, et lui disait que tout allait pour le mieux, qu'ils reprendraient bientôt tous les deux leurs livres pour parler de l'intendance et de bien d'autres choses encore. Le blessé les regardait l'un et l'autre, et puis son regard revenait sur l'âtre, irrésistiblement accroché par les langues de feu.

Gabrielle l'étudiait attentivement. Rien. Rien ne se passait sur le visage inexpressif.

Hubert Frénet se tenait en retrait, adossé à un mur dans sa position favorite, les bras croisés sur le torse. Le couple Picard et ses jérémiades l'excédaient et il dévisageait méchamment son rival, en se demandant combien de temps la situation allait durer.

La haute porte du salon s'ouvrit en grinçant. Tout le monde tourna la tête et vit le chiot qui s'approchait, la queue frémissante et le museau en l'air. Il vint renifler les roues du fauteuil, puis la chaussure du pied valide, et il se dressa sur ses pattes arrière pour poser celles de devant sur les genoux de son maître. Un gémissement sortit de sa gueule tandis qu'il se mettait à lécher la main posée sur la cuisse. Une mimique de joie étira un côté des lèvres de Thierry qui vint poser sa main sur la tête douce.

Ce fut le seul signe nouveau que Gabrielle enregistra.

Un soulagement intense venait apaiser sa peur de voir se déchirer le brouillard qui enveloppait cet idiot. Pas de danger que Thierry refasse surface de sitôt pour l'accuser. Rien n'avait éveillé sa mémoire blessée, ni son retour entre ses murs ni la présence de ses fidèles serviteurs affairés autour de lui. Rien ne trouvait un écho en lui.

— Je vais lui faire de bons petits plats pour remplumer ses joues, disait madame Picard avec ferveur.

— Je m'occuperai de Monsieur, je le lèverai et le coucherai, surenchérissait son mari dont la voix était comme enrouée.

— Hubert se chargera de ces choses-là, il est plus robuste que vous, Alfred. Profitons de sa présence, cela nous simplifiera les choses à tous, le temps que Monsieur guérisse. Pour le reste, la vie continue. Monsieur émergera peu à peu de sa léthargie.

Les Picard n'eurent aucun regard pour Frénet qui affichait son arrogance derrière ses paupières à demi closes : il souriait intérieurement. Ils réintégrèrent bientôt leur demeure, heureux d'avoir récupéré Thierry, mais dépités de céder le pas devant ce rustre opportuniste.

Alors Gabrielle se retourna, le sourcil arqué.

— Qu'en penses-tu ? demanda-t-elle en s'approchant de son amant.

Elle s'arrêta à cinq centimètres à peine de lui, campée sur ses talons aiguilles vernis, le buste provocant.

— Ma foi, cette situation pourrait me plaire, si tu fais de moi son garde du corps.

— Un garde du corps respectueux de mes ordres, bien entendu ?

— En doutez-vous, chère baronne ? répliqua-t-il en se risquant à l'enlacer.

— Mmm... je ne sais pas jusqu'où va ma confiance, chuchota-t-elle dans son oreille dont elle mordilla le lobe.

— Testez-moi sur-le-champ, osa-t-il, presque surpris d'une telle docilité à un tel moment.

— Ce soir... Nous sommes les maîtres de la demeure.

Elle savait dire les mots qu'il fallait. Hubert savourait ces instants, trop rares, où la douceur de Gabrielle excusait toutes ses humeurs et ses fantaisies, où ses yeux et son corps lui promettaient l'impossible, où les intonations rauques fouettaient sa libido.

Elle s'écarta de lui et l'amena devant le fauteuil sans lâcher sa main. Ils s'intercalèrent entre Thierry et le feu, sans pour autant perturber la passivité du malade.

La situation ambiguë troublait Hubert. Il soupçonna Gabrielle de ressentir un trouble identique et même de s'en amuser. Il ne contrôla pas un brusque désir et vint se plaquer derrière elle, courant le risque de se faire repousser ou gifler. Or, le corps féminin épousa le sien d'un imperceptible abandon, décuplant sa certitude. Ses mains vinrent emprisonner les deux seins de Gabrielle par-dessus sa robe, tandis qu'il enfouissait son visage dans les cheveux parfumés. Elle eut un gloussement et le ramena à ses côtés en s'emparant de ses mains.

— Reconnais-tu Hubert ? fit-elle à son mari.

Comme s'il cherchait la provenance du son, Thierry releva la tête, qu'une incompréhensible gêne devant le couple lui avait fait courber.

— C'est vrai qu'il a l'air d'un crétin.

— Amnésie totale. Rétro et antérograde, disent les pros. Il ne se souvient de rien avant sa chute, et ce qu'il emmagasine maintenant, il l'aura oublié tout à l'heure. Pratique, non ?

— Jusqu'à quand ?

— Pour toujours, je l'espère bien. On ne pouvait rêver mieux !

— Et s'il retrouve la raison ?

— On la lui fera perdre à nouveau, fit-elle en souriant mystérieusement.

Elle revint à Thierry.

— Hubert est ton ami. Il va s'occuper de toi. Ça te convient ? continua Gabrielle en articulant chaque syllabe.

Un léger mouvement de la tête, qui pouvait être pris pour un assentiment, lui répondit.

— Tu crois qu'il approuve ?

— Je n'en sais rien et je m'en fiche, j'ai autre chose à faire, dit-elle en regardant sa montre. Je te le confie. Ah ! si Cécile Villard téléphone, le message est clair : je serai là dans deux semaines !

13 h 55.

Sa position stratégique lui permit de voir Cécile descendre du tram à l'arrêt de l'avenue Albert-Ier de Belgique, puis venir à pied jusqu'au niveau du Marathon, devant le magasin de chaussures Raymond Christian, juste devant sa voiture. A travers la vitre teintée, elle put examiner la jeune femme immobilisée devant elle, sur l'avenue Marcellin-Berthelot, à quelques mètres à peine.

Son œil aigu enregistra les mêmes symptômes que la veille : pâleur extrême, cernes, tristesse. Les feux tardaient à passer au rouge. Cécile semblait pressée, agitée, à deux doigts de traverser la rue encombrée d'une grande circulation.

Elle la vit pénétrer dans le bar. Elle l'aperçut qui s'asseyait contre la vaste baie, d'où elle pouvait mieux encore la surveiller.

Le barman avait reconnu sa cliente accablée de la veille et l'examinait à la dérobée. Il l'avait servie, déposant une tasse de café sur le rebord de sa table, et s'attendait à la voir se remettre à pleurer. Car Cécile respirait vite, trop vite, et regardait sans cesse dans la rue, en amont, en aval, dans une attente terrible. Et puis elle se calma, même si ses mains n'arrêtaient pas de se tordre et de se serrer. Sa tête s'affaissa de plus en plus et elle se cacha derrière les mèches ébouriffées qu'elle venait de triturer de ses doigts nerveux. A 15 heures, elle paraissait une toute petite fille que l'on avait oubliée sur un quai de gare ou au milieu d'un monde effrayant et hostile.

Elle avait dévisagé tous les arrivants, comme si leurs traits avaient pu en cacher d'autres.

A 16 heures, elle vint timidement au comptoir et demanda au barman s'il avait revu cette femme blonde aux lunettes rondes, avec qui elle conversait la veille. Le haussement d'épaules et la négation désolée du jeune homme furent les seules réponses obtenues.

A ce moment, entra dans le bar un adolescent d'une quinzaine d'années, qui se dirigea vers elle après avoir fait un rapide tour d'horizon. Il portait un survêtement gris rayé de bleu et son visage était marqué d'acné juvénile.

— C'est vous, m'dame Villard ? J'ai un message pour vous, d'la part de madame Rosière. Elle a eu un empêchement. Elle essaiera d'être là à 17 heures. Si par hasard ça ne lui était pas possible, elle m'a dit de vous dire qu'elle sera à ce numéro dans deux semaines exactement, tous les soirs à partir de 20 heures.

Le cœur de Cécile avait bondi. Elle en oublia de remercier le petit gars qui repartait déjà, et déplia fébrilement le papier qu'il lui avait remis. Un numéro de téléphone, écrit au stylo rouge, mangeait la moitié du papier, laconique, solitaire, triste.

Alors l'attente se poursuivit. Difficile, énervante. De temps en temps elle ressortait le papier de sa poche et le dépliait.

Depuis la veille, durant toutes ces heures d'insomnie et d'incertitude, tout lui revenait. Sa tête explosait, submergée par des flashes successifs.

A 17 h 30, les chiffres devinrent flous à cause des larmes qui envahissaient les yeux bleus.

Cécile replia le papier une dernière fois. Une idée germait en elle. Elle récupéra quelques pièces de monnaie dans ses poches et alla au point phone du bar. Elle pianota d'un doigt impatient le numéro qu'elle connaissait par cœur. Au bout du fil, une voix bourrue lui fit une réponse on ne peut plus claire... Qu'avait-elle cru ? A un mensonge, une erreur du jeune coursier ?

D'un geste las, elle s'habilla, installa son petit sac à dos de cuir sur ses épaules, et quitta les lieux sans remarquer la silhouette qui sortait de la Mercedes garée en face, dans le parking du magasin de chaussures.

La nuit était tombée. Un vent frais, subit, venu de nulle part, prenait possession des quartiers en faisant tournoyer les feuilles sèches.

Suivie par Gabrielle qui se tenait en retrait de quelques mètres, elle marcha droit devant elle, sans but, accablée, ne s'arrêtant aux carrefours que par la force de l'habitude, plongée dans un monde malveillant d'où elle n'attendait aucune aide. Des passants la bousculaient sans qu'elle s'en rendît compte.

Elle se retrouva sur la place de Verdun, rejoignit le lycée Stendhal, passa devant la Maison du tourisme et s'engagea dans les rues tortueuses de la vieille ville riche d'histoire, hésita sur la place Sainte-Claire, rejoignit la rue Barnave, la place aux Herbes où un groupe d'adolescents l'examina, la cigarette aux lèvres et l'œil vif. Elle fit volte-face, faillit bousculer une femme et s'élança vers la place Saint-André puis celle des Gordes, et traversa le jardin de Ville pour déboucher sur la rue Montorge.

Elle n'avait pas boutonné sa veste et l'air vif se faufilait jusqu'à sa peau, à travers les mailles de son pullover de laine. Des frissons parcoururent bientôt son corps. Elle était poussée en avant par une détresse insupportable.

Un spectateur, en surplomb et attentif, aurait été intrigué par cette filature singulière. La femme aux longs cheveux blonds entraînait sans le savoir, dans sa course aveugle, la femme brune qui la poussait dans une voie bien précise.

De la rue Montorge, Cécile aurait pu revenir dans le centre de la ville, mais ses pas l'entraînèrent avenue Félix-Viallet.

Jusqu'où s'étendent les limites de nos conduites inconscientes ?

Cécile, sans même ressentir la lassitude installée dans ses membres, entrevit une solution lorsque les hasards de sa marche désabusée l'eurent amenée devant la gare routière. Il ne lui vint même pas à l'idée que sa valise l'attendait dans une chambre d'hôtel louée la veille dans un état comateux. Plus rien ne lui importa soudain que sa fuite, matérialisée par un billet qu'elle prit en catastrophe au premier guichet, sans faire cas de la foule des vacanciers de la Toussaint qui encombrait le vaste hall, ni de la voyageuse brune qui attendait son tour à ses côtés, jusqu'à la frôler.

Gabrielle s'assura que Cécile montait bien dans le train qui était à quai, et resta jusqu'à ce que celui-ci se mette en marche pour sa destination parisienne.

Une espèce de jubilation ne la quittait pas de voir, dans le départ précipité de Cécile, une certaine similitude avec le départ de son père, Thierry d'Ersen, bien des années plus tôt.

Elle avait obtenu le premier résultat souhaité.

— J'ai les pieds en compote, dit-elle vingt minutes plus tard, allongée sur le sofa ocre du petit salon. Cette nouille m'a fait faire des kilomètres. Mais enfin... tout va pour le mieux, soupira-t-elle en rejetant ses bras en arrière.

Gabrielle avait parlé à Hubert du testament probable. Fruste, celui-ci ne comprenait pas le jeu qu'elle jouait avec la petite Villard, dans la mesure où sa mort ne lui apporterait rien de plus. Et parce que son intelligence n'intégrait pas l'idée d'un suicide programmé.

Il détestait le baron, mais la situation actuelle lui convenait. Aussi était-il prêt à jouer le jeu de Gabrielle, afin que rien ne vienne entraver sa « promotion sociale ». Amer, il savait bien, au fond de lui, qu'il ne devait guère espérer plus : il ne vivrait jamais à visage découvert avec sa maîtresse.

Tantôt la colère le prenait de n'être qu'une marionnette entre ses mains, tantôt il se raisonnait assez pour admettre le confort de la situation. Sa principale motivation n'était-elle pas de sentir sa femelle au mieux avec lui ? Alors... si l'on encombrait la route de Gabrielle, on encombrait aussi la sienne.

Sur son ordre, il ferma les volets de l'étage, que le vent faisait claquer sur leur butée métallique. Puis il vint s'installer à ses côtés, s'empara de ses pieds déchaussés dont il commença à masser les chevilles, d'un lent geste tournant à travers les bas noirs. Il sentit avec bonheur qu'elle se détendait.

Elle ne lui avait jamais accordé le privilège de pénétrer dans la pièce chaude et confortable qui conservait l'atmosphère d'autrefois. Les lumières ambiantes apportaient calme et sérénité, et paraient les tableaux et boiseries de couleurs fauves. Le crépitement des bûches accentuait son bien-être de faire partie, ce soir, de la famille. Par moments, des rafales de vent s'engouffraient dans le conduit et ravivaient les flammes qui doublaient de volume dans l'âtre.

Thierry était toujours à la même place, à quelques mètres de la cheminée. Lointain, fasciné par le ballet du feu.

— Il a passé l'après-midi dans cette position. C'est vraiment un abruti.

— Nous allons le coucher. Nous aurons la soirée pour nous, dit-elle en le regardant intensément. Peut-être même... pourrais-tu passer ta première véritable nuit au château... dans mon lit.

La sonnerie du téléphone rompit le charme. Aussitôt Gabrielle regarda dans la direction de son mari qui avait à peine tressailli au tintement strident. Hubert alla répondre.

— Ta copine Rosière, dit-il.

Gabrielle fronça les sourcils.

— En quel honneur se permet-elle d'appeler ici, cette conne ?

— C'est la quatrième fois qu'elle téléphone depuis une heure.

— Et alors ? Je lui ai interdit de se manifester, en tout cas pas sous son nom !

— Apparemment, ça urge.

D'un geste agacé, Gabrielle lui ordonna de lui apporter le combiné sans fil.

Hubert s'exécuta, fort mécontent de l'appel importun qui contrariait ses espoirs. Il était sûr que Gabrielle, après ce coup de téléphone, ne serait plus aussi bien disposée à son égard. Sa tête des mauvais jours le convainquit très vite que rien n'allait.

« Bien, bien », disait-elle d'une voix apaisante, mais son front s'était plissé d'une ride dure et profonde. Elle se redressa et s'assit, regarda l'heure, le regarda lui aussi, mais sans plus aucun soupçon d'intérêt. Il redevenait un meuble insignifiant.

— Non, inutile de t'alarmer, je t'ai déjà expliqué... Tu n'as rien à te reprocher, voyons... Oui, on leur dira l'exacte vérité, que je suis à l'origine de tout cela. Oui, bien sûr. Tiens... que dirais-tu de venir passer la soirée au château ? Nous recevons quelques amis... Je t'envoie mon chauffeur... Bien, très bien. Nous reparlerons de tout cela. A tout de suite.

Hubert eut à peine le réflexe de rattraper le combiné lancé avec humeur.

— On va s'occuper d'elle, dit-elle en s'emparant d'un paquet de cigarettes posé sur un guéridon. Figure-toi que les Villard sont déjà remontés jusqu'à elle. Je ne pensais pas que cela se ferait si vite. Je pensais même que cela pouvait ne jamais se faire.

— C'est la petite qui aurait parlé ? demanda Hubert sur un ton d'ennui.

Cet épisode-là ne l'intéressait pas le moins du monde. Il n'en découlait qu'une perte de temps.

— La toute petite, tu veux dire. Cécile n'a pas moufté, j'en mets ma main au feu, je l'ai assez conditionnée pour ça. C'est la merdeuse qui a dû retenir le nom. Je ne l'ai dit qu'une fois, mais... sacrée gamine, j'ai l'impression qu'elle pourrait me donner du fil à retordre. Si tu avais vu son air, une vraie tête à claques.

— Il suffisait de les éliminer toutes les deux, purement et simplement puisque tu y tiens vraiment, répliqua Hubert d'un ton moqueur.

— Ces choses-là me regardent, répliqua-t-elle en se levant.

— On aurait pu faire coup double, insista-t-il, ironique.

— Je me chargerai de la fille en son temps.

— Tu n'es même pas sûre que sa mère se foute en l'air.

— Je reconnais que c'est vrai, mais j'ai déjà gagné la première manche. Je lui donne deux à trois semaines avant de plonger... ou de se manifester. Et vu l'état actuel de mon cher et tendre époux, nous avons du temps devant nous, dit-elle d'un ton léger, en venant examiner Thierry de près. Regarde-le, on se demande ce qui lui reste comme étincelle d'intelligence.

— Et la pouffiasse de ce soir ?

— Quelle idiote ! Elle croit que Rivière et Villard veulent lui reprocher d'avoir tourné autour de Cécile.

— Encore une qui va se trouver, ce soir, au mauvais moment, au mauvais endroit, dit Hubert, cyniquement fataliste. Au fait, je présume que c'est moi le chauffeur ? Où est-ce qu'elle habite ? Je suppose aussi que je dois jouer de discrétion ?

— Faire le malin te va bien, lui dit-elle, la tête ailleurs. Contente-toi de l'amener, on va s'amuser, affirma-t-elle en soufflant un long jet de fumée.

Hubert reconnut l'éclat de folie dans l'œil noir et la joie mauvaise qui étirait la bouche peinte. Sa raison lui dicta le repli.

Le ton, le sourire et les mots ressuscitaient en lui cette sourde appréhension qu'il éprouvait de se complaire, avec un plaisir trouble, entre les mains d'une telle maîtresse, sans conscience et perverse, qui l'écrasait de sa domination. Il se retint de lui demander de quelle façon elle comptait s'y prendre cette fois, car il ne faisait aucun doute que Rosière venait à un drôle de rendez-vous.

20 h 20.

Anthony, Jean et Sophie se regardaient, nerveux.

Ils attendaient Chantal Rosière depuis vingt minutes.

— Nous avons commis l'erreur de la prévenir, c'est certain.

— Pourtant, rien ne laissait supposer que nous venions avec de mauvaises intentions.

— Ce qui prouve qu'elle n'a pas la conscience tranquille.

Ils convinrent qu'elle ne viendrait plus. Alors ils frappèrent à la porte d'en face. Une femme à la cinquantaine robuste leur ouvrit, et sourit en les reconnaissant.

— Alors, vous l'avez vue, à son travail ?

— Non. Elle était en rendez-vous, mais elle nous a proposé de venir chez elle à 20 heures. Vous ne l'avez pas revue, ce soir ?

— Je n'ai pas fait attention.

Elle commençait à refermer sa porte quand Sophie eut un réflexe.

— Au fait, connaissez-vous le parfum de votre voisine ?

— Euh... non, fit la femme prise au dépourvu. Il a une odeur étrange, ça oui, mais...

— Fort ? Sucré ?

— Bizarre en tout cas. Pas courant.

— Oriental ? Ambré ?

— Peut-être bien. Je n'y connais pas grand-chose en parfums, vous savez.

— Nous sommes au moins sûrs que c'est elle, la description de ses collègues correspond parfaitement, dit Jean un peu plus tard, dans la voiture.

— Curieux qu'elle ait accepté de nous rencontrer et qu'elle disparaisse.

— Et ce parfum, murmurait Sophie pour elle-même, vaguement troublée.

— Nous la coincerons demain. A son travail ou ici, quitte à revenir avec la police.

Ils quittèrent le quartier isolé.

20 h 25.

La pluie s'était mise à tomber, dure et forte. Les faisceaux lumineux hachaient la nuit totale, striés des traits noirs de la pluie couchée par le vent qui avait redoublé de violence, comme si son objectif avait été de dénuder les arbres de leurs dernières feuilles. Les branches squelettiques se balançaient en tous sens sur les bords de l'allée centrale, jetant leurs longs doigts maigres et griffus de droite et de gauche pour saisir des proies invisibles. Le portail s'était refermé automatiquement derrière la Mercedes qui longea, sur sa droite, la petite maison des gardiens aux volets clos.

L'obscurité dense tout alentour, le silence du chauffeur dont elle avait surpris les regards dans le rétroviseur, le feulement de la bise qui s'immisçait par une vitre entrouverte réduisaient sensiblement le plaisir de Chantal Rosière d'être enfin introduite au château.

La bâtisse s'imposa brutalement dans les faisceaux jaunâtres, et une appréhension inexplicable envahit la visiteuse de dernière heure qui, de par ses lectures ou ses désirs secrets, s'était attendue à une réception tout en lumières.

Or, le château semblait inhabité, abandonné. Aucune lumière ne filtrait de nulle part.

Sortir du véhicule, se précipiter vers le perron, franchir le court espace, gravir les quelques marches... tout cela fut fait en un temps record, mais ils se retrouvèrent pourtant mouillés dans le hall carrelé, obscur lui aussi.

Le malaise de Chantal s'accentua lorsqu'elle eut franchi le seuil du salon tout en pénombre où le chauffeur venait de la conduire sans un mot, avant de l'abandonner à son sort. Attiré par l'éclat des flammes, son regard s'était en premier lieu dirigé vers l'âtre de la cheminée avant de faire le tour de la pièce. Elle eut presque un sursaut de frayeur lorsqu'elle découvrit l'intrus, en retrait, à la limite du rond de lumière diffusé par un abat-jour orange. Découvrir la présence et l'incompréhensible immobilité du baron, qu'elle connaissait pour l'avoir croisé à deux ou trois reprises dans Grenoble et vu dans *Le Dauphiné libéré* lors de son mariage, augmenta encore son malaise. Elle s'approcha tout de même afin de se présenter à lui. Mais sa main resta suspendue dans le vide, tandis que le regard fixe la traversait. Déconcertée, l'œil sur le plâtre énorme qui semblait saillir du corps avachi, elle recula jusqu'à l'âtre, se demandant ce que pouvait bien faire Gabrielle. Un aboiement plaintif lui parvint, en même temps que le claquement d'une porte. Elle tendit ses mains glacées et frémissantes au-dessus des flammes.

— Ma chère Chantal ! Enfin !

Chantal sursauta mais se retourna aussitôt, soulagée et se traitant intérieurement de sotte.

Les deux amies s'embrassèrent tandis qu'Hubert réapparaissait dans la pièce. La lumière jaillit, comme si l'on répondait enfin à l'attente de Chantal. Un grincement se fit entendre : Hubert rapprochait le fauteuil du canapé sur lequel les deux amies venaient de prendre place.

— Tout d'abord l'apéritif, clama Gabrielle. Hubert, s'il vous plaît ? Ah, je peux enfin te présenter mon mari, dit-elle d'un ton que Chantal ne sut définir. Hélas, le malheureux a fait une mauvaise chute. Il n'a plus sa tête. Regarde-le, il ne sait même plus quel jour nous sommes, ni qui je suis, qui il est lui-même, ni même s'il existe encore.

— C'est terrible. Tu ne m'en as pas parlé, souffla Chantal, mal à l'aise. L'accident date de quand ?

Thierry se tenait auprès d'elle, le fauteuil disposé de façon à laisser sa jambe raide à l'écart du cercle que formaient les sièges. Son regard perdu et triste semblait à des lieues d'ici. Chantal ne pouvait s'empêcher de le regarder, presque désabusée par la réalité qu'elle découvrait ici, dans le château de son amie. Où étaient donc les invités dont il avait été question au téléphone ?

— A quoi bon ? Mes soucis ne peuvent s'arranger d'un coup de baguette magique. Parle-moi plutôt des tiens, interrogea Gabrielle en lissant un pli de sa jupe.

Hubert avait disposé deux verres et une bouteille de bourbon sur la table et s'était éloigné. Il se tenait à quelques mètres, appuyé nonchalamment contre l'un des murs, une jambe repliée, insoucieux de tacher la boiserie peinte, avec sa botte crottée.

Il était curieux, attentif aux répliques des deux femmes, admiratif de l'aplomb de son amie. Loin de ressentir de la pitié pour celle qui ne pesait plus très lourd, dès lors qu'elle avait pénétré dans l'antre de Gabrielle, il attendait en spectateur passif, avide de découvrir la suite, disciple en accord parfait avec son maître. Il examinait la blonde. Chantal Rosière n'était pas de ces femmes spécialement attirantes, mais avait un abord sympathique.

— Ils sont venus à mon travail et ils m'ont demandée, disait-elle en se tournant une nouvelle fois vers lui.

Elle ne comprenait pas pourquoi cet individu ne les laissait pas seules. Un chauffeur se mêlait-il ainsi de la vie privée de ses employeurs ? Gabrielle ne l'aidait en rien non plus, en conservant un mutisme presque moqueur.

— Anthony Villard et Jean Rivière ! reprit-elle. Avec une jeune femme. Je les ai immédiatement reconnus et j'ai fait demi-tour avant qu'ils ne me remarquent ! Par contre, je ne connais pas la fille qui les accompagnait. Une grande, habillée et bâtie comme un garçon. J'ai rappelé l'accueil, disant que j'étais désolée de ne pouvoir me présenter à eux, et je leur ai proposé de venir chez moi, ce soir.

— Chez toi ?

— Ils connaissaient mon adresse ! fit-elle, impuissante. Je suis là pour comprendre ! J'ai besoin de comprendre.

— Et moi je ne comprends pas ta crainte, lui dit Gabrielle en haussant les épaules. Tu ne sais même pas ce qu'ils te voulaient.

— Ils ont dû apprendre que je les surveillais... que je surveillais Cécile.

— Et comment auraient-ils pu l'apprendre ? demanda Gabrielle en allumant une cigarette sans lui en proposer.

— On m'a peut-être reconnue ?

— Qu'est-ce qui te fait dire ça ? s'impatienta Gabrielle en avalant son verre d'un trait et en se resservant aussitôt.

— Je ne vois aucune raison à leur déplacement. Ils ne me connaissent pas, et brutalement ils viennent à trois pour me parler ? Sur les lieux de mon travail, comme si ça ne pouvait pas attendre. Ça ne te paraît pas étrange ?

— Et alors, surveiller quelqu'un ne veut pas forcément dire lui faire du mal ?

— C'est tout de même se mêler de la vie privée des autres, hésita Chantal.

— Mon Dieu ! Qu'as-tu fait d'extraordinaire ? Tu les as un peu collés de près, c'est tout.

— N'empêche que je ne comprends pas cette... insistance, cette précipitation de leur part, et j'ai eu peur. J'ai pensé que tu avais peut-être des raisons que je ne connais pas, des raisons importantes puisque c'est sur ton insistance à toi que je les ai collés de près, comme tu dis.

Gabrielle ne répliqua pas tout de suite, prenant son temps pour déguster son deuxième verre à petites gorgées gourmandes. Une lumière anormale brillait au centre de son œil noir. Une chaleur agréable se diffusait en elle, d'imaginer le corps de cette idiote étendu à ses pieds. L'alcool et cette délectation qu'elle commençait à bien connaître de préméditer le crime se distillaient dans ses veines. Elle lança un regard à Hubert. Avait-elle sous-estimé cette gourde ? Elle respira profondément, se leva et se mit à arpenter la pièce.

— Bien. Puisque tu insistes... je vais te mettre au parfum. Cécile Villard s'est barrée de chez elle.

— Pourquoi ?

— Parce qu'une femme, qui te ressemble étrangement, a fait ce qu'il fallait pour que cela se produise.

Disant cela, elle s'était arrêtée net et la toisait, les yeux écarquillés, presque déments.

— Comment le sais-tu ? demanda Chantal d'une voix un peu éraillée.

— Attends-moi, ordonna Gabrielle en disparaissant de la pièce.

Chantal avait la gorge nouée, tout à coup, comme si son instinct l'avertissait d'un obscur traquenard. Elle força sa raison à balayer la prescience d'un danger et elle fut presque rassurée lorsqu'elle vit celui qu'elle prenait pour le chauffeur saisir les bras du fauteuil du baron. Mais Hubert ne quitta pas les lieux. Il se mit à faire pirouetter le fauteuil sur lui-même plusieurs fois de suite tandis qu'elle le regardait avec horreur et se levait d'un bond.

— Que faites-vous ? Vous êtes fou ?

— Elle a raison. Veux-tu bien le laisser tranquille ? claqua dans son dos la voix sèche de Gabrielle.

Chantal se retourna d'un bloc, la bouche encore ouverte sur son indignation, mais elle resta figée, sa surprise à son comble !

— Il ne l'aime pas vraiment, ajouta la voix. Je dois le surveiller constamment.

La voix de Gabrielle, vêtue d'un imperméable analogue au sien, de bottines assorties, exactement comme les siennes... Gabrielle, mais... affublée d'une perruque blonde et d'une paire de lunettes rondes en écaille... Gabrielle, de toute évidence, se payait sa tête, mais cela ne lui donna aucune envie de rire, loin s'en fallait ! Bien au contraire, une espèce de colère l'envahit qui lui permit de surpasser son affolement.

— Je ne suis pas très sûre d'apprécier ton humour ! déclara-t-elle d'une voix blanche.

Gabrielle avait une main enfouie dans une poche du vêtement, que la ceinture souple serrait à la taille. Elle s'approcha d'Hubert et lui caressa la joue. Son autre main descendit en un ballet sensuel le long du corps masculin, en propriétaire, sous le regard déjà terrifié de sa proie.

Chantal découvrait soudain la folie de Gabrielle. Folie corroborée par le flamboiement du regard, à peine supportable, et le sourire cruel. Elle regarda désespérément Hubert dont elle comprit aussitôt la connivence avec sa fausse amie : l'homme la regardait du même air amusé. Un mouvement ramena son attention sur Gabrielle. Alors la peur bondit sur elle et son sang se retira de son visage. Un frisson convulsif la fit frémir tout entière. Gabrielle venait de sortir une arme à feu de sa poche et la pointait sur elle, à hauteur de l'abdomen.

— Tu es complètement cinglée, murmura-t-elle.

L'absurdité de la situation aurait pu faire rire les ancêtres figés dans leurs cadres aux riches moulures dorées, qui examinaient de haut cette race d'hommes damnés.

A la frayeur de Chantal Rosière, s'ajoutait une immense désillusion : des années d'admiration béate, de docilité insoupçonnée pour une folle. Elle abaissa son regard sur Thierry d'Ersen et son cœur se serra d'impuissance de le voir ratatiné sur son siège, l'œil large reflétant une inquiétude de gosse attardé, à des années lumière de l'atroce réalité.

— Le débile, c'est lui. Il n'a pas résisté à une chute de vingt-cinq marches.

— Vous êtes deux fous, deux dangereux psychopathes.

Elles se faisaient face et s'affrontaient du regard, mais Chantal s'affaissait doucement sur le canapé. Gabrielle se grisait de la voir se rapetisser, se couvrir de sueur à l'idée de mourir, et retardait l'instant où la balle transpercerait un organe vital.

Quand elle éclata d'un rire diabolique, Hubert, à ses côtés, ne put se retenir de frémir. Une sueur poisseuse lui colla instantanément à la peau.

Jusqu'au dernier moment, il avait cru qu'elle bluffait. C'était la première fois qu'elle l'impliquait autant, la première fois qu'il assistait en direct à l'un de ses meurtres.

Et tandis qu'au milieu des éléments déchaînés, le corps de Chantal Rosière, enroulé dans une toile et lesté de cailloux, s'enfonçait en douceur dans l'étang de la propriété, Cécile arrivait bientôt dans la capitale, au bout de son voyage.

Sous prétexte de les redouter, elle rompait elle-même les liens affectifs qui la cernaient jusqu'ici pour la protéger.
En perdant ses repères, elle allait se retrouver sans défense, à la merci de la pire des solitudes.

28

Manon savait bien que sa mère était réellement partie. Pourtant, refusant le fait, elle avait vainement attendu, la première nuit, son retour.

Au petit matin, quand elle était venue contrôler l'absence — elle aurait pu s'endormir quelques minutes sans s'en rendre compte —, elle avait espéré, de toutes ses forces, se tromper. Doucement, elle avait actionné la poignée et entrebâillé la porte de la chambre bleue.

Quand elle avait été certaine de ne distinguer qu'un seul corps allongé dans le grand lit, sa petite figure s'était contractée, et l'on aurait pu croire qu'elle allait se mettre à pleurer. Mais sa colère avait pris le dessus, et son regard s'était durci.

Elle avait dû convenir, et cela avait été le plus terrible, que sa mère l'avait abandonnée.

Elle avait aussitôt traduit cet abandon comme le rejet pur et simple de son amour, le refus catégorique d'une complicité jusqu'ici jamais désavouée.

Les premières heures qui avaient suivi cet état de fait l'avaient projetée dans un état proche de celui d'une amante éconduite. Bafouée dans son orgueil d'enfant, trahie, elle avait réagi en se recroquevillant sur elle-même dans une vexation extrême, allant même jusqu'à lutter contre ses peurs, pour détester plus encore Cécile. Car elle ne ressentait plus rien d'elle, même pas cette douce conviction mentale de la savoir quelque part à l'attendre, comme lorsqu'elle était en classe ou bien chez Paul.

Pourtant son désespoir l'avait bien vite rattrapée.

Elle avait gardé secret le nom de l'inconnue, tout d'abord par souci de respecter la complicité qu'elle partageait avec sa mère, et parce qu'elle n'avait osé croire à cette mise à l'écart. Mais ensuite par colère. Ce silence était tombé peu avant midi, quand lui était fortement revenue l'impression négative ressentie devant la femme blonde. Brusquement sa mère n'avait plus été l'ingrate redoutée, mais la victime de Chantal Rosière.

Le nom à fleur de bouche, elle s'était, sans bruit, rapprochée d'eux, d'eux, les grands, qui s'interrogeaient sans fin au salon sur l'identité de la visiteuse, eux qui étaient convaincus, comme elle l'était enfin, d'une influence néfaste.

Une fois le nom lâché, elle n'éprouva plus qu'une seule envie : s'isoler, s'enfermer dans son petit monde irrationnel, pour essayer de rattraper sa mère, de la rattraper dans leur mode particulier de pensées.

Ce fut ainsi, prostrée, malheureuse de ne pouvoir accéder au mental de Cécile, que Frank la trouva lorsqu'il vint la rejoindre dans sa chambre. Il l'étudia discrètement, la surveilla, la mit en confiance par une attitude et des mots choisis et bienveillants.

Elle ne répondit pas, comme il l'avait espéré, à ses avances, mais elle savait très bien ce qu'il attendait d'elle. Et Frank savait qu'il lui suffisait d'être patient.

Mais durant la soirée, l'angoisse de Manon s'accrut. Frank nota le changement vers 19 heures. Plus tard il comprendrait : quand il saurait que l'heure correspondait au départ du TGV Grenoble-Paris.

Manon ne dit rien de ce sentiment d'abandon qui lui donnait ce visage ravagé, mais pour Frank, servi par une longue expérience, cette peur ne lui appartenait pas totalement. C'était comme si elle lui venait d'ailleurs, s'ajoutant à la sienne pour la rendre plus redoutable.

Il s'empara des dessins qu'elle avait empilés dans un coin de sa chambre, sous une tablette de bois. Elle amorça le geste de l'en empêcher puis se ravisa et le laissa faire, mais elle le regarda d'une façon si soutenue qu'il dut se retenir de la prendre tout contre lui pour la bercer comme un tout petit enfant malheureux ; Manon n'était pas une enfant ordinaire.

Lorsque les autres rentrèrent, bredouilles et fort irrités de leur rendez-vous manqué, elle s'accrocha aux bras de Sophie, déterminée à ne pas se laisser écarter de leurs commentaires.

— Chantal Rosière s'est moquée de nous, mais elle ne perd rien pour attendre, lui dit son père. Tu saurais la reconnaître ? Nous pouvons compter sur toi ?

Elle approuva en silence et Anthony sourit gravement en lui ébouriffant les cheveux.

— Les enfants sont extrêmement intuitifs et réceptifs, dit Frank lorsqu'elle se fut endormie, mais Manon l'est tout particulièrement. Je dirais aussi que elle et sa mère ont conservé cette aire relationnelle propre à une mère et son enfant, une forme de langage que l'on appelle dans notre jargon « un langage codé infra-verbal ». Elles vivent des sentiments identiques, précisa-t-il devant l'air surpris de ses amis. Regardez ses dessins : la souffrance d'un individu doit s'exprimer de n'importe quelle façon car ce qui a besoin de s'exprimer doit l'être. Manon exprime ici toute la souffrance de sa mère, pas la sienne.

Le silence accueillit les remarques du spécialiste. Jean fronça les sourcils, peu enclin à croire à de tels arguments.

Manon, cette deuxième nuit, ressentirait le poids trop lourd de la solitude, comme si elle en supportait à elle seule le désespoir absolu. Calée contre le corps de Sophie dont elle n'avait pas voulu se séparer, elle allait subir les affres d'une insurmontable anxiété qui allait durer le week-end entier et se prolonger jusqu'au mercredi suivant.

Pour elle, cette deuxième nuit était le commencement d'une dure épreuve...

... Comme pour sa mère qui, après un abattement terrible, avait versé des torrents de larmes, et maintenant était couchée dans une chambre d'hôtel proche de la gare de Lyon, à Paris.

Le temps de la capitale n'avait rien à envier à celui de la capitale dauphinoise. Le froid envahissait les rues, poussé par un vent indiscret jusque dans les moindres recoins.

Les bruits s'éveillaient dans le quartier qui avait connu une courte accalmie entre 3 et 4 heures du matin. Enfermée dans une chambre exiguë, sans âme et sans confort, au décor morne, Cécile essayait de réfléchir de façon plus sensée.

Au fil des kilomètres avalés par la puissante machine lancée sur ses rails, elle n'avait songé qu'à fuir.

Fuir le mensonge !

Car depuis de trop longues heures, elle ressassait inlassablement les deux principales révélations qui l'avaient anéantie : Caroline qui s'était suicidée, Jean qui n'était pas son père.

Peu à peu, surgissant d'un passé refoulé, tout lui était revenu. La censure s'était levée, comme un rideau doucement écarté sur l'oubli qui avait rempli sa fonction de défense.

Elle s'était rappelé ses questions d'autrefois, qui n'avaient jamais franchi le seuil de ses lèvres, et toutes les prémices d'une situation devenue incontournable, puis tout ce qui en avait découlé, tout ce qui l'avait aggravée en perturbant le cours des choses.

Elle avait tout compris.

Et tout mélangé, dissociant les éléments de leur chronologie, pour ne retenir que ce qui la torturait.

Elle avait compris tant de choses. Si opposées à tout ce qu'on lui en avait fait accroire, qu'elle n'avait entrevu qu'une seule solution : disparaître ! Fuir ! Fuir tous ceux qui l'avaient trompée ! Et son cœur avait précédé le train, toujours plus loin, toujours plus vite, battant au rythme fou du cheval emballé, pour échapper à ses remords !

Tout l'entraînait vers Caroline, au détriment de Jean. C'était bien sa haine pour lui qui la faisait fuir. Jean qui l'avait mystifiée ! « *Coupable, quand on perd la femme que l'on aime* », avait-il dit ? Coupable, car responsable, avait-il omis de préciser ! Le salaud ! Qui avait programmé la vie de Caroline en s'arrogeant le droit d'en faire son objet !

En s'enfuyant, elle découvrait que tout cela, au fond, elle le savait. Trop de choses s'étaient dénouées dans sa tête calée contre la vitre glacée du wagon. Elle s'était souvenue de ses enquêtes enfantines, des lourds silences mal venus au milieu de phrases écourtées. Peu à peu elle avait craint sa curiosité. Elle avait toujours supposé qu'on lui cachait quelque chose, et elle en avait tiré un sentiment de culpabilité. Culpabilité qui semblait se développer de nouveau en elle d'avoir été le témoin, la conséquence, ou la raison de ce fiasco.

Elle frappa le matelas de ses deux poings crispés, en laissant son regard errer sur les murs anonymes aux couleurs fanées. Ce geste accentua le mal de tête qui serrait ses tempes depuis qu'elle avait absorbé la dernière de ses gélules, en plein milieu de sa nuit d'insomnie.

Comme animés par un technicien habile, des clichés venaient, à intervalles réguliers, se glisser derrière son front, en véritable kaléidoscope aux couleurs nostalgiques imprégné d'un parfum de regrets.

Libéré par l'amie de sa mère, tout ce qui avait été enseveli dans son subconscient lui était rendu en images et sensations. Elle sentait presque les bras maternels autour d'elle la serrer fort. Elle entendait des murmures indistincts prononcés dans son oreille en pleurant. Caroline ne lui expliquait-elle pas déjà, et de cette manière, tous ses tourments ? N'avait-elle pas éprouvé les sentiments dépressifs et dévalorisants de sa mère, qui avaient persisté après sa naissance ? Que traduisait ce suicide ? Elle n'avait pu retenir le geste terrible. Avait-elle été un si lourd fardeau ? Sa culpabilité enflait tout à coup, renforcée par la faute qu'elle commettait elle-même : ne venait-elle pas d'abandonner sa petite fille ? Anthony ne comptait pas. Pas pour l'instant, associé et complice de Jean et Frank pour la maintenir dans l'ignorance de ses origines et du malheur de sa mère. N'avait-elle pas lu embarras et dilemme dans ses regards fuyants ?

Elle repoussa d'un coup de colère désespérée l'image de Manon qui venait aggraver son mal-être.

On venait de lui faire trop mal. Souffrait-elle autant que sa mère ? Qu'attendait-elle pour franchir le même espace-temps ? Ne portait-elle pas en elle, telle une fatalité, cette hérédité des femmes de sa famille ?

Elle se cramponnait à ses questions comme à un radeau de survie. Tant qu'elle s'interrogeait, du moins espérait-elle inconsciemment des réponses. Mais les pulsations contre ses tempes étaient bien réelles, témoins de la maladie déjà implantée, et lui grignotaient son ultime graine d'espérance.

En fin d'après-midi, un autre élément vint s'amalgamer aux autres, né de cette idée devenue fixe d'avoir blessé sa mère, d'avoir contribué à son malheur. Son véritable père aurait-il abandonné Caroline si elle n'avait pas été enceinte ?

Se trouvait-il réellement des êtres sans honte, pour choisir l'argent aux dépens de... leur propre enfant ?

Elle avait failli dire aux dépens de l'amour mais... cet homme avait-il vraiment aimé Caroline ? Le phénomène de la transposition joua : Cécile sentit la solitude s'appesantir davantage sur ses épaules. Qu'avaient donc à payer les femmes de sa famille ? Quels étaient donc ces hommes qui disparaissaient de leur vie après les avoir engrossées, laissant leur progéniture démunie de références ?

Quelle était cette nouvelle obsession qui s'implantait en elle ?

Qui serait son père ? Une hargne enflait en elle de le connaître pour lui cracher sa haine au visage, mais... s'agissait-il seulement, pour elle, de mettre un visage et un nom sur ses origines, plutôt que d'établir une véritable relation ? Etait-il vivant ?

Le jour déclinait. Elle avait toujours l'impression de nager en eaux troubles, à la recherche de l'air comme de son identité.

Les heures avaient fui en douceur, sans qu'elle en eût pris conscience. Son esprit ne s'était pas une seule seconde égaré ailleurs que dans cette chambre où les questions sans réponses rebondissaient sur les murs insensibles à sa descente aux enfers.

Et puis la nuit prit à nouveau possession de la chambre.

La seule chose qu'elle avait faite, en dehors de ses réflexions, avait été de se lever pour récupérer le flacon des médicaments donné par Chantal Rosière, et qui était resté au fond d'une poche de sa veste.

Croyant soulager sa migraine, elle avait pris une dose supplémentaire de dérivé nitré, mais la quantité, sciemment plus faible que dans les autres gélules, n'avait pour objectif que d'entretenir un état nauséeux, un mal de tête plus agaçant par sa persistance que par une douleur véritable.

29

La disparition de Chantal Rosière ne calma pas leur anxiété.

Absente le lendemain à son travail, sans motif, elle ne répondit pas au téléphone, ni aux coups de sonnette énergiques, ni aux coups frappés à la porte de son appartement.

Depuis samedi, Anthony, Jean, Claudie et Sophie, aidés par de nombreux amis ou volontaires, quadrillaient Grenoble et la banlieue, pénétraient dans tous les bars et les hôtels, présentant la photo de la jeune femme. Travail de longue haleine et fastidieux, qui serait dès lundi renforcé par une distribution postale d'un avis de recherche, dans toutes les boîtes aux lettres. Ils espéraient avoir, d'ici mardi, les premiers résultats.

Harassé et découragé, Jean fut le dernier à réintégrer l'appartement. Il n'eut pas besoin de questionner les autres sur la conclusion de leurs démarches, leur mine reflétait la même déception que la sienne.

Les mâchoires crispées, Anthony paraissait à cran. Frank avait préparé un léger repas que Sophie s'apprêtait à servir sur la table dressée du salon.

— Comment va-t-elle ? demanda Jean, soucieux, en revenant de la chambre de Manon.

La fillette avait passé le week-end à se morfondre et avait refusé toute nourriture.

— Elle est accablée, répondit Frank. Elle est restée toute la journée perdue dans ses pensées, a refusé de voir Paul, de regarder la télévision, et de me parler.

— Elle va faire une dépression.

— On dirait qu'elle reproduit celle de sa mère.

— N'exagères-tu pas un peu ? dit Jean agacé en se détournant de lui et en venant s'asseoir.

— Ne pas avoir prêté foi aux propos de Frank vous a plutôt mal servi, non ? l'agressa son gendre.

Anthony cherchait l'affrontement. Sophie releva la tête, en alerte. Frank regarda Jean qui regardait le jeune homme planté devant lui.

— C'est vrai. Et pourtant, si c'était à refaire, j'agirais de la même façon, dit Jean d'une voix ferme. Le secret de la naissance de Cécile ne m'appartient pas, et encore moins à l'un d'entre vous !

— Excusez-moi, je suis à bout et je...

— Je voulais que Cécile ait une image irréprochable de Caroline, l'interrompit Jean. Je reconnais mon erreur d'avoir minimisé la possibilité d'un traumatisme, je refusais d'y croire, je refusais inconsciemment car je n'aurais pas supporté de la voir dans le même état que sa mère. Mais tu ne vas tout de même pas me reprocher de n'avoir pas prévu l'apparition d'une folle dans notre vie ?

— Vous connaissiez pourtant l'existence d'une folle, capable de lui faire du mal !

Un lourd silence s'installa. L'échange faisait resurgir le doute qui les empoisonnait tous de manière insidieuse. Sophie s'était rapprochée et elle s'adressa à Frank avant que Jean réponde à l'accusation d'Anthony.

— Cette personne, quelle qu'elle soit, pourrait-elle espérer un geste fatal de la part de Cécile ?

— Si l'on parle de la même personne, je puis hélas vous assurer qu'elle connaît parfaitement les syndromes d'anniversaire, les déprimes ou effets destructeurs qui accompagnent des révélations trop brutales. Je ne peux, comme Jean, croire que Gabrielle d'Ersen ait pu imaginer le plan démoniaque de détruire Cécile, allant même jusqu'à utiliser une complicité, mais il est certain que mes leçons d'autrefois lui servaient à comprendre mieux le comportement de Caroline.

— Vos leçons ? demandèrent d'une seule voix Sophie et Anthony.

— Mes leçons et mes conseils de lecture, répondit Frank comme à regret, un peu gêné. J'ai donné quelques cours à la Faculté, notamment sur les non-dits et les secrets de famille. Elle faisait partie des étudiants et se passionnait pour mon métier.

Le silence atterré qui suivit ne vint pas soulager Frank de ses propres appréhensions.

— Il est 20 h 30. Une heure encore décente pour se présenter au château, dit enfin Jean en se levant.

— Es-tu sûr... ? Je t'accompagne, ajouta Frank qui venait d'intercepter la détermination dans l'œil sombre.

— Etes-vous certains qu'ils soient à Grenoble ? Téléphonez, ou renseignez-vous auprès de l'auberge du Conquérant, suggéra Sophie.

— Je préfère l'effet de surprise. Ce sont les fêtes de la Toussaint, il n'est pas impossible que tout ce beau monde soit pour quelques jours à Grenoble.

— Souhaitez-vous que je vienne ? demanda Anthony.

— Non. Nous ne serons pas longs.

Les deux jeunes gens restèrent en un tête-à-tête nerveux et tendu, n'espérant presque plus le retour impromptu de Cécile.

Frank et Jean se retrouvèrent un quart d'heure plus tard dans l'impasse qui menait à l'auberge et au château. Un brouillard estompait tous les contours, et donnait une clarté irréelle aux lumières des lampadaires. Les hauts murs du parc disparaissaient tout au fond de l'impasse dans une brume noire. Ils les longèrent jusqu'au bout pour effectuer un demi-tour.

L'intérieur et les abords directs de l'auberge étaient illuminés et des véhicules occupaient le tiers du parking.

— Les Serre ne laissent partir aucun de leurs clients sans leur avoir montré la photo de Cécile, commenta Jean.

La Renault Laguna poursuivit son élan jusqu'au portail et s'arrêta, le moteur coupé. Fermés, hauts et compacts, les vantaux de fer semblaient interdire toute approche.

Frank attendait, pour sortir du véhicule, que Jean prenne l'initiative.

— Ce ne serait que de la récidive, dit ce dernier, presque surpris d'avoir parlé tout haut.

Frank ne comprit pas et tourna la tête vers son ami, le sourcil relevé. Il regarda, à la faible lueur d'un lampadaire lointain, le visage de Jean qui reflétait une réflexion intense.

— Tout à l'heure, tu disais ne pas croire que Gabrielle ait pu monter un plan assez démoniaque pour détruire Cécile. Je crains de plus en plus, au contraire, qu'elle ait déjà réussi son coup avec Caroline et qu'elle tente une nouvelle expérience avec sa fille.

— Allons...

— Ne me fais pas la leçon de l'impossible, le coupa Jean agacé. Tu ne peux, toi, faire fi des pathologies. Ce n'est pas parce que nous la connaissons qu'elle ne peut être capable du pire, avec ou sans l'excuse d'être malade. Je t'ai expliqué pourquoi je pencherais pour une jalousie excessive.

L'instant n'était pas à un débat sur Gabrielle, aussi Frank retint-il ses questions pour ne poser que celle-ci, de circonstance :

— Qu'as-tu l'intention de lui dire ?

— Quoi qu'on lui demande, elle mentira. Je compte sur notre perspicacité. Je ne m'attends effectivement pas à grand-chose. Elle n'avouera rien. Veillons à son air quand nous citerons Chantal Rosière. Ah, mon vieil ami, tu ne sais pas combien cela me coûte de venir en ces lieux, ajouta Jean en posant une main sur le genou de Frank. Je ne souhaite pas vraiment rencontrer d'Ersen. Je ne sais pas si je pourrai me retenir de lui envoyer ce poing dans la figure, fit-il en joignant le geste à la parole. Je croyais avoir oublié, mais ces derniers jours ont ravivé ma haine. Pour des raisons différentes, je les déteste tous les deux.

— Nous allons nous adresser aux gardiens. Nous la ferons demander, elle. Au pire, nous lui donnerons rendez-vous à l'auberge du Conquérant.

— Oui. L'essentiel est de la surprendre.

Ils sortirent du véhicule.

— Dans le brouillard, cet endroit est sinistre, dit Frank en soufflant une buée blanche sur ses doigts. Où se trouve la sonnette ?

Ils la trouvèrent, sonnèrent, attendirent de longues minutes avant que l'un des vantaux, sur lequel l'écu au blason invisible luisait faiblement, ne s'écartât.

— Qui êtes-vous ? demanda Alfred Picard, enveloppé dans un anorak.

— Nous souhaiterions nous entretenir avec madame d'Ersen.

— Madame d'Ersen ne reçoit pas.

— Ce qui veut dire qu'elle est ici ?

L'homme acquiesça.

— Nous voulons l'entretenir d'un sujet délicat. Nous sommes d'anciens amis.

— J'ai pour consigne de ne laisser entrer personne.

— Et son mari ?

— Son mari est... malade, messieurs.

— Est-il visible ?

— Non. Monsieur d'Ersen vient d'avoir un accident.

— Grave ?

— Oui. Madame refuse les visites.

— La nôtre n'a rien à voir avec Monsieur.

— C'est à quel sujet ?

— C'est personnel. S'il vous plaît, informez-la au moins que nous désirerions la rencontrer.

— Quels sont vos noms, je vous prie ?

— Rivière et Simon.

— Suivez-moi, nous allons la prévenir de chez moi. Si elle accepte de vous recevoir, je vous accompagnerai au château.

Frank et Jean se regardaient tandis que Picard téléphonait à Gabrielle.

La maison des gardiens était plus grande que l'extérieur ne le laissait supposer. Madame Picard s'affairait à la cuisine, d'où une odeur de chou s'évadait pour envahir le hall dans lequel ils se trouvaient. Un chiot agité vint tourner autour d'eux en reniflant leurs chaussures. Les choses s'avéraient plus faciles qu'ils ne l'auraient cru.

— Bien. Madame vous attend. Allons-y.

Ils foulèrent la route de gravier jusqu'à l'immense bâtisse dont les extérieurs venaient de s'éclairer. Arrivés au bas du perron, Picard les abandonna. La porte s'ouvrit. Gabrielle apparut au sommet des marches, croisant sur sa poitrine les pans d'un gilet posé sur ses épaules. Son visage n'offrait rien d'autre qu'une grande surprise.

— Mon Dieu, que se passe-t-il ? fit-elle sans ambages.

— Nous souhaiterions deux minutes de ton temps, pas plus, répondit Jean du même ton.

D'un geste, elle les pria de monter, s'écarta et les laissa passer. Elle referma la porte sur le froid du dehors et resta debout devant eux sur le dallage de marbre, avec un air qui les déconcerta. Ils s'étaient attendus à être toisés de manière hautaine, or son visage sans maquillage semblait triste et soucieux.

— J'ai cru, une seconde, que l'état de santé de mon mari vous préoccupait. Bien. Je n'ai pas beaucoup de temps à vous accorder, il réclame tous mes instants.

— Nous avons appris la nouvelle, dit Frank avant que Jean n'intervienne.

— Un accident bête, avec de terribles conséquences. Je suis complètement bouleversée.

— Quand est-ce arrivé ?

— Cela fait quinze jours. Il est revenu jeudi de l'hôpital.

Avant qu'ils aient pu protester, elle leur enjoignit de la suivre et les précéda dans le salon.

Ils se retrouvèrent devant Thierry d'Ersen dont l'attention était entièrement accaparée par la télévision. Leur intrusion ne le dérangea pas. Le regard qu'échangèrent les deux amis fut identique par ce qu'il contenait de frustration, mais celui de Jean revint sur le corps accidenté, détaillant le visage vieilli toujours beau, tandis que celui de Frank s'accrochait à celui de Gabrielle.

— Il n'a plus toute sa tête. Amnésie totale. Il n'enregistre rien et ne parle pas.

La voix de Gabrielle était cassée par une émotion qu'elle tentait de leur cacher. Elle vint éteindre le poste et essaya d'attirer l'attention de son mari sur les visiteurs. Il les regarda, ébaucha un sourire et replongea dans son absence. Elle se positionna alors derrière lui, tourna le fauteuil pour qu'ils puissent mieux encore l'examiner et caressa tendrement ses cheveux.

— Quel est le but de votre visite ? demanda-t-elle gentiment en rompant leur silence.

— Connais-tu une certaine Chantal Rosière ? fit Jean en la fixant.

— Chantal Rosière ? Bien sûr, répondit-elle sans être surprise outre mesure. Mais toi aussi, certainement. C'était une camarade de classe, poursuivit-elle devant l'étonnement de Jean, une camarade de Caroline aussi.

— Je souhaiterais la rencontrer.

— Pourquoi avoir besoin de moi ?

— Tu la connais. Je suppose que tu la vois ?

— Ça nous est arrivé, bien sûr, mais très rarement ou épisodiquement. Ecoutez, tous les deux, fit-elle d'un ton las, je ne vois pas en quoi je peux vous être utile. J'ai vraiment d'autres soucis en tête que celui de renouer avec des copines de classe. Il vous suffit de prendre l'annuaire, je crois qu'elle habite Grenoble. Maintenant, si vous le voulez bien, je vais appeler Alfred pour qu'il vous raccompagne. J'ai apprécié votre visite, je me sens si seule et si désemparée depuis l'accident que...

Elle ne put finir sa phrase, qu'un sanglot entrecoupa, et ouvrit la porte d'entrée.

Les deux hommes se retrouvèrent dans la brume froide et descendirent les degrés de pierre, perturbés et mécontents.

— Elle ment, affirma Jean, lorsqu'ils se furent assez éloignés.

— Au sujet de Rosière ?

— Sur tous les plans.

— Il y a de grandes chances pour que ce soit le cas. Mais tu ne peux nier le fait qu'elle a d'autres chats à fouetter que de harceler, ou faire harceler Cécile.

— Elle nous a trompés.

— Sur sa peine ?

— Oui, et sur le reste. Les circonstances m'ont empêché de la provoquer. On reprend la piste Rosière, mais je te fiche mon billet que Gabrielle est derrière tout ça.

— Ta haine peut fausser les choses, moi je l'ai sentie sincère. Elle a pu nous leurrer, mais avoue que l'état de d'Ersen a de quoi l'attrister et la déstabiliser.

Ils entendirent les pas de Picard sur le gravier avant de le voir surgir de la nuit. Ils se turent.

Derrière eux, dans le salon qu'ils venaient de quitter, Gabrielle regardait Hubert en train de pousser le fauteuil dans la pièce d'à côté, provisoirement aménagée en chambre. Elle le suivit et s'adossa au chambranle de la porte.

— Les ai-je convaincus ?

— C'est certain. Tu as raté ta vocation, répondit-il en soulevant le corps amaigri pour le déposer sur le lit.

Elle sourit.

— Jean Rivière me déteste toujours autant, et l'état de son ancien rival ne lui a fait ni chaud ni froid, bien au contraire.

— Qui c'est, l'autre pingouin ?

— Un psy. Mieux disposé à mon égard que Rivière.

La transpiration s'asséchait sur son corps. Prise au dépourvu, il n'avait pas été question pour elle d'éconduire une telle visite et elle avait occasionné le face-à-face de Jean et de Thierry avec une joie malsaine et une peur délicieusement troublante.

Elle jubilait à présent, grisée par les petits frissons et les coups redoublés de son cœur. Son corps ressentait les bienfaits de l'excitation ressentie. Elle regardait Hubert, les yeux brillants.

Anthony et Jean ne réussirent à convaincre le commissaire Bertrand du lien qui pouvait exister entre les deux disparitions que le mardi 5 novembre, lorsque l'entourage de Chantal Rosière considéra enfin son silence comme anormal.

Ami de longue date de Jean, Samuel Bertrand écouta d'une oreille amicale et professionnelle le récit de leur histoire. L'appartement de la femme blonde fut ouvert et fouillé. Il devint évident que la disparition était suspecte, de par le fait qu'elle ne semblait pas avoir été préméditée. Une enquête fut ouverte.

Si Chantal Rosière avait malheureusement emporté avec elle le secret de la fugue de Cécile, des résultats sur les recherches effectuées depuis le week-end furent enregistrés ce même jour.

A 10 heures ce mardi matin, le propriétaire grenoblois d'un hôtel discret, situé rue Lakanal, téléphona à l'Hôtel de police sitôt qu'il eut récupéré son courrier. Il avait reconnu sur la photo la jeune femme qui avait logé la semaine précédente dans l'une de ses chambres, et qui avait disparu en laissant une valise, quelques vêtements, et des accessoires de toilette. Il fut vite établi que les objets appartenaient à Cécile.

L'après-midi même, le propriétaire du Marathon, un bar de l'avenue Marcellin-Berthelot, affirma avoir vu Cécile deux jours de suite dans son établissement, la première fois en compagnie d'une femme blonde. La jeune femme avait pleuré, avait été consolée par la blonde, et le lendemain elle avait attendu en vain, des heures durant, la même personne. Elle avait quitté les lieux, désespérée.

Ce soir-là, les quatre amis, auxquels s'étaient joints les Bertin, essayaient de tirer des conclusions des premiers faits établis.

— Je ne pense pas qu'elle ait cherché un autre hôtel. Je la vois plutôt choquée, monter dans un tram, un car, ou même dans un train.

— Aucun des employés de la gare n'a reconnu son portrait.

— On doit retourner sur les lieux et afficher sa photo.

Le lendemain, mercredi, une visite à la banque confirma l'utilisation de la carte bancaire de Cécile, à Paris.

— C'est une catastrophe ! Mon Dieu, comment allons-nous pouvoir la retrouver ? s'alarma Sophie. Y serait-elle déjà depuis le moment où elle a abandonné sa valise ?

Leur découragement était sans limite. Ne plus la savoir sur place donnait à sa disparition un caractère insoluble et définitif. Comme s'ils avaient pu mieux la protéger, ici, inconsciemment, grâce à un réseau de pensées positives et complices lancées dans les airs de Grenoble, dans un espace plus ou moins connu et familier, pour intercepter les siennes et les raccorder aux leurs. Frank ne pouvait cacher son pessimisme. Cet éloignement signifiait une volonté des plus marquées de la part de Cécile. Il se raccrochait au fait que cette volonté existait et qu'elle pouvait les surprendre.

— Dans ces conditions je ne vois plus qu'une solution : engager un détective privé, dit Anthony dont les yeux rouges attestaient un moment d'effondrement.

A plus de cinq cents kilomètres de là, Cécile luttait, se débattait contre un dégoût de la vie, contre son obsession de ne plus rien représenter pour quiconque.

Qui donc avait dit, parlant des tortures morales : *« l'esprit y sombre ou s'y fortifie »* ?

Elle abordait difficilement la fin de cette première semaine et ses réveils étaient de plus en plus douloureux. Des vertiges la prenaient de ne rien manger d'autre que les petits déjeuners déposés devant sa porte.

Ses pensées essayaient de trouver un ordre dans sa tête, qu'un mal sourd, persistant, ne quittait plus.

Sa déréliction allait bientôt lui donner le courage d'en finir. Il ne pouvait en être autrement. Sa dépression s'aggravait malgré les médicaments, et sa tumeur allait bientôt l'emporter. Qu'est-ce qui la rattachait encore à ce monde ?

Cet état d'esprit, bien que morbide, eut le mérite d'ouvrir l'une des nombreuses portes qu'elle avait verrouillées pour s'enliser dans une solitude sans nom. Le remords de l'abandonner la rapprocha de Manon. Manon, à qui elle refusait de penser depuis des jours.

Une culpabilité nouvelle vint se joindre aux autres, qui en engendra une autre encore. Au moment — qu'elle sentait se rapprocher — de les quitter pour de bon, Manon et Anthony cherchaient-ils à la retenir ? Elle sombra dans un évanouissement léger où leurs deux visages éperdus attisèrent son tourment. Jusqu'à ce qu'un coup discret à sa porte la fît émerger de ses rêves gluants. Une clé tourna dans la serrure, et un visage parcheminé se profila dans l'entrebâillement de la porte.

— Eh bien, ma petite dame. Qu'est-ce qui ne va pas ? Cela fait une semaine que vous n'êtes pas sortie de cette chambre. Mon Dieu, mais vous êtes malade ?

Revigorée par les soins de l'hôtelière discrète, Cécile revint tout doucement à une espèce de vie, ou plutôt de survie, en avalant une soupe brûlante suivie d'une assiette de pâtes. Les propos de la femme, attentive à la misère humaine, remuèrent en elle quelques cordes encore sensibles. L'hôtelière la quitta lorsqu'elle la sentit sur le point de s'endormir.

Cette sollicitude donna à Cécile le ressort tout juste nécessaire pour repousser la terrible échéance et créer un désir : le tout premier, différent de ceux qui l'avaient amenée jusqu'ici.

A Grenoble, ce soir-là, tous furent stupéfaits, mais surtout soulagés, de voir Manon se remettre à manger sans y avoir été forcée. La fillette semblait aller mieux alors qu'eux-mêmes se désespéraient, tout leur laissant supposer que l'éloignement aggravait les choses.

Elle posa son regard grave sur chacun d'eux avant de dire :

— Maman va revenir.

Frank eut envie de demander *« quand ? »*, mais il se retint alors que les autres tentaient de cacher leur air navré.

— Je me fie à l'intuition de Manon, leur dit-il deux heures plus tard. Allez la voir dormir. Depuis quand n'avait-elle pas paru aussi calme ?

— Elle souhaite si fort le retour de sa mère que la pauvre gosse finit par y croire, c'est tout, dit Jean.

— Venant de quelqu'un d'autre que Manon, je pourrais approuver ta remarque. Ce soir je te confirme que nous avons assisté à un exercice de télépathie.

— Du paranormal ? s'exclama Sophie tandis que Jean et Anthony fronçaient les sourcils.

— Le paranormal fait partie de notre vie, ne serait-ce qu'en sous-tendant les intuitions les plus banales. La télépathie est la manifestation la plus courante du paranormal, ajouta-t-il, convaincant. Il n'y a pas lieu de s'inquiéter. Elle s'apprend et peut être contrôlée. C'est en quelque sorte un partage d'expérience, et je suis presque certain que Manon a rétabli le contact avec sa mère.

30

Gabrielle avait évincé les amis navrés qui se présentaient au château ou qui téléphonaient.

Au bout d'une semaine, le regard de Thierry avait perdu cette fixité dérangeante et semblait mieux s'accrocher aux choses. Même s'il n'éprouvait toujours aucun désir de parler, il paraissait réfléchir.

Tous les jours, son cerveau se remettait dans l'état de la veille, à rechercher le mot, l'image qui déclencheraient la toute petite étincelle nécessaire à la réactivation de son intellect. Tout autour de lui, les choses, les couleurs, les gens lui semblaient appartenir à un rêve. Un rêve permanent, entretenu par un état quasi comateux, entrecoupé de flashes parfois, qui le laissaient prostré dans une frustration sans nom. C'était comme chercher à retenir l'eau qui file entre les doigts. Des phrases en chassaient d'autres, avant qu'il n'ait assimilé leur sens...

Gabrielle, qui suivait avec attention l'évolution de cet éveil, commença, comme chaque matin, à lui asséner quelques vérités de son cru.

Elle s'était installée à ses genoux sur un tabouret, en prenant garde de ne pas froisser son ample jupe de coton noir. Un foulard jaune égayait son pull-over marron et tranchait avec le rouge vif de ses lèvres. Elle lui avait pris les mains et lui souriait.

— Tu te nommes Thierry d'Ersen. Tu es ici chez toi et tu es une véritable souche, du moins le croirons-nous jusqu'à ce que tu nous aies prouvé le contraire. Est-il certain que tu ne te souviennes de rien ? Je suis ta femme. Sais-tu ce que cela signifie ? Gabrielle, ce nom ne te dit rien ? A moins que ce ne soit Caroline ? Non ? Non. Olivier Saint-Yves ? Non plus. Apparemment rien ne te touche. Sais-tu pourquoi tu es dans cet état ? Parce que tu as chuté dans l'escalier. Je suis ta pire ennemie... dit-elle en pianotant sur le plâtre. Tu n'es pas tombé tout seul, mon vieux, tu as eu besoin d'un coup de main ! C'est cela ! Fronce les sourcils, tu vas te souvenir. Réfléchis !

— Je me demande pourquoi tu t'acharnes à lui faire retrouver la mémoire ! dit une voix dure.

— Je m'assure qu'il ne me joue pas la comédie, pour ensuite me piéger. Tu as certainement autre chose à faire ailleurs qu'ici, toi ! assena Gabrielle à Hubert qui se tenait immobile dans son dos.

— Je te signale que les Picard rappliquent.

A ce moment la sonnette de l'entrée tinta, la porte du hall s'ouvrit, claqua en se refermant. Celle du salon s'ouvrit à son tour sur le couple, précédé du chiot qui avait élu domicile chez eux. Aucun des deux n'adressa un regard à Hubert qui sortait.

Le chiot blond vint aux pieds de son maître. Thierry lui sourit en lui tapotant la tête. Il appréciait la venue des Picard, sans qu'il les reconnût d'une fois sur l'autre. Leur présence faisait naître cette vague chose troublante qui repoussait les murs noirs tout autour de lui. Mais le sentiment était si fugace qu'il n'avait jamais le temps de le saisir, encore moins de l'analyser. Son visage s'illuminait en caressant le chien. Ces simples manifestations furent douces au cœur du vieux couple qui se tenait immobile, presque maladroit devant le fauteuil, à scruter son petit.

— Il fait des progrès étonnants. Si, si, je m'en rends bien compte, allez ! Il se tient plus droit, il a l'expression plus vive. Il a l'air moins craintif qu'à son retour de l'hôpital. Tu n'es pas de mon avis, Alfred ? Je sens qu'il revient à nous, qu'il nous reconnaît. En tout cas il s'habitue à nous.

L'assentiment de son mari, qui venait de déposer un paquet de lettres et de journaux sur la table, réconforta madame Picard. Elle passa une main tendre dans les cheveux en désordre, geste d'autrefois qu'elle n'aurait plus jamais cru se permettre, tandis que Gabrielle ne pouvait s'empêcher de penser : *« Vieille chouette de malheur, tu ne peux pas la fermer ? Prends garde au bouillon de 11 heures, toi aussi ! »*

Les braves gens continuèrent à parler à Thierry pour l'arracher à sa petite folie. Elle se tourna vers le courrier du jour.

Ils ne la virent pas s'immobiliser devant un tract, ni sourire d'une grimace qui retroussa un coin de ses lèvres rouges.

Elle attendit impatiemment leur départ, pour littéralement flanquer la photo de Cécile sous le nez de Thierry.

— Essayons de remettre nos petits neurones en place. Examine bien ce cliché, dit-elle en écartant le chien du pied.

Elle épiait le moindre tressaillement, le moindre cillement, le moindre souffle, tandis que Thierry posait son regard sur la feuille.

Le portrait était net et précis, bien que polycopié. La jeune femme avait posé le mois précédent chez un portraitiste qui avait saisi l'essentiel du visage, en accentuant la fragilité de son charme.

Sur le point de se déchirer, un voile flottait devant les yeux de Thierry. Les battements de son cœur s'accéléraient, mais rien ne modifiait ses traits, rien ne filtrait, pour alerter Gabrielle attentive. Déjà, il abandonnait son effort de retenir ce qu'il avait cru reconnaître ou envie de mieux comprendre. Un réflexe, ou un ordre infiniment secret venu du tréfonds de son inconscience, lui immobilisait les mains, tandis que s'enfuyait ce tout petit rien qui venait de taquiner sa mémoire.

— Décidément, tu m'as l'air irrécupérable. Cette tronche ne te dit absolument rien ? C'est ta fille, mon bonhomme ! La fille de Caroline. Depuis une semaine, elle doit se poser mille questions à ton sujet ! Mais peut-être a-t-elle déjà fait le grand voyage ? Je lui ai donné quelques idées à ce sujet. A sa place, je choisirais la corde. Comme sa mère ! Tu sais que Caroline s'est pendue, n'est-ce pas ?

Le voile commençait à se fendre sur un bord. C'était ce mot, ce nom, qui trouvait une résonance quelque part dans sa pauvre tête, ce nom qui...

— Je me demande ce qu'elle a dû ressentir lorsque la corde a serré son petit cou si tendre et si mignon, dit-elle en ôtant lentement son foulard jaune vif. Tiens, comme cela, ajouta-t-elle en l'enroulant autour de son cou à lui.

Thierry ne bougeait pas. Son visage se trouvait au même niveau que le sien et il conservait cet air imperturbable, juste un petit peu perplexe. Le souffle court, elle fouillait son regard, tandis qu'elle resserrait doucement l'étoffe.

La facilité la déroutait. Qu'attendait-il pour lutter ? Ses doigts ne pouvaient résister au désir de serrer davantage.

Le mot « danger » explosa quelque part dans le crâne de Thierry. Des choses venaient, qui s'accrochaient aux bords de la déchirure et l'écartaient. S'évadant du tissu soyeux, un parfum, une odeur d'autrefois, montait à ses narines, tandis qu'une alarme émettait un signal silencieux à travers le chaos de ses pensées. Ses mains vinrent à la rencontre des siennes et ils luttèrent silencieusement, jusqu'à ce qu'elle capitule en éclatant d'un rire perché.

— Dieu ! Quelle force ! Moi qui te croyais affaibli !

Le jeu était terminé.

Mais elle hésitait encore avant de considérer qu'elle perdait son temps.

— Elles se ressemblent comme deux gouttes d'eau. C'est à n'y rien comprendre. Je croyais que tu n'oublierais jamais Caroline. Des promesses d'homme, tout ça.

Elle ramassa la photo qui était tombée à terre, la reposa sur le plâtre blanc, et attendit, les bras croisés, debout devant lui.

— Tiens, garde-la au moins près de toi, elle pourra te divertir durant ta longue journée de méditation.

Elle le quitta. La lourde porte d'entrée claqua. Un courant d'air frais courut au ras du sol et vint mourir dans le salon dont la porte était restée ouverte, jusqu'à Thierry qui eut un frisson.

Il avait le visage baissé sur le tract et ne remarqua pas le chiot qui réapparaissait en rampant de sous un fauteuil. Une larme roulait sur sa joue, qu'il essuya maladroitement.

Il n'était pas dans les habitudes de maître Rollin de boire deux verres d'affilée. Pourtant il se resservit du gin et l'avala d'un trait comme le précédent. Il grimaça. En reprenant son balancement dans le fauteuil souple, son œil revint sur la photo de Cécile Villard, exposée sur son sous-main de cuir.

Depuis la veille, il ne pouvait se départir d'un profond malaise. Que Thierry d'Ersen ait eu un accident quelques heures après avoir établi son testament pouvait à l'extrême rigueur entrer dans le domaine du hasard, même si ce terme était un cache-misère, mais... la disparition de sa légataire universelle donnait une importance capitale au premier événement.

Le malaise du notaire s'amplifiait d'heure en heure. Les confidences de Thierry, succinctes certes, mais suffisamment explicites, tournaient dans sa tête pour se heurter constamment au gardien rigoureux de sa discrétion. Le secret professionnel auquel il était tenu empoisonnait sa réflexion trop solitaire et le maintenait dans une grande agitation. Car, si ses doutes étaient fondés, le fils de ses vieux amis vivait sur le fil d'un rasoir.

L'alcool ne lui apportait pas l'aide qu'il en attendait. Il regarda les rayonnages savants de sa vaste bibliothèque dont tous les articles, les lois et les statuts ne résolvaient pas les problèmes fondamentaux de la vie.

Il fut tenté d'appeler sa femme, dont il appréciait généralement l'analyse fine et juste, mais une nouvelle fois le cerbère emplit son office : sa conscience lui interdisait de dévoiler ce qu'il était tenu de garder confidentiel.

Il se leva subitement. Rien ne l'empêchait d'aller jeter un œil sur Thierry. Si cette garce l'évinçait encore une fois, il se promettait de forcer sa porte.

Quand il laissa Thierry entre les mains d'Hubert, une demi-heure après son arrivée au château, maître Rollin n'était pas moins inquiet.

Il avait poussé le fauteuil roulant dans les allées du parc, profitant d'une apparition prolongée du soleil qui redonnait un peu de bonheur aux extérieurs. Il avait congédié Hubert, s'octroyant d'office le privilège de rester seul avec le propriétaire des lieux.

Il avait touché les mains glacées et les avait glissées sous l'épaisse couverture de laine. Il n'avait pu s'empêcher de passer une main paternelle sur le front apparemment serein. Thierry n'avait rien manifesté de particulier, qu'un vague plaisir de circuler entre les grands arbres séculaires. Et puis il l'avait ramené vers l'entrée de la demeure pour profiter du soleil, et s'était installé sur un banc, ignorant Hubert qui semblait bouillir d'impatience à quelques pas et leur lançait des coups d'œil de côté.

En passant devant chez les gardiens, il fit ralentir son véhicule, abaissa sa vitre électrique et attendit l'homme qui s'avançait vers lui.

— Veillez bien sur lui, Alfred. Je veux que vous m'appeliez, quoi qu'il arrive, à n'importe quelle heure du jour ou de la nuit. J'y tiens absolument. Qui est ce type qui s'occupe de Thierry, un infirmier ?

— Non, monsieur, une infirmière vient tous les matins. Lui c'est le palefrenier, un ami de Madame.

Mieux que des mots, le ton et le regard de Picard renseignèrent maître Rollin sur l'estime qu'il vouait au palefrenier. Les sous-entendus s'installèrent dans le court silence qui suivit.

— Veillez bien sur lui, insista le notaire encore une fois.

Sa voiture croisa celle de Gabrielle dans l'impasse, mais il fit comme s'il ne l'avait pas reconnue. Par contre, Gabrielle en l'apercevant reçut un coup dans la poitrine.

— Enfin, Alfred, je vous avais dit de ne faire entrer personne ! jeta-t-elle à Picard.

— Madame, je ne me vois pas interdire cette porte à maître Rollin, un ami de la famille, répondit le gardien embarrassé, surpris d'être agressé de la sorte.

Sans lui répondre, elle accéléra, rageuse.

Il resta à se gratter la tête, tandis que la Mercedes s'arrêtait dans un long crissement de pneus. Il vit Gabrielle se précipiter sur Hubert, faire de grands gestes et s'emparer des bras du fauteuil pour le pousser vers le perron. Il vit Hubert saisir à bras-le-corps Thierry au bas des marches, et ne put s'empêcher de ressentir un petit pincement de jalousie. Il rentra, curieusement soucieux.

— Impossible de te faire confiance ! éclata Gabrielle lorsque Hubert et elle furent à l'intérieur. Je m'absente une heure et tu fais une connerie !

— Que voulais-tu que je fasse ? se défendit Hubert, agacé par son ton trop aigu.

— Nom de Dieu, mais le foutre à la porte !

— Ah ouais ! Pour qu'il trouve la situation normale ?

— Tant qu'on ne sait pas où il en est dans sa tête, celui-là, dit-elle en pointant un doigt sur Thierry que l'on avait déposé dans un fauteuil, la jambe surélevée sur un pouf, on ne peut se permettre de courir le risque de le laisser seul avec quiconque ! C'est la première règle ! Qu'est-ce qu'il foutait là, celui-là ?

— Comment veux-tu que je le sache ?

— En le lui demandant, pardi ! Non mais, quel imbécile !

— Il a joué les habitués de la maison et m'a écarté sans un mot, marmonna Hubert, vexé.

— Tu les as surveillés, au moins ?

— Pas pu.

— Pourquoi l'as-tu sorti ?

— Parce que l'autre voulait s'en charger, pardi ! Il voulait lui faire prendre l'air !

Gabrielle le lâcha pour examiner Thierry. Puis elle regarda autour d'elle et alla s'emparer d'un magnifique vase chinois du XIVe siècle, qui trônait sur le coin d'un vaisselier. Hubert la suivait des yeux en se gardant d'intervenir.

Bien qu'il la surveillât et vît son geste, le fracassement de la porcelaine le fit tressaillir. Tout comme Thierry qui sursauta.

— Dynastie Yuan ! ricana Gabrielle, plantée devant lui. *« La pièce préférée de maman »*, disais-tu. Brisée, envolée, la pièce d'art. Qu'en penses-tu ? Allez ! Parle ! Mais parle ! cria-t-elle.

Du regard, elle fit un autre tour d'horizon, et d'une enjambée vint s'emparer d'une autre pièce de porcelaine.

— Et ce petit bijou ? Une statuette de Meissen. Regarde-la bien, la reconnais-tu ? Non ? Alors, de l'air.

Dans un éclat de rire dément, elle jeta l'objet de collection par terre, dont les débris vinrent se mêler à ceux du vase. Elle saisit le pull-over de Thierry et se mit à le secouer comme un prunier. Il la regardait d'un air égaré, puis en eut assez de se faire malmener et ses mains vinrent emprisonner les siennes pour les maîtriser.

Elle se calma enfin, examina encore son visage et s'adressa à Hubert d'un ton qui avait retrouvé tout son naturel :

— Nettoie tout ça, veux-tu ?

31

Le lendemain, jeudi 7 novembre, une semaine exactement après son arrivée à Paris, Cécile paya les frais de sa chambre et partit vers la gare telle une somnambule, sans savoir si ce départ correspondait à un souhait véritable. Elle avait vécu toute la semaine dans un état trop proche du renoncement pour retrouver des gestes et des pensées positifs en quelques heures. Ce fut à la caisse, seulement, qu'elle réalisa son plaisir de revenir à Grenoble.

Le voyage en sens inverse ne la ramena pas à de meilleurs sentiments envers Jean et Frank, mais lui donna l'impression de renouer avec une part d'elle-même. Retrouver sa ville était rassurant, même si sa faiblesse physique et morale l'empêchait encore de revenir auprès des siens.

La première photographie d'elle, scotchée sur une vitre dans le hall de la gare de Grenoble, lui sauta à la figure et détruisit en un clin d'œil la confiance qu'elle avait réussi à se reconstruire. D'un seul coup, tous les yeux, ici présents, lui parurent en train de la dévisager, de la reconnaître. Sa pâleur naturelle s'accentua et elle se mit à trembler comme si elle avait été un bagnard en cavale.

La deuxième, déposée sur le comptoir d'un hôtel, la fit reculer et tourner les talons avant que le réceptionniste la remarque. Le souffle coupé, bouleversée, aux abois, elle déroula de ses doigts tremblants et engourdis la capuche enroulée dans le col de sa veste pour s'en recouvrir la tête. Elle dut attendre près d'un quart d'heure dans le renfoncement d'une porte cochère avant d'oser s'aventurer dans les rues suivantes. Repartir ? Elle ne pouvait se résoudre à revenir dans le hall de la gare. Sa ville ne lui offrait même pas la sécurité de l'incognito. Son mal de tête refaisait surface.

Elle avala deux gélules d'un seul coup, terrifiée de sentir sa volonté lui échapper, malheureuse d'avoir répondu — elle ne se rappelait pas le moins du monde en avoir pris véritablement la décision — à cet appel du cœur.

Elle regarda avec nostalgie la Bastille illuminée, en sentant son cœur se durcir au souvenir de son premier tête-à-tête avec Anthony. Le fait d'être revenue à Grenoble la précipitait dans un abîme noir : la proximité d'Anthony et de Manon lui faisait plus mal encore que leur éloignement.

Elle refusa de se raccrocher au bonheur, puisqu'elle ne le méritait plus. Elle se dirigea instinctivement vers les quais, s'éloignant du centre-ville, traversa l'Isère pour se retrouver dans le quartier Saint-Laurent et attendit, recroquevillée sur un banc, que les coups se calment sous son crâne. La nuit tombait doucement sur Grenoble.

Elle quitta son banc, la tête et les épaules courbées sous le poids de la vie trop lourde, et longea les quais jusqu'à un endroit désert, noir à cause des lampadaires brisés par les voyous du coin.

Elle s'appuya contre le parapet, les mains enfoncées dans ses poches, le buste penché en avant.

Grossie par les dernières pluies, l'Isère clapotait sinistrement sous ses pieds. Froide, battue, roulée contre les berges de pierre, entraînée par le courant, l'eau filait dans la nuit à son rendez-vous avec le

Rhône, en charriant des feuilles et des branchages sacrifiés par le vent.

Son impuissance à résoudre l'insoluble et à supporter l'insupportable se traduisait par le désir d'en finir avec la vie. Mais son corps la trahissait puisqu'il restait là, en équilibre précaire contre le mur de pierre, prêt à basculer dans le vide dès lors que son esprit aurait franchi le dernier obstacle : sa peur de mourir. Des liens restaient intacts, des liens qu'elle croyait avoir dénoués, qui la retenaient encore à la vie. Quels étaient-ils ? Quel était donc leur pouvoir pour qu'ils résistent à sa toute dernière tentative ? A l'ultime, la seule action qu'il lui restait à tenter pour échapper enfin à son destin. Il lui suffisait de se pencher encore un petit peu. Maintenant. Et c'en serait fini, terminé... Son corps se balançait sans qu'elle s'en rendît compte, tantôt en avant, tantôt en arrière, retenu par une main invisible...

... La main qui retenait Cécile, par la seule force d'une volonté farouche, se crispa. Anthony, Jean, Sophie et Frank ne respiraient plus. Ils s'étaient immobilisés devant Manon dont le cri les avait alertés. Le regard fixe de la fillette reflétait une terrible détermination. Sa respiration était courte et rapide. Tout son corps était tendu dans un effort soutenu.

Frank leur avait intimé le silence.

— Mon Dieu, avaient-ils chuchoté devant les yeux exorbités.

Assise au milieu du lit, perdue dans une grande chemise de nuit à pois verts, Manon paraissait voir une scène terrifiante car la peur emplissait son visage tout entier.

— Ne bougez pas, leur avait soufflé Frank. Calmez-vous. Tout va bien.

— Tout va bien ? avait murmuré Anthony, affolé. Mais elle paraît...

— Ailleurs, tout simplement. Chut.

Le visage perdait peu à peu de sa tension et le regard émergeait de sa vision onirique. Le corps s'assouplissait, se détendait. Manon se réveillait.

— Qu'as-tu vu, ma chérie ? demanda doucement Frank en se rapprochant encore.

— Maman allait tomber dans l'eau, dit la fillette d'une voix à peine audible, l'œil encore fixé sur un point derrière eux.

La peur s'abattit sur eux comme la foudre. Une peur paralysante, car si les faits dépassaient toute logique, les mots traduisaient une réalité tragique.

Maintenant éveillée, Manon tendit ses petits bras vers son père et se blottit tout contre lui, tandis qu'il suivait les directives discrètes de Frank.

— Que s'est-il passé ? chuchota-t-il.

Pour toute réponse, les bras se crispèrent imperceptiblement autour de son cou. Il la sentit trembler tout contre lui.

— Où est-elle ? Que fait-elle, à présent ? insista-t-il.

Manon avait fermé les yeux et mis un doigt dans sa bouche, comme si le cauchemar avait disparu...

... Tandis qu'elle retrouvait son calme, Cécile récupérait ses esprits.

A trop vouloir se cacher, elle rechercha un hôtel anonyme, loin, à l'extrémité des quais, un hôtel où le patron ne lui demanderait ni papiers d'identité ni explication d'aucune sorte.

Accablée, elle considéra tristement l'armoire délabrée aux étagères sales, les murs tachés de salpêtre, la fenêtre de guingois aux vitres fêlées. Puis elle s'assit sur le lit miteux, les larmes au bord des cils. Son mal de tête persistait.

Elle se coucha tout habillée.

Longtemps elle pleura sur elle-même et sa misère, sa faiblesse et sa honte.

Elle n'avait pas eu le courage de sa mère.

Tous, ce soir-là, même Jean, adhérèrent aux propos de Frank.

— La télépathie est en continuité stricte avec nos intuitions. Nous ne sommes pas habitués à ces intuitions profondes qui ignorent temps et espace, elles nous surprennent, alors nous les taxons de paranormales, mais elles émanent de niveaux superficiels du mental, disait Frank d'un ton rassurant. Les esprits de Cécile et Manon fonctionnent de manière synchrone, elles vivent des sentiments identiques. Elles se transmettent leurs émotions, car leurs relations sont fortes. Manon vit tout ce que sa mère éprouve. Te souviens-tu, Jean, de son comportement dans la chambre que Caroline et toi avez occupée, dans ton appartement ? Je ne serais pas surpris qu'elle ressente très fortement la présence de Caroline dans cette pièce, au point d'en voir son fantôme. C'est beaucoup plus courant que vous ne pourriez l'imaginer chez les enfants, reprit-il très vite devant leur air inquiet, ils sont sujets à de tels phénomènes, qui disparaissent généralement très tôt. Pour en revenir à Cécile, je vous avoue que mon principal espoir réside en Manon et en l'amour que sa mère lui porte. A travers elle, nous sommes plus ou moins renseignés sur son moral, il suffit de la voir évoluer, elle traduit l'état d'esprit de sa mère.

— Cécile a-t-elle voulu se supprimer, ce soir ? demanda Anthony, la gorge serrée.

— Si c'est le cas, hésita Frank qui mesurait l'effroi de chacun, Manon l'en aura sûrement empêchée... d'une certaine manière.

Tenter d'expliquer leur impuissance et leur bouleversement ne changerait rien à leur souffrance.

Ils avaient tous assimilé la gravité de la situation dans laquelle se trouvait Cécile. Il suffisait de les voir, pâles et fatigués, amaigris, les yeux emplis d'angoisse et la bouche amère. Le plus difficile, pour eux, était de savoir la jeune femme aux prises avec son désespoir, seule, sans aucun soutien moral, à la merci de ses démons face à son sentiment aigu de dévalorisation personnelle. Et d'essayer d'oublier leur terreur de la découvrir morte quelque part.

Le jour suivant, ils ressentirent la grande fatigue de Manon. La fillette semblait ailleurs, vigilante, et ne se laissait distraire par rien. Ils furent particulièrement attentifs, le soir, quand elle s'endormit. Frank leur avait expliqué que c'était à ces moments, précisément, quand la diminution de la conscience accroissait ses capacités, que Manon pouvait avoir des visions ou recevoir des messages de sa mère. Mais leur attente fut vaine.

Samedi, Anthony ressortit de sa banque, dans laquelle il venait chaque matin interroger son compte, avec une information de taille : la veille, Cécile avait effectué un retrait de quatre cents francs à un distributeur de Grenoble !

Les recherches reprirent de plus belle dans les rues de la ville rafraîchie par une bise agressive. Jean, Sophie et lui-même, épaulés de Laurent et des Bertin, se remirent en chasse et descendirent dans les hôtels et les bars de basse catégorie.

Le lundi, Manon refusa de reprendre le chemin de l'école. Sophie négocia une semaine de congés supplémentaires auprès de son collège.

Rien ne faisait avancer l'enquête au sujet de Chantal Rosière. Rien ne vint modifier le profil de leurs journées harassantes à parcourir des kilomètres, à rabâcher les mêmes mots, à espérer, à douter, à craquer nerveusement, encore plus convaincus, à chaque lever du soleil, du réel danger que courait Cécile.

Leur seul point de repère était Manon, dont la nervosité s'accrut dans la soirée du 13 novembre.

Cécile n'avait plus réellement la notion des jours, mais une date était ancrée dans son esprit, à laquelle elle se raccrochait. C'était d'ailleurs son seul but à atteindre dans cette tempête qui déferlait sur elle et tentait de la faire passer par-dessus bord.

Mais ce soir, la vision de son image la fit frémir.

Immobile devant le fragment de glace qui dominait le lavabo ébréché, elle se regardait, ayant peine à reconnaître son visage. Ses cheveux, sans soins depuis quinze jours, pendaient en mèches ternes, ses yeux mangeaient sa figure amaigrie.

Lasse, elle regarda longuement la gélule déposée dans le creux de sa main. Puis elle en ajouta une seconde, puis une autre, et une quatrième, une cinquième. Ses doigts se refermèrent sur elles, lentement, comme à regret. Ses yeux revinrent chercher leur double dans le miroir de fortune, et s'examinèrent, froids, étrangers. Son cœur battait un peu plus vite. Ses doigts, maintenant, s'ouvrirent. Elle rabaissa la tête vers les comprimés, les remit dans le flacon, mais laissa tomber le bouchon qui roula sur le plancher crasseux. Elle emplit d'eau le verre qui traînait sur le lavabo, et vint le déposer par terre à la tête du lit. Elle s'allongea sur le matelas, le flacon dans la main, et attendit l'ultime décrochement de son corps...

... Manon avait « vu » les cachets dans la main de sa mère, et avait deviné son intention. Sa poitrine se soulevait rapidement sur une respiration courte et saccadée. Frank, Anthony, Jean et Sophie assistaient, impuissants et terrifiés, au spectacle de la fillette transportée dans un ailleurs qu'ils ne soupçonnaient pas.

Elle « voyait » maintenant sa mère abandonnée sur le lit, elle la « sentait » se laisser aller à la dérive, ne plus résister à rien, se libérer de tout en prenant le verre et en approchant le flacon de sa bouche. Elle cria et tous eurent un seul mouvement mais Frank les retint vivement. Elle se raidit, comme la fois précédente, et ébaucha le geste de retenir quelque chose. Sa respiration ralentit et devint plus profonde. Elle parut davantage concentrée, mais son regard était halluciné et son front luisait d'une fine sueur.

— Calmez-vous, chuchota Frank, aussi affolé que les autres. Elle est en train de sauver Cécile.

Ils ne surent combien de temps dura l'effort de la fillette à contrôler sa mère. Ils étaient tendus, conscients d'assister Cécile par Manon interposée.

Et soudain, le masque tomba. Les traits rigides s'affaissèrent mollement et les yeux perdirent leur fixité étrange. Eveillée, Manon se laissa aller tout contre la poitrine de son père. Sa respiration paisible les soulagea.

Mais ils durent se contenter de ce calme apparent. Elle ferma les yeux, sans émettre un seul son.

Epuisée, elle s'endormit en quelques minutes...

... Hébétée, Cécile regardait le trou noir du lavabo dans lequel les gélules venaient de disparaître, emportées par l'eau tourbillonnante.

Elle était en train de reprendre pied. De réfléchir. De s'insurger contre une volonté plus forte que la sienne, qui lui avait arraché son arme.

Mais curieusement elle ressentit une espèce de soulagement. Le geste rageur venait de la libérer d'un choix. Puisqu'elle ne trouvait pas le courage d'aller au bout de sa renonciation à la vie, la tumeur s'en chargerait.

Mais l'heure qui suivit ne fut qu'attente qui cassait sa résolution.

Attente inquiète liée à la destruction des médicaments. Attente du mal sournois tapi quelque part dans sa tête, dont les gélules, qui avaient été ses compagnes de route, ne calmeraient plus la douleur qu'elle se mit à craindre. La nuit, tout autour d'elle, accentuait sa peur et son malaise de ne plus compter sur rien, après ne plus avoir compté sur personne. Et l'angoisse fut là, brutale, enveloppante, jusqu'à lui couper le souffle, mais sa raison interceptait les chiffres rouges qui flottaient devant elle, seul lien avec la réalité.

Au prix d'un grand effort, elle vint jusqu'à la porte et l'ouvrit. Sa montre indiquait minuit. Cela ne l'arrêta pas dans son brusque élan — le premier qu'il lui semblait contrôler depuis bientôt deux semaines — et elle poursuivit son chemin sur le palier étroit, sombre et malodorant, dans la descente des marches de bois inégales et grinçantes, jusqu'à ce qui servait d'accueil dans le minuscule hall miteux, et qui n'était autre qu'un vieux bar récupéré et rafistolé, derrière lequel somnolait un barbu aux cheveux hirsutes. La dernière marche craqua plus que les autres et fit sursauter l'homme qui bougonna avant de lui indiquer le téléphone mural.

Il ne lui vint pas une seule fois à l'esprit l'idée de téléphoner à Anthony ou à Sophie, ou à d'autres amis. Le numéro qu'elle composa fut celui de Chantal Rosière.

Elle ne reconnut pas la voix au bout du fil, mais celle-ci fut chaleureuse après avoir été tout d'abord étonnée et un peu sèche.

32

« *Moins fragile que je l'aurais cru* », se dit une nouvelle fois Gabrielle au volant de sa Mercedes.

Après la place Victor-Hugo, elle bifurqua rue de Belgrade, passa devant le cinéma le Royal, le parking de Philippeville, traversa l'Isère sur le pont Marius, désert, et repéra aussitôt la silhouette adossée à un arbre du quai de France, en prolongement du pont. Elle vint l'accoster, abaissa la vitre électrique, se fit reconnaître de la jeune femme qui était sortie de l'ombre, et qui ouvrit la portière pour s'engouffrer dans le véhicule.

De se retrouver auprès de l'amie de sa mère, la seule amie qu'elle eût elle-même, et qui s'empara de l'une de ses mains pour la serrer très fort, libéra Cécile d'un flot de larmes. Enfin, depuis des jours, elle retrouvait du réconfort et de la chaleur humaine. Peu lui importait où Chantal Rosière l'emmenait, pourvu qu'elle ne l'abandonnât plus.

La conductrice ne posait aucune question. Elle conduisait souplement le lourd véhicule dans la ville peu fréquentée et maintenait un silence étudié. Elle jubilait intérieurement. « *C'est incroyable. Elle a fait exactement ce que je souhaitais qu'elle fasse au cas où elle échapperait à son suicide. A moins qu'elle ne se soit raccrochée au fait de me revoir, auquel cas j'aurais fait une erreur. Mais peu importe, je la préfère avec moi, ce soir. Elle est fatalement ce qui manque à Thierry pour qu'il retrouve la mémoire.* » Elle dut retenir une formidable envie de rire.

— C'est parce que vous m'avez donné ce numéro de téléphone que je suis encore là, je crois, lui dit Cécile d'une toute petite voix.

L'autre pinça les lèvres, *« c'était donc une erreur »*, que Cécile prit pour un sourire.

— Tout va bien aller, maintenant.

Cécile se laissa conduire les yeux fermés. Une lassitude bienheureuse l'envahissait de se livrer aux mains de la blonde qui avait généreusement répondu à son appel au secours.

Si bien qu'elle ne vit pas la direction qu'elles prirent, ni l'impasse ni les hautes grilles ouvertes qui se refermèrent silencieusement derrière leur passage. Elle n'ouvrit les yeux que lorsque le véhicule s'arrêta. Chantal Rosière passa un bras sous le sien et l'aida à franchir les quelques marches d'un perron avant de la faire pénétrer dans une vaste demeure.

Un vieux réflexe enfoui la troubla. Mais l'heure n'était pas au doute, ressenti au nom d'incompréhensibles sursauts d'effroi. Seules sa fatigue et sa détresse étaient en cause. Chantal Rosière la regarda longuement avant de détourner la tête. En deux semaines, Cécile avait beaucoup changé. Sa maigreur lui ôtait de la candeur et accentuait l'éclat mystérieux de son regard, et tout le reste méritait une douche et des soins.

Cécile avala le bol de soupe chaude que son hôtesse lui présentait. Son bien-être fut immédiat, tandis qu'elle était subitement terrassée par une incoercible envie de dormir.

Quand elle émergea de son profond sommeil, elle mit du temps avant de se rappeler où elle était. Les murs, sur lesquels ses yeux glissaient, ne ressemblaient en rien à ceux de son hôtel. La clarté d'un jour sans soleil filtrait à travers les grands volets entrebâillés. Le lit à rouleaux était moelleux et les draps sentaient la lessive fraîche. Tout lui revenait doucement au milieu d'un grand silence. Elle regarda sa montre : 15 h 30 ! Et puis une sensation, qui la fit retenir son souffle, prit de l'importance : sa tête lui paraissait légère, débarrassée de sa pesanteur habituelle, de ses maux. Elle s'aperçut qu'elle avait dormi à moitié nue. Elle chercha ses vêtements et les vit auprès d'un nécessaire à toilette.

Un coup discret à la porte et celle-ci s'ouvrit sur Chantal Rosière souriante, amusée de la voir remonter le drap jusqu'à son menton.

— Eh bien, on s'est refait une santé, me semble-t-il ? lui dit-elle en lui présentant une sortie de bain en éponge. Très bien. Je vais te montrer la salle d'eau.

— Où sommes-nous ? demanda timidement Cécile qui la suivait, pieds nus, dans un couloir moquetté, bordé de hautes plinthes cirées.

— Je t'expliquerai cela dès que tu seras présentable. Il te suffira de descendre par cet escalier et tu me rejoindras dans le salon.

Cécile ne dit plus un mot, mais fut perplexe.

Elle resta de longues minutes sous la douche à savourer l'eau qui glissait sur son corps, à retrouver des sensations de bien-être, à soulager son amertume.

De retour dans la chambre, fraîche et animée d'espoir, elle vint à la fenêtre et tenta de l'ouvrir. En vain. La crémone était bloquée. Elle essaya de voir à travers la fente des volets entrouverts et aperçut de grands arbres.

Quand elle fut prête, revêtue de son jean et de son pull-over de laine, elle descendit, non sans éprouver de l'appréhension.

De la pièce, de laquelle elle s'approchait sans bruit, s'échappait une bonne odeur de bois brûlé. Les bûches crépitaient dans l'âtre et diffusaient une douce chaleur.

Timide, elle n'osa s'aventurer davantage sans y être conviée et s'immobilisa sur le seuil du salon cossu.

— Ah ! Voici notre invitée. En meilleure forme qu'hier soir.

Elle reconnut la voix mais fut décontenancée. Elle ne connaissait pas la femme qui venait de s'exclamer, et pourtant, elle était vêtue comme Chantal Rosière tout à l'heure : d'une longue jupe plissée, grise, et d'un shetland couleur bronze. Vif, le rouge à lèvres tranchait avec la chevelure noire. Indécise, elle regarda mieux l'homme presque roux, aux airs bourrus, qui se trouvait debout contre la cheminée.

— Je te présente Hubert, mon... homme à tout faire.

La vive inquiétude qui avait remplacé la curiosité de Cécile était déjà chassée par un sentiment d'insécurité.

— Hubert, vous devriez aller nous faire du thé et surveiller les environs, nous avons à parler, cette jeune personne et moi. Toi, petite, viens ici, ajouta l'inconnue d'un ton snob en tapotant le sofa du plat de la main.

Cécile ne pouvait faire un pas, retenue par elle ne savait quel frein. L'homme passa derrière elle, en la frôlant comme pour la faire s'avancer dans la pièce.

— Ta surprise est naturelle, mais tu vas comprendre. Je m'appelle Gabrielle et non pas Chantal. Gabrielle Montaux, cela ne te dit rien, sans aucun doute.

En même temps, elle brandissait une perruque blonde et des lunettes rondes.

— Quel était le but de cette mascarade ? souffla Cécile qui examinait la scène avec des yeux effarés.

— Stratégique, tout simplement. Pour que ton père ne remonte jamais à moi, je veux dire Jean, bien entendu. Tu sais bien qu'il me déteste.

— Je ne comprends pas, balbutia Cécile de plus en plus pâle. Je veux savoir où je suis.

Le peu de force et d'entrain qu'elle avait récupéré semblait s'éloigner d'elle aussi radicalement qu'un rêve s'échappe au réveil.

— Tu es au château d'Ersen, ma chérie. Dans un instant, je vais te présenter son propriétaire. Ton véritable père !

— Au château d'Ersen ? Mon père ? Mais, vous m'aviez dit que... s'égarait Cécile.

— Que je ne le voyais plus ? Je t'ai menti et j'en suis désolée, je n'habite pas Marseille. En fait, j'ai épousé l'ancien amoureux de ta mère.

Gabrielle... De vagues souvenirs revenaient en surface, dans lesquels l'amie brune de sa mère n'avait pas une place de choix, et d'autres, lorsqu'elle servait à deux pas d'ici, à l'auberge : cet homme...

— Tu me détestais lorsque tu étais enfant, reprit cette dernière comme si elle lisait dans sa pensée.

— Mais qui est Chantal Rosière ?

— Personne. Une pure invention. Si je m'étais présentée à toi sous mon véritable nom, m'aurais-tu écoutée ?

Cécile refusa de répondre, concentrée pour ne pas se laisser emporter par une vague de panique. Quelque chose ne collait pas : un danger planait ici, qu'elle ne savait analyser ; Gabrielle dégageait une sorte de maléfice. Gentillesse, mise en scène, même les mensonges qu'elle soupçonnait, tout sentait le faux, le fabriqué.

Hubert revint à cet instant, avec un plateau qu'il déposa sur la table basse.

— Je vais chercher ton père, dit Gabrielle en se levant.

Cécile eut envie de hurler *« non ! »*, de s'enfuir hors de la pièce. Elle ne voulait à aucun prix rencontrer cet homme qu'elle avait appris à maudire en quelques jours. Elle n'en avait ni l'envie ni la force. Ajoutée au choc émotionnel, la faiblesse de ces dernières semaines lui occasionna un vertige. Elle dut s'asseoir. Ses jambes fléchissaient, sa tête tournait. Des larmes brouillèrent sa vue tandis qu'un appel au secours désespéré partait d'elle, à son insu, vers Manon, vers Anthony, et même vers Jean et Frank, que son intuition enfin ressuscitée lui rendait tels qu'ils n'auraient jamais dû cesser d'être dans son cœur.

Mais Gabrielle n'en eut cure. Dans un déhanchement mondain, elle se dirigea vers une autre porte jusque-là fermée, que Cécile n'avait pas remarquée, et l'ouvrit. Un grincement léger lui parvint, et un fauteuil roulant apparut, précédé de la jambe plâtrée d'un homme qu'elle ne reconnut pas tout de suite. Le blessé se tenait le dos droit sur son siège et arborait un air triste et désabusé. Gabrielle le poussa jusqu'à la table et plaça le fauteuil de manière qu'il soit face à Cécile.

Cette dernière ravala ses larmes et fixa l'arrivant, luttant à la fois contre une colère sourde, le désir insensé d'être engloutie sur-le-champ et... une curiosité soudain indicible.

— Voici Cécile Villard, dit Gabrielle qui était revenue s'installer à ses côtés.

Sa respiration s'était accélérée et ses yeux brillaient étrangement, comme animés d'une joie sauvage, tandis que Cécile ne pouvait lâcher des yeux le visage qu'elle reconnaissait.

Thierry la salua d'un signe discret de la tête, et la regarda mieux, étonné de l'examen qu'il subissait. Son regard vint sur Gabrielle, sans exprimer autre chose qu'une légère surprise, puis se posa sur les tasses qu'Hubert emplissait d'un thé odorant.

— Tu ressembles tellement à Caroline que je compte sur toi pour raviver sa mémoire. Oui, ajouta-t-elle en suivant le regard de Cécile, une chute est la cause de sa jambe cassée et de sa mémoire envolée. Voici ta fille, dit-elle avec emphase en s'adressant à Thierry, la fille de Caroline !

Thierry avait relevé la tête, attentif aux paroles de Gabrielle qui tentait inlassablement, depuis son retour, de forcer la porte de ses souvenirs. Ses comportements étaient identiques d'un jour sur l'autre, et Gabrielle les connaissait bien. Au début, elle s'était demandé s'il saisissait ce qu'on lui expliquait, mais au fil des jours, elle avait senti sa vivacité d'esprit s'aiguiser, comme son regard. Il écoutait tous les mots, comme s'il les soupesait, et son effort était visible. Il avait l'air de les coller bout à bout, de les amalgamer, de les presser, pour en extraire un jus de réminiscence, et ses silences émoussaient la patience de sa femme.

Or, à cette minute même, il luttait, non pas dans un effort de compréhension, mais contre une épouvantable nausée qu'il lui fallait cacher à tout prix. Son effort fut tel que Cécile, concentrée sur lui, le perçut, mais trop choquée, elle perdit aussitôt la liaison.

Depuis quelques nuits, Thierry luttait pour ne pas s'endormir : comme s'il avait compris qu'avec le sommeil, le peu qu'il emmagasinait dans la journée partait en fumée ; comme s'il refusait la difficulté de se retrouver chaque matin aux portes de l'inconnu. Car jour après jour, il grignotait du terrain sur son passé englouti, il récupérait à chacun de ses réveils les progrès de la veille, pour relancer la mécanique dans sa tête, mais un instinct de conservation inconscient le gardait de montrer ses progrès. Sa difficulté à surmonter ce lourd handicap de l'amnésie, en cherchant jusqu'à l'abrutissement total le mot qui manquait pour reconstituer un embryon de sa propre histoire, se soldait, lorsque les trous semblaient se combler, par une excitation, un besoin de partager chaque instant de victoire. Mais à qui se confier ? Les seuls qu'il avait sentis dans son camp, avant même d'avoir retrouvé ses facultés, étaient constamment encadrés, surveillés par Gabrielle ou par Hubert. Gabrielle qu'il se souvenait depuis peu être sa pire ennemie, et Hubert son dangereux sbire, qu'il n'avait pas eu les moyens de confondre, hélas, avant ce jour fatal. Il avait attendu des visites d'amis, en vain, puis avait seulement compté sur sa guérison et ses forces retrouvées, se demandant avec une angoisse croissante s'il aurait le temps de saisir sa chance.

A cet instant précis, le plus dur pour lui était de calquer ses réactions sur celles d'hier.

L'apparition de Cécile, réincarnation du passé à la blondeur douce et vaporeuse, venait de dissiper de son esprit jusqu'à la dernière brume, jusqu'au dernier doute. Le choc avait été violent, mais il n'avait pas eu le temps de s'appesantir sur ce qu'elle représentait, sa seule hantise étant de surmonter, pour la rendre invisible, sa terreur qui augmentait à chaque seconde.

Il savait combien, de son silence et de son inertie, dépendaient sa vie et sans aucun doute celle de Cécile.

Cette fois, Gabrielle eut du mal à supporter son air niais. Elle avait tout misé sur Cécile pour le faire sortir de sa torpeur : au risque de perdre gros, mais au plaisir de le torturer. Etait-il capable de comédie ? A ce point, sûrement pas.

— Pourquoi avez-vous épousé cet homme ? Vous le détestiez, dit Cécile, la voix basse et tremblante.

Comme rien ne survenait qu'un sourire ambigu sur la bouche trop fardée, elle reprit, pleine d'espoir :

— Vous étiez l'amie de ma mère ?

Rien, toujours aucune réponse. Elle se retourna vers Hubert qui s'était adossé à un mur et jouait au spectateur passif en la détaillant sombrement, puis à nouveau vers Thierry qui sirotait son thé tout en les écoutant d'un air étrange. Elle se retint de le dévisager davantage, ressentant la même impression qu'un certain samedi d'été, lorsque ce même homme avait enfourché sa monture.

— Tout ce que vous m'avez dit, au sujet de ma mère...

— Allez ! Ça suffit ! Arrête de pleurnicher, tu commences à m'agacer !

Cécile reçut ces réprimandes comme une gifle. Elle frémit et voulut se lever. Mais les deux mains robustes d'Hubert s'abattirent sur ses épaules et la contraignirent à se rasseoir. Elle se rebiffa, par pur réflexe, mais elle fut obligée de s'immobiliser, haletante, les cheveux en désordre, sa peur à fleur de peau, dans l'attente d'un malheur.

Thierry, qui remuait doucement une cuillère dans son thé, avait relevé la tête et froncé les sourcils. Gabrielle, aussitôt à l'affût, attendit vainement un mot, un soupir ou un geste.

Il les regardait tour à tour, en attendant tel un enfant poli et surpris, mais rien ne changea dans son expression juste étonnée. Sa pâleur, peut-être... Sa tasse de thé à la main, Gabrielle se leva et vint vers lui, passa derrière le fauteuil et, d'un mouvement qui ne put passer pour accidentel, elle renversa la tasse sur les mains immobiles... qui sursautèrent, paniquées, brûlées. Mais aucun cri, aucun son, ne sortit de la gorge de Thierry. Seul un air contraint et ennuyé s'empara de ses traits tandis qu'il essuyait maladroitement les dégâts.

Si elle avait posé la main sur son cœur, Gabrielle aurait trouvé la réponse à ses doutes car celui-ci manquait d'éclater.

Excédée, elle se mit à arpenter le salon de long en large. Ses talons claquaient sur le plancher quand ils s'écartaient des tapis de laine.

— Je détestais ta mère et j'ai tout fait pour m'accaparer Thierry d'Ersen !

Cécile, effrayée par la tournure que prenaient les événements, immobilisée par les mains de l'homme au-dessus d'elle, ne détachait plus ses yeux de Gabrielle.

Elle n'eut pas à poser de question, sa figure affolée parlait pour elle.

— Ce pauvre benêt ! fit Gabrielle méprisante, en désignant Thierry, il a juste eu le tort de me faire confiance. Il a foncé tête baissée dans le piège que je lui avais tendu. Les imbéciles ! ricana-t-elle, ils devaient s'enfuir, ta mère et lui, comme dans les contes de fées ! Ils m'ont crue leur amie, et moi, je leur racontais des sornettes ! Elle a cru à un changement d'horaire de dernière minute ! Lui n'a même pas été capable de contester la lettre d'adieu de Caroline ! C'est moi qui l'avais écrite !

— Mais vous disiez qu'il l'avait abandonnée ! s'écria Cécile que la poigne d'Hubert recala contre le dossier du sofa.

— Pauvre idiote ! Tu es vraiment trop crédule. Autant que ta pauvre mère !

— Alors, tout ce que vous m'avez raconté... ?

— Des salades ! ma chère enfant, ironisa Gabrielle en se plantant devant elle, les mains sur les hanches.

— ... Ma tumeur ?

— Connerie !

— Mes maux de tête ?

— Provoqués, ma chère. Une mixture de ma préparation, dans tes médicaments !

— La tumeur de ma mère ?

— De même nature que la tienne ! Je vous ai imaginé la même maladie que la mère de Caroline. A vrai dire, c'était bien la seule chose que je connaissais de sa famille.

— Alors... la mort tragique de mes aïeules ?

— Tu as gobé toutes mes inventions avec une candeur exquise, se moqua Gabrielle.

— Ma mère n'était pas folle, dit Cécile, les traits altérés.

— Déprimée, grâce à moi. C'était une élève docile, je n'ai pas eu à la pousser beaucoup pour qu'elle se sente la plus malheureuse des femmes.

— Vous êtes un monstre, murmura Cécile, abasourdie... Son suicide ?

— Vrai ! Ça, c'est vrai ! J'ai assez œuvré dans ce sens.

— Vous êtes un monstre ! hurla cette fois Cécile.

Une gifle retentissante l'étourdit en lui rejetant la tête en arrière. Une autre allait compléter la paire, quand Hubert arrêta l'élan de Gabrielle.

— Arrête ! Tu deviens complètement folle !

Gabrielle retourna sa colère contre lui et sa main libre vint le gifler à son tour.

— Toi, tu me laisses gérer les choses comme je l'entends ! Tire-toi !

Thierry était en train de manœuvrer son fauteuil et se préparait à sortir de la pièce.

— Reviens ici, toi ! hurla Gabrielle qui le rattrapa d'un bond et le ramena sans ménagement au centre de la pièce. Toi, ordonna-t-elle à Cécile, tu continues à poser des questions ! Je ne doute pas que tu aies l'immense privilège de lui faire récupérer toute sa raison ! Continue !

Thierry luttait toujours contre la nausée qu'il essayait de juguler par une respiration lente et régulière. Le plus dur était de la rendre imperceptible. Ces aveux, déjà maintes fois entendus depuis son retour, lui faisaient toujours aussi mal depuis qu'il les assimilait, mais le plus dur était de résister à l'immense colère qui l'embrasait tout entier.

— Alors... Jean ? osa Cécile, à bout de souffle.

— Le premier tort qu'il a eu a été de vouloir sortir ta mère du pétrin dans lequel je l'ai fourrée !

— ... Son deuxième tort ?

— De me faire confiance, comme tout le monde !

— Et lui, fit Cécile en désignant Thierry du menton, est-il vraiment mon père ?

— Ah, pour ça, oui, pas de doute ! J'étais dans la confidence. Mais il ne l'a jamais su !

— Alors, Jean n'a jamais acheté mon... monsieur d'Ersen ?

Un rire aigu, strident, éclata de la gorge renversée en arrière. Un rire dément qui hérissa la peau de Cécile en des milliers de petits picots. Cette folle sentait la mort.

— Des marionnettes ! Tous des marionnettes ! disait-elle entre deux crises. J'en ai fait ce que j'ai voulu. Il pourrait te le dire, lui, fit-elle en désignant Hubert, puisqu'il fait partie du lot !

Et son rire repartit de plus belle. Si fort, qu'elle dut s'accrocher à un meuble pour ne pas trébucher. Ses yeux pleuraient son plaisir et deux larmes de joie débordèrent, entraînant son mascara en deux sillons noirs qu'elle stoppa d'un geste vif.

Hubert s'était éloigné de sa prisonnière et seul Thierry, que Gabrielle oubliait de surveiller, intercepta son regard chargé de haine, appesanti sur la silhouette de sa femme. Quand celle-ci retrouva son calme, il avait récupéré son air habituel.

Gabrielle se rapprocha de Cécile et lui caressa la joue.

— Comme toi, ma belle ! Si tu es ici ce soir, c'est uniquement par ma volonté.

— Quel est votre but ? souffla Cécile désespérée.

— Le fric ! Tout le fric qu'il te lègue. Je ne le supporte pas !

— Qu'il me lègue ? Mais il n'était pas au courant de sa paternité !

— Je m'étais chargée de l'affranchir avant de le pousser dans l'escalier ! Mais il m'a prise de vitesse en ce qui te concerne.

L'horreur crispa la bouche de Cécile.

— Quoi ! Vous vouliez le tuer ?

— Rassure-toi, cela ne m'a posé aucun état d'âme, j'y ai plutôt pris un certain plaisir, n'est-ce pas, mon chou ? fit-elle en se retournant vers Thierry. Je lui ai déjà raconté des dizaines de fois, reprit-elle d'un ton navré en revenant vers Cécile, comment j'avais éliminé de la circulation ses parents et son meilleur ami, à l'aide d'horribles petites choses rampantes. Dis-moi, tu aimes les serpents ? Parce que je ne laisse aucun témoin derrière moi !

En disant ces mots, elle avait posé son doigt sur le cou de Cécile et le faisait glisser le long de sa poitrine en imitant l'ondulation lente des reptiles. La terreur qui paralysait Cécile la fascinait. Le silence, autour d'elle, s'était fait électrique.

Mais un coup de sonnette à la porte d'entrée et le bruit de celle-ci qui s'ouvrait firent exploser le cœur de chacun !

33

Assise à son bureau d'écolière, dans sa chambre, Manon se balançait d'avant en arrière et persistait à raturer sa feuille de dessins, à rechercher le trait qui saurait retranscrire ce qui venait à elle de manière décousue, par vagues successives. Aux alentours de 16 heures ou 16 h 30, elle avait cru saisir un appel du fin fond de sa rêverie, puis avait éprouvé la frustration de perdre le fil que sa mère avait tenté de nouer. Crispée, elle attendait d'autres signes, laissant son crayon investir les feuilles de papier blanc, au gré de sa propre volonté.

Sophie, qui avait pris le relais de Frank pour rester auprès d'elle, la regardait depuis le pas de la porte et surveillait son énervement, particulièrement évolutif depuis la veille. Manon avait passé une nuit agitée et elle n'avait pas desserré les dents de la journée, morose, tendue à l'extrême.

Un coup d'œil aux dessins, qu'elle empilait après n'avoir, bien souvent, tracé qu'une espèce de figure géométrique ovale ou qu'un seul trait, ou même deux traits entrecroisés, n'avança guère Sophie qui prit, vers 18 h 30, la décision de la faire sortir de cet enfermement.

Les dessins, pourtant, étaient l'ébauche de la piste à suivre pour retrouver Cécile.

Mais elle brisa involontairement l'élan du crayon qui allait peaufiner les deux traits en épées entrecroisées. La figure géométrique, quant à elle, serait devenue un casque d'homme d'armes du Moyen Age. Seul l'œil averti de Frank aurait pris conscience que Manon avait été sur le point de dessiner la seule information qui leur était nécessaire : les armes de la famille d'Ersen, que le médecin se serait souvenu avoir vues encastrées dans la hotte de la cheminée du château.

Sophie la força, et elle dut insister malgré un refus plein d'autorité, à la suivre pour effectuer quelques courses avant le retour des hommes qui quadrillaient la ville.

Les portes de l'ascenseur se refermaient sur elles quand la sonnerie du téléphone retentit dans l'appartement. Longuement. Inutilement.

Si l'initiateur du coup de téléphone n'avait pas hésité aussi longtemps avant de composer le numéro des Villard, le drame qui allait survenir aurait pu être évité, car Sophie n'aurait pas tergiversé. Mais comment aurait-on pu reprocher à maître Rollin de s'enferrer dans ses réflexions, d'hésiter sur la meilleure façon de s'y prendre pour à la fois respecter toute déontologie et agir en fonction de ses penchants affectifs pour le fils de ses vieux amis disparus ?

Lorsqu'il reposa le combiné, le notaire fut presque soulagé de n'avoir pu joindre personne. Picard n'avait-il pas exagéré ? Certes non, lui dictait pourtant sa grande sagesse, contribuant ainsi à augmenter son malaise : Picard n'était pas homme à s'emballer inconsidérément. « *Quatre tasses* », avait-il dit ? La visite de monsieur Rivière ? Il butait sur ces mots. Alors il prit la résolution de rappeler lui-même le gardien un peu plus tard dans la soirée et de revenir faire une visite impromptue au château, dès le lendemain.

Il est nécessaire de reprendre l'histoire au moment de l'arrivée intempestive de Picard au milieu de la scène scabreuse.

L'entrée du gardien, porteur de bûches pour la cheminée, exaspéra Gabrielle qui ne put retenir un juron.

Le chiot pénétra le premier dans le salon et fut le seul à voir disparaître Hubert, qui traînait Cécile immobilisée dans la pièce du fond. La queue frétillante et poussé par sa curiosité de jeune animal fouineur, il fut sur le point de leur emboîter le pas, mais il stoppa son élan pour donner sa préférence à son maître. Debout sur ses pattes arrière, il vint offrir son museau aux caresses habituelles. Mais Thierry bougea à peine et le tapota distraitement avant d'être de nouveau accaparé par sa tasse de thé.

— Nous avions assez de bois, Alfred ! jeta Gabrielle. D'ailleurs, vous devriez laisser cette charge à Hubert, je vous l'ai déjà dit !

— La cheminée en consomme beaucoup, vous n'en auriez pas eu suffisamment pour aller jusqu'à ce soir, fit Alfred imperturbable en disposant les tronçons de bois dans l'âtre.

— Vous serait-il dorénavant possible de nous prévenir, au lieu de survenir à l'improviste ?

Alfred ne répondit pas au ton agressif. Quand il se releva, il frotta ses mains sur son pantalon et appela le chiot qui reniflait au bas de la porte de la chambre fermée. Il dut élever la voix pour se faire obéir. Enfin l'animal vint à lui en trottinant, s'arrêta une nouvelle fois devant Thierry qui l'ignora encore, le regarda d'un œil humide, puis s'en détourna pour suivre le gardien. Thierry serait sans doute mieux disposé demain à son égard et il préférait ne pas rester dans les parages de Gabrielle pour être la cible de ses coups de pied.

La première chose que fit Alfred avant de rentrer chez lui fut d'inspecter les annexes ; il ne vit Hubert nulle part. Ensuite, il s'entretint avec sa femme qui le poussa à téléphoner à maître Rollin.

Ce dernier l'écouta avec attention.

— Elle était seule avec lui, et pourtant j'ai l'impression d'avoir interrompu une vive discussion. Habituellement elle sait se tenir, mais là, je l'indisposais visiblement et elle n'avait qu'une hâte, celle de me voir déguerpir. Elle était énervée et avait même l'air d'une folle. Quant au petit, et c'est lui qui me chagrine, voyez-vous, il n'était pas comme d'habitude. Elle doit le harceler ou quelque chose dans le genre. Il n'a même pas caressé son chien et c'est surtout ce qui me fait dire qu'il se passe quelque chose de pas normal, parce que Dieu sait s'il l'apprécie, ce chiot. Ce matin même il était différent, plus détendu et amical avec ma femme et moi. Là, tout à l'heure, il m'a ignoré. Mais il y a autre chose : ils n'étaient que tous les deux et il y avait quatre tasses de thé sur la table. Une sans doute pour l'autre, le Hubert en question, mais la quatrième ?

— Croyez-vous qu'ils hébergent quelqu'un sans vous en avoir informé ?

— Je ne peux surveiller les allées et venues de la Mercedes, bien sûr. En dehors d'elle, aucun autre véhicule n'est entré dans la propriété ces derniers temps, à part l'infirmière qui vient tous les matins mais qui repart avant midi, vous, l'autre jour et... deux messieurs. L'un se nommait... Rivière, l'autre, je ne sais plus, mais ils sont entrés à pied et je les ai raccompagnés moi-même au portail.

— Rivière ? répéta maître Rollin.

— Il se disait ami de Madame. Vous le connaissez ?

— Non.

— On ne sait pas, ma femme et moi, si votre visite en est la cause, mais il y a eu du grabuge, après votre départ. Un beau vase et une statuette, tous deux de collection et auxquels feu les d'Ersen tenaient énormément, sont partis en morceaux.

— Je vous remercie de continuer à me tenir informé, Picard. Je vais réfléchir à tout ce que vous m'avez dit. De votre côté, poursuivez votre surveillance.

Alfred Picard raccrocha, soucieux. Lui et sa femme auraient souhaité être mouches pour pénétrer dans le salon.

Minuscules témoins volants, ils y auraient vu Gabrielle ouvrir rageusement la porte du fond.

Ils auraient découvert sur le lit une jeune femme blonde dont les yeux terrifiés roulaient en tous sens au-dessus de la main qui l'étouffait. L'effort qu'elle devait faire pour respirer à travers les doigts serrés l'obligeait à se calmer pour économiser son souffle. Elle ne luttait plus contre Hubert qui avait plaqué son corps contre le sien et qui était prêt, à la moindre alerte, à lui enfoncer la tête dans un oreiller.

Ils auraient été désespérés de voir leur petit ravaler ses larmes pendant que les deux autres s'occupaient de Cécile en lui collant un sparadrap énorme d'une oreille à l'autre, et en la charriant comme un vulgaire sac dans une autre pièce attenante à la chambre, une pièce dont ils n'avaient jamais franchi le seuil.

L'idée avait effleuré Thierry de lancer un SOS à Alfred. Il lui aurait suffi de l'alerter, au besoin de l'appeler, car il parlait — il s'exerçait la nuit dans sa chambre à réécouter le son de sa voix. Mais il n'avait pu s'y résoudre, à le voir, petit homme fluet, dont les soixante-dix ans n'auraient pas fait le poids face aux deux monstres.

La raideur et le poids de sa jambe le coinçaient dans son fauteuil et son impuissance le faisait trembler de rage, mais la froide colère, avivée par une terrible peur pour Cécile, le propulsa en avant. Mû par de vigoureux coups de poignet, son fauteuil vint s'encadrer dans la porte.

— Libérez cette jeune femme ! dit-il d'un ton mordant.

Gabrielle se retourna d'un bond, la mine fendue d'un sourire narquois.

— Eh bien, voilà le muet qui parle ! Il aura fallu en arriver là, pour que tu te manifestes enfin ! Alors ? Que penses-tu de ta progéniture ?

— Je ne comprends pas ce que vous insinuez, mais je vous ordonne de libérer cette personne !

Gabrielle s'approcha, les paupières fendues sur l'éclat de ses pupilles rétrécies.

— Tu m'ordonnes ? Mais tu n'es plus rien ici pour m'ordonner quoi que ce soit !

— Que vous a-t-elle fait ? biaisa Thierry en s'imposant au calme.

— Ne me dis pas que tu ne la reconnais pas !

— Je ne peux la reconnaître puisque je ne la connais pas.

— Tu raisonnes bien pour quelqu'un qui semblait ne pas avoir toute sa tête il y a quelques minutes à peine.

— Je vous ai écoutée débiter toutes vos horreurs, mais elles n'éveillent rien en moi. Je les considérais comme affabulations jusqu'à ce que vous vous en preniez à cette jeune femme.

Comme si elle était obsédée par une idée fixe, Gabrielle le considéra un long moment avant de convenir :

— Bien. Alors je ne vois plus qu'une solution pour compléter ta guérison ! dit-elle avec un air mystérieux.

Elle passa derrière lui et le poussa violemment, contourna le lit sans souci de cogner sa jambe et s'engagea dans l'ouverture du fond.

— La partie du château que tu souhaitais rénover ! Un séjour entre ces quatre murs en tête à tête avec ta protégée ne peut que t'être bénéfique. Et je vous réserve une autre surprise ! finit-elle en ricanant.

La pièce était la première de cette partie du château en sommeil depuis de nombreuses années. Moyenne, de quinze à vingt mètres carrés, rectangulaire — sans autres ouvertures que cette porte-là qui venait d'être décondamnée, et une autre en face, close —, elle devait faire office de boudoir dans les temps anciens. La poussière avait peu pénétré en ces lieux endormis, dépossédés de tous meubles ou accessoires. Une ampoule nue de faible intensité pendait au bout de deux fils électriques, issus d'un plafond aux poutres, solives et caissons d'époque. Deux vieux tapis dégageaient une forte odeur de renfermé et recouvraient, dans leur presque totalité, un parquet mosaïque. Ils venaient d'accueillir lourdement Cécile dont les liens, qui enserraient ses pieds et ses mains, lui interdisaient tout mouvement. Un troisième tapis, aux dimensions non moins impressionnantes que les deux autres, se dressait en rouleau compact dans un coin.

Gabrielle poussa le fauteuil qui vint buter contre un mur, puis abaissa l'interrupteur. La pièce fut plongée dans la nuit.

Les deux prisonniers entendirent leurs geôliers s'éloigner. Le silence envahit l'espace, que l'obscurité dense rendit très vite insupportable.

— Petite, ne crains rien, dit Thierry d'une voix qu'il rendit douce le plus possible. Je vais essayer de venir vers toi et te libérer de tes liens.

La terreur qui habitait Cécile la forçait à puiser dans des ressources qu'elle aurait crues inexistantes. Trois jours plus tôt, elle aurait été à deux doigts de perdre le peu de raison qui lui restait. C'était la haine farouche, éprouvée pour Gabrielle et venue du tréfonds de sa conscience, qui la retenait de sombrer dans la folie. Tout ce qu'elle avait ressenti de faiblesse et d'inutilité depuis sa fugue, alors qu'elle cherchait inconsciemment à disparaître de ce monde, était chassé par cette haine soudaine qui la faisait suffoquer sous le sparadrap.

Elle écoutait de toutes ses oreilles les bruits et les efforts que faisait Thierry pour s'extraire du fauteuil, priant pour qu'il parle à nouveau afin de briser le stress que la nuit trop noire intensifiait.

Un bruit plus fort. Un gémissement.

— J'ai réussi à me lever, souffla la voix qui cachait sa torture. Je vais me laisser choir.

Un temps. Interminable. Un choc et un grognement plaintif renseignèrent Cécile. Un frottement.

— J'arrive près de toi. N'aie pas peur, je m'approche en rampant.

Une main tâtonnante atterrit sur ses chevilles et elle sursauta d'effroi. Les doigts de Thierry d'Ersen s'escrimèrent vainement, à l'aveuglette, sur les nœuds trop serrés.

— Je n'y arrive pas. Je vais ôter ton bâillon.

Elle entendit le corps se hisser difficilement jusqu'à son visage et elle écoutait la respiration oppressée qui laissait parfois échapper une plainte sourde. Quand l'énorme plâtre débordait des tapis, il raclait le plancher avec un bruit sinistre.

Une main se posa sur son front et elle retint un nouveau mouvement d'effroi. *« Parlez encore, s'il vous plaît ! Parlez ou je vais devenir folle ! »* La main descendit sur son visage, à la recherche d'un bord du pansement.

— Cela va te faire mal.

Elle secoua la tête dans le sens de la négation.

— J'y vais.

D'un coup sec, Thierry arracha le bâillon et vint plaquer son autre main sur la bouche meurtrie d'où fusait un cri.

— Chut. S'il te plaît, chut.

Thierry ressentait l'étrange envie de la prendre tout contre lui et de la bercer comme un enfant épouvanté, mais trop de choses les séparaient encore, et les sépareraient sans doute à jamais, pour qu'il se permît un tel geste.

Il s'écarta d'elle après avoir, sans succès, tenté d'ôter la ficelle qui entravait ses poignets.

— Notre Hubert a dû apprendre à faire ses nœuds dans la marine, essaya-t-il de plaisanter. Comment te sens-tu ?

— Plutôt mal.

— On le serait à moins, n'est-ce pas ? fit-il en essayant de caler son dos contre le mur.

Elle aussi se contorsionna pour s'asseoir. Ses mains attachées dans le dos la gênaient terriblement. Il lui fallait parler à tout prix.

— Ils vont revenir, dit-elle d'une voix contrainte.

— J'en ai bien peur.

— Que vont-ils faire de nous ?

— Tant qu'ils me croiront amnésique, nous avons une chance.

— Est-elle vraiment votre femme ?

— Oui.

— Et l'autre ?

— Son amant. Je me demande jusqu'à quel point elle le tient sous sa coupe.

— Tout ce qu'elle a dit... sur ma mère ? demanda-t-elle sans oser formuler le reste.

Thierry y alla doucement.

— Tout ce qu'elle a dit est vrai. Tout.

Cécile se tut, laissant le silence engloutir son émotion.

Un obscur instinct conseillait à Thierry de parler, pour vaincre cette peur latente, et surtout pour dire à Cécile, dont il devinait toute la sensibilité et au risque de la choquer, les choses qu'il n'aurait plus jamais l'occasion de lui dire.

— Je n'ai jamais aimé une autre femme comme j'ai aimé ta mère, dit-il d'une voix grave et basse, et jamais, jamais, je ne l'aurais abandonnée.

— C'est pourtant ce que vous avez fait.

Cécile se mordit aussitôt les lèvres, mais Thierry continua doucement.

— L'incertitude, l'incompréhension, les regrets ont été mon quotidien. Ta mère m'a toujours refusé la moindre explication car Gabrielle l'avait convaincue de ma trahison, de la même manière qu'elle m'avait convaincu de la sienne.

— Comme elle m'a convaincue aussi de celle de Jean et de Frank.

— Mon Dieu, je crois que Jean a été le meilleur d'entre nous.

— Je l'ai condamné, murmura-t-elle tandis que des larmes roulaient sur ses joues et glissaient le long de son cou.

— J'ai tout compris au travers de ses explications, reprit Thierry. Je ne pensais pas qu'il existât des personnages aussi machiavéliques et pervers, sans état d'âme aucun, démunis de toute morale et de sensibilité. En impliquant des innocents, en pariant sur les circonstances, elle a réussi le tour de force de modifier le cours de nos destins et de nous faire tous nous détester les uns les autres.

Il continua à parler pour elle, pour la rassurer. Il cacha son angoisse sur le sort qu'elle devait leur réserver, mais Cécile avait le même cheminement de pensées.

— A-t-elle vraiment tué tous ces gens ?... Vos parents ?

— Oui. Je vais essayer d'allumer, ajouta-t-il rapidement en s'abstenant de citer les morts que Gabrielle semait sur sa route. Je supporte mal d'écarquiller en vain les yeux dans une telle obscurité.

Elle le remercia du fond d'elle-même. C'était tout à fait ce qu'elle ressentait. La peur revenait la torturer après s'être atténuée, le temps de leur court échange. Si Thierry d'Ersen n'avait pas été à ses côtés dans la pièce, elle aurait hurlé comme un animal pris au piège. Elle l'entendit à nouveau tenter de se mettre debout — et Dieu savait que l'entreprise était ardue —, réussir au prix d'efforts qui devaient lui coûter, puis procéder à un lent glissement contre le mur pour atteindre l'interrupteur. Ce fut long, crispant. Enfin, la lumière, si faible fût-elle, refoula les ténèbres et leur apporta un réconfort.

Thierry poursuivit sa lente progression en s'appuyant aux murs, jusqu'à son fauteuil, luttant contre l'immense douleur qui lui vrillait la jambe lorsqu'il la traînait au sol, pour avancer à chaque fois de quelques centimètres à peine. En sueur, il réussit à se rasseoir, sans pouvoir remettre sa jambe à l'horizontale. La position le faisait excessivement souffrir mais il se devait de rester serein face à Cécile aux abois. Il la dévisagea sans pouvoir se défendre d'un pincement au cœur. Caroline avait ce même air éperdu et la même façon de se cacher derrière le voile doux et blond de sa chevelure. La pénombre accentuait les grands cernes élargis sous ses yeux et la bouche marquait sa peur en s'affaissant sur les bords.

Curieusement, maintenant, la clarté les rendait muets, l'un et l'autre. Ils restèrent silencieux, à s'examiner, à laisser passer entre eux ces choses indéfinissables, inexprimables, qu'ils découvraient et échangeaient secrètement, au nom de leurs ressemblances.

Au milieu de sa peur, Cécile se surprit à apprécier ces secondes suspendues où la magie des liens du sang la rapprochait, par l'intermédiaire de celui qu'elle reconnaissait pour véritable père, d'une mère trop insaisissable, trop mystérieuse, trop irréelle. Bien évidemment elle ne pouvait dire tout cela à Thierry, mais elle ressentait, venant de lui, le même état d'esprit. Tous les deux retrouvaient Caroline à travers l'autre.

34

La troisième tentative fut la bonne. Enfin quelqu'un répondit au bout du fil. Gabrielle s'enquit de son identité.

— Monsieur Villard ?

— Lui-même, répondit Anthony.

— J'ai des nouvelles de votre femme.

— Qui êtes-vous ? D'où appelez-vous ? Que savez-vous ?

— Hé, du calme, reprit la voix féminine. J'ai des nouvelles de votre femme, mais... je souhaiterais m'entretenir avec Jean Rivière.

— Je voudrais comprendre.

— Jean Rivière, personne d'autre !

— Très bien ! dit Anthony froidement en faisant un signe à son beau-père.

Il prit l'écouteur tandis que Jean, surpris, s'emparait du combiné. Frank s'était rapproché et regardait les deux hommes dont les sourcils se fronçaient à la même allure.

— C'est la meilleure solution. Venez tous les quatre.

— Nous ne sommes que trois. La petite est chez une tante en Vendée, mentit Jean sous le regard étonné d'Anthony.

— Bien, reprit la voix après avoir hésité un instant. C'est entendu.

— Où devons-nous aller ?

— Chez moi. Maintenant. Je ne vais pas pouvoir la retenir longtemps, elle est apparemment décidée à s'expatrier. Elle ne sait pas que je suis en train de vous prévenir.

Anthony avait déjà lâché l'écouteur et renfilait sa veste qu'il venait d'ôter, quand la question de son beau-père le fit s'immobiliser.

— Puis-je savoir pourquoi tu le fais ?

Anthony et Frank n'entendirent pas la réponse, mais Jean répondit par une autre question :

— Peux-tu m'expliquer comment elle a atterri au château ?

Quand Jean eut raccroché, Frank avait compris à demi-mot, mais Anthony l'apostropha vivement :

— Bon sang ! Pourquoi hésiter ?

— Tu ne sais pas de quoi elle est capable ! Je la soupçonne de nous mener en bateau et de n'avoir aucune nouvelle de Cécile.

— Qu'a-t-elle répondu à tes dernières questions ? demanda Frank.

— Qu'elle veut nous laisser une chance de lui faire entendre raison. Et... que Cécile a appris, elle se demande d'ailleurs comment, qui était son père. Elle a voulu le rencontrer avant de disparaître.

— Pourquoi cette insistance à nous voir tous ensemble ?

— Pour influencer Cécile.

— Ne perdons pas de temps, je vous en prie, intervint Anthony nerveux. Nous laissons un message à Sophie et nous fonçons.

Il griffonna un mot qu'il mit en évidence et tous sortirent de l'appartement.

... A cet instant, dans le salon douillet du château d'Ersen dont les volets venaient d'isoler ses occupants du reste du monde, Hubert éprouva l'envie de rompre le sortilège pour ne pas être aspiré par la démence de Gabrielle.

— Non, dit-il.

Sa perversité arrivait à son terme. Gabrielle était allée trop loin, oubliant de se préserver l'unique soutien sur lequel elle avait pu compter jusque-là.

Focalisée sur un seul point et annihilant les autres principes de la vie, toute la connaissance qu'elle avait acquise de la psychologie humaine s'était diluée dans son délire obsessionnel. Axée sur un seul but, sa folie devenait terrifiante.

— Non, répéta-t-il.

Gabrielle ne lui avait pas exposé son plan, mais il se doutait bien que l'escalade au crime ne faisait que se poursuivre.

— Non ?

— Tu vas trop loin.

— Je vais où je veux, répliqua-t-elle froidement.

— Je ne te suis plus.

— Tu n'as pas le choix, je crois, fit-elle avec un sourire perfide.

Elle avait les cheveux en bataille, mais ce qui inquiétait le plus Hubert était cet éclat qui brillait anormalement au fond de ses orbites.

Trop impliqué, par vice et par goût, par un amour compliqué et malsain aussi, pour pouvoir dénoncer les actes de la démone, il hésita encore, se maudissant de ne pas prendre ses jambes à son cou pour fuir le château et sa châtelaine devenue folle à lier, avant que sa folie ne se retourne contre lui.

— Tu vas les attendre au portail. On les laisse rentrer normalement pour ne pas alerter les Picard !

Et elle lui tourna le dos pour aller dans la réserve attenante à la cuisine. Dix secondes plus tard, un jerrican d'essence à la main, elle revint dans le salon, traversa la chambre de Thierry et ouvrit la prison.

— Ah, les petits salauds ! s'exclama-t-elle.

D'un coup d'œil elle avait englobé la scène. Elle posa violemment le jerrican à terre.

— Bien, puisque tu peux te lever, tu n'as plus besoin de fauteuil ! fit-elle à Thierry.

Elle le bouscula si fort qu'il glissa du fauteuil et s'étala dans un grand cri de douleur, auquel Cécile fit écho en se déchirant la gorge.

Elle sortit et revint aussitôt avec des ciseaux et le sparadrap. Sans sourciller, et malgré les coups de tête désespérés et les cris de terreur de Cécile qui fixait le bidon, elle réussit à la rebâillonner.

— Au nom du ciel, Gabrielle, reprends-toi ! dit Thierry d'une voix altérée par la souffrance et par la peur.

— Tiens, tiens... on dirait que les méninges fonctionnent à nouveau. Trop tard, mon vieux, vous ne m'êtes plus d'aucune utilité, et ceux qui arrivent non plus. Ce sera un accident, tout simplement. Il suffira de dire que ton père avait oublié de l'essence dans cet endroit.

— Que veux-tu dire ?

Sans répondre, elle souleva le jerrican et le renversa sur les tapis asséchés depuis des lustres, qui se mirent à pomper avidement l'essence. Puis elle éteignit, sortit et referma la lourde porte derrière elle. Le rai de lumière, qui filtrait en dessous, disparut trop vite.

Le réflexe de Thierry fut immédiat. En dépit de la douleur, il rampa jusqu'au mur en criant à Cécile, qui gémissait sourdement sous son bâillon, d'en faire autant. Ils réussirent à se mettre hors des tapis qui s'imbibaient, et à se rejoindre. A l'aide de ses pieds, Cécile terrorisée repoussa les bords frangés, puis en se contorsionnant elle parvint à les éloigner encore et encore. En sueur et sans force, elle revint se caler enfin contre le mur et réalisa que Thierry ne parlait plus. A tâtons, elle vint à sa recherche. Elle le trouva, inerte. Une panique sans nom la saisit. Elle se mit à le secouer, en se tordant les épaules, alors que des sanglots l'étouffaient. Proche de la crise de nerfs et de la nausée, causée par l'odeur intense de l'essence, elle se tassa tout doucement contre le corps évanoui. Elle posa son front sur la poitrine de l'homme, pour ne pas sombrer dans la folie... et parce que cela lui paraissait si naturel... Elle pensa aux siens à qui elle avait si peu fait confiance, à Manon qu'elle avait voulu détacher d'elle en rompant tout lien affectif. Elle pria comme elle ne le faisait plus depuis longtemps. Elle pria pour elle, pour lui qui allait peut-être mourir là sous elle, et elle aussi, sans doute, si l'autre dingue craquait une allumette.

L'oreille aux aguets, elle crut rêver lorsqu'elle entendit la voix de son père... et puis celle d'Anthony... Celle de Frank. Elle se dressa en étouffant un gémissement : elle avait oublié ses liens. Elle écouta mieux. Après s'être emballé, son cœur s'arrêtait de battre : elle avait déjà compris le piège. Elle se mit à hurler, déchirant plus encore sa gorge. La porte s'ouvrit et des ombres apparurent sur fond de lumière. Des ombres qu'elle reconnaissait. Qui s'avancèrent. Puis s'immobilisèrent, frappées par cette forte odeur d'essence. Le cri qu'elle lança à nouveau, loin de les avertir d'un danger comme elle le souhaitait, les remit en mouvement. Le seul qui resta en retrait fut Jean, qu'un sursaut de méfiance retenait.

— Cécile, cria Anthony qui se précipita. Mon Dieu !

Il venait de deviner les corps allongés et de reconnaître le cri, même étouffé. Frank abandonna aussitôt sa prudence pour réagir en médecin, et se lança derrière Anthony.

Alors, Gabrielle bouscula Jean qui hésitait encore, et tira violemment la porte à elle. Jean n'eut que le temps de se retourner et se retrouva le nez contre le panneau de bois, à la recherche d'un loquet. En vain. En même temps, la clé tournait avec un cliquetis lugubre dans la serrure et un éclat de rire, derrière la porte, leur donna la chair de poule. Les poings de Jean vinrent frapper par deux fois le lourd vantail qui fut à peine ébranlé. Déjà, en tâtonnant, il trouvait l'interrupteur. Il l'actionna. Anthony et Frank étaient restés figés, n'osant faire un pas de plus et risquer de tomber sur Cécile.

La scène qu'ils découvrirent les laissa sans voix.

Anthony bondit auprès de sa femme, arracha le sparadrap avant même de chercher à comprendre, tandis que Frank se penchait sur le baron d'Ersen, à l'écoute de son cœur. Secouée de sanglots incoercibles, Cécile s'abattit contre la poitrine de son mari, incapable d'aligner deux mots cohérents. A leurs côtés, Jean, la gorge plus que nouée, se retenait d'écarter son gendre afin, lui aussi, de serrer sa fille contre sa poitrine. L'avoir récupérée saine et sauve, après avoir imaginé le pire et avoir vécu de si longs jours au bord de l'absurde...

L'odeur suffocante les terrifiait.

Il ne s'était pas écoulé plus de dix secondes depuis que Gabrielle les avait emmurés.

Sournoisement, l'horreur que leur inspirait la simple idée d'une étincelle prenait le pas sur tout le reste. Elle devint viscérale quand Cécile, entre deux sanglots, put s'écrier :

— Elle va nous faire brûler vifs !

— Serait-elle folle à ce point ? demanda Anthony qui regardait Jean.

Jean hocha la tête, tout en revenant vers la porte. Une impression étrange. Un frisson le long de sa colonne vertébrale. Il abaissa son regard et découvrit, avec stupeur, dans quoi les semelles de ses chaussures glissaient.

Penchés sur Cécile et Thierry d'Ersen, aucun d'entre eux n'avait vu le mince filet glisser sous la porte et s'infiltrer dans les rainures du plancher jusqu'au tapis.

Il se mit à tambouriner comme un fou contre la porte. Il savait qu'ils étaient faits comme des rats. Il posa son oreille contre le bois et écouta. Un craquement caractéristique le foudroya. Il se retourna vers les autres, qui comprirent à son air défait.

— Vite, essayez d'éloigner encore ces tapis, leur commanda-t-il. Gabrielle ! je te somme d'ouvrir ! Ta comédie est ignoble ! Nous devons parler !

Une voix hystérique répondit :

— Je vous envoie tous en enfer.

Le filet s'enflamma d'un seul coup.

Ils virent avec horreur la flamme jaune courir de la porte jusqu'aux franges d'un tapis, alors ils lui sautèrent dessus, armés de leurs vestes tire-bouchonnées, dans l'espoir d'arrêter sa course. Elle se recroquevilla, agressée par les coups donnés à tour de bras, puis ralentit, hésita, tournoya, rampa, hésita encore et plongea entre les fissures du plancher pour mieux s'étaler et mieux envahir l'espace. La porte elle-même commença à s'embraser sous les flammes gourmandes, et le rire dément s'accrut. Jean n'espérait qu'une seule chose : que la porte brûlât suffisamment pour qu'ils l'enfoncent tous ensemble. Mais l'eau qui se mit à ruisseler sous elle l'emplit à nouveau de colère et de dépit. Gabrielle préservait la seule issue en l'épargnant du feu qui ne demandait qu'à tout dévorer !

Le plancher brûlait déjà sur deux mètres carrés, à gauche de la porte. Une chaleur intense et de la fumée commençaient à envahir la pièce. Cécile, après avoir hurlé de plus belle, s'était recroquevillée tout contre le corps de Thierry qui revenait à lui, une douleur infernale localisée au niveau de sa jambe recassée.

Un flop lugubre se fit entendre lorsque le bas du tapis roulé dans un coin s'enflamma. Les flammes s'approprièrent l'objet de laine. Les trois hommes regardèrent avec le même air d'épouvante le plafond tout en bois que les flammes atteindraient bientôt. Ils se jetèrent sur le long tube afin de le renverser, mais ils durent très vite reculer. Ils lancèrent leurs vestes inutiles au milieu du brasier et ôtèrent leurs pull-overs et chemises pour se confectionner des foulards.

A la seconde même, le gardien Alfred Picard répondait au téléphone à maître Rollin.

— Non, monsieur, je n'y suis pas retourné, mais nous avons une visite. C'est Hubert qui a fait rentrer un véhicule, il y a environ cinq minutes. Rien à signaler. Nous surveillons. Ah, tiens, on dirait bien que nos visiteurs repartent déjà, je vais contrôler, ne quittez pas... Non, c'est notre animal d'Hubert qui vient de sortir avec la Mercedes. Il n'a pas refermé le portail, ce qui laisse supposer son retour immédiat... Oui, nous restons en éveil, Monsieur.

Toujours à la même seconde et tout en conduisant, Sophie regardait Manon du coin de l'œil. Elle avait écourté ses achats car la fillette avait cette immobilité qui précédait les crises. Elle s'attendait, d'un instant à l'autre, à la voir se ratatiner, triste, éperdue. Son cœur se serra pour elle, que la souffrance, exacerbée par son don peu ordinaire, devait anéantir. Fallait-il bénir ou maudire une telle faculté ? Elle soupira. Obtiendrait-elle jamais la réponse ?

Elles étaient à quelques centaines de mètres de l'appartement.

Le geste surprit Sophie.

Manon s'était raidie et avait projeté ses mains en avant. En hurlant.

— Le feu ! Il y a le feu ! Maman va brûler !

Les yeux démesurément agrandis, elle vivait le drame qui se déroulait là-bas, si loin et si proche à la fois.

Surprise, Sophie écrasa la pédale centrale en oubliant les autres véhicules. Les pneus de sa 205 perdirent de la gomme sur l'asphalte. Les klaxons fusèrent. Elles durent aux réflexes du conducteur qui les suivait d'éviter la collision. Manon avait été projetée en avant bien que retenue par la ceinture de sécurité. Sophie crut un instant que la vision s'était arrêtée. Mais d'autres flashes vinrent frapper la fillette qui se remit à crier :

— Vite ! Ils vont brûler ! Vite ! Vite ! Il y a le feu partout !

Sophie fut au bord de la panique, stressée par les cris, l'essoufflement anormal et les yeux trop fixes de Manon.

— Où ? Où, ma chérie ? Où ? pria-t-elle.

La petite semblait se recroqueviller, frappée par l'inéluctable, terrassée par son impuissance.

Affolée, Sophie la secoua, ne prenant plus garde à la ménager.

— Où, bon sang ! Parle ! Reconnais-tu l'endroit ?

La fillette eut un sursaut.

— Le château, balbutia-t-elle, les yeux toujours exorbités sur une terrible scène.

Eberlués, les conducteurs de l'avenue du 8-mai-1945 virent la 205 rouge qui venait de créer sa petite révolution effectuer un demi-tour spectaculaire au milieu du trafic, insouciante des coups de freins, des coups de klaxon coléreux et des bruits de tôle heurtée, s'engager sur la voie du tram en défonçant un obstacle en fer, et partir à vive allure jusqu'au rond-point Jacques-Duclos où elle disparut sur la rocade sud.

Manon avait enfoncé les doigts de ses deux mains dans sa bouche et ne disait plus rien, tassée sur son siège.

La 205 quitta la rocade pour s'engager dans l'avenue Jean-Jaurès, direction Eybens, rue du château, sans se préoccuper de la couleur des feux. Elle surgit dans l'impasse en un temps record et franchit l'entrée de la propriété en trombe, laissant une traînée de peinture rouge sur l'un des vantaux.

En apercevant la bâtisse, la tension de Sophie s'abaissa automatiquement d'un cran. Elle s'était attendue à un spectacle hallucinant, où des flammes gigantesques surgiraient de toutes les fenêtres éclatées du château. Or, tout semblait calme et serein. Mais lorsque sa voiture s'arrêta pile derrière un véhicule qu'elle reconnut trop bien, une espèce de froide détermination reprit le dessus.

— Vite ! Vite ! disait Manon d'une voix stridente en se bagarrant contre sa ceinture.

Sophie lui vint en aide et elles s'expulsèrent de la 205.

— Tu es sûre de toi, ma puce ?

Grave, la fillette hocha vivement la tête, les yeux toujours démesurément agrandis.

Elles se retrouvèrent sur le perron, prêtes à défoncer la porte mais, subitement, Sophie redescendit à la voiture et ouvrit son coffre dans lequel elle farfouilla. Armée d'une clé anglaise, elle revint en courant, déterminée à fracasser les carreaux opaques si la porte résistait. Mais celle-ci s'ouvrit à la sollicitation de la poignée. La porte ouverte, elles pénétrèrent dans le hall carrelé où flottait une forte odeur de brûlé et d'essence.

Instinctivement, Sophie voulut interdire à Manon d'avancer, mais la fillette lui échappa et s'élança, comme si elle avait connu les lieux. Sophie la suivit, prête à tout, l'outil bien arrimé dans le creux de sa main.

Elles traversèrent le salon où des bûches se consumaient qui firent douter Sophie un bref instant. Manon continua sa route et s'immobilisa sur le seuil d'une autre pièce, la figure mauvaise, l'œil étréci jusqu'à n'être qu'un fil. La lèvre retroussée, Manon, à cette seconde précise, ressembla à la femelle animale prête à bondir sur l'ennemi pour défendre ses petits.

Gabrielle avait fait volte-face, échevelée.

— Tiens, il ne manquait plus que toi, la morpionne ! Qui êtes-vous, vous ?

Elle venait d'apercevoir Sophie qui arrivait derrière Manon.

Un jerrican et des seaux d'eau semblaient monter la garde auprès d'une porte dont elle leur interdisait l'accès. Des lueurs sous celle-ci, comme des flashes de photographe, un ronflement caractéristique, une boîte d'allumettes sur la commode auprès du lit défait, des cris en provenance de la pièce fermée suffirent à Sophie qui fit passer Manon derrière elle.

— Ouvrez immédiatement cette porte, où je vous défonce le crâne ! fit-elle en brandissant son arme d'un geste menaçant.

L'autre émit un rire de gorge, provocant, fou. Puis un regard que Sophie intercepta la fit bondir sur Gabrielle. Elle tomba sur la folle au moment où celle-ci saisissait la clé de la porte condamnée et la retirait de sa gangue. Elles roulèrent sur le sol, à s'attraper par les cheveux, le cou, les vêtements. Durant l'espace d'un éclair, Sophie respira un parfum qui raviva sa colère. Elle abattit violemment son outil sur la main qui enserrait l'objet et le gardait hors de portée. Brisés, les doigts libérèrent la clé que, d'un coup de coude, elle éloigna.

— A toi de jouer ! cria-t-elle à Manon.

Manon, qui trépignait sur place, des larmes d'angoisse plein les yeux, sauta sur la clé et s'empressa de la réintroduire dans la serrure. Ses petits doigts tremblaient tant qu'elle dut s'y reprendre à deux fois, mais enfin, le pêne joua.

— Attention au retour de flammes ! Ecarte-toi, maintenant. Vite ! Eloign...

Un coup fulgurant dans les côtes la plia en deux. Dans un réflexe extraordinaire, elle lança sa tête en avant, les yeux fermés, entendit un bruit d'os rompus, et se sentit libérée. Elle se releva en titubant, au moment où Anthony surgissait en toussant de ce qui semblait bien être l'enfer, Cécile entre ses bras, suivi de Jean, courbé sous le poids inerte de Frank.

— Il faut le sortir lui aussi ! hurla Cécile entre deux accès de toux.

Ce cri, naturel pour tous, eut une note différente dans le cœur de Jean, mais... eut-il le temps de s'en rendre réellement compte ?

Anthony déposa sa femme entre les bras de Sophie et s'apprêtait à retourner dans les flammes, mais Jean l'en empêcha vivement :

— Je m'en charge. Toi, éloigne tout le monde au plus vite.

Il déposa le corps de Frank sur le lit tout proche, regarda sa fille pour lui adresser un signe réconfortant, avisa l'eau dans les seaux, s'en aspergea le visage et les mains noircis, et replongea dans l'horreur.

Le plafond était en flammes et menaçait de s'effondrer à chaque instant. La chaleur était infernale, l'air irrespirable. Le feu gagnait la chambre que les autres fuyaient.

— Ah, ben ! Ah, ben ! fit un homme en les voyant apparaître dans le salon.

Alfred Picard ne pouvait dire autre chose, et regardait la scène, complètement dépassé.

— Téléphonez aux pompiers et à la police, je vous prie ! lui cria Sophie en le bousculant pour allonger Cécile sur le sofa. Il nous faut des soins immédiats ! Manon, mets-toi à la recherche d'une paire de ciseaux ou d'un couteau pour trancher les liens de ta maman, et d'un linge imbibé d'eau fraîche pour Frank !

Alfred se précipita dans le bureau pour téléphoner, pendant que Sophie aidait Anthony à faire doucement glisser Frank qui revenait à lui et le déposer dans un fauteuil. Puis ils repartirent au secours de Jean et

Thierry, alors que Manon revenait déjà, armée de petits ciseaux de couture, et libérait sa mère.

Elles tombèrent dans les bras l'une de l'autre, sans parler, puis elles se précipitèrent sur le seuil de la chambre, enlacées, sans savoir qui soutenait l'autre.

Personne ne s'était plus occupé de Gabrielle que le coup de tête de Sophie avait sonnée. Personne donc ne l'avait vue récupérer ses esprits et regarder Jean qui ramenait en force le corps de Thierry. La rage l'avait fait bondir.

Jean faillit basculer en arrière sous le choc violent, mais il put la repousser d'un geste désespéré. Elle revenait à la charge, quand sa jupe s'enflamma comme une torche. Jean la repoussa une seconde fois et il crut voir le diable en personne danser dans l'incendie, qui tenta de s'accrocher à lui dans le but insensé de l'entraîner dans le brasier. Il s'arracha de son étreinte mortelle en lui assenant une manchette sur la gorge. Il n'avait plus qu'un pas à faire, et il lui fallait le faire très vite, car le plafond, d'un seul coup, se rompait, se détachait. Sa musculature le servit pour assurer sur son épaule le corps alourdi par l'énorme plâtre. Il lui fallait faire l'ultime effort pour échapper à la mort. Il se retint de penser et serra les dents. La main d'Anthony vint à son secours, dont il s'empara de toutes les forces qui lui restaient, et il fut comme aspiré hors de la fournaise.

35

— Je n'ai pourtant pas su la maintenir en vie.

— Vous n'y êtes pour rien, Jean, dit Thierry. Gabrielle a utilisé tous les stratagèmes imaginables pour détruire Caroline. Si Cécile n'avait pas eu en elle d'autres ressources que celles de sa mère, elle aurait fini comme elle.

Jean regarda Thierry avec insistance. *« Que savait-il exactement des stratagèmes utilisés par Gabrielle ? Et que savait-il des ressources de Cécile par rapport à celles de sa mère ? »* Le regard franc et grave ne se troubla pas.

Jean découvrait Thierry d'Ersen, et il ne pouvait se défendre de sentiments nobles à son égard.

Depuis toujours, il lui avait refusé la moindre excuse mais, en son âme et conscience, pouvait-il nier n'avoir jamais été effleuré par l'idée qu'il avait été, comme lui-même, une victime de Gabrielle ?

A un certain moment de sa vie, maudire d'Ersen lui avait été salutaire, indispensable pour ne pas être seul à se détester, et facile car les choses étaient arrivées par lui.

Frank intervint doucement :

— Gabrielle a su profiter de la fragilité de Caroline. J'en suis le premier responsable puisque j'étais son fournisseur en ouvrages sur la question.

— Non, c'est moi, le premier responsable, reprit Thierry. J'ai été le premier maillon de la chaîne à céder, celui qui se devait d'être le plus fiable. Mes remords ne cesseront jamais. Vous lui avez donné la matière pour écraser sa rivale, sans le vouloir. Pour le reste, elle a joué, parié... et trop souvent gagné, hélas. Elle savait que je tenais toujours à Caroline, finit-il d'un ton amer en regardant Jean.

— Que se serait-il passé si vous l'aviez revue ? demanda celui-ci.

— Je l'ai revue. Par hasard. Elle m'a chassé sans accepter, et sans m'accorder, la moindre explication.

Un silence s'installa, qu'aucun d'eux n'eut envie de rompre. Jean se leva, vint à la fenêtre et leur tourna le dos. Depuis le début de leur conversation, chacun était reparti des années en arrière. Une conversation difficile où Frank était un témoin, et où chacun des anciens rivaux se retenait, par rapport à l'autre, d'exprimer la totalité de ses sentiments.

Thierry d'Ersen avait réélu domicile à l'hôpital Sud. Sa pâleur se confondait avec les draps, et avec le nouveau plâtre maintenu en extension par un système de poulies. Cécile, sous tranquillisant, se reposait dans une chambre à l'étage du dessus, couvée par Anthony. Frank n'avait pas trop souffert des inhalations toxiques, et avait refusé une hospitalisation. Comme ceux de Thierry, les cheveux et les sourcils de Jean avaient roussi, et deux bandelettes recouvraient les brûlures de ses mains et de ses avant-bras.

Les deux hommes auraient pu différer ce tête-à-tête, sans toutefois l'éviter. Mais rien n'aurait servi d'attendre. Trop de choses, d'aveux, de vérités venaient d'éclater au grand jour que rien, jamais, ne saurait amortir que le désir de tout vouloir expliquer... du moins comprendre...

— Comment vont Cécile et Manon ? demanda Thierry.

— Bien, répondit Frank à la place de Jean qui paraissait ailleurs. Mieux que je ne l'aurais jamais supposé. Je dirais qu'elles cachent bien leur jeu, fit-il en souriant, et aussi, tout bêtement que la haine a sauvé Cécile de la folie, et l'amour de sa fille l'a sauvée tout court. Cette épreuve, que j'aurais redoutée si j'avais pu la prévoir dans toute son horreur, lui a donné une force nouvelle. Quant à Manon, la conversation que j'ai eue avec elle, ce matin, me confirme que nous avons affaire à un sacré petit bout de femme. Si elle a été ébranlée par cette tragédie, et il y a de quoi, elle me fait l'effet de ne pas être outre mesure émue par son don. En tout cas, elle s'en accommode fort bien. Notre but à tous sera de l'aider en ce sens.

— Je trouve tout cela ahurissant ! dit Thierry. Va-t-elle conserver ce don ?

— Comment l'affirmer ? hésita Frank en haussant légèrement les épaules.

Le silence vint à nouveau les isoler dans leurs pensées, puis Thierry reprit pour Jean qui ne bougea pas :

— Cécile est une jeune femme courageuse... Je ne sais si je pourrai, un jour, vous rendre ne serait-ce que le quart de tout ce que je vous dois... Caroline a eu de la chance de tomber sur un type comme vous.

A ce moment, Jean vit arriver Sophie et Manon, tout en bas sur le parking de l'hôpital. Il releva la tête et regarda au loin la chaîne du Vercors sur laquelle la neige s'était installée pour l'hiver, puis il respira un bon coup.

— Je ne suis pas sûr que vous ayez raison, dit-il en se retournant.

Frank et Thierry froncèrent les sourcils, peu certains d'avoir bien compris.

— Je crois que personne n'imagine une seconde la souffrance de Caroline. Pour m'avoir épousé, elle n'a eu aucun soutien de moi.

Le silence de Frank et Thierry était une question.

— Je connaissais ses sentiments à votre égard. J'étais au courant de sa passion pour vous, je lui avais donné de l'argent pour votre fugue. J'ai couru au château pour vous casser la figure, ce jour-là, car je ne voulais pas croire Gabrielle qui nous rapportait votre volonté de rompre et de vous enfuir seul.

Il se détourna d'eux et revint à la fenêtre.

— Après, sa pudeur et sa fierté lui interdirent de me parler de vous. Comment aurait-elle pu ? Elle savait bien que je l'aimais. Par respect pour moi, elle n'a jamais fait la démarche de vous retrouver alors qu'elle aurait mérité une explication. Vous avez été le sujet tabou, jamais abordé. Gabrielle la torturait, mais elle se défendait de m'en informer, et j'ai pris sa détresse pour de l'indifférence et j'ai laissé sombrer notre mariage parce que je n'ai jamais pu croire qu'elle pourrait m'aimer un jour. A cause de vous. Je lui ai donné mon nom sans prétendre à rien, car j'aurais tout fait pour qu'elle retrouve le sourire. La naissance de Cécile a été l'un des plus grands bonheurs de ma vie. Depuis l'instant où elle a ouvert les yeux sur cette terre, elle a été mon enfant et je l'ai aimée pour deux jusqu'à ce que sa mère l'accepte.

Ni Frank ni Thierry ne faisaient un mouvement et n'osaient l'interrompre.

— Je ne suis pas le type « bien » auquel vous voulez tous croire. Au même titre que Caroline ne s'est pas suicidée par goût du suicide, ni même parce que Gabrielle l'avait convaincue qu'elle se devait de le faire, mais bien parce qu'elle a eu la preuve qu'elle n'avait pas épousé l'homme idéal.

— Jean... commença Frank.

— Mon vieil ami, le coupa Jean en se retournant une seconde vers lui, il est temps que je me libère d'un trop lourd fardeau. Ta théorie sur le suicide de Caroline n'est pas tout à fait exacte, mais il te manquait des éléments capitaux. La mère de Cécile est morte à vingt-huit ans, par un hasard trafiqué. Lorsque Gabrielle a vu que Caroline commençait à refuser sa tutelle et à se rebiffer contre elle, elle s'est servie de moi, pauvre imbécile que j'étais !

Une tension s'installait dans la chambre, que chacun ressentait de diverse manière.

Si Thierry attendait la suite avec une curiosité empreinte de désespoir, Frank, instinctivement, la craignait.

— Elle avait calculé son coup. Quand elle est venue ce jour-là à la maison, j'ai été surpris car je la croyais avec Caroline. *« Je viens récupérer quelques disques. Caroline m'a conseillé de passer, je viens de l'accompagner chez son coiffeur »*, m'a-t-elle dit. Lorsqu'elle a eu atteint le sommet des marches, je l'ai entendue gémir. Elle s'était tordu la cheville et m'appelait. Je l'ai transportée sur le lit le plus proche, en l'occurrence le mien. Caroline et moi faisions chambre à part, précisa Jean en se retournant vers Thierry... Depuis la naissance de Cécile...

Les regards des deux hommes se soutinrent jusqu'à ce que Thierry reportât lentement le sien sur son plâtre.

— Elle s'est accrochée à mon cou et m'a maintenu penché sur elle... Je n'aurais jamais cru être capable de ressentir quoi que ce soit pour Gabrielle, que je n'ai jamais spécialement appréciée. Quoi qu'il en soit, et je ne réclame aucune clémence, je ne lui ai pas longtemps résisté. Sa tendresse, sa douceur, son charme à cet instant, le désir qui brillait dans ses yeux et que je n'ai jamais lu dans ceux de Caroline ont balayé mes faibles efforts pour ne pas céder. Privé soudainement de volonté et d'à-propos, je suis tombé dans le piège qui allait rendre infernal le reste de ma vie.

Les deux auditeurs retenaient leur souffle et se gardaient bien d'intervenir, suspendus aux lèvres de Jean, imaginant déjà la suite.

— J'étais en train de faire l'amour furieusement à une femme que je n'aimais pas, en me retenant de pleurer comme un gosse à l'idée que ma propre femme se refusait à moi à cause d'un autre qui l'avait trahie, et brusquement, celle-ci, là sous moi, s'immobilise et ouvre des yeux horrifiés. Je me retourne et qui vois-je ? Caroline, sur le seuil de la porte, les yeux pleins de larmes ! Et qui se retourne pour s'enfuir !

Jean avait élevé la voix, comme s'il vivait à nouveau la scène.

— Je ne pus que crier son nom ! Gabrielle me conseilla de me calmer, de prendre mon temps avant d'aller lui parler ! Je me rhabillai tandis que je nous maudissais tous deux... Elle voulut me retenir encore et se tordait les mains, *« entièrement responsable et prête à s'expliquer avec son amie »*, disait-elle, mais je la repoussai enfin... Avant que je n'atteigne la porte, un grand cri et un choc sourd me glacèrent le sang.

Jean s'arrêta de parler. Dans son dos, Frank conseilla à Thierry de se taire. Deux longues minutes passèrent ainsi.

— Caroline a saisi le premier objet à sa portée, une embrasse de rideau, elle a fait un tel nœud que je me demande encore comment il a pu résister au choc. La balustrade elle-même a tenu bon... Quand j'ai aperçu son corps qui se balançait dans le vide, je me suis précipité au bas des marches pour venir le soutenir, hurlant à Gabrielle de m'aider, mais la chute avait été violente et lui avait brisé la nuque.

La voix de Jean avait tremblé sur les derniers mots. La consternation s'était imprimée sur le visage de Frank. Thierry regardait un point invisible, et se trouvait ailleurs, au pied des marches d'un escalier, à découvrir une scène hallucinante.

— Le spectacle restera à jamais gravé en moi. L'horreur qui me tétanisait à cet instant a été décuplée quand j'ai traduit l'expression du visage de Gabrielle.

J'ai tout compris, à la seconde précise où mes yeux ont rencontré les siens. Elle venait d'éliminer le principal obstacle qui vous retenait de prendre femme, fit-il en se tournant vers Thierry. Ne lui aviez-vous pas avoué tenir encore à Caroline ?

L'épais silence qui suivit les propos de Jean sembla s'éterniser, jusqu'à ce qu'il reprît, pour Frank cette fois :

— Je n'osais plus regarder Cécile. Comment aurais-je pu lui parler du suicide de sa mère, alors que je l'avais tuée ?

Des coups frappés à la porte de la chambre empêchèrent Frank de répondre.

Les Picard entrèrent, émus. Leurs poignées de main exprimèrent une reconnaissance sans bornes à Frank et Jean qui grimaça de douleur.

— Oh, pardon, pardon, fit madame Picard, rouge de confusion. Vous savez, je suis si bouleversée que je n'ai plus toute ma tête.

— Maître Rollin vient de m'apprendre que les gendarmes ont arrêté Frénet à trente kilomètres de Grenoble, leur apprit son mari. Il est prêt à passer aux aveux.

D'autres coups résonnèrent à la porte. Sophie et Manon passèrent la tête, entrèrent et saluèrent tout le monde.

— Cécile vous attend avec impatience, dit Sophie à Jean.

— Nous vous laissons, dit ce dernier à Thierry.

— Je maintiens ce que je disais tout à l'heure, dit Thierry gravement : Caroline a eu de la chance de tomber sur un homme comme vous. Je... je ne sais quand je sortirai...

— Ne vous inquiétez pas. Nous nous reverrons avant, lui répondit Jean en s'approchant du lit. Vous avez dit aussi que Cécile était une jeune femme courageuse... Vous verrez, c'est une femme bien.

Dans le couloir, Frank voulut retenir Jean.

— Je sais, lui dit Jean tout bas, tu vas me dire que d'autres facteurs sont là pour m'absoudre, ou bien qu'elle n'aurait pas résisté à Gabrielle ou à son destin, ou...

— Non, dit Frank avec un petit sourire grave, je pense seulement que tu as très bien fait de te libérer enfin.

Manon, dont la frimousse semblait illuminée de l'intérieur, tint absolument à se retrouver dans les bras de Jean. Frank, dont les mains n'étaient que légèrement blessées, la prit sous les aisselles et l'installa sur la hanche de Jean le temps de leur marche dans les vastes couloirs. Mais, avant d'entrer dans la chambre de Cécile, Sophie obligea la fillette à revenir avec elle et Frank.

— Ta maman voudrait s'entretenir seule avec son papa, ma puce. Nous allons en profiter pour aller manger une glace à la cafétéria.

Anthony laissa sa place à Jean. Les deux hommes échangèrent une bourrade amicale. Quand la porte se referma, Cécile, sans un mot, s'empara d'une main bandée et la porta tendrement jusqu'à ses lèvres. Ses yeux, que Jean trouva inquiets, fouillaient les siens. Il ne savait s'il fallait rompre cet instant délicat, en tout cas il ne se déroberait plus à elle.

Dans le visage aux traits creusés par la fatigue et la terreur de la nuit, il trouva un changement. Il chercha un moment, puis décida que cela venait des yeux. Quelque chose de plus solide s'y était ancré, prenant la place de la lumière, fragile comme la flamme de la bougie, qui vacillait lors des rêveries de la jeune femme. Le regard dont elle l'enveloppait n'avait jamais atteint cette intensité, cette volonté.

— Pourras-tu me pardonner d'avoir douté ? dit-elle enfin de sa voix douce. J'ai mûri... j'ai compris beaucoup de choses... surtout la signification d'un mal-être incompréhensible.

— Si tu avais su la vérité, tu n'aurais pas douté, fit-il sur un ton d'excuse.

— Je peux comprendre tes silences.

— Je comprends tes doutes.

Ils se sourirent, complices, heureux de dépasser ces barrières invisibles qui avaient failli les séparer. Mais une certaine réserve hésitait encore à s'enfuir.

— D'Ersen est un homme bien, fit Jean en surveillant la réaction de Cécile.

— ... Je n'en doute pas, répondit-elle, prudente.

— Je... tenais à te dire que... si tu souhaitais le revoir ou...

— ... Cela pourrait s'envisager, bien sûr... du moins s'il le souhaite.

— Je pense que ce sera le cas.

— Alors... pourquoi pas, mais...

— ... Mais ?... espéra-t-il sans rien montrer.

— Mais n'oublie pas que mon père, c'est toi, toi seul, fit-elle pleine de ferveur.

— ... C'est pourtant lui, dit-il tout bas.

Elle secoua doucement la tête puis sourit, taquine :

— Tu as payé mes chaussures et mes cartables, il n'y a pas de meilleures preuves. Et s'il en fallait d'autres...

Son visage devint sérieux et Jean, d'une manière tout à fait absurde, se mit à craindre son air.

— Tu as consolé mes chagrins et veillé sur mes nuits... murmura-t-elle. Tu as été présent à chaque instant de ma vie...

La boule, dans la gorge de Jean, lui faisait mal.

Tandis que Cécile et Jean osaient enfin écarter cette pudeur trop souvent inutile, qui complique, qui interdit même les mots d'amour et de tendresse dans les relations parents-enfants, Thierry se laissait emporter par une vague de désespoir.

Des sanglots silencieux secouaient ses épaules. Des larmes glissaient sur ses joues, qu'il laissait aller au gré de leur fantaisie. Son sentiment de solitude était renforcé par le fait que sa vie lui paraissait un véritable gâchis.

Il mit du temps à réaliser que des coups discrets venaient d'être frappés à sa porte, et que celle-ci s'entrouvrait lentement. Un couple entra, qu'il ne reconnut pas tout de suite. Une femme, petite, et un homme à la voix chaleureuse s'approchèrent de son lit.

— Mon pauvre ami, nous venons d'apprendre la terrible nouvelle, dit Paul Gontard. Nous te présentons nos condoléances.

— Non. Non, n'en faites rien, murmura Thierry égaré.

Paul Gontard et Agathe Sorrel se regardèrent, navrés. Ne leur avait-on pas dit que Thierry d'Ersen avait retrouvé toute sa tête ? Indécis, ils découvraient un désespoir, visible par les traces humides qui sillonnaient ses joues, et ne savaient comment poursuivre l'entretien.

— Souhaites-tu que nous revenions plus tard ? dit doucement Paul Gontard en posant une main amicale sur son épaule. Tu as besoin de repos.

— J'ai surtout besoin d'oublier, mes amis. Il y a des instants où je regrette mon amnésie.

— Ne dis pas cela, voyons, tu...

— L'amnésie vous isole de la réalité, quelle qu'elle soit, dit-il en enfermant son visage dans ses longues mains. J'ai retrouvé mes fantômes.

Trompés par la version officielle de la tragédie qui annonçait le décès accidentel de Gabrielle, déconcertés par l'attitude de Thierry, ni Agathe ni Paul ne saisissaient les propos qu'ils jugeaient incohérents, et ils n'osaient intervenir.

Qu'avait-il donc à se laisser aller ainsi, lui habituellement si discret sur sa personne ?

Thierry regarda Agathe et trouva du réconfort à se remémorer leur rencontre au musée.

— Avez-vous toujours l'idée de me prêter ce livre sur Fantin-Latour ? lui demanda-t-il.

— Bien sûr. Je l'ai même apporté, fit-elle en sortant le volume de son sac.

— Avec cette patte folle, je ne pourrai me déplacer avant longtemps pour vous le rendre.

— Cela n'a aucune importance, gardez-le le temps qu'il faudra. Il suffira... que vous le rendiez à Paul.

— ... Ou que vous fassiez l'immense plaisir à un convalescent de venir assister à sa résurrection... Le château sera largement ouvert aux amis.

Achevé d'imprimer en novembre 1999
sur les presses de l'Imprimerie Bussière
à Saint-Amand (Cher)

POCKET - 12, avenue d'Italie - 75627 Paris Cedex 13
Tél. : 01-44-16-05-00

— N° d'imp. 2587. —
Dépôt légal : décembre 1999.

Imprimé en France